इलेवन मिनट्स

इलेवन मिनट्स

पाओलो कोएलो

अनुवाद : प्रभात रंजन

MANJUL
मंजुल पब्लिशिंग हाउस

MANJUL

मंजुल पब्लिशिंग हाउस

कॉरपोरेट एवं संपादकीय कार्यालय

• द्वितीय तल, उषा प्रीत कॉम्प्लेक्स, 42 मालवीय नगर, भोपाल-462 003

विक्रय एवं विपणन कार्यालय

• सी-16, सेक्टर 3, नोएडा, उत्तर प्रदेश, 201301

वेबसाइट : www.manjulindia.com

वितरण केन्द्र

अहमदाबाद, बेंगलुरू, भोपाल, कोलकाता, चेन्नई,
हैदराबाद, मुम्बई, नई दिल्ली, पुणे

पाओलो कोएलो द्वारा लिखित मूल अंग्रेजी पुस्तक
इलेवन मिनट्स का हिन्दी अनुवाद

Eleven Minutes by Paulo Coelho – Hindi edition

पहली बार ब्राज़ील में 2003 में एडिटोरा रोक्को द्वारा ओन्ज़ी मिनुटोस शीर्षक से प्रकाशित

हिंदी संस्करण 2022 में सेंट जोर्डी एसोसिएडोस एजेंसिया लितरारिया एसएलयू,
बार्सिलोना स्पेन के सहयोग से प्रकाशित।

http://paulocoelhoblog.com

यह हिन्दी संस्करण 2022 में पहली बार प्रकाशित

ISBN 978-93-5543-091-5

अनुवाद : प्रभात रंजन
कवर डिज़ाइन : मेघा शर्मा

मुद्रण व जिल्दसाज़ी : थॉमसन प्रेस (इंडिया) लिमिटेड

हे मैरी, पवित्र माता, हमारे लिए दुआ कीजिए,
हम आपके पास आए हैं। **आमीन**।

समर्पण

29 मई, 2002 को इस किताब को अंतिम रूप देने से कुछ घंटे पहले मैं फ़्रांस में लुएरदे के एक ग्रोट्टो में झरने से चमत्कारी पानी की कुछ बोतलें भरने के लिए गया तो बैसिलिका या चर्च के भीतर सत्तर के क़रीब के आदमी ने मुझसे कहा : 'पता है, तुम बिलकुल पाओलो कोएलो जैसे लग रहे हो।' मैंने उनसे कहा कि मैं पाओलो कोएलो हूँ। उस आदमी ने मुझे गले से लगाते हुए मेरा परिचय अपनी पत्नी और पोती से करवाया। उसने इस बारे में बताया कि उसकी ज़िंदगी में मेरी किताबों का क्या महत्त्व था, और अंत में कहा : उन्होंने मुझे सपने देखना सिखाया। इस तरह के शब्द मैंने पहले भी सुन रखे थे, और ऐसे शब्दों को सुनकर मुझे बहुत खुशी होती थी। वैसे उस समय मुझे बहुत डर महसूस हुआ; कारण यह कि मुझे पता था कि मैंने अपने नए उपन्यास *इलेवन मिनट्स* में जिस विषय को उठाया था, जो कटु था, परेशान करने वाला और सदमा पहुँचा देने वाला था। मैं झरने के पास गया, अपनी बोतलें भरी, फिर वापस लौट कर उससे पूछा कि वह कहाँ रहता है (उत्तरी फ़्रांस में, बेल्जियम के पास) और उसका नाम दर्ज कर लिया।

यह किताब आपको समर्पित है, मौरिस ग्रेवेलाइंस। मेरा आपके प्रति, आपकी पत्नी और पोती के प्रति तथा अपने प्रति भी यह कर्तव्य है कि मैं उस बारे में लिखूँ, जो बात मुझे परेशान करती है, ना कि उस बारे में जिसे सब सुनना चाहते हैं। कुछ किताबें हमें सपने देखना सिखाती हैं, कुछ यथार्थ से हमारा सामना करवाती हैं, लेकिन जो बात सबसे अधिक मायने रखती है वह यह कि लेखक ने किताब किस ईमानदारी से लिखी है।

और देखो, उस शहर में एक स्त्री थी जो पापी थी; और जब उसको यह पता चला कि जीसस धर्माधिकारी के घर भोजन के लिए आए हैं, तो वह इत्र से भरा घड़ा लेकर आई।

और उनके पैरों के पास बैठकर उसने रोना शुरू कर दिया, अपने आँसुओं से उनके पैर धोए, और उनको अपने सिर के बालों से साफ़ किया, और उनके पैरों को चूम लिया, फिर उनके पैरों में इत्र लगाया।

जिस धर्माधिकारी ने जीसस को बुलाया था, जब उसने यह सब देखा तो मन ही मन कहा, यह आदमी अगर मसीहा होता तो इसको इस औरत के चाल-चलन के बारे में पता चल गया होता, जिसने उनको छुआ था, यह पता चल गया होता कि यह पापी थी।

और उसको जीसस का जवाब सुनाई दिया, सिमोन, इस बारे में मैं कुछ कहना चाहता था।

और उन्होंने कहना शुरू किया।

किसी महाजन के दो क़र्ज़दार थे : एक ने उससे पाँच सौ पेंस लिए थे, दूसरे ने पचास पेंस। और जब उनके पास क़र्ज़ चुकाने को धन नहीं था तो उसने दोनों को माफ़ कर दिया। ऐसे में दोनों में से किसको महाजन से अधिक प्यार करना चाहिए?

सिमोन ने जवाब में कहा, मेरे ख़याल से उसको जिसको उसने अधिक माफ़ किया हो। और फिर उसने अपने आप से कहा, वैसे उसका यह फ़ैसला सही था।

और उस औरत की तरफ़ मुड़ते हुए उन्होंने सिमोन से कहा, इस औरत को देखो? जब मैं आपके घर आया तो आपने मुझे पैर धोने के लिए पानी तक नहीं दिया; लेकिन इस औरत ने मेरे पैरों को अपने आँसुओं से धोया, फिर उनको अपने बालों से पोंछकर साफ़ किया।

उसने मेरा चुंबन नहीं लिया, लेकिन जब से मैं आया हूँ, वह मेरे पैरों को चूमे जा रही है।

उसके पास मेरे सिर में लगाने के लिए तेल नहीं था, लेकिन उसने मेरे पैरों को इत्र से धोया।

जब मैं यह सब देखता हूँ, तो उसके असंख्य पाप माफ़ कर देता हूँ; क्योंकि उसका प्यार बहुत अधिक है : उसके प्यार के सामने माफ़ी छोटी हो जाती है।

—ल्यूक 7:37–47

क्योंकि मैं ही प्रथम हूँ और मैं ही अंतिम
मैं ही पूजनीय हूँ और मैं ही उपेक्षित
मैं वेश्या हूँ और मैं ही संत
मैं पत्नी हूँ और मैं ही कुँवारी
मैं माँ हूँ और मैं ही बेटी
मैं बाँझ हूँ और मेरे बहुत सारे बच्चे हैं
मैं विवाहिता हूँ और मैं ही एकल
मैं वह स्त्री हूँ, जो बच्चे जन्मती है और वह जिसने कभी प्रजनन नहीं किया
प्रसव के दर्द की राहत हूँ मैं
मैं पत्नी हूँ और पति भी
और वही पुरुष है, जिसने मुझे रचा
मैं अपने पिता की माँ हूँ
मैं अपने पति की बहन हूँ और वह मेरा परित्यक्त पुत्र
हमेशा मेरा सम्मान करो
क्योंकि मैं लज्जावान हूँ और शानदार भी

आइसिस का गीत, तीसरी या चौथी शताब्दी ईसा पूर्व,
नाग हम्मदी में प्राप्त

एक समय की बात है, मारिया नाम की एक वेश्या थी। एक मिनट रुकिए। 'एक समय की बात है' वाक्य से बच्चों की सभी अच्छी कहानियाँ शुरू होती हैं और 'वेश्या' शब्द वयस्कों के लिए है। ऐसे स्पष्ट विरोधाभास से मैं किताब कैसे शुरू कर सकता हूँ? लेकिन जैसा कि होता है, अपने जीवन के पल-पल, हम सब एक पैर परीकथाओं में तो दूसरा वास्तविकता में जमाए रखते हैं; इसलिए इस शुरुआत को बनाए रखते हैं।

एक समय की बात है, मारिया नाम की एक वेश्या थी।

सभी वेश्याओं की तरह वह एक मासूम तथा कुँवारी लड़की के रूप में पैदा हुई थी, और जब वह किशोरी हुई तो उसने अपनी ज़िंदगी के पुरुष से मिलने का सपना देखा (अमीर, सुंदर, बुद्धिमान), शादी का सपना देखा (शादी के जोड़े में), सपने में देखा कि उसके दो बच्चे होंगे (जो बड़े होकर प्रसिद्ध बनेंगे), और यह सपना कि वह एक सुंदर घर में रहती है (जहाँ से समुद्र का नज़ारा दिखाई देता हो)। उसके पिता फेरीवाले थे, उसकी माँ कपड़े सीने का काम करती थी, और ब्राज़ील के दूर-दराज के इलाक़े में उसके शहर में बस एक सिनेमा हॉल था, एक नाइटक्लब और एक बैंक, इसी वजह से मारिया हमेशा यह सोचती थी कि एक दिन बिना कुछ बताए उसके सपनों का राजकुमार आएगा, उसको उठाएगा और अपने साथ ले जाएगा ताकि दोनों साथ मिलकर दुनिया को जीत सकें।

अपने सपनों के राजकुमार के आने के इंतज़ार में वह सपने देखती रहती थी। जब उसको पहली बार प्यार हुआ, तब उसकी उम्र ग्यारह साल थी, यह प्यार उसको घर से स्कूल जाने के रास्ते में हुआ था। जब वह पहले दिन स्कूल जा रही थी, तो उसको यह अहसास हुआ कि स्कूल जाने के रास्ते में वह अकेली नहीं थी : उसी रास्ते से उसके पड़ोस का लड़का भी जाता

था और उसका टाइम टेबल भी उसी के जैसा था। दोनों में कभी कोई बात नहीं हुई, लेकिन धीरे-धीरे मारिया को यह बात समझ आ गई कि उसके लिए दिन का सबसे अच्छा वक्त वही होता था, जब वह स्कूल जा रही होती थी : धूल, प्यास और उदासी के पल, सूरज की तेज़ रोशनी में लड़का तेज़ी से आगे चलता जाता था, और वह पूरी कोशिश में रहती थी कि उससे ज़्यादा पीछे नहीं रह जाए। महीनों तक यही चलता रहा। मारिया को पढ़ने से नफ़रत थी और जिसकी ज़िंदगी का दूसरा व्यसन टीवी देखना था, इसलिए वह दिन भर यही मनाती रहती कि दिन जल्दी गुज़र जाए, वह बड़ी बेताबी से स्कूल आने-जाने के सफ़र का इंतज़ार करती रहती थी, और जहाँ दूसरी लड़कियों को सप्ताह के अंतिम दिनों में मज़ा आता था, लेकिन उसके लिए सप्ताहांत के दिन बड़े उबाऊ होते थे। यह देखते हुए कि दिन बड़ों के मुक़ाबले बच्चों के लिए बड़ी धीमी गति से गुज़रते हैं, उसे दिन बहुत तकलीफ़ में बिताना पड़ता था और उसको दिन पहाड़ जैसा लगने लगता था, क्योंकि दिन में उसको बस दस मिनट ऐसे मिलते थे, जब वह जीवन के प्यार के साथ होती थी और हज़ारों घंटे उसने उसके बारे में सोचने में बिता दिए, इस बात की कल्पना करते हुए कि काश! दोनों बातें कर पाते।

फिर कुछ ऐसा हुआ।

एक सुबह स्कूल के रास्ते में वह लड़का उसके पास आया और उसने पूछा कि क्या वह उसको एक पेंसिल दे सकती है। मारिया ने कोई जवाब नहीं दिया; बल्कि कहें तो मारिया को उसका अचानक उससे इस तरह पूछना अच्छा नहीं लगा और उसने अपने क़दम तेज़ कर दिए। जब वह उसकी तरफ़ बढ़ा आ रहा था, तो वह जैसे जड़ हो गई, वह इस बात से घबरा गई थी कि उस लड़के को कहीं यह समझ नहीं आ जाए कि वह उससे कितना प्यार करती थी, वह किस कदर उसका इंतज़ार कर रही थी, उसका हाथ थामने का सपना उसने किस कदर देखा था, उसके साथ स्कूल के गेट से बाहर निकलने का सपना, और सड़क पर उसके साथ आख़िर तक जाने का सपना, उस जगह तक, जहाँ लोग बताते थे कि एक बड़ा शहर था, वहाँ फ़िल्म स्टार और टीवी स्टार रहते थे, कारें थीं, ख़ूब सारे सिनेमा हॉल, और मौज-मस्ती के लिए एक से एक चीज़ें।

उसके बाद दिन भर पढ़ाई में उसका जी नहीं लगा, वह अपने ही अजीब बर्ताव को लेकर दुखी थी, लेकिन दूसरी तरफ़ उसको राहत भी

महसूस हो रही थी, क्योंकि वह इस बात को समझ गई थी कि वह लड़का भी उसके ऊपर नज़र रखता था, और पेंसिल तो बातचीत शुरू करने का बहाना था, क्योंकि जब वह उससे पेंसिल के लिए पूछने आया था, तो उसने ध्यान दिया था कि उसकी जेब में कलम थी। वह अगली बार का इंतज़ार करने लगी, और उस रात और उसके बाद की रातों में वह बार-बार यह सोचती रही कि उसको उस लड़के से क्या कहना चाहिए था, आख़िरकार उसको अपनी कहानी शुरू करने का सही जरिया मिल गया, जो कभी ख़त्म नहीं होने वाली थी।

लेकिन दूसरा मौक़ा नहीं आया, लेकिन वे साथ-साथ ही चलकर स्कूल जाते रहे, कई बार मारिया कुछ क़दम आगे होती थी, अपने दाएँ हाथ में एक पेंसिल थामे, और कई बार वह उसके कुछ पीछे चलती थी ताकि वह उसको प्यार से देखती रह सके, लेकिन उस लड़के ने फिर उससे कभी कुछ नहीं कहा, और स्कूल में वह साल ख़त्म होने तक प्यार और उसकी पीड़ा को अकेले और चुपचाप सहन करना पड़ा।

उसके बाद जब स्कूल की छुट्टियाँ चल रही थीं, तो एक सुबह उसने पाया कि उसके पैरों में ख़ून लगा हुआ था और उसको लगा कि उसकी मौत होने वाली है। उसने लड़के के लिए एक चिट्ठी छोड़ने का फ़ैसला किया, उसको यह बताते हुए कि अपनी ज़िंदगी में उसने उससे सबसे अधिक प्यार किया था, फिर वह जंगल में चली जाएगी और इसमें कोई शक नहीं कि वहाँ उसको उन दो में से एक राक्षस ज़रूर मार देगा, जिन्होंने तब देश के लोगों को भयभीत कर रखा था : भेड़िया मानव और बिना सींगवाले खच्चर ने (जिसके बारे में यह कहा जाता था कि वह पादरी की रखैल थी, जो खच्चर के रूप में बच गई थी और रातों को भटकने के लिए अभिशप्त थी।) इस तरह उसके माता-पिता को उसकी मौत का उतना दुःख नहीं होगा, क्योंकि हमेशा त्रासदी से घिरे रहने वाले बेचारे हमेशा उम्मीद से भरे रहते थे, उसके माता-पिता यही मान लेंगे कि उनकी लड़की का अपहरण किसी अमीर निस्संतान परिवार ने कर लिया था, और वह एक दिन अमीर और प्रसिद्ध बनकर लौटेगी, उसका अभी का प्रेमी (और अनंत काल का) उसको कभी नहीं भूल पाएगा, वह रोज़ इस बात पर पश्चाताप करेगा कि उसने उस लड़की से फिर कभी बात क्यों नहीं की।

लेकिन उसने वह चिट्ठी कभी नहीं लिखी, क्योंकि उसकी माँ कमरे में आ गई, बिस्तर पर ख़ून के दाग़ देखकर वह मुस्कराते हुए बोली :

'अब तुम जवान हो गई हो।'

मारिया हैरान थी कि उसके पैरों के बीच के ख़ून और जवान होने के बीच क्या संबंध था, लेकिन उसकी माँ ऐसा कोई कारण नहीं बता पाई, जिसके ऊपर उसको भरोसा हो जाए, उन्होंने बस इतना कहा कि यह सब सामान्य-सी बात है, और अब से हर महीने चार या पाँच दिन उसको अपने पैरों के बीच गुड़िया के गद्दे जैसा कुछ पहनना था। मारिया ने माँ से पूछा कि क्या लड़कों को भी किसी तरह के ट्यूब का इस्तेमाल करना पड़ता है, जिससे कि ख़ून उनके पेंट में नहीं लग जाए, तो माँ ने उसको बताया कि यह कुछ ऐसी बात है, जो बस स्त्रियों के साथ ही होती है।

मारिया ने ईश्वर से शिकायत की, लेकिन आख़िरकार उसको मासिक धर्म की आदत पड़ गई। लेकिन उस लड़के की गैर मौजूदगी की उसको आदत नहीं पड़ पाई, और वह अपनी इस बेवक़ूफी के लिए अपने आपको कोसती रही कि जिस चीज़ की उसको सबसे अधिक तमन्ना थी, जब वह उसके पास आई तो वह उसी से भाग खड़ी हुई। नए सत्र की शुरुआत से एक दिन पहले वह शहर के एकमात्र चर्च में गई और वहाँ उसने सेंट एंथॉनी की मूर्ति के सामने क़सम ली कि इस बार वह उस लड़के से बात करने की पहल करेगी।

अगले दिन उसने सबसे अच्छे कपड़े पहने, वह जो उसकी माँ ने ख़ास तौर पर उसी दिन के लिए बनवाए थे, और स्कूल गई, इस बात के लिए ईश्वर का शुक्रिया अदा करते हुए कि आख़िरकार छुट्टियाँ ख़त्म हो गईं। लेकिन वह लड़का दिखाई नहीं दिया। जब तकलीफ़ भरा एक सप्ताह बीत गया, तो उसने स्कूल के अपने दोस्तों से पूछताछ की, तो पता चला कि वह शहर से ही चला गया था।

'वह कहीं बहुत दूर चला गया है,' किसी ने कहा।

उस पल मारिया को यह बात समझ आई कि कुछ चीज़ें सदा के लिए खो जाती हैं। उसको यह बात भी पता चली कि 'कहीं बहुत दूर' नाम की कोई जगह भी थी, कि यह दुनिया बहुत बड़ी थी और उसका अपना शहर बहुत छोटा था, और सबसे अंत में यह बात कि जो लोग दिल को सबसे

अधिक भा जाते हैं, वे अक्सर चले जाते हैं। वह भी जाना चाहती थी, लेकिन अभी उसकी उम्र बहुत कम थी। बहरहाल, अपने शहर की गंदी सड़कों को देखते हुए उसने यह फ़ैसला किया कि एक दिन वह उस लड़के के पदचिह्नों का पीछा करेगी। अगले नौ शुक्रवार तक वह अपने धर्म की परंपरा के अनुसार धार्मिक समागम में जाती रही, और वर्जिन मेरी से कहती रही कि वह उसको वहाँ से ले जाएँ।

कुछ दिन के लिए उसको भी तकलीफ़ हुई और वह इधर-उधर से यह पता लगाने में लगी रही कि वह लड़का गया कहाँ है, लेकिन कोई यह नहीं बता पाया कि उसके माता-पिता गए कहाँ थे। मारिया को ऐसा लगने लगा कि यह दुनिया बहुत बड़ी है, और प्यार बहुत ख़तरनाक चीज़ है और यह कि वर्जिन मेरी एक साध्वी थीं, जो बहुत दूर स्वर्ग में रहती हैं और ऐसा लगता नहीं कि बच्चों की प्रार्थनाओं को सुनती भी थीं।

तीन साल गुज़र गए; उसने भूगोल और गणित सीखा, वह टीवी पर सोप ओपेरा देखने लगी; स्कूल में उसने पहली बार कामुक पत्रिका पढ़ी; और उसने एक डायरी लिखनी शुरू कर दी, जिसमें वह अपने नीरस जीवन के बारे में लिखती और अपनी इस ख़्वाहिश को भी कि क्लास में जिन बातों के बारे में सब बातें करते थ, वह उनका अनुभव हासिल करना चाहती थी - समुद्र, बर्फ़, पगड़ी वाले पुरुषों को देखना, गहनों से लदी-फदी सुंदर स्त्रियों को। लेकिन कोई भी असंभव सपने के सहारे तो यह नहीं रह सकता है ना, ख़ासकर जब उसकी माँ सिलाई का काम करती हो, उसका पिता शायद ही कभी घर में रहता हो, इसलिए उसको यह बात जल्दी ही समझ आ गई कि उसको इस बात पर और ध्यान देने की ज़रूरत थी कि आसपास क्या कुछ चल रहा है। वह ज़िंदगी में आगे बढ़ने के लिए पढ़ाई कर रही थी, और ऐसे किसी की तलाश में भी रहती थी, जिसके साथ वह अपने रोमांचक सपनों को साझा कर सके। जब वह पंद्रह साल की हुई तो एक ऐसे लड़के से प्यार कर बैठी, जिससे वह पवित्र सप्ताह की शोभायात्रा में मिली थी।

उसने जो ग़लती बचपन में की थी, इस बार वह नहीं की : उन्होंने बातचीत की, दोस्त बन गए और साथ-साथ सिनेमा और पार्टियों में जाने लगे। उसने ध्यान दिया कि जैसा कि पहले वाले लड़के के मामले में हुआ था कि वह प्रेम को उस आदमी की गैर मौजूदगी में अधिक महसूस करती थी ना कि उसकी मौजूदगी में : वह अपने प्रेमी को बहुत याद करने लगती थी, घंटों इस बात के बारे में सोचती रहती थी कि जब अगली बार वे मिलेंगे, तो क्या बातें करेंगे, और हर उस पल को याद करती, जो वे साथ बिताते, यह समझने की कोशिश करती थी कि उसने क्या सही किया और क्या ग़लत। वह अपने आपको एक अनुभवी स्त्री की तरह देखती थी, जिसने एक लड़के से प्यार किया था और जो उससे छूट गया और वह जानती थी कि छूटने

का दर्द कैसा होता था, और अब वह तय कर चुकी थी कि पूरी ताक़त से इस आदमी के लिए लड़ेगी और इससे शादी करेगी, वह निश्चित थी कि यही आदमी था, जिससे उसको शादी करनी चाहिए थी, बच्चे पैदा करना था और समुद्र के किनारे एक घर बनाना था। उसने अपनी माँ से बात की, माँ ने उससे जैसे विनती करते हुए कहा :

'अभी तुम बहुत छोटी हो मेरी बच्ची।'

'आपने जब मेरे पापा से शादी की थी, तो उस समय आपकी उम्र सोलह साल थी।'

उसकी माँ ने उसको यह बताना उचित नहीं समझा कि ऐसा इसलिए, क्योंकि अनचाहा गर्भ ठहर गया था, और उसने 'तब की बात और थी,' कहकर मामले को सुलझा लिया।

अगले दिन मारिया और उसके प्रेमी पास के गाँव में टहलने के लिए गए। उन्होंने बहुत कम बातचीत की, और मारिया ने उससे पूछा कि क्या वह यात्रा करना चाहता था, लेकिन बजाय उसके सवाल के जवाब देने के उसने उसको बाँहों में भरकर चूम लिया।

उसका पहला चुंबन! इस पल के लिए उसने क्या-क्या सपने देखे थे! और बाहर नज़ारा भी बहुत ख़ास था - बगुले उड़ रहे थे, सूर्यास्त, उस अर्धशुष्क इलाक़े की सुंदरता तथा दूर से आती संगीत की आवाज़। मारिया ने ऐसे जताया जैसे वह पीछे हटना चाह रही हो, लेकिन फिर वह उससे लिपट गई और वह दोहराने लगी, जो उसने सिनेमा में अक्सर देखा था, पत्रिकाओं में पढ़ा था, टीवी पर देखा था : उसने कुछ ज़ोर से अपने होंठों को उसके होंठों से रगड़ दिया, अपने सिर को झुमाते हुए, जैसे उन्माद में हो। बीच-बीच में, उसको अपनी दाँतों पर लड़के की जीभ महसूस होती थी और उसको ऐसा लगता जैसे वह कोई स्वादिष्ट चीज़ हो।

उसके बाद लड़के ने अचानक उसको चूमना छोड़ दिया और पूछा :

'क्या तुम नहीं चाहती हो?'

उसको क्या जवाब देना चाहिए? वह क्या चाहती थी? ज़ाहिर है, वह चाहती थी! लेकिन एक औरत को अपने भावों को इस तरह से जताना नहीं चाहिए, वह भी अपने होने वाले पति से, नहीं तो वह पूरी ज़िंदगी यही सोचते बिता देगा कि वह इतनी आसानी से किसी भी चीज़ के लिए 'हाँ' कह देती होगी। उसने जवाब नहीं देने का फ़ैसला किया।

लड़के ने उसको फिर से चूम लिया, इस बार उतने जोश से नहीं। वह फिर रुका, उसका चेहरा लाल हो गया था, और मारिया को यह लग रहा था कि कुछ था, जो बहुत गड़बड़ हो रहा था, लेकिन उसको यह पूछते हुए डर लग रहा था कि वह बात क्या थी। लड़की ने उसका हाथ थामा, और वे साथ-साथ शहर वापस लौटने लगे, ऐसे बातें करते हुए मानो कुछ हुआ ही नहीं हो।

उस रात - उसने अपनी डायरी में कुछ कठिन शब्दों का प्रयोग करते हुए लिखा, क्योंकि उसको यह पक्का लगता था कि वह जो भी लिखेगी कोई उसको पढ़ लेगा, और उसको यह लग रहा था कि कुछ बहुत ख़ास हुआ था :

> *जब हम किसी से मिलते हैं और उसके प्यार में पड़ जाते हैं, तो हमको ऐसा लगता है कि पूरी कायनात हमारे साथ है। आज जब सूरज डूब रहा था, तो मैंने इसको घटित होते देखा। और अगर कुछ ग़लत हो जाता है, तो कुछ भी बाक़ी नहीं रह जाता। ना बगुले, ना दूर से आती संगीत की आवाज़, ना उस लड़के होंठों का स्वाद। यह कैसे होता है कि जो सुंदरता कुछ मिनट पहले तक वहाँ थी वह अचानक ग़ायब हो जाए?*
>
> *ज़िंदगी बहुत तेज़ चलती है। वह पल भर में हमें स्वर्ग से नरक में ले जाती है।*

अगले दिन उसने अपनी सहेलियों से बात की। उन लोगों ने उसको अपने भावी 'मंगेतर' के साथ टहलते हुए देखा था। आख़िरकार, केवल इतने से ही नहीं होता कि आपकी ज़िंदगी में अच्छा प्रेमी हो, आपको इस बात को भी पक्का करना होता है कि सभी को इस बारे में पता चल जाए कि आपकी कितनी अधिक माँग है। सब यह जानने के लिए मरी जा रही थीं कि क्या हुआ था, और मारिया ने पूरी मस्ती में बताया कि सबसे ज्यादा मज़ा तब आया, जब उसकी जीभ उसके दाँत को छू गई। एक लड़की हँसने लगी।

'तुमने अपना मुँह नहीं खोला?'

अचानक जैसे सब कुछ साफ़ हो गया - उस लड़के का सवाल, उसकी निराशा।

'किस लिए?'

'ताकि वह अपनी जीभ अंदर डाल सके।'

'इससे क्या होता?'

'इसको समझा पाना मुश्किल है। लोग इसी तरह से चूमते हैं।'

सब हँसने लगीं, उनकी हँसी में अफ़सोस और बदले की भावना भी थी, क्योंकि उनमें से किसी को लड़के ने तब तक प्यार नहीं किया था। मारिया ने ऐसे जताया मानो उसको कोई परवाह नहीं हो, वह भी हँसने लगी, लेकिन अंदर से वह रो रही थी। वह मन ही मन उन फ़िल्मों को कोस रही थी, जिनको देखकर उसने आँखें मूँदना, आदमी के सिर पर हाथ रखना तथा अपने सिर को दाएँ और फिर बाएँ हिलाना सीखा था, लेकिन जिन फ़िल्मों ने ज़रूरी बात दिखाई ही नहीं, जो बात सबसे अधिक मायने रखती थी। उसने वही चुनिंदा बहाना बनाया (मैं एकबारगी अपने आपको सौंप देना नहीं चाहती थी, क्योंकि मुझे तब समझ नहीं आ रहा था, लेकिन अब मुझे यह बात समझ आ गई कि तुम ही मेरी ज़िंदगी का प्यार हो) और अगले मौक़े का इंतज़ार करने लगी।

वह तीन दिन बाद दिखाई दिया, शहर के एक क्लब में एक पार्टी में, और वह मारिया की एक दोस्त का हाथ थामे चला जा रहा था, उसके साथ जिसने उससे चुंबन के बारे में पूछा था। उसने एक बार फिर ऐसे जताया मानो उसको कुछ परवाह नहीं हो, और उस दिन वह पूरी शाम वहीं बना रहा, उसकी सहेलियों के साथ फ़िल्मी सितारों एवं आसपास के लड़कों के बारे में बातें करते हुए, और ऐसे जताते हुए कि अपने दोस्त के चेहरे पर बीच-बीच में आते अफ़सोस के भाव को नहीं पढ़ पा रहा हो। जब वह घर आई तो ऐसा लगा, जैसे उसकी दुनिया ही उजड़ गई हो; वह पूरी रात रोती रही, अगले आठ महीने तक परेशान रही और इस नतीजे पर पहुँची कि प्यार उसके लिए था ही नहीं और वह प्यार के लिए बनी ही नहीं थी। उसने तय किया कि वह साध्वी बन जाएगी और अपनी पूरी ज़िंदगी ऐसे प्यार में बिताएगी, जो तकलीफ़ नहीं देगा तथा दिल में ख़लिश नहीं छोड़ जाएगा - जीसस के लिए प्रेम। स्कूल में उन्होंने उन पादरियों के बारे में जाना, जो अफ़्रीका गए थे, और उसने यह सोचा कि वह अपने नीरस जीवन से भाग कर वहाँ जा सकती थी। उसने कॉन्वेंट में जाने का निश्चय किया,

उसने प्राथमिक चिकित्सा सीखी (कुछ अध्यापकों का कहना था कि अफ़्रीका में बहुत से लोग मर रहे थे), धार्मिक ज्ञान की कक्षाओं में वह कड़ी मेहनत करती थी, और वह अपने आपको आधुनिक दिनों के संत के रूप में देखने लगी, जंगलों में जाकर जान बचाने वाली के रूप में जहाँ शेर और बाघ रहते थे।

वैसे उसका पंद्रहवाँ साल उसके लिए यही ज्ञान लेकर नहीं आया था, आपको चुंबन करते हुए अपने मुँह खुले रखने चाहिए, और प्रेम सबसे बढ़कर पीड़ा का कारण होता है। उसको तीसरी चीज़ के बारे में भी पता चला : हस्तमैथुन के बारे में। यह सब संयोग से हुआ, जब वह अपनी माँ के घर आने का इंतज़ार करते हुए अपने गुप्तांगों को छू रही थी। जब वह बच्ची थी, तब भी ऐसा किया करती थी और उसको ऐसा करना अच्छा लगता था कि एक दिन उसके पापा ने उसको ऐसा करते हुए देख लिया और ज़ोर से एक थप्पड़ मार दिया, लेकिन थप्पड़ मारने का कारण नहीं बताया। वह इस थप्पड़ को कभी नहीं भूली, और उसने यह सीखा कि उसको दूसरे लोगों के सामने अपने अंगों को नहीं छूना चाहिए; अब वह सड़क पर तो यह सब नहीं कर सकती थी और घर में उसका अपना कोई कमरा नहीं था; इसलिए वह उन सारी संवेदनाओं को भूल गई, जिनमें उसको आनंद आता था।

चुंबन की उस घटना के क़रीब छह महीने बाद एक दोपहर की बात है। उसकी माँ उस दिन देर से घर आने वाली थी, और उसके पास करने को कुछ नहीं था; उसके पापा अपने किसी दोस्त के साथ घर के बाहर गए हुए थे, और टीवी पर कुछ मज़ेदार नहीं आ रहा था, तो उसने अपने शरीर को टटोलना शुरू कर दिया, उसको लग रहा था कि उसको कहीं अनचाहा बाल मिल जाए, जिसको वह तत्काल निकाल सके। उसको बड़ी हैरानी हुई कि उसको अपनी योनि के ऊपर की उभरी हुई नस दिखाई दी; वह उसको छूने लगी और उसने पाया कि वह अपने आपको रोक नहीं पा रही है; और उसकी भावना इतनी तेज़ भड़क उठी थी और उसको इतना मज़ा आ रहा था कि उसके पूरे शरीर में, ख़ासकर शरीर के उस हिस्से में जिसको वह छू रही थी - बहुत अधिक तनाव में था। कुछ समय के बाद उसको ऐसा लगा जैसे वह स्वर्ग में जा रही हो, उसकी भावना भड़कती जा रही थी कि उसको अचानक ध्यान आया कि वह ना सुन पा रही थी ना देख पा रही थी, सब

कुछ धुँधला दिखाई दे रहा था, और फिर वह आनंद के मारे सीत्कारें भरने लगी और उसको पहली बार चरम सुख की अनुभूति हुई।

ओर्गैज्म की!

ऐसा था, मानो वह आकाश में उड़ रही हो और फिर धीरे-धीरे नीचे आ रही हो। उसका शरीर पसीना-पसीना हो रहा था, और उसको ऐसा महसूस हो रहा था, मानो वह पूरी हो गई हो, संतोष और ऊर्जा से भरपूर। यानी सेक्स का मतलब यही होता है! कितना अच्छा! किसी कामुक पत्रिका की तरह नहीं, जिसमें सभी सुख की बात करते थे, लेकिन ऐसा लग रहा था, मानो दर्द के मारे कराह रही हो। और किसी पुरुष की ज़रूरत नहीं थी, जिसको स्त्री का शरीर तो अच्छा लगता हो, लेकिन उसकी भावनाओं की कोई क़द्र नहीं होती हो। वह अपने आप सब कुछ कर सकती थी। उसने एक बार फिर ऐसा किया, इस बार इस कल्पना के साथ कि कोई फ़िल्म स्टार उसको छू रहा था, और एक बार फिर उसको ऐसा लगा, जैसे वह आसमान में हो और फिर नीचे उतरने लगी, उसको अब और भी अधिक ऊर्जा महसूस हो रही थी। जब वह तीसरी बार करने ही वाली थी कि उसकी माँ वापस आ गई।

मारिया ने अपनी सहेलियों से अपनी इस नई खोज के बारे में बात की, उसने यह नहीं बताया उसको इसके बारे में कुछ घंटे पहले ही पता चला था। दो को छोड़कर सभी लड़कियों को यह समझ आ गया था कि वह किस बारे में बात कर रही थी, लेकिन उनमें से किसी की इस विषय में बात करने की हिम्मत नहीं हुई थी। मारिया को ऐसा महसूस हो रहा था मानो वह सहेलियों के उस दल की प्रमुख हो, क्रांतिकारी हो, उसने 'गुप्त स्वीकारोक्तियों' के अजीब खेल का आविष्कार किया था, जिसमें शामिल लड़कियों से यह पूछा जा रहा होता था कि वे किस तरह से हस्तमैथुन करके आनंद महसूस करती थीं। उसने अलग-अलग तकनीकों के बारे में सीखा, गर्मी में कंबल ओढ़कर लेटने से (कारण यह कि उसकी एक दोस्त ने उसको यह बताया कि पसीना आने से और मज़ा आता था), बत्तख़ के पंख से अपने गुप्तांग को छूने से (उसको अभी तक यह भी पता नहीं था कि उस अंग को कहते क्या थे), किसी लड़के को ऐसा करने दिया जाए (मारिया ने बेवजह में ऐसा सोच लिया था), गुप्तांग में स्प्रे किया जाए (उसके पास घर में नहीं था, लेकिन वह जब अपनी किसी अमीर सहेली के घर जाएगी तो उसको आजमाएगी)।

बहरहाल, जब उसको हस्तमैथुन के बारे में पता चला और उसने अपनी सहेलियों की बताई हुई कुछ तकनीकों को आजमाया, तो उसने साध्वी बनने का इरादा हमेशा के लिए त्याग दिया। हस्तमैथुन से उसको बहुत आनंद आता था, फिर भी पता नहीं क्यों ईसाई धर्म में सेक्स को सबसे बड़े पापों में एक कहा जाता था। उसने अपनी उन्हीं सहेलियों से कई तरह की कहानियाँ सुनी थीं; हस्तमैथुन से शरीर पर दाने निकल आते हैं, इससे कोई पागल भी हो सकती है या गर्भवती। बहरहाल, इन सारे ख़तरों के बावजूद वह सप्ताह में कम से कम एक बार अपने आपको आनंद देती, आम तौर पर बुधवार के दिन, जब उसके पिता दोस्तों के साथ ताश खेलने के लिए बाहर जाते थे।

साथ ही, वह लड़कों के साथ अपने रिश्तों को लेकर पहले से अधिक असुरक्षित होने लगी, और उसका यह इरादा और अटल होता गया कि वह जहाँ रहती थी, उस जगह को छोड़ देगी। वह तीसरी बार प्यार में पड़ी और चौथी बार, अब वह जान गई थी कि किस तरह से चुंबन लिया जाता है, और जब वह अपने लड़के दोस्तों के साथ अकेली होती तो वह उनको छूती थी और उनको भी छूने देती थी, लेकिन हर बार कुछ न कुछ गड़बड़ हो जाया करती, और जब उसको लगने लगता कि यही वह आदमी है, जिसके साथ वह ज़िंदगी गुज़ार सकती थी कि उसके रिश्ते का अंत हो जाता। लंबे समय के बाद वह इस नतीजे पर पहुँची कि पुरुष बस दर्द देते हैं, हताशा, पीड़ा और ऐसा लगता, जैसे उसका समय बर्बाद हो रहा हो। एक दोपहर जब उसने एक माँ को अपने दो साल के बच्चे के साथ खेलते हुए देखा तो उसने यह फ़ैसला किया कि वह अभी भी पति के बारे में सोच सकती थी, बच्चों के बारे में और समुद्र की ओर रुख़ वाले घर के बारे में, लेकिन वह फिर कभी प्यार में नहीं पड़ी, क्योंकि प्यार सब कुछ बिगाड़ कर रख देता था।

और इस तरह मारिया की किशोरावस्था के दिन बीत गए। वह और सुंदर होती गई, और उसकी उदास रहस्यमय छवि के कारण उसको एक के बाद एक लड़के मिले। वह एक के बाद एक लड़के के साथ बाहर गई, और उसने सपने देखे तथा पीड़ा भोगी - जबकि उसने अपने आपसे यह वादा किया था कि कभी किसी से प्यार नहीं करेगी। ऐसे ही जब एक बार वह एक लड़के के साथ घूमने निकली, तो कार की पिछली सीट पर उसने अपना कौमार्य खोया; वह और उसका प्रेमी एक दूसरे को कुछ अधिक ही जोश के साथ छू रहे थे, और लड़का उत्तेजित हो गया, वह इस बात को लेकर उदास रहती थी कि अपनी सहेलियों में वही एक थी, जो अभी तक कुँवारी बची हुई थी; इसलिए उसने लड़के को अपने भीतर समा जाने दिया। हस्तमैथुन में तो स्वर्ग में जाने जैसा मज़ा आता था, लेकिन उसके विपरीत संभोग से उसको तकलीफ़ हुई और उसको ख़ून भी निकल आया, जिसके कारण उसकी स्कर्ट पर दाग़ पड़ गया, जिसको छुड़ाने में उसको बहुत वक्त लग गया। जिस तरह से पहला चुंबन उसको जादुई लगा था - बगुले उड़ रहे थे, पीछे सूर्यास्त हो रहा था, संगीत की आवाज़... वैसा कुछ भी नहीं महसूस हुआ, लेकिन उसने इस बारे में नहीं सोचा।

उसने उसी लड़के के साथ कई बार और संभोग किया, हालाँकि उसको इसके लिए उस लड़के को धमकाना पड़ा, उसने लड़के से कहा कि अगर उसने नहीं किया तो वह अपने पिता से यह कह देगी कि उसने उसके साथ बलात्कार किया था। मारिया ने उस लड़के का इस्तेमाल सीखने के लिए किया, उसने हर तरह से इस बात को समझने का प्रयास किया कि किसी के साथ सेक्स करने में क्या सुख मिलता था। वह इस बात को समझ नहीं पाई; हस्तमैथुन में परेशानी कम थी और ज़्यादा सुख मिलता था। लेकिन सभी पत्रिकाएँ, टीवी कार्यक्रमों, किताबों, सहेलियों, सबका यही कहना था कि

एक आदमी का होना ज़रूरी था। मारिया को लगने लगा कि उसको सेक्स से जुड़ी कोई ऐसी समस्या थी, जिसके बारे में वह कह नहीं सकती थी, इसलिए उसने अपनी पढ़ाई के ऊपर अधिक ध्यान देना शुरू किया, और कुछ समय के लिए उस शानदार, जानलेवा चीज़ को भूल जाने का फ़ैसला किया, जिसको प्यार कहते थे।

मारिया की डायरी से, जब वह सत्रह साल की थी :

मेरा मक़सद प्यार को समझना है। मुझे पता है कि जब मैं प्यार में थी तो खुद को कितना जीवंत महसूस करती थी, और मुझे पता है कि मेरे पास फिलहाल जो कुछ भी है, वो कितना भी दिलचस्प लगता हो, मुझे उसमें कुछ मज़ा नहीं आता।

लेकिन प्यार ख़तरनाक चीज़ है : मैंने अपनी सहेलियों को दुःख उठाते देखा है और मैं यह नहीं चाहती कि यह सब मेरे साथ भी हो। वे मेरे और मेरी मासूमियत के ऊपर हँसती थीं, लेकिन अब वे मुझसे यह पूछती हैं कि मैं किस तरह से मर्दों को इतनी अच्छी तरह से सँभाल लेती हूँ। मैं मुस्करा देती हूँ और कुछ भी नहीं कहती, क्योंकि मुझे पता है कि इलाज दर्द से ज़्यादा तकलीफ़ देता है : मैं प्यार में पड़ती ही नहीं। हर गुज़रते दिन के साथ मुझे साफ़ तौर पर यह दिखाई देने लगा कि पुरुष कितने कमज़ोर होते हैं, कितने ढुलमुल, असुरक्षित और हैरान कर देने वाले..., मेरी कुछ सहेलियों के पिताओं ने भी मुझसे प्रेम निवेदन किए, लेकिन हर बार मैंने मना कर दिया। पहली बार तो मुझे सदमा जैसा पहुँचा, लेकिन अब मुझे ऐसा लगता है कि पुरुष होते ही ऐसे हैं।

वैसे तो मेरा मक़सद प्यार को समझना है, और इसके बावजूद कि मुझे उन पुरुषों के बारे में सोच कर तकलीफ़ होती है, जिनको मैंने अपना दिल दिया, लेकिन मैं इस बात को समझती हूँ कि जिन लोगों ने मेरे दिल को छुआ, वे मेरे शरीर को नहीं जगा पाए, और जिन्होंने मेरे शरीर को जगाया, वे मेरे दिल को नहीं छू पाए।

वह उन्नीस साल की हो गई, हाई स्कूल की पढ़ाई पूरी करने के बाद उसको कपड़े की एक दुकान में नौकरी मिल गई, जहाँ उसके बॉस को उससे देखते ही प्यार हो गया। हालाँकि तब तक मारिया यह सीख चुकी थी कि मर्दों के द्वारा इस्तेमाल किए बगैर किस तरह उनका इस्तेमाल किया जाता है। वह उसको कभी अपने आपको छूने नहीं देती थी, जबकि वह हमेशा नख़रे दिखाती रहती, अपनी सुंदरता की ताक़त को समझते हुए।

सुंदरता की ताक़त : कुरूप स्त्रियों के लिए दुनिया कैसी होती होगी? उसकी कुछ ऐसी सहेलियाँ थीं, जिनके ऊपर पार्टियों में कोई ध्यान नहीं देता था या जिनमें पुरुषों ने कभी किसी तरह की दिलचस्पी नहीं दिखाई।

यह बात अजीब लग सकती है, लेकिन उन लड़कियों को जो थोड़ा-बहुत प्यार मिला उन्होंने उसको बहुत महत्त्व दिया, जब उनको ठुकरा दिया गया, तो ख़ामोशी से उस दुःख को सहन किया और बजाय इसके कि किसी और के लिए तैयार होकर रहें उन्होंने भविष्य में दूसरी चीज़ों के ऊपर ध्यान देने के बारे में सोचा। वे अधिक आज़ाद थीं, अपने आप में अधिक दिलचस्पी लेने वाली, हालाँकि मारिया को ऐसा लगता था कि उनको शायद यह दुनिया रहने के लायक़ ही नहीं लगती हो।

वह जानती थी कि वह कितनी सुंदर थी, और वैसे तो वह अपनी माँ को शायद ही कभी सुनती थी, लेकिन उसकी माँ ने एक बात कही थी, जो वह कभी नहीं भूल पाई : 'मेरी प्यारी बेटी, सुंदरता बहुत दिन नहीं रहती है।' दिमाग़ में इसी बात को रखते हुए वह अपने बॉस से हमेशा दूरी बनाकर रखती थी, लेकिन उसको पूरी तरह से दूर नहीं करती थी, और इसके कारण उसके वेतन में अच्छी-ख़ासी बढ़ोतरी हो गई (वह इस बात को नहीं जानती थी कि वह महज इस उम्मीद के सहारे अपने बॉस को कब तक बाँधे रखेगी कि एक दिन वह मारिया को बिस्तर पर ले जाएगा, लेकिन इस बीच वह कम से कम कमाई तो अच्छी कर रही थी।) उसने दो साल जमकर काम किया,

हर महीने अपने माँ-बाप को कमाई का कुछ हिस्सा देती थी, और अंत में उसने कर लिया! उसने इतना धन बचा लिया कि एक सप्ताह की छुट्टी अपने सपने के शहर में जाकर बिताए, उस शहर में जहाँ फ़िल्म और टीवी के स्टार रहते हैं, उसके देश का मशहूर और सुंदर नगर : रियो द जनेरो!

उसके बॉस ने यह प्रस्ताव दिया कि वह उसके साथ जाना चाहता है और उसका सारा ख़र्च भी वही उठाएगा। चूँकि वह दुनिया के सबसे ख़तरनाक जगहों में से एक में जा रही थी, इसलिए उसकी माँ ने एक शर्त रखी कि उसको अपने रिश्ते के एक भाई के साथ रहना होगा, जो जूडो में प्रशिक्षित था।

'लेकिन सर,' वह बोली। 'जब तक कोई ज़िम्मेदार आदमी देखने के लिए नहीं हो तो आप दुकान को इस तरह छोड़कर नहीं जा सकते।'

'मुझे सर मत कहो,' वह बोला, और मारिया ने उसकी आँखों में कुछ देखा, जिसको वह पहचान गई : प्रेम की लौ। और उसको इससे हैरानी हुई, क्योंकि उसको हमेशा ऐसा लगता था कि वह बस उसके साथ सोना चाहता था; लेकिन उसकी आँखें तो कुछ और ही कह रही थीं : 'मैं तुमको घर दे सकता हूँ, परिवार, और तुम्हारे माता-पिता के लिए कुछ धन भी।' भविष्य की सोचते हुए लौ को भड़काने के बारे में सोचा।

उसने कहा कि उसको सही में अपने काम की बहुत याद आएगी, और वे सहकर्मी भी जिनके साथ काम करने में उसको बहुत आनंद आता है (उसने इस बात की सावधानी बरती कि किसी ख़ास का नाम नहीं ले, इस रहस्य को हवा में झूलते रहने दे : क्या 'सहकर्मी' का मतलब उससे था?) और उसने वादा किया कि वह अपने धन और अपनी इज़्ज़त का बहुत ध्यान रखेगी। सच्चाई इससे बहुत अलग थी : वह नहीं चाहती थी कि कोई उसके साथ रहे, जो उसकी पूरी आज़ादी के इस पहले सप्ताह को पूरी तरह से ख़राब कर दे। वह सब कुछ करना चाहती थी - समुद्र में तैरना, अजनबियों से बात करना, दुकानों को बाहर से देखते हुए घूमना, अपने इसके लिए तैयार रहना कि सपनों का राजकुमार प्रकट हो जाएगा और जो उसको बेहतर ज़िंदगी देगा।

'एक सप्ताह होता ही कितना है?' उसने मोहक मुस्कान के साथ कहा, इस उम्मीद के साथ कि शायद वह ग़लत हो। 'पलक झपकते ही गुज़र जाएगा, और मैं जल्दी ही काम पर लौट आऊँगी।'

उसके दुखी बॉस ने पहले तो इस बात का विरोध किया फिर उसके फ़ैसले को मान लिया, क्योंकि उस समय वह मन ही मन यह योजना बना रहा था कि जब वह वापस लौट कर आए तो उससे शादी के लिए कहे, और इस तरह से वह बहुत अधिक उतावलापन दिखाकर अपना काम ख़राब नहीं करना चाहता था।

मारिया ने बस से 48 घंटे का सफ़र किया, कोपाकबाना के एक सस्ते होटल में ठहर गई (कोपाकबाना! समुद्र तट, वहाँ के आकाश की रंगत...) और अपने बैग को खोलने के पहले ही उसने वह बिकिनी निकाल ली, जो उसने ख़रीदी थी, उसको पहन लिया, और इसके बावजूद कि आसमान में बादल थे, वह सीधे समुद्र तट को निकल पड़ी। उसने डर के साथ समुद्र तट यानी बीच को देखा, लेकिन फिर कुछ अजीब तरीक़े से समुद्र के पानी में उतर गई।

इस बात पर किसी का ध्यान नहीं गया कि समुद्र के साथ यह उसकी पहली मुलाक़ात थी, समुद्र की देवी लेमांजा से, समुद्र की धारा से, झागदार लहरों से, अटलांटिक की दूसरी तरफ़ अफ़्रीका के तट थे और सिंह। जब वह पानी से बाहर निकली तो एक औरत उसके पास आई जो सैंडविच बेचने की कोशिश कर रही थी, एक सुंदर अश्वेत उसके पास आया और उसने पूछा कि क्या वह उस रात उसके साथ जाना चाहती थी, फिर एक और आदमी ने उससे संपर्क किया, जिसको पुर्तगीज़ भाषा का एक भी शब्द नहीं आता था, लेकिन उसने इशारों-इशारों में उससे पूछा कि क्या वह नारियल पानी पीना चाहती है।

मारिया ने सैंडविच ख़रीद लिया, क्योंकि 'ना' कहते हुए उसको शर्म आती थी, लेकिन उसने दोनों अजनबियों से कोई बात नहीं की। उसको अचानक अपने आपसे कोफ़्त होने लगी; अब जब उसको अपने मन का कुछ करने का मौक़ा मिला था, तो वह इतने अजीब तरह से बर्ताव क्यों कर रही थी? जब उसको कुछ समझ नहीं आया, तो वह बैठकर बादलों के पीछे से सूरज के निकलने का इंतज़ार करने लगी, वह अभी अपने साहस और इस बात से हैरान थी कि इस गर्मी में भी समुद्र का पानी कितना ठंडा था।

लेकिन वह आदमी, जिसको पुर्तगीज़ भाषा समझ नहीं आती थी, एक बार फिर से हाथ में पीने जैसा कुछ लिए प्रकट हुआ, उसने उसे उसकी तरफ़ बढ़ा दिया। इस बात से राहत महसूस करते हुए कि उसको उस आदमी से

बात नहीं करनी पड़ेगी, उसने नारियल पानी पी लिया और उस आदमी को देखकर मुस्करा दी, जवाब में वह आदमी भी मुस्करा उठा। कुछ समय तक वे इस सहज, निरर्थक संवाद के सहारे बने रहे - एक मुस्कान इधर, एक मुस्कान उधर - फिर उस आदमी ने लाल रंग की एक छोटी-सी डिक्शनरी निकाली और अजीब से लहजे में बोला : 'बोनीता' - सुंदर। वह फिर से मुस्करा उठी; लेकिन वह सपनों के जिस राजकुमार से मिलना चाहती थी, उसको क़म से कम उसकी भाषा तो बोलनी आनी चाहिए और उसकी उम्र कुछ कम होनी चाहिए।

वह आदमी उस छोटी-सी किताब के पन्नों को पलटने लगा :

'रात का खाना... आज रात?'

फिर वह बोला :

'स्विट्ज़रलैंड!'

और इस वाक्य को उसने उन शब्दों से पूरा किया, जिनको किसी भी भाषा में बोला जाए तो ऐसे लगता जैसे स्वर्ग की घंटियाँ बजने लगी हों :

'काम! डॉलर्स!'

मारिया ने स्विट्ज़रलैंड नाम के किसी रेस्तराँ का नाम नहीं सुना था, और क्या सब कुछ इतना आसान होता है और सपने इतनी आसानी से पूरे हो जाते हैं? उसने सावधानी बरतते हुए जवाब दिया : 'आपके इस आमंत्रण का बहुत शुक्रिया, लेकिन मेरे पास नौकरी पहले से ही है और डॉलर ख़रीदने में मेरी कोई दिलचस्पी नहीं है।'

मारिया ने जो कहा था, उस आदमी को उसका एक भी शब्द समझ में नहीं आया, वह बेचैन होने लगा; कुछ देर तक मुस्कानों के आदान-प्रदान के बाद वह कुछ मिनट के लिए वहाँ से गया और एक दुभाषिये के साथ लौटा आया। उसके माध्यम से उसने बताया कि वह स्विट्ज़रलैंड का रहने वाला था (देश का नाम, रेस्तराँ का नाम नहीं) और वह उसके साथ रात का खाना खाना चाहता था, और वहाँ वह उसको नौकरी के एक प्रस्ताव के बारे में बात करना चाहता था। दुभाषिये ने अपना परिचय देते हुए बताया कि वह उस होटल में विदेशी नागरिकों तथा सुरक्षा का प्रमुख था, जहाँ वह आदमी रह रहा था, वह अपनी तरफ़ से बोला :

'अगर मैं तुम्हारी जगह होता तो हाँ कर देता। यह आदमी एक महत्त्वपूर्ण प्रस्तुतकर्ता है और यूरोप में काम करने के लिए किसी नई प्रतिभा की तलाश में है। अगर तुम चाहो मैं तुमको कुछ दूसरे लोगों से मिलवा सकता हूँ, जिन्होंने उसके प्रस्ताव को स्वीकार किया, और अमीर हो गए और अब शादीशुदा हैं, बच्चों के साथ चैन से रह रहे हैं, उनको बेरोज़गारी का कोई डर नहीं है।'

उसके बाद अंतरराष्ट्रीय संस्कृति के अपने ज्ञान से उसको प्रभावित करने के इरादे से बोला : 'सबसे बढ़कर यह कि स्विट्ज़रलैंड में चॉकलेट और घड़ियाँ बहुत शानदार होती हैं।'

मारिया को मंच पर चढ़ने का बस एक बार अनुभव हुआ था, जब पवित्र सप्ताह के दौरान उसके उसके शहर में आयोजित नाटक में पानी बेचने वाली बनकर मंच से गुज़रने का मौक़ा मिला था। बस में वह मुश्किल से सो पाई थी, लेकिन वह समुद्र को देखकर उत्साह में आ गई थी, वह सैंडविच खा-खा कर परेशान हो चुकी थी, चाहे वह किसी भी तरह के रहे हों, और उसको कुछ समझ नहीं आ रहा था, क्योंकि वह किसी को वहाँ जानती नहीं थी और उसको दोस्त तलाश करने की ज़रूरत थी। वह इस तरह के हालात में पहले भी फँस चुकी थी, जिसमें आदमी वादे तो बड़े-बड़े करता है, लेकिन देता कुछ भी नहीं; इसलिए वह इस बात को समझती थी कि इस तरह की बातचीत उसकी दिलचस्पी जगाने के लिए की जा रही थी।

लेकिन उसको निश्चित रूप से ऐसा लग रहा था कि वर्जिन मैरी ने उसको यह मौक़ा दिलवाया था, और उसको लग रहा था कि इस सप्ताह की छुट्टी के एक-एक पल का वह आनंद उठाएगी, और चूँकि किसी रेस्तराँ में जाने से उसको कुछ ऐसा अनुभव होगा कि जब वह वापस घर लौटेगी तो इसके बारे में कुछ बता पाएगी, इसलिए उसने आमंत्रण स्वीकार कर लिया, बशर्ते कि वह दुभाषिया भी साथ में रहे, क्योंकि वह मुस्कुरा-मुस्कुरा कर और यह जता-जता कर परेशान हो चुकी थी कि वह विदेशी जो कह रहा था, उसकी एक-एक बात को वह समझ रही थी।

एक ही समस्या थी और जो सबसे बड़ी समस्या थी : उसके पास पहनने के लिए उपयुक्त ड्रेस नहीं थी। कोई औरत ऐसी बातों को आमतौर पर स्वीकार नहीं करती है (उनको यह स्वीकार कर लेना आसान लगता है कि उनके पति ने उनके साथ धोखा कर दिया, बजाए इस बात को स्वीकार

करने के कि कोई उनके कपड़ों के बारे में जान जाए), लेकिन वह चूँकि उन लोगों को जानती नहीं थी और ये लोग शायद उसको फिर कभी नहीं मिलें, इसलिए वह समझ गई कि उसके पास खोने के लिए कुछ भी नहीं है।

'मैं उत्तर-पूर्व से अभी ही आई हूँ और मेरे पास रेस्तराँ में पहन कर जाने लायक़ कपड़े नहीं हैं।'

दुभाषिये के माध्यम से वह आदमी बोला कि वह परेशान ना हो और उसने उसके होटल का पता पूछा। उस शाम उसको एक ड्रेस मिली। उस तरह की ड्रेस उसने अपनी पूरी ज़िंदगी में नहीं देखी थी, उसके साथ जो जूते थे, उनकी क़ीमत ही इतनी लग रही थी, जितना कि वह साल भर में कमा भी नहीं पाती।

उसको लगा कि यह उस सफ़र की शुरुआत थी, जिसके बारे में ब्राज़ील के पिछड़े इलाक़े सेरताओ में रहते हुए उसने बचपन से सपना देखा था, जहाँ लगातार सूखा पड़ता था, जहाँ लड़कों का कोई भविष्य नहीं था, ग़रीब लेकिन ईमानदार शहर, उबाऊ, एकरस जीवन वाला : वह संसार की राजकुमारी के रूप में बदलने के लिए तैयार थी। एक आदमी ने उसके सामने काम का प्रस्ताव रखा था, उसे डॉलर्स, एक जोड़ी महँगी जूतियाँ और ड्रेस यह सब ऐसे लगा जैसे यह परीकथाओं से निकली हों। कमी बस मेकअप की थी, लेकिन होटल के रिसेप्शनिस्ट को उसके ऊपर दया आ गई और उसने उसकी मदद की, इस चेतावनी के साथ कि वह यह नहीं समझे कि हर विदेशी यक़ीन के क़ाबिल होता है या रियो का हर आदमी ठग होता है।

मारिया ने इस चेतावनी को नज़रअंदाज़ कर दिया, उसने स्वर्ग से आए अपने तोहफ़े धारण कर लिए, आईने के सामने घंटों बिताए, इस बात के ऊपर अफ़सोस करते हुए कि काश! वह अपने साथ कैमरा लाई होती, जिससे कि वह इस पल को रिकॉर्ड कर पाती कि उसको अचानक ध्यान आया कि उसको देर हो रही है। वह सिंड्रेला की तरह उस होटल की तरफ़ भागी, जिसमें वह स्विस आदमी ठहरा हुआ था।

उसको बहुत आश्चर्य हुआ, जब दुभाषिया ने उसको बताया कि वह उनके साथ नहीं जाएगा।

'भाषा की चिंता मत करो, जो बात मायने रखती है, वह यह कि वह तुम्हारे साथ सहज महसूस करता है या नहीं।'

'लेकिन जब उसको मेरी बात ही समझ नहीं आएगी, तो वह किस तरह सहज महसूस करेगा?'

'वही तो। तुमको बात करने की कोई ज़रूरत नहीं है, असल बात संकेतों की है।'

मारिया को यह नहीं पता था कि 'संकेत' कौन हैं, वे आते कहाँ से हैं, लोग जब एक दूसरे से मिलते हैं, तो कुछ कहना होता है, सवाल-जवाब करना होता है। लेकिन मेलसन नामक उस दुभाषिये तथा सुरक्षा अधिकारी ने यह भरोसा दिलाया कि रियो द जनेरो और दुनिया एक बाक़ी हिस्सों में यह सब अलग तरह से होता था।

'उसको कुछ समझने की ज़रूरत नहीं है, उसको बस सहज महसूस करवाते रहना। वह एक विधुर है और उसके बच्चे नहीं हैं; उसका एक नाइटक्लब है और वह ब्राज़ील की एक ऐसी स्त्री की तलाश में है, जो विदेश में काम करना चाहती हो। मैंने उससे कहा था कि तुम उस तरह की नहीं हो, लेकिन उसने ज़ोर दिया, और बताया कि जिस समय उसने तुमको पानी से बाहर निकलते देखा था, उसी समय वह तुम्हारे प्यार में पड़ गया था। उसको लगा कि तुम्हारी बिकिनी भी बहुत सुंदर थी।'

वह रुका।

'लेकिन ईमानदारी से कहूँ तो अगर तुम चाहती हो कि तुमको यहाँ कोई प्रेमी मिले तो तुमको एक नई बिकिनी लेनी चाहिए; उस स्विस आदमी को छोड़कर कोई भी इसको पसंद नहीं करेगा, यह सच में पुराने फ़ैशन की है।'

मारिया ने ऐसे जताया, जैसे उसने सुना ही नहीं हो। मेलसन कहे जा रहा था :

'मुझे ऐसा नहीं लग रहा है कि वह तुम्हारे साथ महज मौज-मस्ती करना चाहता है; उसको लगता है कि तुम्हारे अंदर कुछ बात है कि तुम उसके क्लब की सबसे ख़ास आकर्षण बन सकती हो। ज़ाहिर है, उसने तुमको गाते या नाचते नहीं देखा है, लेकिन यह सब तुम सीख भी सकती हो, क्योंकि तुम पैदाइशी सुंदर हो। सभी यूरोपीय एक से होते हैं; वे यहाँ आते हैं और यह सोचने लग जाते हैं कि ब्राज़ील की सभी स्त्रियाँ कामोत्तेजक होती हैं और उनको सांबा करना आता है। अगर वह गंभीरता से बात करे तो उससे

दस्तख़त करवाकर अनुबंध ले लेना और देश छोड़ने के पहले स्विस दूतावास से उसके दस्तख़त की जाँच करवा लेना। कल मैं बीच पर रहूँगा, होटल के सामने, अगर तुमको किसी विषय में मुझसे बात करनी हो तो मिल लेना।'

स्विस आदमी ने मुस्कराते हुए उसका हाथ थामा और उस टैक्सी की तरफ़ इशारा किया जो उनका इंतज़ार कर रही थी।

'अगर उसका इरादा और कुछ हुआ और तुमको उसकी बात माननी ही पड़ी तो यहाँ एक रात के लिए 300 डॉलर दिए जाते हैं। उससे कम मत लेना।'

इससे पहले कि वह कुछ कहती वह रेस्तराँ के रास्ते में थी, वह आदमी जो कहना चाह रहा था, उन शब्दों को दोहरा रहा था। बातचीत बहुत साधारण थी :

'काम? डॉलर? ब्राज़ील की स्टार?'

इस बीच मारिया अभी भी उसके बारे में सोच रही थी, जो बात दुभाषिया सह सुरक्षा अधिकारी ने कही थी : एक रात के तीन सौ डॉलर! यह तो बहुत बड़ी रक़म थी! उसको प्यार के लिए तकलीफ़ उठाने की कोई ज़रूरत नहीं थी, वह उस आदमी के साथ उसी तरह खेलती रह सकती थी, जिस तरह वह दुकान में अपने बॉस के साथ खेल रही थी, शादी करके बच्चे पैदा करे और अपने माता-पिता को आराम की ज़िंदगी दे। उसके पास खोने के लिए क्या था? वह आदमी बूढ़ा था, और शायद अधिक दिन जी नहीं पाए, और फिर वह अमीर हो जाएगी - स्विट्ज़रलैंड के ऐसे पुरुषों के पास धन तो ख़ूब सारा होता है, लेकिन घर में उतनी औरतें नहीं होती हैं।

खाने के दौरान उन लोगों में कोई बातचीत नहीं हुई - बस वही मुस्कानों का आदान-प्रदान और मारिया को धीरे-धीरे यह बात समझ आ गई कि 'संकेत' से मेलसन का क्या मतलब था। वह आदमी उसको अल्बम दिखाए जा रहा था, जिसमें जिस भाषा में लिखावट थी, उसको वह समझ नहीं पा रही थी; उसमें बिकिनी पहने औरतों की तसवीरें थीं (निस्संदेह उसने उस दोपहर जैसी बिकिनी पहनी थी, उससे कहीं अधिक बेहतर और अधिक खुलीं), अख़बारों की कतरनें थीं, भड़कीले पन्ने रखे हुए थे, जिसमें उसको बस एक शब्द समझ में आ रहा था 'ब्राज़ील,' जिसमें ब्राज़ील की स्पेलिंग ग़लत लिखी हुई थी (क्या उसको किसी ने सिखाया नहीं था कि अंग्रेज़ी में

जब ब्राज़ील लिखते हैं तो ज़ेड नहीं एस लिखते हैं?) उसने ख़ूब सारी शराब पी, वह डरी हुई थी कि यह आदमी उससे कुछ माँग करेगा (वैसे उसने पहले कभी ऐसा कुछ किया तो नहीं था, लेकिन तीन सौ डॉलर देकर कोई शराफ़त तो नहीं दिखा सकता, और जब थोड़ी-सी शराब पी ली जाए तो यह सब आसान लगने लगता है, ख़ासकर जब आप अजनबियों के बीच हों।) लेकिन वह आदमी किसी भलेमानुस की तरह से बर्ताव कर रहा था, जब वह बैठ रही थी या उठ रही थी, तो उस आदमी ने उसकी कुर्सी भी थाम ली थी। आख़िर में, उसने कहा कि वह थक गई थी और अगले दिन उसने उससे बीच पर मिलने का तय किया (अपनी घड़ी की तरफ़ इशारा करते हुए, उसको समय दिखाते हुए, अपने हाथ से पानी की लहरों का संकेत बनाते हुए और धीरे से कहा, 'अ-मा-नहा' यानी कल)।

ऐसा लग रहा था कि वह ख़ुश था और उसने अपनी घड़ी की तरफ़ देखा (शायद स्विस घड़ी), और उसके बताए समय पर मिलने के लिए तैयार हो गया।

वह सीधे सोने के लिए नहीं गई। वह सपने देखने लगी, जैसे यह सब सपना था। फिर जब वह उठी तो उसने पाया कि वह सपना नहीं था : उसके साधारण से कमरे में कुर्सी पर ड्रेस रखी हुई थी, सुंदर जूते और बीच पर मिलने का वादा।

मारिया की उस दिन की डायरी से जिस दिन वह स्विस आदमी से मिली थी :

> *सब कुछ मुझे यही बता रहा है कि मैं ग़लत फ़ैसला लेने वाली हूँ, लेकिन ग़लतियाँ करना भी जीवन का हिस्सा है। दुनिया मुझसे क्या चाहती है? क्या यह चाहती है कि मैं कोई जोखिम मोल नहीं लूँ, वहीं वापस लौट जाऊँ जहाँ से मैं आई थी, क्योंकि मेरे अंदर ज़िंदगी को 'हाँ' कह पाने की हिम्मत नहीं थी।*
>
> *जब मैं ग्यारह साल की थी, तो मैंने ज़िंदगी की पहली ग़लती की, जब उस लड़के ने मुझसे यह पूछा कि क्या मैं उसको एक पेंसिल दे सकती थी; उसके बाद से मुझे यह समझ आया कि कई बार आपको दूसरा मौक़ा नहीं मिल पाता; इसलिए*

दुनिया जो देती है, उसको आगे बढ़कर ले लेना चाहिए। ज़ाहिर है, इसमें जोखिम होता है, लेकिन क्या वह ख़तरा उस बस की दुर्घटना के ख़तरे से बढ़कर था कि जिस बस में बैठकर मैं 48 घंटे में यहाँ आई? अगर मुझे किसी के लिए या किसी चीज़ के लिए ईमानदार होना है, तो मुझे अपने लिए ईमानदार होना चाहिए। अगर मैं सच्चे प्यार की तलाश में हूँ, तो मुझे पहले छोटे-मोटे प्यार को रास्ते से हटाना होगा। ज़िंदगी का जो भी छोटा-सा अनुभव मुझे है, उससे मैंने यह सीखा है कि कोई कुछ नहीं होता, कि सब कुछ भ्रम है - और यह बात भौतिक तथा आध्यात्मिक दोनों तरह की चीज़ों पर लागू होती है। जिस आदमी की भी कोई ऐसी चीज़ खो जाती है, जिसके बारे में उसको लगता हो कि वह हमेशा के लिए उसकी हो, (जो मेरे साथ कई दफ़ा हो चुका है) तो आख़िरकार उसको यह समझ आता है कि असल में उनका कुछ भी नहीं होता।

और अगर मेरा कुछ है ही नहीं, तो इस बात का कोई मतलब ही नहीं है कि ऐसी चीज़ों की तलाश में समय लगाया जाए, जो मेरी हों ही नहीं; जीने का सबसे अच्छा तरीक़ा यही है कि हर दिन को ज़िंदगी के पहले (और आख़िरी) दिन की तरह जिया जाए।

अगले दिन दुभाषिये तथा सुरक्षा अधिकारी और अब उसके अनुसार मारिया के एजेंट मेलसन से मारिया ने कहा कि वह उस स्विस आदमी के प्रस्ताव को स्वीकार कर लेगी; बशर्ते उसको स्विस दूतावास से काग़ज़ात दिए जाएँ। लग रहा था कि उस विदेशी को ऐसी माँगों की आदत थी, उसने जवाब दिया कि वह भी यही चाहता था, क्योंकि अगर मारिया को उसके देश में काम करना था, तो उसके पास ऐसा काग़ज़ होना चाहिए कि उसको जो काम दिया जा रहा था, उस काम को उस देश में कोई नहीं कर सके - और यह कोई मुश्किल काम नहीं है, क्योंकि स्विट्ज़रलैंड में किसी महिला को सांबा करना नहीं आता था। दोनों सिटी सेंटर गए, और उस सुरक्षा अधिकारी सह दुभाषिया सह एजेंट ने अनुबंध पर दस्तख़त के लिए अग्रिम नक़दी की माँग की, उसको जो 500 डॉलर मिले थे, उसका तीस प्रतिशत।

'यह एक सप्ताह का अग्रिम भुगतान है। एक सप्ताह का मतलब समझी? अब से तुम हर सप्ताह के 500 डॉलर कमाओगी, जिसमें किसी तरह की कटौती भी नहीं होगी, क्योंकि मैं बस पहली बार किए गए भुगतान से ही हिस्सा लेता हूँ।'

तब तक सफ़र करके बहुत दूर जाने के विचार सपना भर था, और सपने देखने में तब तक बहुत मज़ा आता है, जब तक कि आपको मजबूर होकर अपने सपने को हक़ीक़त में नहीं बदलना पड़ जाए। इस तरह से हम सभी तरह के ख़तरों, हताशा तथा परेशानियों से बच जाते हैं, और जब हम बूढ़े हो जाते हैं, तो अपने सपने को पूरा नहीं कर पाने के लिए हम हमेशा दूसरे लोगों पर इल्ज़ाम लगाते रहते हैं - कभी अपने माता-पिता, पति-पत्नी या बच्चों पर।

अचानक, वह अवसर आया था, जिसका वह बेताबी से इंतज़ार कर रही थी, लेकिन जिसकी उसने उम्मीद पाल रखी थी, वह नहीं हुआ। वह

किस तरह से ज़िंदगी की चुनौतियों और ख़तरों का मुक़ाबला करेगी, वह नहीं जानती थी। उसको जिन चीज़ों की आदत थी, उनको वह किस तरह से पीछे छोड़ देगी? वर्जिन मैरी ने उसके बारे में इस हद तक क्यों सोचा?

मारिया यह सोचकर अपने आपको दिलासा देने में लगी रही कि वह अपना दिमाग़ कभी भी बदल सकती थी; यह तो बस एक खेल था, कुछ ऐसा जिसके बारे में वह घर वापस जाने पर अपनी सहेलियों को बता सके। आख़िरकार, उस स्थान से वह एक हज़ार से अधिक किलोमीटर की दूरी पर रहती थी, और उसके पर्स में 350 डॉलर थे, इसलिए अगर वह कल यह सामान बाँधकर वापस निकल ले तो वे किसी भी सूरत में उसको वापस नहीं ला सकते थे।

दूतावास से वापस आने के बाद दोपहर में उसने समुद्र तट पर अकेले टहलने का फ़ैसला किया, जहाँ वह बच्चों को देख रही थी, वॉलीबॉल खेलने वाले खिलाड़ियों को, भिखारियों को, शराबियों को, ब्राज़ील की परंपरागत कलाकृतियाँ (चीन में बनी) बेचने वालों को, बुढ़ापे को दूर भगाने के लिए दौड़ लगाते या व्यायाम करते लोगों को, विदेशी पर्यटकों को, बच्चों को लिए माँओं को, दूर विहार में पत्ते खेल रहे पेंशनयाफ़्ताओं को।

रियो द जनेरो आने के बाद वह एक पाँच सितारा रेस्तराँ में गई थी और एक दूतावास में, वह एक विदेशी से मिली थी, उसका अपना एक एजेंट था, उसको तोहफ़े में ड्रेस मिली थी और एक जोड़ी जूते, उसके अपने शहर में इतना सब कर पाना किसी के भी बस में नहीं था।

और अब क्या?

उसने समुद्र की तरफ़ देखा : उसको भूगोल में पढ़ाया गया था कि अगर वह सीधी रेखा में चलती जाए, तो वह अफ़्रीका पहुँच जाएगी, जहाँ जंगल में सिंह हैं और बहुत सारे गोरिल्ला। लेकिन अगर वह कुछ उत्तर की दिशा में बढ़े तो वह मंत्रमुग्ध कर देने वाले यूरोप में पहुँच जाएगी, जहाँ एफ़िल टावर, यूरो डिज़्नी और पीसा की झुकी हुई मीनार है। उसके पास खोने के लिए क्या था? ब्राज़ील की हर लड़की की तरह उसने जब मुँह से माँ भी नहीं कहा था, तभी सांबा करना सीख लिया था; अच्छा नहीं लगने पर तो वह कभी भी वापस आ सकती थी, और उसने यही सीखा था, अवसर लाभ उठाने के लिए होते थे। जिसने अपनी ज़िंदगी का बड़ा हिस्सा ऐसी चीज़ों के

लिए नहीं कहने में लगाया था, जिनके लिए वह कभी भी 'हाँ' कहना पसंद करती, उसने तय कर लिया था कि बस उन्हीं अनुभवों को हासिल करेगी, जिनको वह क़ाबू में रख सकती थी – मसलन कुछ पुरुषों के प्रेम निवेदन। अभी तो उसके सामने जो था सब अनजाना था, इसी समुद्र की तरह जो उन नाविकों के लिए अनजाना था, जिन्होंने इसको पार किया या ऐसा ही कुछ उसको इतिहास की कक्षा में बताया गया था। वह ना तो कभी भी कह सकती थी, लेकिन क्या फिर वह ज़िंदगी भर इसका अफ़सोस मनाती रह जाती, जिस तरह से वह उस बच्चे की यादों के लिए अफ़सोस जताती रही, जिसने उससे एक बार पेंसिल माँगी थी और फिर एक दिन ग़ायब हो गया था – उसका पहला प्रेम? वह ना तो कभी भी कह सकती थी, लेकिन इस बार 'हाँ' कहकर क्यों नहीं देखा जाए?

एक सीधा कारण तो यह था : वह ब्राज़ील के पिछड़े इलाक़े में रहने वाली लड़की थी, जिसको अच्छे स्कूल में पढ़ने, टीवी सीरियल के अलावा ज़िंदगी का कोई अनुभव नहीं था और निश्चित रूप से वह सुंदर थी। यह काफ़ी नहीं था, जिसके सहारे दुनिया का सामना किया जाए।

उसने देखा कि लोगों का एक समूह था जो हँसे जा रहा था और समुद्र की तरफ़ देख रहा था, लेकिन अंदर घुसते हुए उनको डर लग रहा था। दो दिन पहले, उसको भी ऐसा ही महसूस हुआ था, लेकिन अब उसको डर नहीं लग रहा था; जब भी उसकी इच्छा हुई वह पानी में गई, मानो उसका जन्म वहीं हुआ हो, क्या यूरोप में भी ऐसा ही नहीं होगा?

उसने ख़ामोशी के साथ प्रार्थना की और एक बार फिर से वर्जिन मेरी से सलाह माँगी, और कुछ सेकेंड के बाद अपने फ़ैसले पर आगे बढ़ने को लेकर वह पूरी तरह से सहज थी, क्योंकि उसको सुरक्षित महसूस होता था। वह कभी भी वापस आ ही सकती थी, लेकिन यह कोई ज़रूरी नहीं था कि उसको इस तरह के सफ़र के लिए दूसरा मौक़ा भी मिल जाए। यह ख़तरा मोल लेने के लायक़ था, जब तक कि बस में 48 घंटे बैठकर वापसी के सफ़र का सपना था, उस बस में जिसमें एयरकंडीशनर नहीं था, और जब तक कि स्विस आदमी अपना मन नहीं बदल लेता।

वह इतने अच्छे मूड में थी कि जब उस विदेशी ने उसको रात के खाने के लिए फिर से आमंत्रित किया तो वह चाहती थी आकर्षक दिखे और उसने उसका हाथ अपने हाथ में ले लिया, लेकिन उसने तत्काल अपना हाथ पीछे

खींच लिया, और मारिया को समझ में आया - डर और राहत के मिले-जुले भाव के साथ - कि उसने जो कहा था उस बात को लेकर वह गंभीर था।

'सांबा स्टार!' उस आदमी ने कहा। 'ब्राज़ील की प्यारी सांबा स्टार! अगले सप्ताह चलते हैं!'

अन्य सब तो ठीक था, लेकिन अगले सप्ताह उसके साथ सफ़र पर जाने का तो सवाल ही नहीं उठता था। मारिया ने बताया कि वह अपने परिवार से राय-मशविरा किए बगैर जाने का फ़ैसला नहीं कर सकती थी। वह स्विस नागरिक गुस्से में आ गया और उसने उसको वह अनुबंध दिखाया, जिस पर उसके हस्ताक्षर थे और पहली बार मारिया को डर महसूस हुआ।

'अनुबंध!' वह बोला।

वैसे तो वह घर वापस जाने का फ़ैसला कर चुकी थी, लेकिन उसने पहले अपने एजेंट मेलसन से राय लेने के बारे में सोचा; आख़िरकार वह उसका ऐसा सलाहकार था, जिसको वह सलाह देने के लिए भुगतान करती थी।

लेकिन मेलसन उस जर्मन पर्यटक को फँसाने में लगा हुआ था, जो उसी समय होटल में आई थी और जो बीच पर शरीर के ऊपरी हिस्से को बिना ढँके धूप के मज़े ले रही थी, उसको इस बात का यक़ीन था कि ब्राज़ील दुनिया का सबसे उदार देश था (उसका ध्यान इस बात पर नहीं गया था कि बीच पर अकेली ऐसी स्त्री थी, जिसके शरीर का ऊपरी हिस्सा खुला हुआ था और सभी लोग उसको असहज भाव से देख रहे थे।) यह बहुत मुश्किल था कि वह जो कह रही थी उसके ऊपर मेलसन ध्यान दे।

'लेकिन अगर मैंने अपना दिमाग़ बदल दिया?' मारिया ने ज़ोर देते हुए कहा।

'मुझे नहीं पता है कि अनुबंध में लिखा क्या है, लेकिन मुझे लगता है वह तुमको गिरफ़्तार करवा सकता है।'

'वह मुझे ढूँढ़ ही नहीं पाएगा!

'सही बात। फिर किस बात से परेशान होना?'

दूसरी तरफ़ उस स्विस नागरिक ने पाँच सौ डॉलर ख़र्च कर दिए थे, इसके अलावा एक जोड़ी जूते भी ख़रीद कर दिए थे, एक ड्रेस, दो रात रेस्तराँ में खाना तथा दूतावास में काग़ज़ी कामकाज के लिए कई तरह की

फ़ीस, इसलिए वह परेशान होने लगा था, इसलिए मारिया के बार-बार यह कहने पर कि उसको अपने परिवार से बात करनी थी, उसने हवाई जहाज के दो टिकट ख़रीदे ताकि वह उसके साथ उस स्थान पर जाए जहाँ वह पैदा हुई थी, यह तय था कि अगर मामला 48 घंटे में निपट गया, तो वे अगले सप्ताह यूरोप जा सकते थे। दो-एक बार मुस्कराने के बाद वह यह समझने लगी कि या सब उस दस्तावेज़ में लिखा हुआ था, जिसके ऊपर उसने हस्ताक्षर किए थे, और जहाँ तक प्रलोभनों, भावनाओं तथा अनुबंध की बात थी, किसी को हल्के में नहीं लिया जा सकता।

शहर के लिए यह कुछ हद तक हैरानी और कुछ गर्व का कारण बन गया कि उसकी बेटी मारिया एक विदेशी के साथ शहर में आई थी, जो उसको यूरोप में बड़ा स्टार बनाना चाहता था। आस-पड़ोस में सबको पता था, और उसके साथ स्कूल में पढ़ने वाली सहेलियों ने उससे पूछा :

'यह सब हुआ कैसे?'

'मेरी क़िस्मत अच्छी थी।'

वे यह जानना चाहती थी कि क्या रियो द जनेरो में इस तरह की बातें अक्सर होती रहती थीं, क्योंकि टीवी धारावाहिकों में उन्होंने इस तरह के दृश्य कई बार देखे थे। मारिया हार मानने वाली नहीं थी, वह अपनी सहेलियों को यह जताना चाहती थी कि उसका अपना जो अनुभव था वह बहुत बड़ा था और अपनी सहेलियों को इस बात का यक़ीन दिलाना चाहती थी कि वह कुछ ख़ास है।

वह उस आदमी के साथ अपने घर गई जहाँ उसने काग़ज़ के गोल पर्चे दिए, जिनके ऊपर संपर्क में ब्राज़ील की स्पेलिंग में एस के स्थान पर ज़ेड लिखा हुआ था, जबकि मारिया ने यह बताया कि अब उसका अपना एक एजेंट था और वह अभिनेत्री के रूप में अपने करियर को आगे बढ़ाने के बारे में सोच रही थी। जब वह विदेशी उसकी माँ को तसवीरें दिखा रहा था, तो माँ ने छोटी बिकिनी पहने लड़कियों की तसवीरें देखीं तो उन्होंने तत्काल तसवीरें उसे वापस कर दीं और उस बारे में कुछ नहीं पूछने का फ़ैसला किया; जो बात मायने रखती थी, वह यह कि उनकी बेटी को ख़ुश और अमीर होना चाहिए, या नाख़ुश, लेकिन कम से कम अमीर।

'उसका नाम क्या है?'

'रोजर।'

'रोजेरियो!'

'रिश्ते में मेरा एक भाई था, जिसका नाम रोजेरियो था!'

वह आदमी मुस्कराया और ताली बजाने लगा, और उन लोगों को यह समझ आ गया कि उसको एक शब्द भी समझ नहीं आया था। मारिया के पिता ने कहा :

'इसकी उम्र मेरी जितनी ही है।'

उसकी माँ ने पिता से कहा कि वे बेटी की ख़ुशी में बाधा नहीं डालें। चूँकि सभी सिलाई करने वाली अपने ग्राहकों से काफ़ी बातचीत करती हैं, इस कारण उनको शादी और प्यार के बारे में काफ़ी कुछ पता रहता है; इसलिए मारिया को उसकी सलाह यह थी :

'मेरी बेटी, किसी अमीर के साथ दुखी होना उससे कहीं अधिक अच्छा है कि किसी ग़रीब के साथ खुश रहा जाए, इसमें तुम्हारे लिए यह मौक़ा रहेगा कि अमीर, लेकिन दुखी औरत बन जाओ। और अगर यह नहीं हुआ तो तुम बस में बैठकर कभी भी घर वापस आ सकती हो।'

मारिया भले एक पिछड़े शहर की लड़की थी, लेकिन वह अपनी माँ से कहीं अधिक होशियार थी या अपने भावी पति ने जितनी उसके बारे में कल्पना की होगी उससे भी कहीं अधिक, और उसने कुछ भड़काने वाले अंदाज़ में कहा :

'माँ यूरोप से ब्राज़ील कोई बस नहीं जाती। इसके अलावा, मैं वहाँ एक कलाकार के रूप में जा रही हूँ, शादी करने नहीं।'

माँ ने उसको दुखी भाव से देखा।

'अगर तुम वहाँ जाती हो, तो हमेशा ही लौट सकती हो। कलाकार होना, अभिनेत्री होना तो ठीक है, लेकिन यह सब तभी तक चलता है, जब तक तुम्हारी सुंदरता है, और जब तक तुम 30 साल के आसपास होगी यह सब ढलने लगेगा। इसलिए जो भी करना है अभी ही कर लो। किसी ऐसे आदमी को ढूँढ़ लो जो ईमानदार हो, तुमको प्यार करता हो, और उससे शादी कर लो। प्यार मायने नहीं रखता। पहले मैं भी तुम्हारे पापा को प्यार नहीं करती थी, लेकिन धन से सब कुछ हो जाता है, यहाँ तक कि सच्चा प्यार भी। और अपने पापा को ही देखो, वे तो अमीर भी नहीं हैं!'

अगर यह सलाह कोई सहेली देती तो ग़लत होती, लेकिन माँ ने दी इसलिए अच्छी सलाह थी। 48 घंटे के बाद मारिया रियो में लौटकर आ गई, लौटने के पहले वह उस जगह पर गई जहाँ वह पहले काम करती थी, वहाँ जाकर उसने अपना इस्तीफ़ा दे दिया और दुकान के मालिक ने उससे कहा :

'हाँ, मैंने यह सुना है कि फ्रांस का कोई बड़ा प्रस्तुतकर्ता तुमको पेरिस ले जाना चाहता था। तुम ख़ुशी के लिए जा रही हो, इसलिए मैं तुमको रोक तो नहीं सकता, लेकिन तुम्हारे जाने से पहले मैं कुछ जानना चाहता हूँ।'

उसने अपनी जेब से चेन लगा एक मेडल निकाला।

'यह देवी का मेडल है। उनका चर्च पेरिस में है, इसलिए वहाँ जाकर प्रार्थना करना, वह तुम्हारी रक्षा करेंगी। देखो, वर्जिन मैरी की तसवीर के पास कुछ शब्द गुदे हुए हैं।'

मेरी ने पढ़ा : 'हे बिना पाप के गर्भवती हुईं मैरी, हम आपके पास आए हैं, हमारे लिए दुआ कीजिए। आमीन।'

'दिन में कम से कम एक बार इन शब्दों को कहना। और...'

वह हिचकिचाया, लेकिन देर हो रही थी।

'...अगर किसी दिन तुम लौट कर आईं, तो मैं तुम्हारा इंतज़ार करूँगा। मैंने तुमको कोई बहुत सीधी-सी बात कहने का मौक़ा खो दिया : मैं तुमसे प्यार करता हूँ। हो सकता है कि बहुत देर हो चुकी हो, लेकिन मैं जानना चाहता था।'

खोए हुए मौक़े। वह बहुत कम उम्र में ही समझ गई थी कि इसका मतलब क्या होता था। 'मैं तुमसे प्यार करता हूँ,' अपने बाईस साल के जीवन में उसने इन शब्दों को कई बार सुना था, और अब उसको ऐसा लगने लगा था कि इन शब्दों का उसके लिए कोई मतलब नहीं रह गया था, क्योंकि इन शब्दों के बाद कुछ गहरा या गंभीर नहीं हुआ, इनकी वजह से कोई ऐसा संबंध नहीं बना जो दूर तक चला हो। मारिया ने उसके शब्दों के लिए उसका शुक्रिया अदा किया, इस बात को अपनी स्मृति में दर्ज किया (कोई नहीं जानता कि ज़िंदगी ने हमारे लिए क्या रखा है, और यह जानना हमेशा अच्छा होता है कि आपात कालीन दरवाज़ा कहाँ है), उसने उसके गाल पर चुंबन दिया और बिना पीछे देखे चल दी।

वे रियो लौट आए, और एक दिन के अंदर उसके पास पासपोर्ट था (ब्राज़ील सच में बहुत बदल चुका है, रोजर ने कहा, पुर्तगीज़ भाषा के कुछ शब्दों तथा इशारों के माध्यम से, जिसका मतलब मारिया ने यह निकाला कि 'पहले इस काम में बहुत समय लग जाया करता था।') मेलसन की मदद से उसने ज़रूरी चीज़ों की ख़रीद की (कपड़े, जूते, मेकअप, वह सब जो उसकी जैसी औरत को चाहिए होता है)। यूरोप जाने के पहले की शाम वे नाइट क्लब में गए, और जब रोजर ने वहाँ उसको नाचते हुए देखा, तो उसको अपनी पसंद पर ख़ुशी महसूस हुई; वह साफ़ तौर पर भविष्य की कैबरे स्टार को देख पा रहा था, यह प्यारी साँवली लड़की, जिसकी आँखें पीली थीं और बाल ग्रूना पक्षी की तरह काले थे (काले बालों की तुलना के लिए ब्राज़ील के लेखक अक्सर उस पक्षी की उपमा देते हैं।) स्विस दूतावास से वर्क परमिट मिल चुका था, इसलिए उन्होंने अपने बैग पैक कर लिए और अगले दिन वे चॉकलेट, घड़ियों तथा चीज़ की धरती की दिशा में उड़ चले, मारिया मन ही मन यह योजना बना रही थी कि इस आदमी को अपने प्यार में बाँध लेगी - आख़िरकार, वह ना तो बूढ़ा था, ना कुरूप या ग़रीब। और उसको क्या चाहिए?

वह जब पहुँची तो थकी हुई महसूस कर रही थी, जब वह एयरपोर्ट पर ही थी तो उसको डर सताने लगा : उसको यह बात समझ में आई कि वह पूरी तरह से उस आदमी के ऊपर निर्भर थी, जो उसके बगल में था - उसको इस देश के बारे में कुछ भी पता नहीं था, ना भाषा के बारे में ना ठंड के बारे में। समय बीतने के साथ रोजर का बर्ताव बदलने लगा; उसने ख़ुश दिखने की कोई कोशिश नहीं की, और ना तो उसने उसको चूमने की कोशिश की ना ही उसके स्तनों से सहलाया, उसके आँखों को देखकर लग रहा था कि वह उससे बहुत दूरी बरत रहा था। उसने उसको एक छोटे-से कमरे में रख दिया, उसका परिचय ब्राज़ील की एक और युवती से करवाया, उस उदास लड़की का नाम विवियन था, जिसका काम था उसको काम के लिए तैयार करना, और सब कुछ सिखाना।

विवियन ने उसको ऊपर से नीचे देखा, इस बात को लेकर किसी तरह की सहानुभूति नहीं थी कि सामने वाली लड़की पहली बार विदेश आई है। बजाय यह पूछने कि वह कैसा महसूस कर रही है, वह सीधे काम पर आ गई।

'अपने आपको किसी धोखे में मत रखना। जब भी इसकी कोई डान्सर शादी कर लेती है तो यह ब्राज़ील जाता है, यह अक्सर होता रहता है। इसको पता है कि तुमको क्या चाहिए और मेरे ख़याल से तुमको भी पता है : तुम शायद इन तीन में से एक चीज़ की तलाश में हो - रोमांच, धन या फिर पति।'

इसको कैसे पता चला? क्या सब इन्हीं चीज़ों की तलाश में होते हैं? या विवियन सामने वालों के मन को पढ़ लेती है?

'सभी लड़कियों को इन तीन चीज़ों में से एक चाहिए होती है,' विवियन कहे जा रही थी, और मारिया को लगने लगा कि विवियन सच में उसके मन

को पढ़ रही थी। 'जहाँ तक रोमांच की बात है, तो यहाँ ठंड इतनी अधिक पड़ती है कि कुछ भी नहीं किया जा सकता, और इसके अलावा तुम इतना कमा ही नहीं पाओगी कि कहीं घूमने जा पाओ। जहाँ तक कमाई की बात है तो एक बार रहने-खाने के एवज में धन कट जाने के बाद तुमको घर वापसी की फ़्लाइट का टिकट कटाने के लिए लगभग पूरे साल काम करते रहना होगा।'

'लेकिन...'

'मुझे पता है कि तुम इस बात के लिए राज़ी नहीं हुई थी। लेकिन सच्चाई यह है बाक़ी सभी लोगों की तरह तुम भी पूछना भूल जाओगी। अगर तुम अधिक सावधान रही होती, तुमने हस्ताक्षर करने के पहले अनुबंध को पढ़ा होता तो तुमको पता चल गया होता कि तुम अपने आपको कहाँ फँसा रही हो, क्योंकि स्विस लोग झूठ नहीं बोलते, वे अपनी मदद के लिए बस चुप्पी पर भरोसा करते हैं।'

मारिया को लगा कि जैसे उसके पैरों के नीचे की ज़मीन खिसक रही हो।

'और जहाँ तक पति की बात है, तो जब भी कोई लड़की शादी कर लेती है, तो रोजर को बहुत आर्थिक नुक़सान उठाना पड़ता है; इसलिए हम लोगों को ग्राहकों से बात करने की मनाही है। अगर तुम्हारी दिलचस्पी उस तरफ़ है तो तुमको बहुत ख़तरा उठाना पड़ेगा। यह रु द बर्न की तरह दोस्त बनाने की जगह नहीं है।'

रु द बर्न?

'यहाँ पुरुष अपनी अपनी पत्नियों के साथ आते हैं, और जो थोड़े-बहुत पर्यटक आते भी हैं, वे यहाँ के पारिवारिक माहौल को देखकर औरतों की तलाश में कहीं और चले जाते हैं। मेरे ख़याल से तुमको डान्स करना आता है; अगर तुमको गाना गाना भी आता होगा तो तुम्हारा वेतन बढ़ जाएगा, लेकिन इसके कारण बाक़ी लड़कियाँ तुमसे ईर्ष्या करने लगेंगी; इसलिए मैं यही सलाह दूँगी कि भले ही तुम ब्राज़ील की सबसे अच्छी गायिका ही क्यों नहीं हो तब भी कभी इसकी कोशिश भी मत करना। और हाँ, फ़ोन का इस्तेमाल कभी मत करना। जितना कमाओगी सब इसी में ख़र्च हो जाएगा, और कमाई ज़्यादा होगी भी नहीं।'

'उसने मुझसे प्रति सप्ताह 500 डॉलर देने का वादा किया है!'

'अच्छा।'

स्विट्ज़रलैंड में रहने के दूसरे सप्ताह के दौरान मारिया की डायरी :

मैं नाइटक्लब गई और वहाँ नृत्य निर्देशक से मिली, जो मोरक्को नामक किसी स्थान से आए थे और उस आदमी ने कभी ब्राज़ील में क़दम भी नहीं रखा था, लेकिन उससे मुझे सांबा डान्स के स्टेप सीखने थे, उसको जो लगता था कि सांबा होता है। मुझे उस लंबी फ़्लाइट से आने के बाद सँभलने का मौक़ा भी नहीं मिला, मुझे पहली रात से ही मुस्कराना और डान्स करना शुरू कर देना था। हम छह हैं, हम में से कोई भी ख़ुश नहीं है और हम लोगों में से किसी भी यह नहीं पता है कि हम वहाँ क्या कर रहे हैं। ग्राहक पीते हैं और तालियाँ बजाते हैं, हवा में चुंबन उछालते हैं और अकेले में देखते हैं तो अश्लील इशारे करते हैं, लेकिन बात बस यहीं तक रहती है। मुझे कल भुगतान किया गया, जो करार का दसवाँ हिस्सा था, बाक़ी चीज़ों के बारे में करार में यह लिखा था कि मुझे फ़्लाइट का किराया और यहाँ रहने का ख़र्च खुद उठाना है। विवियन के आकलन के हिसाब से इसमें क़रीब एक साल का समय लग जाएगा, जिसका मतलब यह कि तब तक भागने का कोई रास्ता नहीं था।

और वैसे भी भागने से क्या हासिल होना है? मैं अभी आई हूँ। अभी तक मैंने कुछ देखा नहीं है। सप्ताह की सात रातों में डान्स करने में ऐसी क्या बुराई है? पहले मैं मज़े के लिए यह सब करती थी, अब धन के लिए, प्रसिद्धि के लिए यह सब करती हूँ; मेरे पाँव नहीं दुखते हैं, एक ही मुश्किल यह है कि हर वक्त चेहरे पर मुस्कान ओढ़े रहनी पड़ती है।

मुझे यह चुनना है कि मैं दुनिया में या तो मैं पीड़ित के रूप में रहूँ या ख़ज़ाने की तलाश में रोमांच की दुनिया में जाऊँ। सवाल यह है कि मैं अपनी ज़िंदगी को किस तरह देखती हूँ।

मारिया ने ख़ज़ाने की तलाश में रोमांच का रास्ता अपनाया - उसने अपनी भावनाओं को एक किनारे किया, हर रात का रोना-धोना बंद किया, और वह उस लड़की के बारे में भूल गई, जो वह थी; उसने यह पाया कि उसके अंदर इस बात की पर्याप्त इच्छा शक्ति थी कि वह ऐसे जताए जैसे वह उसी समय पैदा हुई थी और इसलिए उसके पास इसका कोई कारण नहीं था कि उसको किसी की याद आए। भावनाएँ इंतज़ार कर सकती थीं, अब उसको करना बस यही था कि कुछ कमाई कर ली जाए, उस देश को जान लिया जाए, और विजयी भाव से अपने देश लौटा जाए।

उसके आसपास जो कुछ भी था वह मिला-जुला कर ब्राज़ील की तरह ही था और विशेष रूप से अपने शहर की तरह। औरतें पुर्तगीज़ बोलती थीं, पुरुषों के बारे में शिकायत करती थीं, ज़ोर-ज़ोर से बातें करती थीं, इस बात का रोना रोती थीं कि उनको बहुत देर तक काम करना पड़ता है, क्लब में देर से आती थीं, बॉस की बात को नज़रअंदाज़ कर देती थीं, अपने आपको दुनिया की सबसे सुंदर औरत समझती थीं, और अपने सपनों के राजकुमार के बारे में कहानियाँ सुनाती थीं, जो अक्सर मीलों दूर रहता था या उनकी शादी हो चुकी होती थी या उसके पास धन नहीं था, इसलिए उन्होंने उसको छोड़ दिया। रोजर अपने साथ क्लब के बारे में जो पर्चे लेकर आया था और उससे क्लब के बारे में उसने क्लब के बारे में जिस तरह की कल्पना की थी, क्लब उससे अलग था, उसी तरह का था जिस तरह से विवियन ने उसके बारे में बताया था : वहाँ का माहौल पारिवारिक था। लड़कियों के वर्क परमिट में सांबा डान्सर लिखा होता था, और उनको बाहर से आमंत्रण स्वीकार करने तथा ग्राहकों के साथ बाहर जाने की अनुमति नहीं थी। अगर किसी को काग़ज़ का टुकड़ा लेते देख लिया जाता, जिसके ऊपर देने वाले ने अपना फ़ोन नंबर लिखा हो, तो उस लड़की को दो सप्ताह के

लिए निलंबित कर दिया जाता था। मारिया ने यह उम्मीद की थी कि वहाँ का माहौल जीवंत होगा, कुछ दिलचस्प होगा, लेकिन वह धीरे-धीरे उदासी और ऊब की शरण में चली गई।

पहले दो सप्ताह के भीतर वह उस घर से बहुत कम निकली जहाँ वह रह रही थी, ख़ासकर तब जब उसको यह पता चला कि कोई भी उसकी भाषा में बात नहीं करता था, चाहे वह अपनी बात बहुत धीरे-धीरे कहे तब भी। उसको यह जानकर भी बहुत हैरानी हुई, उसके अपने देश के विपरीत, वह जिस शहर में रह रही थी उसके दो अलग-अलग नाम थे - वहाँ रहने वाले उसको जेनेवा बुलाते थे, और ब्राज़ील के रहने वाले उसको जेनेब्रा बुलाते थे।

अंत में, अपने छोटे से, टीवी विहीन कमरे में घंटों बिताने के बाद वह इस नतीजे पर पहुँची :

(क) उसको जो चाहिए वह उसको कभी नहीं मिल पाएगा, जब तक कि वह उसके बारे में बोलेगी नहीं। इसके लिए उसे भाषा सीखने की ज़रूरत थी।

(ख) चूँकि उसके साथ काम करने वाली तमाम लड़कियों की भी यही चाहत थी, इसलिए उसको अलग होने की ज़रूरत थी। ख़ास तौर पर इस समस्या के लिए ना तो उसको कोई समाधान सूझा था ना ही कोई तरीक़ा समझ में आया था।

जेनेवा आने के चार सप्ताह बाद मारिया की डायरी से :

मुझे यहाँ आए अरसा बीत गया, मुझे भाषा नहीं आती, मैं पूरे दिन रेडियो पर गाने सुनती रहती हूँ, अपने कमरे में टहलती रहती हूँ, ब्राज़ील के बारे में सोचती रहती हूँ, काम शुरू होने का इंतज़ार करती रहती हूँ, जब मैं काम कर रही होती हूँ, तो अपने रहने की जगह पर वापस आने के लिए परेशान होती रहती हूँ। दूसरे शब्दों में, मैं भविष्य में जी रही हूँ वर्तमान में नहीं।

भविष्य में किसी दिन मैं घर वापसी का टिकट कटाऊँगी, ब्राज़ील वापस जाऊँगी, कपड़े के दुकान वाले से शादी करूँगी,

और उन सहेलियों की ज़हर बुझी बातें सुनूँगी, जिन्होंने ज़िंदगी में कोई जोखिम मोल नहीं लिया हो, उनको दूसरे लोगों के काम में असफलता ही दिखाई देती है। नहीं, मैं इस तरह से वापस नहीं जा सकती। जब जहाज समुद्र पार कर रहा होगा, तो मैं उससे कूद जाऊँगी।

चूँकि आप जहाज में खिड़की नहीं खोल सकते (मैंने कभी इस बात की उम्मीद नहीं की थी। कितने शर्म की बात है कि आप खुली हवा में साँस भी नहीं ले सकते।) मैं यहीं मर जाऊँगी। लेकिन मरने के पहले, मैं ज़िंदगी के लिए लड़ना चाहती हूँ। अगर मैं अपने आप चल सकती हूँ, तो मैं जहाँ चाहे जा सकती हूँ।

अगले दिन उसने फ्रेंच पढ़ने के लिए नाम लिखा लिया, क्लास सुबह के समय चलती थी, और वहाँ उसकी मुलाक़ात सभी संप्रदायों, विश्वासों तथा उम्र के लोगों से होती थी, पुरुष चटक कपड़ों में होते थे और सोने के ख़ूब सारे ब्रेसलेट कलाई में पहने हुए। स्त्रियाँ सिर ढँके रहती थीं, बच्चे बड़ों के मुक़ाबले अधिक जल्दी सीख लेते थे, जबकि होना उल्टा चाहिए था, क्योंकि बड़ी उम्र के लोगों को अनुभव अधिक होता है। उसको तब बहुत गर्व महसूस हुआ, जब उसको यह पता चला कि उसके देश के बारे में सभी लोगों को पता था - कार्निवल, सांबा, फुटबॉल तथा दुनिया के सबसे प्रसिद्ध व्यक्ति पेले के बारे में। शुरू में वह अच्छी छवि बनाना चाहती थी; इसलिए जब कोई पेले बोलता, तो वह उसका उच्चारण सही करने लगती थी, लेकिन कुछ समय के बाद उसने यह सब छोड़ दिया, क्योंकि वे सभी उसका नाम मारिया ग़लत उच्चारण के साथ बोलते थे, विदेशियों की यह आदत होती है कि वे सभी विदेशी नामों को बदल देते हैं, और उनको लगता रहता है मानो वे सही नाम पुकार रहे हों।

दोपहर के समय इस भाषा को व्यवहार में आजमाने के लिए उसने इस दो नामों वाले शहर में बाहर क़दम रखे। उसे कुछ बेहद स्वादिष्ट चॉकलेटें दिखीं, उसने ऐसा चीज़ खाया जैसा उसने कभी नहीं खाया था, झील के बीचों बीच एक बड़ा-सा फ़व्वारा, बर्फ़ (जिसे उसके देश में किसी ने नहीं छुआ था), सारस पक्षी, ऐसे रेस्तराँ जिनमें अँगीठी बनी हुई थी (वैसे वह अंदर तो नहीं गई, लेकिन आग को जलते देखकर उसको अच्छा महसूस हो रहा था।) उसको यह जानकर बहुत आश्चर्य हुआ कि ऐसा नहीं था कि सभी दुकानों के बाहर घड़ियों के ही विज्ञापन रहे हों, कुछ बैंकों के भी थे, लेकिन वह इस बात को समझ नहीं पाई कि जब रहने वाले लोग इतने कम थे, तो इतने सारे बैंक क्यों हैं, और उनके अंदर शायद ही कोई दिखाई देता था। लेकिन उसने यही तय किया कि कोई सवाल नहीं पूछना है।

तीन महीने तक अपने आपको काम में पूरी तरह झोंकने के बाद उसके ब्राज़ीली ख़ून ने, जिसके बारे में सभी कहते हैं कि वह संवेदना और कामुकता से भरपूर होता है, अपनी आवाज़ को पहुँचा ही दिया; उसको एक अरब से प्यार हो गया, जो उसके साथ ही फ़्रेंच का कोर्स कर रहा था। यह प्रेम संबंध तीन सप्ताह चला जब एक रात वह समय निकालकर जेनेवा के बाहरी इलाक़े में पहाड़ देखने के लिए चली गई; अगले दिन जैसे ही वह दफ़्तर पहुँची तो उसको रोजर के दफ़्तर से बुलावा आया।

जैसे ही उसने दरवाज़ा खोला तो उसको बता दिया गया कि दूसरी लड़कियों के लिए एक ग़लत उदाहरण पेश करने के कारण उसको काम से हटा दिया गया था। गुस्से में रोजर चीख़े जा रहा था, एक बार फिर उसको ब्राज़ील की एक स्त्री ने धोखा दे दिया, कि ब्राज़ील की औरतों का यक़ीन नहीं किया जा सकता (ओहो! फिर से वही सबको एक जैसा समझने की आदत)। वह उससे यह कहने की कोशिश करती रही कि मौसम में अचानक बदलाव के कारण उसको बहुत तेज़ बुखार हो गया था, लेकिन उस आदमी के ऊपर इस बात का कोई असर नहीं पड़ा और वह दावे के साथ यह भी कहता रहा कि वह अभी के अभी ब्राज़ील जाएगा और उसकी जगह काम करने के लिए किसी और लड़की को ले आएगा, और यह कि इससे तो अच्छा यह कि वह युगोस्लाव संगीत और युगोस्लाव डान्सरों के साथ शो कर लेगा, जो अधिक सुंदर भी होती हैं और उनके ऊपर अधिक भरोसा भी किया जा सकता है।

मारिया कम उम्र की ज़रूर थी, लेकिन बेवक़ूफ नहीं थी, ख़ासकर तब जब उसके अरब प्रेमी ने उसको यह बताया था कि रोज़गार को लेकर स्विस क़ानून बहुत सख़्त हैं, और चूँकि नाइटक्लब द्वारा उसके वेतन का बड़ा हिस्सा रख लिया गया था, इसलिए वह बड़े आराम से यह आरोप लगा सकती थी कि उसको बँधुआ मजदूर की तरह रखा गया।

वह रोजर के दफ़्तर में दोबारा गई, इस बार वह ठीक-ठाक फ़्रेंच बोलते हुए घुसी, उस भाषा के शब्दों में वह 'वकील' शब्द का प्रयोग भी कर रही थी। उसको कुछ अपमानित किया गया और हर्जाने के रूप में 5 हज़ार डॉलर दिए गए - इतनी बड़ी रक़म तो उसने सपने में भी नहीं सोची थी - और यह सब हुआ था जादुई शब्द 'वकील' के प्रयोग के कारण। अब वह अपने अरब प्रेमी के साथ समय बिताने के लिए मुक्त थी, कुछ तोहफ़े ख़रीदने

के लिए, बर्फ़ की कुछ तसवीरें लेने के लिए, और विजयी भाव से अपने घर वापस चला जाए।

जो पहला काम उसने किया वह यह कि अपनी माँ की पड़ोसन को फ़ोन करके बताया कि वह ख़ुश थी, यहाँ उसका करियर बहुत शानदार है और उसके परिवार को उसकी चिंता करने की कोई ज़रूरत नहीं थी। अब चूँकि उसको उस घर को ख़ाली भी करना था, जिसमें रोजर ने उसके रहने का इंतज़ाम किया था; इसलिए उसके पास अरब प्रेमी के पास जाकर रहने के अलावा और कोई विकल्प नहीं था, उसको अमिट प्यार की क़समें खानी थीं, धर्म बदल कर उसे विवाह करना था, चाहे उसको अपने सिर को अजीब तरह से ढँकना ही क्यों ना पड़े; आख़िरकार, सब जानते हैं कि अरब बहुत अमीर होते हैं और यही कारण काफ़ी था।

लेकिन वह अरब बहुत दूर था, शायद अरब में, ऐसे देश में जिसके बारे में मारिया ने कभी सुना भी नहीं था, उसने मदर मैरी का शुक्रिया अदा किया कि उसको अपना धर्म बदलना नहीं पड़ा। उसको अब ठीक-ठाक फ्रेंच बोलना आती थी, वापस लौटने के लिए पर्याप्त धन था, 'सांबा डान्सर' के रूप में उसके पास वर्क परमिट था और उसके पास वीजा भी था; इसलिए यह सोचकर कि वह कभी भी वापस जाकर अपने पूर्व बॉस से शादी कर सकती थी, इसलिए उसने यह तय किया कि अपनी सुंदरता से कुछ कमाई की जाए।

ब्राज़ील में उसने गडरिए के बारे में एक किताब पढ़ी थी, जो जब ख़ज़ाने की खोज में निकलता है, तो उसको कई तरह की कठिनाई पेश आती है, और इन्हीं कठिनाइयों के कारण उसको वह मिल जाता है, जो उसको चाहिए था; वह ठीक उसी तरह के हालात में थी। वह अब समझ गई थी कि उसको काम से हटाए जाने का कारण यह था कि वह अपने असली भाग्य को पा सके, एक मॉडल बनकर।

उसने एक सस्ता कमरा किराए पर ले लिया (कमरे में टेलिविज़न नहीं था, जब तक वह खूब कमाई नहीं करने लगे तब तक उसको कम ख़र्च में रहना था), और अगले दिन से वह एजेंसियों के चक्कर लगाने लगी। सब उसको यही कहते कि उसको किसी पेशेवर से जाकर अपनी फ़ोटो खिंचवानी चाहिए, क्योंकि आख़िरकार यह उसका अपने करियर में निवेश होता - सपने

आसानी से पूरे नहीं होते। उसने अपने धन का बड़ा हिस्सा एक शानदार फ़ोटोग्राफ़र के ऊपर ख़र्च कर दिया, जो बोलता कम था, लेकिन उसकी अपेक्षाएँ बहुत अधिक थीं; उसके स्टूडियो में कपड़ों का अच्छा संग्रह था और उसने अलग-अलग तरह के कपड़े पहनकर उससे तसवीरें खिंचवाईं, शालीन और भड़कीले, और यहाँ तक कि उस बिकिनी में भी, जिसको रियो द जनेरो में एक आदमी देखककर बहुत गर्व महसूस करता, सुरक्षा अधिकारी-सह-दुभाषिया-सह-एजेंट मेलसन। तसवीरों की उसने कुछ अतिरिक्त प्रतियाँ माँग लीं और उनको इस पत्र के साथ अपने परिवार के पास भेज दिया कि वह स्विट्ज़रलैंड में ख़ुश है। उन लोगों को लगेगा कि वह अमीर हो गई है और उसके पास ऐसे कपड़े हैं कि उनसे ईर्ष्या हो जाए, और हो सकता है कि इसकी वजह से वह शहर की सबसे प्रतिष्ठित बेटी के रूप में बदल जाए। अगर सब कुछ उसकी योजना के मुताबिक़ चलता रहा तो (और उसने सकारात्मक सोच को लेकर कई किताबें पढ़ी थीं ताकि उसको इस बात का यक़ीन हो जाए कि उसकी जीत पक्की है), तो जब वह वापस घर लौट कर जाएगी तो हो सकता है कि उसका स्वागत धूम-धाम के साथ किया जाए और वे लोग मेयर को यह समझाने का भी प्रयास करेंगे कि एक चौक का नाम उसके नाम पर कर दिया जाए।

चूँकि उसके पास कोई स्थायी पता नहीं था, इसलिए उसने एक मोबाइल फ़ोन ख़रीद लिया, वैसा मोबाइल जिसमें प्रीपेड कार्ड डाला जाता था, और आने वाले दिनों में वह काम के प्रस्ताव का इंतज़ार करने लगी। वह चाइनीज रेस्तराँ में खाती थी (जो सबसे सस्ते होते थे), और समय बिताने के लिए वह बहुत पढ़ती थी।

लेकिन समय बीतता गया, मगर फ़ोन की घंटी नहीं बजी। उसको हैरानी इस बात से हुई कि जब वह झील के पास टहलने के लिए गई तो किसी को परेशानी नहीं हुई, सिवाय उन नशेड़ियों के जो उसी स्थान के आसपास मँडराते रहते थे, एक पुल के नीचे जो सार्वजनिक पार्क को शहर के नए हिस्से से जोड़ता था। उसको अपनी सुंदरता के ऊपर शक होने लगा कि उसको एक पुरानी सहकर्मी ने यह नहीं बताया (जो उसको एक कैफ़े में अचानक मिल गई थी) कि इसमें उसकी कोई ग़लती नहीं थी, यह स्विस निवासियों की समस्या थी, वे किसी भी चीज़ की परवाह करने से नफ़रत करते थे, या दूसरे विदेशियों से, जो इस बात से डरे रहते थे कि

कहीं 'यौन उत्पीड़न' के आरोप में गिरफ़्तार नहीं कर लिए जाएँ – एक ऐसा सिद्धांत जो आदमी एवं औरत के बीच के रिश्ते को और भी जटिल बना देता है।

मारिया की डायरी से एक रात की बात जब उसको बाहर जाने का साहस नहीं हो रहा था, या रहने का अथवा फ़ोन कॉल्स का इंतज़ार करने का जो कभी आए ही नहीं :

आज मैंने रात एक मस्ती भरी जगह के बाहर बिताई। चूँकि मेरे पास उड़ाने के लिए डॉलर नहीं थे, इसलिए मुझे सबसे अच्छा यही लगा कि दूसरे लोगों को देखा जाए। मैं बहुत देर तक एक झूले के पास खड़ी रही, और मैंने ध्यान दिया कि वहाँ अधिकतर लोग रोमांच के लिए आए थे, लेकिन जैसे ही झूला शुरू होता था, तो लोग डर जाते थे और चाहते थे कि झूले को रोक दिया जाए।

वे चाहते क्या हैं? जब आपने रोमांच को चुना है तो क्या आपको उसके लिए पूरी तरह से तैयार नहीं रहना चाहिए? या वे यह सोचते हैं कि बुद्धिमानी इसी में है कि ऊपर-नीचे वाले इस झूले में नहीं चढ़ा जाए और सारा समय समानांतर चक्कर काटने वाले झूले में लगाया जाए, एक ही जगह पर गोल-गोल घूमते रहा जाए?

उस समय मैं इतनी अकेली थी कि प्यार के बारे में सोच भी नहीं सकती थी, लेकिन मुझे यह मानकर चलना था कि यह तो होगा ही, कि मुझे नौकरी मिल जाएगी और मैं यहाँ इस वजह से हूँ, क्योंकि अपना भाग्य यही चुना है। उतार-चढ़ाव मेरी ज़िंदगी है; ज़िंदगी तेज़ है, चक्कर में डालने वाला खेल है, ज़िंदगी पैराशूट से छलाँग लगाने जैसी है, यह मौक़े लेने के नाम है, गिरने और उठने का नाम है; यह पहाड़ की चढ़ाई की तरह है; यह ऐसी इच्छा है कि अपने बहुत ऊपर जाया जाए और आप उसको सँभाल नहीं पाए तो इस बात को लेकर गुस्सा हों और असंतुष्ट हो जाएँ। यह आसान नहीं है, क्योंकि मैं

अपने परिवार तथा अपनी भाषा से भी दूर हूँ, जिसमें मैं अपनी भावनाओं को अभिव्यक्त कर पाऊँ, लेकिन अब से मैं जब भी उदास होऊँगी मैं इस मौज-मस्ती के मौक़े को याद करूँगी। अगर मुझे अचानक नींद आ गई और जागने पर मैंने यह पाया कि मैं झूले में हूँ, तो मुझे कैसा महसूस होगा?

मुझे ऐसा लगेगा कि जैसे मैं फँस गई हूँ और बीमार महसूस करने लगूँगी, हर समय डरी हुई रहूँगी, उससे निकलने की कोशिश करूँगी। लेकिन जब मुझे ऐसा लगने लगेगा कि मेरे भाग्य का रास्ता कौन-सा है और सब कुछ ईश्वर के संचालन में हो रहा है, तो दुस्वप्न में भी कुछ मज़ा आएगा। यह किसी रोलर कोस्टर की तरह बन जाएगा, एक सुरक्षित विश्वसनीय खिलौना, जो आख़िर में रुक जाएगा, लेकिन जब तक सफ़र रहेगा मैं आसपास के माहौल को पूरी उत्तेजना के साथ देख तो पाऊँगी।

वैसे तो वह इसमें माहिर थी कि ख़ूब बुद्धिमानी भरे विचार लिख सके, लेकिन वह अपनी सलाह को मान नहीं सकती थी; उसको अक्सर अवसाद के दौरे पड़ते थे और उसको किसी का फ़ोन भी नहीं आ रहा था। ऐसे ख़ाली समय में अपना ध्यान बँटाने के लिए फ़्रेंच भाषा का अभ्यास करने के लिए उसने मशहूर हस्तियों के बारे में छपने वाली पत्रिकाएँ ख़रीदनी शुरू कर दीं, लेकिन उसको यह समझ आ गया कि वह बहुत अधिक ख़र्च कर रही है, इसलिए उसने पास की लाइब्रेरी का रुख़ किया। लाइब्रेरी में जो महिला कामकाज देखती थी उसने बताया कि वे पत्रिकाएँ किराए पर नहीं देती, लेकिन उसने कुछ किताबों के नाम सुझाए, जिनको पढ़कर फ़्रेंच भाषा का उसका ज्ञान बेहतर हो सकता था।

'मेरे पास किताबें पढ़ने का समय नहीं होता।'

'इस बात का क्या मतलब है कि तुम्हारे पास समय नहीं होता? क्या करती हो तुम?'

'बहुत-सी चीज़ें : फ़्रेंच की पढ़ाई, डायरी लिखना और...'

'और क्या?'

वह कहने ही वाली थी 'फ़ोन की घंटी बजने का इंतज़ार,' लेकिन उसने कुछ नहीं कहा।

'देखो लड़की, अभी तुम्हारी उम्र बहुत कम है, तुम्हारे सामने अभी पूरी ज़िंदगी पड़ी है। पढ़ो। किताबों के बारे में तुमको अभी तक जो भी कहा गया है सब भूल-भाल कर बस किताबें पढ़ो।'

'मैंने बहुत-सी किताबें पढ़ी हैं।'

अचानक मारिया को याद आया कि सुरक्षा अधिकारी मेलसन ने उसको 'संकेतों' के बारे में क्या बताया था। उसके सामने जो लाइब्रेरियन बैठी थी वह बहुत प्यारी लग रही थी, संवेदनशील भी, ऐसी महिला जो सब कुछ

असफल हो जाने की हालत में उसकी मदद कर सकती थी। उसे उस महिला का दिल जीतने की ज़रूरत थी; उसका मन कह रहा था यह महिला उसकी दोस्त बन सकती थी। इसलिए उसने तत्काल बातचीत का रुख़ बदल दिया।

'लेकिन मुझे और पढ़ना है। क्या आप किताबें चुनने में मेरी मदद कर सकती हैं?'

वह औरत उसके लिए *द लिटल प्रिन्स* की प्रति लेकर आई। उसी रात उसने उसके पन्ने पलटने शुरू कर दिए, पहले पन्ने पर जो रेखांकन बना था वह हैट जैसा लग रहा था, लेकिन लेखक के अनुसार सभी बच्चे तत्काल यह समझ जाएँगे कि वह साँप की तसवीर है, जिसके अंदर हाथी है। 'अच्छा, मुझे नहीं लगता है कि मैं कभी बच्ची रही हूँ,' उसने सोचा। 'मुझे तो यह हैट ही लग रहा है।' टेलिविज़न नहीं होने के कारण उसने राजकुमार की यात्रा में उसका साथ देना शुरू किया, जब भी 'प्यार' शब्द आता वह दुखी हो जाती, क्योंकि उसने उस शब्द के बारे में सोचना छोड़ दिया था, क्योंकि उसको आत्महत्या करने का मन करने लगता था। लेकिन सिवाय इसके कि राजकुमार, एक लोमड़ी तथा एक गुलाब के बीच का प्रेम संबंध बहुत दिलचस्प था, और अब वह हर पाँच मिनट में अपने मोबाइल फ़ोन को लेकर यह नहीं देख रही थी कि वह पूरी तरह से चार्ज हुआ है या नहीं (उसको इस बात का डर लगा रहता था कि लापरवाही से कहीं उसके हाथ से कोई बड़ा मौक़ा नहीं निकल जाए।)

मारिया लाइब्रेरी नियमित रूप से जाने लगी, जहाँ वह उस महिला से बातें करती, जो लगता था कि उसी की तरह अकेली थी, वह उससे पढ़ने के लिए और किताबें सुझाने के लिए कहती तथा जीवन और लेखकों के बारे में बातचीत करती - जब तक कि उसकी जमा-पूँजी पूरी तरह से ख़त्म होने को नहीं आ गई। दो सप्ताह अगर इसी तरह से बीते तो उसके आपस इतने डॉलर भी नहीं बचेंगे कि वह ब्राज़ील वापस जाने का टिकट ख़रीद सके।

और, चूँकि ज़िंदगी कुछ शानदार दिखाने से पहले किसी संकट के आने के इंतज़ार में होती है, तो आख़िरकार उसके फ़ोन की घंटी बज उठी।

'वकील' शब्द की खोज के तीन महीने के बाद और दो महीने उस हर्जाने के सहारे रहने के बाद जो उसको मिला था, किसी मॉडल एजेंसी से फ़ोन

आया कि क्या सुश्री मारिया का नंबर यही है। जवाब में उसने बड़े आराम से 'हाँ' कहा, जिससे यह नहीं लगे कि वह बहुत बेचैन है। उसको पता चला कि एक अरब नागरिक उसकी तसवीरों से बहुत प्रभावित हुआ था, वह देश के फ़ैशन जगत में काम करता था, वह उसको फ़ैशन शो के लिए बुलाना चाहता था। मारिया को उन निराशाओं की याद आई, जो हाल के दिनों में उसको हुई थीं, लेकिन उसको धन की भी याद आई, जिसकी उसको बड़ी बेताबी से ज़रूरत थी।

उन्होंने एक अच्छे रेस्तराँ में मिलने का तय किया। उसने पाया कि वह एक बहुत सजीले इंसान के साथ थी, वह रोजर से अधिक उम्र का और सुंदर था, उसने उससे पूछा :

'क्या तुम जानती हो कि वहाँ जो पेंटिंग टँगी है, उसको किसने बनाया है? यह मीरो की बनाई पेंटिंग है। क्या तुमने जोन मीरो के बारे में सुना है?'

मारिया ने कुछ नहीं कहा, क्योंकि उसका ध्यान खाने पर था, जो उस चीनी रेस्तराँ से अलग था, जहाँ वह नियमित रूप से खाने जाती थी। इस बीच, उसने मन ही मन यह तय कर लिया कि अगली बार जब वह लाइब्रेरी जाएगी तो मीरो के बारे में किताब का पता करेगी।

लेकिन वह अरब कह रहा था :

'यही वह मेज़ है, जहाँ फ़ेलिनी हमेशा बैठता था। क्या तुमको उसकी फ़िल्मों के बारे में कुछ पता है?'

उसने बताया कि वह उनकी फ़िल्मों को बहुत पसंद करती थी। उस आदमी ने और सवाल पूछने शुरू कर दिए और यह समझते हुए कि मारिया उस परीक्षा में असफल हो जाएगी, उसने उससे साफ़-साफ़ कहने का फ़ैसला किया :

'मैं पूरी शाम आपके सामने नाटक करते हुए नहीं बिताने वाली। मैं बस कोका कोला और पेप्सी के बीच के अंतर के बारे में ही बता सकती हूँ, बस इतना ही। मुझे लगा कि हम यहाँ फ़ैशन शो के बारे में बात करने आए हैं।'

ऐसा लगा कि उसको मारिया की यह स्पष्टता अच्छी लगी।

'हम लोग खाने के बाद ड्रिंक्स के दौरान उसके बारे में बात करेंगे।'

कुछ देर चुप्पी छाई रही, दोनों एक दूसरे की तरफ़ देख रहे थे, दोनों यह समझने का प्रयास कर रहे थे कि दूसरा क्या सोच रहा है।

'तुम बहुत सुंदर हो,' वह आदमी बोला। 'अगर तुम मेरे होटल के कमरे में आकर मेरे साथ शराब पियोगी, तो मैं तुमको एक हज़ार फ़्रैंक दूँगा।'

मारिया तत्काल समझ गई। क्या यह मॉडल एजेंसी की ग़लती थी? या उसकी ग़लती थी? क्या उसको डिनर के बारे में और पता करना चाहिए था? इसमें एजेंसी की कोई ग़लती नहीं थी, ना ही उसकी, या उस आदमी की : इसी तरह से सब कुछ होता था। अचानक उसको अपने शहर की याद आने लगी, ब्राज़ील की, अपनी माँ की बाँहों की। उसको मेलसन की याद आई, जब उसने बीच पर उसको 300 डॉलर के फ़ीस की बात की थी; उस समय उसको यह सब अज़ीब लगा था, उसे बहुत अधिक जितना कि उसने किसी आदमी के साथ रात बिताने के एवज में पाने की उम्मीद की थी। लेकिन उस समय उसको यह समझ आया कि उसका कोई नहीं था, सच में दुनिया में ऐसा कोई नहीं था, जिससे वह बात कर सके; वह इस अजीब शहर में अकेली थी, वह 21 साल की कुछ अनुभवी लड़की थी, लेकिन उसका किसी तरह का अनुभव इस बात का फ़ैसला करने में उसकी मदद नहीं कर सकता था कि सबसे अच्छा जवाब क्या होना चाहिए।

'क्या आप मेरे गिलास में थोड़ी और वाइन डाल देंगे।'

उस अरब आदमी ने उसके गिलास में वाइन भर दी, और उसका दिमाग़ उससे भी तेज़ गति से भाग रहा था, जिस तेज़ गति से वह लिटल प्रिन्स सभी ग्रहों के सफ़र में भागा जा रहा था। वह रोमांच की तलाश में आई थी, धन और हो सके तो एक पति की तलाश में; वह जानती थी कि उसको इसी तरह के प्रस्ताव मिलेंगे, क्योंकि एक तो वह मासूम नहीं थी और दूसरे वह पुरुषों के तौर-तरीक़ों से वाक़िफ थी। मॉडल एजेंसी, स्टारडम, अमीर पति, परिवार, बच्चे, पोते-पोतियाँ, अच्छे कपड़े, और अपने शहर में विजेता की तरह लौटने में उसका विश्वास अभी भी बाक़ी था। वह सपना देखती थी कि अपनी बुद्धि, सुंदरता और इच्छाशक्ति से सभी तरह की परेशानियों से निकल आएगी।

लेकिन सच्चाई उसके ऊपर भारी पड़ रही थी। उस आदमी को बहुत हैरानी हुई, जब उसने रोना शुरू कर दिया। उस आदमी को समझ नहीं आ रहा था कि क्या किया जाए, उसको यह डर भी सता रहा था कि किसी तरह

का कोई स्कैंडल नहीं हो जाए और अंदर से उसका मन उसको बचाने का भी हो रहा था। उसने वेटर को बिल लाने के लिए बुलाया, लेकिन मारिया ने उसको रोक दिया।

'नहीं, ऐसा मत कीजिए। मुझे थोड़ी और वाइन दे दीजिए और थोड़ी देर मुझे रोने दीजिए।'

और मारिया उस लड़के के बारे में सोचने लगी, जिसने उससे पेंसिल माँगी थी, उस लड़के के बारे में जो जब उसको चूम रहा था, तो उसने अपना मुँह बंद कर रखा था, और रियो को पहली बार देखने का उसका उत्साह, वह आदमी जिसने उसका इस्तेमाल किया, लेकिन बदले में कुछ नहीं दिया, और इस बीच जो प्यार और ख़्वाहिशें चली गईं। अपनी आज़ादी के बावजूद अपने जीवन में वह घंटों चमत्कार की प्रतीक्षा करते हुए बिताती, सच्चे प्यार की प्रतीक्षा, ऐसा रोमांच जिसका अंत उसी तरह से रोमांटिक हो जिस तरह से उसने फ़िल्मों में देखा था या किताबों में पढ़ा था। एक लेखक ने लिखा था कि इंसान को समय नहीं बदलता है, ना ज्ञान; किसी के सोच को बस प्यार बदल सकता है। क्या बकवास है! जिस आदमी ने यह लिखा होगा उसको निश्चित रूप से सिक्के के एक पहलू के बारे में ही पता रहा होगा।

इसमें कोई शक नहीं है कि प्रेम ऐसी चीज़ है, जो किसी आदमी की पूरी ज़िंदगी को बदल कर रख सकती है, एक पल से दूसरे पल में। लेकिन सिक्के का दूसरा पहलू भी था; दूसरी चीज़ वह थी, जो किसी आदमी को उस रास्ते से बिलकुल अलग रास्ते पर ले जा सकती थी, जिसकी उसने योजना बनाई हो; जिसे नाउम्मीदी कहते हैं। हाँ, शायद प्यार किसी को रूपांतरित कर सकता है, लेकिन नाउम्मीदी यह काम अधिक तेज़ी से करती है। उसको क्या करना चाहिए? क्या उसको ब्राज़ील वापस चले जाना चाहिए, वहाँ फ्रेंच पढ़ाने का काम करना चाहिए और अपने पुराने बॉस से शादी कर लेनी चाहिए? क्या उसको आगे की तरफ़ एक छोटा क़दम बढ़ाना चाहिए; आख़िरकार, यह बस एक रात की बात थी, वह भी एक ऐसे शहर में जिसमें ना तो वह किसी को जानती थी ना ही कोई उसको जानता था। क्या उस एक रात और आसानी से मिलने वाले धन का मतलब यह था कि वह इस रास्ते पर तब तक आगे बढ़ती जाएगी, जब तक कि सड़क के उस मोड़ पर नहीं पहुँच जाए जहाँ से वापसी का कोई रास्ता नहीं हो? यह सब क्या हो रहा था - कोई बहुत बड़ा अवसर या वर्जिन मैरी उसकी परीक्षा ले रही थीं?

वह उस जगह पर अरब जोन मीरो की पेंटिंग को देखे जा रहा था, जिस जगह पर फ़ेलिनी लंच किया करता था, उस लड़की को जो सबसे पूछ रही थी और आने जाने वाले ग्राहकों को।

'क्या कुछ समझ आया?'

'थोड़ी-सी और वाइन, प्लीज,' मारिया ने कहा, उसकी आँखों में अभी भी आँसू थे।

वह यह दुआ कर रही थी कि वेटर वहाँ नहीं आए और यह समझ ले कि क्या कुछ चल रहा है, वेटर जो अपनी आँखों के कोने से यह सब देख रहा था और यह दुआ कर रहा था कि यह आदमी और यह औरत जल्दी से खा-पी लें और बिल दे दें, क्योंकि रेस्तराँ में भीड़ थी और लोग इंतज़ार कर रहे थे।

आख़िरकार वह बोली :

'क्या आप एक ड्रिंक के लिए एक हज़ार फ्रैंक कह रहे थे?'

मारिया को अपने लहजे से खुद ही हैरानी हुई।

'हाँ,' वह आदमी बोला, इस बात पर अफ़सोस करते हुए कि उसने यह सुझाव ही क्यों दिया था। 'लेकिन मैं सही में यह नहीं चाहता था...'

'आप बिल चुकाइए और चलकर आपके होटल में पीते हैं।'

एक बार फिर वह अपने आपको ही अजनबी जैसी लग रही थी। तब तक वह एक अच्छी, ख़ुशमिजाज, अच्छे संस्कारों वाली लड़की थी, और उसने किसी अजनबी से इस तरह से बात नहीं की थी। लेकिन वह लड़की, उसको ऐसा लगा कि हमेशा के लिए मर चुकी थी : उसके सामने उसका एक अलग ही अस्तित्त्व था, जिसमें ड्रिंक एक हज़ार फ्रैंक में मिलता है, या कुछ अधिक आम प्रचलन वाली मुद्रा में कहें तो 600 डॉलर।

और फिर सब कुछ उम्मीद के हिसाब से ही हुआ : वह उस अरब आदमी के होटल में गई, वहाँ उसने शैम्पेन पी, पूरी तरह से नशे में आ गई, अपने पैर फैलाए, उसके स्खलित होने का इंतज़ार करती रही (उसको यह सूझा भी नहीं कि उसको भी ऐसे जताना चाहिए कि उसको चरम सुख मिल रहा हो), संगमरमर के बाथरूम में जाकर अपने आपको साफ़ किया, नोट उठाया और आराम से टैक्सी में बैठकर अपने कमरे के लिए निकल गई।

वह बिस्तर पर गई और उस रात ऐसी नींद में सोई, जिसमें उसको सपना नहीं आया।

अगला दिन, मारिया की डायरी से :

मुझे सब कुछ याद है, हालाँकि वह पल याद नहीं जब मैंने फ़ैसला लिया था। अजीब बात यह है कि मुझे किसी तरह का पश्चाताप नहीं हो रहा है। मैं ऐसी लड़कियों के बारे में यह सोचती थी, जो पुरुषों के साथ हमबिस्तर होती थीं कि उनके पास और कोई चारा नहीं होता है, और अब मैं यह देख रही हूँ कि ऐसा कुछ नहीं होता है। मैं 'हाँ' या 'ना' कुछ भी कह सकती थी, कोई मुझे कुछ भी मानने के लिए मजबूर नहीं कर रहा था।

मैं सड़क पर टहलते हुए लोगों को देख रही थी, और सोच रही थी कि क्या उन्होंने अपने जीवन का चुनाव किया होगा? या क्या उनको भी मेरी तरह "भाग्य' ने चुना था? कोई घरेलू स्त्री जो मॉडल बनने का सपना देखती थी, कोई बैंकर जो संगीतकार बनना चाहता हो, दाँतों का डॉक्टर जिसको ऐसा लगा हो कि उसे एक किताब लिखनी चाहिए और अपना जीवन साहित्य को समर्पित कर देना चाहिए, ऐसी लड़की जो टीवी स्टार बनना चाहती हो, लेकिन जो सुपरमार्केट के गेट पर काम कर रही हो।

मुझे अपने लिए बिलकुल अफ़सोस नहीं होता है। मैं कोई पीड़िता नहीं हूँ, मैं अपने आत्मसम्मान तथा ख़ाली पर्स के साथ रेस्तराँ से लौटकर आ सकती थी। मैं अपने सामने बैठे आदमी को नैतिकता को लेकर सबक़ दे सकती थी या उसको यह जता देती कि उसके सामने एक राजकुमारी बैठी है, जिसको लुभाया जा सकता है, ख़रीदा नहीं जा सकता। मैं हर तरह से प्रतिक्रिया जता सकती थी, लेकिन जैसा कि अधिकतर लोग करते हैं, मैंने अपने आपको भाग्य के भरोसे छोड़ दिया।

मैं अकेली नहीं हूँ, हो सकता है मेरा भाग्य मुझे क़ानून और समाज दोनों के दूसरी तरफ़ कर दे। लेकिन ख़ुशी की तलाश में हम सब बराबर हैं : हम में से कोई ख़ुश नहीं है – ना बैंकर/संगीतकार, ना दाँतों का डॉक्टर/लेखक, ना स्टोर में काम करने वाली लड़की/अभिनेत्री, या घरेलू स्त्री/मॉडल।

तो इस तरह से यह सब हुआ। इतनी ही आसानी से। वह एक अजनबी शहर में थी, जिस शहर में वह किसी को भी जानती नहीं थी, कल जिस बात का उसको दुख था, आज उसी बात से उसको बहुत आज़ादी महसूस हो रही थी, क्योंकि उसको अपने बारे में किसी को बताने की ज़रूरत नहीं थी।

उसने यह तय किया, कई सालों में पहली बार, वह सारा दिन अपने बारे में सोचने में लगाएगी। अभी तक तो वह हमेशा इसी में उलझी रहती थी कि दूसरे उसके बारे में क्या सोचते हैं : उसकी माँ, स्कूल की सहेलियाँ, उसके पिता, मॉडल एजेंसी के लोग, फ्रेंच अध्यापक, वेटर, लाइब्रेरियन, सड़क पर अजनबी। असल में कोई कुछ सोच ही नहीं रहा था, उसके बारे में तो कतई नहीं, एक बेचारी विदेशी के बारे में, जो अगर कल यहाँ से ग़ायब हो जाए तो उसको पुलिस भी नहीं खोजेगी।

ठीक है। वह जल्दी बाहर निकली, जिस कैफ़े में रोज़ नाश्ता करती थी उसी में नाश्ता किया, झील के आसपास टहलने के लिए गई, और उसने देखा कि शरणार्थियों का एक जुलूस निकल रहा था। बाहर एक छोटे कुत्ते को घुमाने वाली औरत ने उससे कहा कि वे कुर्द हैं, और मारिया ने बजाय यह जताने के कि वह इस जवाब को जानती थी ताकि यह साबित कर सके कि लोग जितना सोचते थे, वह उनसे अधिक पढ़ी-लिखी और बुद्धिमान थी, यह पूछा :

'कुर्द कहाँ से आए हैं?'

उसको बड़ा आश्चर्य हुआ, जब वह औरत भी नहीं बता पाई। दुनिया इसी तरह से चलती है : लोग ऐसे बात करते हैं, जैसे उनको सब कुछ पता हो, लेकिन अगर आपने सवाल पूछने की हिम्मत दिखाई, तो पता चलता है कि उनको कुछ नहीं पता। एक इंटरनेट कैफ़े में जाकर उसने पता किया तो पता चला कि कुर्द कुर्दिस्तान से आए थे, बहुत छोटा-सा देश है, तुर्की और

इराक़ के बीच। वह झील के पास उस औरत और उसके कुत्ते की तलाश में गई, लेकिन वह जा चुकी थी, शायद आधे घंटे तक लोगों को हाथ में बैनर लिए, संगीत बजाते और अजीब तरह से चिल्लाते हुए देखकर कुत्ता परेशान हो गया हो।

'मैं सच में उसी औरत जैसी हूँ। या शायद मैं इसी तरह की रही होऊँगी : ऐसी लड़की जो ऐसे जताती हो जैसे वह सब कुछ जानती हो, जो मेरी अपनी चुप्पी में ही छिपी हुई थी, उस दिन वह सामने आ गई जब वह अरब उससे पूछता ही जा रहा था, तो मैंने कहा था कि मैं बस एक चीज़ जानती हूँ कि दो अलग-अलग तरह के सॉफ़्ट ड्रिंक के स्वाद में क्या अंतर होता है। क्या वह सदमे में आ गया? क्या मेरे बारे में उसने अपनी राय बदली? बिलकुल नहीं। उसको मेरी ईमानदारी से ज़रूर कुछ हैरानी हुई होगी। जब भी मैं उससे अधिक बुद्धिमान होने की कोशिश करती हूँ, जितनी मैं हूँ तो मैं हमेशा हार जाती हूँ। अब बहुत हो गया!

उसने उस मॉडल एजेंसी के बारे में सोचा। क्या उसको पता था कि वह अरब आदमी असल में क्या चाहता था - ऐसा था तो उसको एक बार फिर से बुद्धू बना दिया गया - या उनको सच में ऐसा लगा होगा कि वह उसके लिए इस देश में काम ढूँढ़ देगा?

बात चाहे जो भी रही हो, जेनेवा की बादलों भरी सुबह में मारिया को अकेलापन कुछ कम महसूस हुआ, तापमान शून्य के क़रीब था, कुर्द प्रदर्शन कर रहे थे, हर स्टॉप पर ट्राम अपने सही समय पर रुक रही थी, दुकानों के शीशे में गहने फिर से सजा दिए गए थे, बैंक खुल रहे थे, भिखारी सो रहे थे, स्विस नागरिक काम पर जा रहे थे। उसको कम अकेलापन महसूस हो रहा था, क्योंकि उसके बगल में एक और औरत थी, जो शायद आने जाने वालों को दिखाई नहीं दे रही थी। उसकी मौजूदगी को उसने पहले कभी महसूस नहीं किया था, लेकिन वह रहती थी।

वह उस अदृश्य औरत को देखकर मुस्कराने लगी जो वर्जिन मैरी, जीसस की माँ, जैसी लग रही थी। बदले में वह औरत भी मुस्कराई और उसने उसको सावधान रहने के लिए कहा, चीज़ें उतनी आसान नहीं थीं, जितनी कि उसने सोची थीं। मारिया ने उसकी सलाह को नज़रअंदाज़ कर दिया और जवाब में कहा कि वह बड़ी हो चुकी थी, वह अपने फ़ैसले स्वयं ले सकती थी, और उसको ऐसा नहीं लगता था कि उसके ख़िलाफ़ किसी

तरह का कोई षड्यंत्र चल रहा था। उसने यह जान लिया था कि ऐसे लोग भी थे, जो एक रात के लिए एक हज़ार फ्रैंक तक देने को राज़ी थे, टाँगों के बीच आधे घंटे रहने के, और अगले कुछ दिनों में उसको यह तय करना था कि क्या उसको एक हज़ार स्विस फ्रैंक से घर वापसी का टिकट कटा लेना चाहिएउ या इस धन का इस्तेमाल कर यहाँ कुछ दिन और रह ले, जिससे कि अपने माता-पिता के लिए घर ख़रीद सके, अपने लिए कुछ अच्छे कपड़े ख़रीद ले और उन सभी जगहों के टिकट ख़रीदने लायक़ कमाई कर ले जहाँ जाने का उसने सपना देखा था। उसके बगल में खड़ी उस अदृश्य औरत ने एक बार फिर से कहा कि सब चीज़ें इतनी आसान नहीं होतीं, मारिया उसके अदृश्य साथ से ख़ुश तो थी, लेकिन उसने उससे यह भी कहा कि वह उसके सोचने में बाधा नहीं डाले, क्योंकि उसको कुछ ज़रूरी फ़ैसले लेने हैं।

इस बार उसने अधिक ध्यान से विश्लेषण करना शुरू किया, ब्राज़ील वापस लौटने की संभावनाओं के बारे में सोचा। स्कूल की सहेलियाँ, जो जब से पैदा हुई थीं, उस शहर से बाहर नहीं निकली थीं, सब यही कहेंगी कि इसको काम से निकाल दिया, और इसमें अंतरराष्ट्रीय स्टार होने वाली प्रतिभा थी ही नहीं। उसकी माँ दुखी हो जाएगी। उसकी माँ इस बात से दुखी हो जाएँगी कि उसको हर महीने जिस राशि का वादा किया गया था उनको नहीं मिलेगी, जबकि मारिया ने अपने पत्रों में उनको यह दिलासा दिया था कि डाकघर वाले ज़रूर उसकी भेजी राशि को चुरा रहे होंगे। उसके पिता के चेहरे पर उसके बाद से हमेशा यही भाव बना रहता कि 'मैंने कहा था ना;' वह वापस उस दुकान में काम पर जाएगी, कपड़े बेचेगी, और वह उस दुकान के मालिक से शादी कर लेगी - वही जो कभी हवाई जहाज से चलती थी, स्विस चीज़ खाया करती थी, जिसने फ्रेंच भाषा सीखी थी और जो बर्फ़ में चलती थी।

दूसरी तरफ़ उस तरह के ड्रिंक थे, जिसके कारण उसको 1000 स्विस फ्रैंक मिले। हो सकता है यह अब बहुत दिन तक नहीं चले - आख़िरकार सुंदरता हवा की तरह तेज़ी से बदल जाती है - लेकिन एक साल में वह इतना कमा सकती थी कि अपने पैरों पर खड़ी होकर दुनिया में वापस लौट जाए, इस बार अपनी शर्तों पर। एक ही समस्या यह थी कि उसको नहीं पता था कि क्या किया जाए, कैसे शुरू किया जाए। उसको याद आया कि जिन दिनों वह 'पारिवारिक नाइटक्लब' में काम कर रही थी, जहाँ उसने सबसे

पहले काम किया था, तो वहाँ एक लड़की ने रु द बर्न नामक किसी स्थान का नाम लिया था - बल्कि उसने सबसे पहले वही कहा था, यहाँ तक उसको यह दिखाने के भी पहले कि सूटकेस को कहाँ रखना है।

जेनेवा में जगह-जगह खड़े जंग लगे विशाल खंबों में से एक के पास वह गई, जेनेवा को इसी वजह से पर्यटकों के लिए सबसे मददगार नगर कहा जाता था, क्योंकि इसकी वजह से पर्यटक खो नहीं सकते थे। इसी कारण उन खंबों के एक तरफ़ विज्ञापन लगा होता था और दूसरी तरफ़ नक़्शा बना होता था।

वहाँ खड़े एक आदमी से उसने पूछा कि क्या उसको पता था कि रु द बर्न कहाँ पर था। उसने भेदती निगाहों से उसकी तरफ़ देखा और पूछा कि क्या वह स्विट्ज़रलैंड की राजधानी बर्न जाने वाली सड़क के बारे में पूछ रही थी। नहीं, मारिया ने कहा, मुझे जेनेवा में उस सड़क का पता चाहिए। वह आदमी बिना एक भी शब्द कहे वहाँ से चला गया, उसको लगा कि यह ज़रूर किसी टीवी कार्यक्रम की शूटिंग चल रही थी, जिसमें लोगों को बेवक़ूफ बनाकर मज़ा लिया जाता है। मारिया क़रीब 15 मिनट तक इस नक़्शे को ध्यान से देखती रही - यह कोई बहुत बड़ा शहर नहीं है - और आख़िरकार उसको वह जगह मिल गई, जिसकी वह तलाश में थी।

उसकी अदृश्य दोस्त, जो उस समय तक ख़ामोश थी, अब वह उसको समझाने की कोशिश कर रही थी; यह कोई नैतिकता का मामला नहीं था, बल्कि एक ऐसे रास्ते पर जाने का मामला था, जहाँ से वापसी की कोई सूरत नहीं थी।

मारिया ने कहा कि अगर वह घर वापस जाने के लिए पर्याप्त कमाई कर सकती है, तो वह इतना भी कमा सकती है कि किसी भी तरह के हालात से निकल आए। इसके अलावा, वह जिन लोगों से भी आज तक मिली थी उनमें से किसी ने अपने मन का कुछ नहीं चुना था। यही ज़िंदगी का सच है।

'हम आँसुओं की घाटी में रहते हैं,' उसने अपनी अदृश्य दोस्त से कहा। 'हम चाहे जितने सपने देख लें, लेकिन ज़िंदगी मुश्किल है, कठोर है, दुख से भरी है। तुम कहना क्या चाह रही हो : लोग मेरी निंदा करेंगे? कभी किसी को पता नहीं चलेगा - यह ज़िंदगी का एक दौर भर है।'

खट्टी-मीठी मुस्कान के साथ अदृश्य दोस्त ग़ायब हो गई।

मारिया मेले में गई और उसने झूले का टिकट ख़रीदा; उस पर बैठे सभी लोगों के साथ वह भी चिल्ला रही थी, समझ रही थी कि किसी तरह का ख़तरा नहीं था, यह तो बस एक खेल था। उसने एक जापानी रेस्तराँ में खाना खाया, जबकि उसको ठीक से यह भी नहीं पता था कि वह खा क्या रही थी, बस इतना पता था कि यह बहुत महँगा था और उस समय उसका मन हर तरह की शानो-शौक़त में शामिल होने का हो रहा था। वह ख़ुश थी, अब उसको पल-पल किसी के फ़ोन आने का इंतज़ार नहीं करना था।

उस दिन बाद में उसने एजेंसी को मैसेज करके शुक्रिया अदा किया और उनको बताया कि मुलाक़ात अच्छी रही। अगर एजेंसी असली हुई तो वे फ़ोटो माँगेंगे। अगर वे स्त्रियों से धंधा करवाने वाले हुए तो ऐसी और मुलाक़ातों का इंतज़ाम करेंगे।

उसने पुल पार किया और अपने छोटे-से कमरे तक गई और उसने यह फ़ैसला किया कि भले ही बहुत अधिक धन और भविष्य की बहुत-सी योजनाएँ उसने बना रखी हों, लेकिन वह टेलिविज़न नहीं ख़रीदेगी : उसको सोचने की ज़रूरत थी, अपना सारा समय सोचने में लगाने की ज़रूरत थी।

उस रात की मारिया की डायरी से (हाशिए पर एक नोट भी लिखा था : पक्का नहीं) :

मैंने इसका कारण समझ लिया है कि कोई आदमी स्त्री के लिए भुगतान क्यों करता है : वह ख़ुश रहना चाहता है।

उसने हज़ार फ़्रैंक सिर्फ़ संभोग के लिए या स्खलन के लिए नहीं दिए। वह ख़ुश रहना चाहता है, मैं भी चाहती हूँ, सभी चाहते हैं, और फिर भी कोई ख़ुश नहीं है। एक पल के लिए यह मान भी लें कि अगर मैंने... बनने का फ़ैसला कर लिया, तो मेरे पास खोने के लिए क्या है... यह सोचने और लिखने दोनों ही लिहाज से एक मुश्किल शब्द है... लेकिन साफ़-साफ़ कहें... अगर मैंने वेश्या बनने का फ़ैसला कर ही लिया, तो मुझे उससे क्या खोना होगा?

इज़्ज़त। आत्म-सम्मान। हालाँकि जब इस बारे में मैं सोचती हूँ, तो पाती हूँ कि मेरे पास इनमें से कुछ था ही नहीं। मैंने पैदा होने के लिए नहीं कहा, मुझे कोई प्यार करने वाला नहीं मिला, मैंने हमेशा ग़लत फ़ैसले लिए - अब मैं ज़िंदगी को अपने बारे में फ़ैसले लेने दे रही हूँ।

अगले दिन एजेंसी ने मुझे फ़ोन किया और फ़ोटो माँगते हुए यह पूछा कि फ़ैशन शो का आयोजन कहाँ हुआ था, कारण यह था कि हर बार जब वे किसी को काम देते थे तो उसमें उनका हिस्सा भी होता था। मारिया ने इस बात को समझते हुए कि उनको इस बारे में कुछ भी नहीं पता था कि क्या कुछ हुआ था, यह कहा कि वह अरब उन लोगों से संपर्क कर लेगा।

वह लाइब्रेरी गई और उसने सेक्स से जुड़ी किताबों की माँग की। उसने अपने आप से कहा कि अगर एक साल के लिए ही सही वह गंभीरता से इस क्षेत्र में काम करने की संभावनाओं की तलाश कर रही है, जिसके बारे में उसको कुछ पता नहीं था तो सबसे पहले उसको यह जानने की ज़रूरत थी कि किस तरीक़े से व्यवहार करना चाहिए, किस तरह से सामने वाले को खुश करना चाहिए और बदले में धन ले लेना चाहिए।

वह बहुत दुखी हो गई, जब लाइब्रेरियन ने उसको बताया कि यह लाइब्रेरी सरकारी है; इसलिए उनके पास अधिक तकनीकी किताबें नहीं हैं। मारिया ने ऐसी एक किताब की विषय सूची को पढ़ा और तत्काल उसको वापस कर दिया : उन किताबों में खुशी के बारे में कुछ नहीं कहा गया था, उनमें कुछ उबाऊ चीज़ों के बारे में लिखा हुआ था, जैसे किस तरह से उत्तेजित करना चाहिए, अंदर किस तरह से प्रवेश करना चाहिए, नामर्दी क्या होती है, सावधानी किस तरह की बरतनी चाहिए... उसने एक पल के लिए स्त्रियों में ठंडेपन के मनोविज्ञान को लेकर एक किताब को लेने के बारे में सोचा, क्योंकि ऐसा उसके साथ भी होता था, हालाँकि उसको पुरुषों के आगोश में आना और उनके साथ संभोग करना बहुत अच्छा लगता था, लेकिन उसको सबसे बड़ा सुख हस्तमैथुन से ही मिलता था।

वैसे वह ऐसे संबंधों में सुख की तलाश में नहीं रहती थी, बल्कि काम की तलाश में होती थी। उसने लाइब्रेरियन का शुक्रिया अदा किया और एक

दुकान में गई जहाँ उसने अपने उस करियर पर पहली बार कुछ ख़र्च किया, जो उसे सामने क्षितिज पर दिखाई दे रहा था - ऐसे कपड़ों में जिनको देखकर उसको लगता था कि जब वह उनको पहनेगी तो पुरुषों की भावनाएँ जाग जाएँगी। उसके बाद वह सीधे उस जगह गई, जिसको उसने नक़्शे में खोजा था। रु द बर्न। उस सड़क के मुहाने पर चर्च था (अजीब बात यह थी कि उसके पास ही वह जापानी रेस्तराँ था, जहाँ उसने एक रात पहले डिनर किया था) फिर कुछ दुकानें थीं, जहाँ सस्ती घड़ियाँ बिक रही थीं, और उसके दूसरे सिरे पर एक क्लब था, जिसके बारे में उसने सुन रखा था, लेकिन दिन के उस वक्त सब कुछ बंद था। वह एक बार फिर से झील के पास टहलने के लिए गई और फिर बिना किसी तरह की झिझक के पाँच अश्लील पत्रिकाएँ ख़रीद लीं, जिससे कि पढ़कर यह समझ सके कि उसको किस तरह के काम करने होंगे, फिर वह अंधेरा घिरने का इंतज़ार करने लगी और फिर वह रु द बर्न में वापस गई। उसके बाद चलते-चलते उसने एक बार ढूँढ़ लिया, जिसका नाम ब्राज़ीली था, जो उसके लिए लुभाने वाला था - 'कोपाकबाना।'

उसने कुछ सोचा नहीं था, उसने मन ही मन कहा। यह महज एक प्रयोग था। उसको स्विट्ज़रलैंड में रहते हुए इतने दिन हो गए थे, लेकिन उसने इतना अच्छा और इतना आज़ाद खुद को कभी महसूस नहीं किया था।

'मैं काम की तलाश में हूँ,' उसने बार के मालिक से कहा, जो बार के पीछे गिलास साफ़ कर रहा था। उस जगह पर अनेक टेबल लगे थे, दीवार के आसपास कुछ सोफ़े लगे थे, और एक कोने में डान्स फ़्लोर जैसा बना हुआ था। 'कुछ नहीं करती हो। अगर तुम चाहती हो कि तुमको यहाँ क़ानूनी रूप से काम मिले तो तुमको काम करने का परमिट लेना पड़ेगा।'

मारिया ने जब उसको अपना परमिट दिखाया तब उस आदमी का मिजाज कुछ बेहतर हो गया।

'काम का कोई अनुभव है?'

उसको समझ नहीं आ रहा था कि क्या कहे : अगर उसने 'हाँ' कह दिया तो वह पूछेगा उसने पहले कहाँ काम किया था। अगर उसने 'ना' कहा तो वह उसको मना कर देगा।

'मैं एक किताब लिख रही हूँ।'

यह विचार उसको ना जाने कैसे सूझा, मानो वह अदृश्य वजह उसकी मदद करने के लिए आ गई हो। उसने देखा कि वह आदमी समझ गया था कि वह झूठ बोल रही थी, लेकिन वह ऐसे जता रहा था मानो उसने उसकी बात का यक़ीन क़र लिया हो।

'कोई फ़ैसला करने से पहले कुछ और लड़कियों से भी बात कर लो। हमारे यहाँ हर रात कम से कम छह ब्राज़ीलियाई लड़कियाँ आती हैं, इस तरह से तुमको इस बारे में पता चल जाएगा कि ग्राहक चाहते क्या हैं।'

मारिया यह कहने ही वाली थी कि उसको किसी से किसी तरह की सलाह की ज़रूरत नहीं है, इसके अलावा, वह अभी किसी नतीजे पर नहीं पहुँची है, लेकिन वह आदमी बार की दूसरी दिशा में जा चुका था, उसको अपने हाल पर छोड़कर, उसने उसको पीने के लिए पानी का एक गिलास भी नहीं दिया।

लड़कियों का आना शुरू हो गया, और बार के मालिक ने ब्राज़ीलियाई लड़कियों में से कुछ को बुलाया और उनसे कहा कि वह जो नई आई है उससे जाकर बातें करो। उनमें से किसी ने भी बात करने में उत्साह नहीं दिखाया, उनको प्रतिस्पर्धा बढ़ जाने का डर होगा, मारिया ने ऐसा सोचा। संगीत बजाया जाने लगा था, और ब्राज़ीलियाई गाने बजने लगे (उस जगह का नाम 'कोपाकबाना' जो था); उसके बाद कुछ एशियाई दिखाई देने वाली लड़कियाँ आईं, उनके साथ कुछ ऐसी लड़कियाँ भी थीं, जिनको देखकर लग रहा था जैसे वे सीधे जेनेवा के रूमानी पहाड़ों से उतर कर आई हों। वह उस जगह पर क़रीब दो घंटे से खड़ी थी, उसको पीने के लिए कुछ भी नहीं मिला था, उसने बस कुछ सिगरेटें पी थीं, उसके अंदर यह भावना बढ़ती जा रही थी कि वह निश्चित रूप से ग़लत फ़ैसला करने जा रही थी – उसके दिमाग़ में बार-बार यह पंक्ति गूँज रही थी – 'मैं इस जगह पर कर क्या रही हूँ?' – और यह भावना और भी अधिक इस वजह से बढ़ती जा रही थी, क्योंकि ना तो उस जगह का मालिक उसमें कोई दिलचस्पी दिखा रहा था ना ही वहाँ की लड़कियाँ, कि आख़िरकार एक ब्राज़ीलियाई लड़की उसके पास आई।

'तुमने इस जगह आने का कैसे सोचा?'

मारिया किताब लिखने वाली कहानी को दुहरा सकती थी, या वह वही करती जो उसने कुर्द, मीरो और फ़ेलिनी के मामले में किया था, सच्चाई बयान कर देती।

'पूरी ईमानदारी से कहूँ तो मुझे यह नहीं पता है कि शुरुआत कहाँ से करूँ, या क्या मुझे शुरुआत करनी भी चाहिए।'

सामने वाली लड़की इतने सीधे और साफ़ जवाब को सुनकर हैरान रह गई। उसने अपने प्याले से एक घूँट भरा, जो व्हिस्की का प्याला लग रहा था, उसके बाद वह वहाँ बजाए जा रहे ब्राज़ीलियाई गाने को सुनने लगी। बीच-बीच में उसने कुछ बातें ऐसी कहीं कि उसे अपने घर की बहुत याद आ रही है, फिर उसने कहा कि उस रात बहुत ग्राहक नहीं थे, क्योंकि जेनेवा के पास जो एक बड़ा अंतरराष्ट्रीय सम्मेलन होने वाला था; वह रद्द हो गया है। अंत में जब उसने यह देखा कि मारिया अभी भी नहीं गई थी तो उसने कहा :

'देखो बहुत आसान है, तुमको बस तीन बुनियादी क़ायदों का पालन करना है। पहला : ऐसे किसी के साथ प्यार में मत पड़ जाना जो तुम्हारे साथ काम करता हो या सेक्स करता हो। दूसरी बात : किसी तरह के वादे में यक़ीन मत करना और आगे बढ़कर भुगतान ले लेना। तीसरी बात : ड्रग्स मत लेना।'

कुछ देर चुप्पी बनी रही।

'और अब शुरू कर दो। अगर आज रात तुम बिना अपने पहले ग्राहक को पाए घर चली गई, तो तुम इस काम को करने या नहीं करने के बारे में दोबारा सोचोगी और वापस आने का साहस तुमको नहीं होगा।'

मारिया वहाँ सिर्फ़ सलाह लेने के लिए नहीं गई थी, वह तो इस बारे में राय माँगने के लिए गई थी कि उसको अस्थायी रूप से कोई काम मिल सकता है। उसने पाया कि उसके अंदर वही भावना पैदा हो रही थी, जिसके कारण लोग जल्दबाजी में फ़ैसला ले लेते हैं - निराशा की भावना।

'अच्छा ठीक है। मैं आज रात से ही शुरू करूँगी।'

उसने यह नहीं कहा कि असल में उसने कल रात ही यह शुरू कर दिया था। वह लड़की मालिक के पास गई, जिसको उसने मिलान के नाम से पुकारा, जो मारिया से बात करने के लिए आया।

'तुमने अंडरवियर तो अच्छा पहना है ना?'

किसी ने भी नहीं, उसके प्रेमियों, उस अरब, उसकी सहेलियों ने भी उससे यह सवाल नहीं पूछा था, किसी अजनबी की तो बात ही रहने दीजिए। लेकिन उस जगह की ज़िंदगी ऐसी ही थी : सीधे मुद्दे की बात।

'मैंने हल्के नीले रंग की पैंटी पहनी हुई है। और ब्रा नहीं है,' उसने भड़काऊ अंदाज़ में कहा। लेकिन बदले में उसको डाँट सुननी पड़ गई।

'कल काली पैंटी, ब्रा और स्टाकिंस पहन कर आना। अपने कपड़े उतारना आम बात है।'

बिना किसी भूमिका के और यह मानते हुए कि वह किसी ऐसी लड़की से बात कर रहा था, जो अपना काम शुरू करने वाली थी, मिलान ने इस धंधे के और क़ायदों के बारे में उसको बताना शुरू किया : कोपाकबाना समय बिताने के लिए एक सुहानी जगह है, यह कोई चकलाघर नहीं है। जो आदमी बार में आते हैं, वे यह मानकर आए हैं कि वे अपने आप किसी लड़की को खोज लेंगे। अगर कोई उसकी मेज़ पर आया और बीच में उसको किसी ने रोका नहीं (क्योंकि कुछ ग्राहक 'कुछ ख़ास लड़कियों' के लिए ही आते थे), तो वह आएगा और कहेगा :

'क्या कुछ पीना चाहोगी?'

जिसके जवाब में मारिया हाँ या नहीं कह सकती थी। वह जिसको चाहे चुनने के लिए आज़ाद थी, हालाँकि इस बात की सलाह नहीं दी जाती थी कि रात में एक बार से अधिक 'ना' कहा जाए। अगर उसका जवाब हाँ में हुआ तो वह फ्रूट जूस कॉकटेल के लिए बोल सकती थी, जो पीने वाली चीज़ों की सूची में सबसे महँगी चीज़ थी। शराब पूरी तरह से नहीं, या अपने लिए ग्राहक को चुनने दे।

फिर, उसको डान्स करने का आमंत्रण स्वीकार कर लेना चाहिए। ज़्यादातर ग्राहक जाने-पहचाने चेहरे होते थे, सिवाय कुछ 'ख़ास ग्राहकों' को छोड़कर, जिनके बारे में उसने कुछ और नहीं बताया, उनमें से कोई ग्राहक ऐसा नहीं था, जिससे किसी तरह का ख़तरा हो। पुलिस और स्वास्थ्य विभाग के लोग हर महीने ख़ून के नमूने की माँग करते हैं, यह देखने के लिए कि उनको कोई सेक्स से जुड़ी बीमारी तो नहीं। कंडोम का इस्तेमाल ज़रूरी है, हालाँकि इस बात को परख़ने का कोई जरिया नहीं है कि इस नियम का पालन हो रहा है या नहीं। उसको कभी भी किसी तरह का बखेड़ा नहीं करना होगा, मिलान एक इज़्ज़तदार शादीशुदा आदमी था, उसको अपनी इज़्ज़त और क्लब की इज़्ज़त का ख़याल था।

वह क़ायदे समझाए जा रहा था : डान्स के बाद वे मेज़ पर लौट आएँगे, और फिर ग्राहक ऐसे बोलेगा जैसे वह कोई बहुत अलग-सी बात बोल

रहा हो, वह लड़की को अपने साथ होटल चलने के लिए कहेगा। आमतौर पर साढ़े तीन सौ फ्रैंक क़ीमत थी, जिसमें 50 फ्रैंक मिलान के हो जाते थे, जो वह मेज़ लेने के एवज में लेता था (यह एक चाल थी, जिससे कि भविष्य में किसी तरह का क़ानूनी पचड़ा नहीं हो और ना ही यह आरोप लगे कि आर्थिक लाभ के लिए वह सेक्स करवाता है।)

मारिया ने कहने की कोशिश की :

'लेकिन मैंने 1000 फ्रैंक कमाए...'

बार मालिक ने जैसे अनसुना कर दिया, लेकिन वहाँ जो एक ब्राज़ीलियन स्त्री उनकी बात सुन रही थी, उसने कहा :

'वह मज़ाक़ कर रही है।'

और मारिया की तरफ़ मुड़ते हुए उसने पुर्तगीज़ भाषा में ज़ोर से साफ़-साफ़ कह दिया :

'यह जेनेवा की सबसे महँगी जगह है। ऐसा फिर कभी मत करना। इसको यह पता है कि बाहर जाने की क्या क़ीमत मिलती है और यह जानता है कि कोई किसी के साथ भी बिस्तर पर जाने के एवज में हज़ार फ्रैंक नहीं देता है, सिवाय "विशेष ग्राहकों" के, लेकिन वह भी तब जब तुम्हारी क़िस्मत सही हो और तुम्हारे अंदर वे सभी गुण हों।'

मिलान की आँखों में शक की कोई गुंजाइश ही नहीं थी, बाद में मारिया को यह पता चला कि वह युगोस्लाव था, और वहाँ 20 साल से रह रहा था।

'क़ीमत है 350 फ्रैंक।'

'जी,' मारिया ने बड़ी विनम्रता से कहा।

सबसे पहले उसने उसके अंडरवियर का रंग पूछा, और अब वह यह तय कर रहा था कि उसके शरीर की क़ीमत क्या थी।

लेकिन उसके पास सोचने का समय नहीं था, वह आदमी अभी भी निर्देश दिए जा रहा था : उसको किसी के घर जाने का आमंत्रण स्वीकार नहीं करना था या ऐसे होटल में जाने का जो पाँच सितारा से कम दर्जे का होटल हो। अगर ग्राहक के पास उसको ले जाने के लिए कोई जगह नहीं हो तो उसको उस जगह से पाँच ब्लॉक दूर स्थित होटल में ले जाना था, और उसको हमेशा टैक्सी में जाना था, जिससे कि रु द बर्न के दूसरे क्लबों में लड़कियों को उसका चेहरा दिखाई नहीं दे। इस कारण के ऊपर मारिया

को यक़ीन नहीं हुआ; उसको लगा कि असली कारण शायद यह रहा हो कि उसको किसी और क्लब में काम करने की बेहतर शर्त मिल जाए। लेकिन उसने अपनी यह बात अपने मन में ही रखी; क़ीमत को लेकर बहस करना बुरी बात थी।

'मैं एक बार फिर से कहूँगा : जैसे फ़िल्मों में पुलिसवाला कहता है, काम के दौरान कभी मत पीना। अब मैं जा रहा हूँ, मैं जल्दी ही बेहद व्यस्त रहने लगूँगा।'

'शुक्रिया कहो,' दूसरी ब्राज़ीलियाई औरत ने पुर्तगीज़ भाषा में कहा।

मारिया ने उस आदमी को शुक्रिया कहा। वह आदमी मुस्कराया, लेकिन उसके निर्देशों की सूची अभी पूरी नहीं हुई थी :

'मैं एक बात भूल गया : पीने के लिए ऑर्डर करने तथा क्लब छोड़ने के बीच का समय कभी भी 45 मिनट से अधिक नहीं होना चाहिए - और स्विट्ज़रलैंड में घड़ी सभी जगह लगी रहती है, यहाँ तक कि युगोस्लाव और ब्राज़ील के निवासियों को भी समय का पाबंद होना आना चाहिए। यह याद रखना तुमसे जो कमीशन मिलेगा मेरे बच्चों का गुज़ारा उसी से चलता है।'

वह याद रखेगी।

उस आदमी ने उसको पीने के लिए एक गिलास बुलबुलेदार पानी दिया, जिसमें नींबू का एक टुकड़ा लगा था - उस ड्रिंक को देखकर कोई भी आदमी यह कह सकता था कि वह जिन और टॉनिक था, और उसको रुक जाने के लिए कहा।

धीरे-धीरे क्लब में भीड़ होने लगी; पुरुष अंदर आते, इधर-उधर देखते, अपने आप बैठ जाते, तत्काल उनमें से कोई लड़की उस आदमी के पास जाती, मानो वे किसी पार्टी में हों जहाँ सभी एक दूसरे को जानते हों, और मानो वे दिन भर की मेहनत के बाद थोड़ी मौजमस्ती के लिए आए हों। जैसे ही किसी आदमी को उसकी संगिनी मिल जाती, तो मारिया राहत की साँस लेती, हालाँकि अब वह राहत महसूस कर रही थी। शायद ऐसा इसलिए क्योंकि वह स्विट्ज़रलैंड था, आज ना कल उसको रोमांच, पति या धन मिल ही जाएगा, जैसा कि उसने हमेशा से सपना देखा था। अचानक उसको ध्यान आया कि शायद इस वजह से कि कई सप्ताह में यह पहला मौक़ा था कि

वह रात में बाहर निकली थी, ऐसी जगह पर जहाँ संगीत बज रहा था, और जहाँ वह बीच-बीच में किसी को पुर्तगीज भाषा बोलते हुए भी सुन पा रही थी। वह अपने आसपास बैठी लड़कियों के साथ मज़े कर रही थी, हँस रही थी, फ़्रूट जूस कॉकटेल पी रही थी, चहक कर बातें कर रही थी।

उनमें से किसी ने उसके पास आकर दुआ-सलाम नहीं की या अपने इस नए पेशे में सफलता की दुआ ही दी, लेकिन यह सब बिलकुल आम बात थी; आख़िरकार, वह उनकी प्रतिद्वंद्वी थी, उनके मुक़ाबिल थी, उसी ट्रॉफ़ी के लिए वह भी मुक़ाबले में थी। बजाय निराश होने के उसको गर्व महसूस हो रहा था - वह अपने लिए संघर्ष कर रही थी, वह कोई असहाय नहीं थी। अगर वह चाहती तो दरवाज़ा खोलकर अपनी बेहतरी के लिए उस जगह से बाहर निकल सकती थी, लेकिन वह इस बात को हमेशा से समझती थी कि उसके अंदर कम से कम इतनी हिम्मत तो थी वह इतनी दूर तक आ गई, ऐसी बातों पर चर्चा करने, मोलभाव करने आदि के बारे में उसने ज़िंदगी में कभी सोचने की हिम्मत भी नहीं की थी। वह क़िस्मत की मारी नहीं थी, वह अपने आप से कहती रहती : वह अपने आपको ख़तरे में डाल रही है, अपनी हदों को स्वयं ही तोड़ रही है, ऐसी चीज़ों का अनुभव कर रही है, जिनके बारे में एक दिन अपने दिल की ख़ामोशी में, अपने बुढ़ापे के दिनों में अपने पुराने दिनों की याद की तरह याद करेगी - चाहे वह बात कितनी ही बेतुकी क्यों लगती हो।

उसको यह बात निश्चित रूप से लग रहा था कि कोई उससे मिलने के लिए नहीं आएगा, और कल वह ऐसे महसूस करेगी जैसे उसने कोई बुरा सपना देखा हो, जिसको वह कभी दुहराना नहीं चाहेगी, क्योंकि आज उसको यह पता चला था कि एक रात के हज़ार फ़्रैंक एक बार ही मिलते हैं; शायद उसको ब्राज़ील वापस जाने का टिकट ख़रीद लेना चाहिए। समय बिताने के लिए वह इसके बारे में सोचने लगी कि दूसरी लड़कियाँ कितना कमा लेती होंगी : अगर एक रात में वे तीन बार जाती होंगी तो हर तीन या चार घंटे के काम के लिए जितना कमा लेती होंगी उतनी कमाई करने के लिए दुकान में दो महीने नौकरी करनी पड़ जाएगी।

क्या इतना काफ़ी था? उसने एक रात में हज़ार फ़्रैंक की कमाई की थी, लेकिन शायद वह उसकी शुरुआती क़िस्मत थी। किसी भी हाल में एक आम वेश्या की कमाई इससे अधिक होनी चाहिए, उससे बहुत अधिक जितना

कि वह अपने देश में फ़्रेंच पढ़ाकर कमा सकती थी। और उनको बस किसी बार में डान्स करना था, अपनी टाँगों को फैलाना था और बस हो गया। उनको तो बात भी नहीं करनी थी।

धन प्रेरणा का एक तत्त्व था, उसने सोचा, लेकिन क्या इतना ही काफ़ी था? या वहाँ मौजूद लोग, ग्राहक और लड़कियाँ उसी तरह से मज़े ले रही थीं? उसको स्कूल में जो पढ़ाया गया था यह दुनिया उससे बहुत अलग थी? अगर आप कंडोम का इस्तेमाल करते हैं, तो किसी तरह का ख़तरा नहीं होता। किसी और तरह के ख़तरे के बारे में किसी ने सोचा नहीं था; उसको एक बार फ़्रेंच की क्लास में यह बताया गया था कि जेनेवा में वही लोग आते हैं, जिनको बैंकों में जाना पसंद था। ब्राज़ील के अधिकतर लोग या तो मियामी में ख़रीदारी करके ख़ुश होते थे या पेरिस में।

एक दिन के साढ़े तीन सौ फ़्रैंक, सप्ताह में पाँच दिन। क़िस्मत की बात थी! इतनी लड़कियाँ वहाँ काम क्यों कर रही हैं, जबकि वे एक महीने में इतना कमा सकती थीं कि वापस अपने घर जाकर अपनी माँ के लिए घर ख़रीद सकती थीं? या वे कम समय के लिए काम करती थीं?

या – वैसे मारिया इस सवाल को सुनकर डर गई – क्या उनको मज़ा आने लगता था?

एक बार फिर उसने सोचा कि उसको कुछ पीना चाहिए – शैम्पेन ने पिछली रात काफ़ी मदद की थी।

'क्या आप कुछ पीना चाहेंगी?'

उसके सामने तीस साल के आसपास का एक आदमी खड़ा था, उसने किसी एयरलाइंस की वर्दी पहन रखी थी।

दुनिया धीरे-धीरे चल रही थी, और मारिया का मन कर रहा था कि वह अपने शरीर से बाहर निकलकर अपने आपको बाहर से देखे। वह बुरी तरह शर्मिंदा थी, लेकिन अपनी शर्म को छिपाने की कोशिश कर रही थी, उसने मुस्कराते हुए सिर हिलाया, वह जानती थी कि उस पल से उसकी ज़िंदगी सदा के लिए बदल जाने वाली थी।

फ़्रूट जूस कॉकटेल, थोड़ी-सी बातचीत, तुम यहाँ क्या कर रही हो, ठंड है, नहीं? मुझे संगीत पसंद है, अब्बा का संगीत मुझे भी अच्छा लगता है, स्विस लोग बड़े मज़ेदार होते हैं, क्या तुम ब्राज़ील की हो? अपने देश

के बारे में कुछ बताओ। वहाँ कार्निवाल होता है। ब्राज़ील की लड़कियाँ बहुत सुंदर होती हैं, जानती हो।

मुस्कराते हुए तारीफ़ को स्वीकार करो, हो सके तो कुछ शर्माते हुए। वापस डान्स फ़्लोर पर आ जाओ, लेकिन एक आँख मिलान पर गड़ाए हुए, जो कई बार अपना सिर खुजाते हुए अपनी घड़ी की तरफ़ इशारा करता। आदमी के इत्र की ख़ुशबू; उसको तत्काल यह बात समझ आई कि उसको हर तरह की ख़ुशबू की आदत हो जानी चाहिए। आख़िरकार यह इत्र तो होता है।

वे बहुत पास-पास आकर डान्स करने लगे। एक बार और फ्रूट जूस कॉकटेल, समय गुज़रता जा रहा है, क्या मिलान ने अधिक से अधिक 45 मिनट नहीं कहा था? उसने अपनी घड़ी की तरफ़ देखा, उस आदमी ने पूछा कि क्या वह किसी का इंतज़ार कर रही थी, उसने बताया कि उसके कुछ दोस्त घंटे भर में आने वाले थे, उसने उसको अपने होटल में चलने के लिए कहा, 350 फ़्रैंक, सेक्स के बाद नहाना भी (उसको बहुत कौतूहल हो रहा था, क्योंकि किसी ने पहले ऐसा नहीं कहा था)। यह मारिया नहीं है, उसके शरीर के अंदर वह कोई और है, जिसको कुछ भी महसूस नहीं होता है, वह मशीन की तरह से एक रस्म को निभाए जा रही थी। वह कोई अभिनेत्री नहीं है। मिलान ने उसको सब कुछ सिखा दिया था, यहाँ तक कि यह भी कि ग्राहकों को अलविदा कैसे कहा जाए, उसने उसका शुक्रिया अदा किया, उसको भी नींद आ रही थी और वह अजीब महसूस कर रहा था।

वह क्लब वापस जाना नहीं चाहती थी, वह घर जाना चाहती थी, लेकिन उसको वापस जाकर पचास फ़्रैंक वापस देने थे, फिर एक और आदमी एक बार और कॉकटेल, ब्राज़ील के बारे में कुछ और सवाल, फिर एक और बाथरूम, एक और बार नहाना (इस बार कोई टिप्पणी नहीं), वापस बार में जाना, जहाँ बार मालिक अपना कमीशन लेकर उसको जाने के लिए कहेगा, अब आज और ग्राहक नहीं हैं। उसको टैक्सी नहीं मिली, और वह रु द बर्न को पैदल चलकर पार करेगी, दूसरे क्लबों में देखती हुई, दुकानों के शीशों को देखती हुई, जिनमें घड़ियाँ भरी हुई थीं, कोने का चर्च (बंद है, जो हमेशा बंद ही रहता है...) हमेशा की तरह उसको कोई नहीं देखता है।

वह उस सर्दी में पैदल चलकर जाएगी। उसको बिलकुल पता नहीं कि बाहर जमा देने वाली सर्दी थी, वह चीख़ती नहीं, वह उस धन के बारे में नहीं सोचती जो उसने कमाया था, वह जैसे तंद्रा की अवस्था में है। कुछ

लोग ज़िंदगी का अकेले सामना करने के लिए पैदा होते हैं, और यह ना बुरा होता है ना भला, ज़िंदगी इसी का नाम है। मारिया वैसे ही लोगों में एक है।

वह कोशिश करके इस बारे में सोचना शुरू कर देती है कि हुआ क्या था : उसने आज ही काम शुरू किया था और खुद को वह पेशेवर समझने लगी थी; मानो उसने ना जाने कब यह काम शुरू किया हो, मानो उसने ज़िंदगी भर यही किया हो। उसको अजीब तरह से गर्व महसूस हो रहा था; वह इस बात से ख़ुश थी कि वह भागी नहीं। अब उसको इस बात का फ़ैसला करना था कि इस दिशा में आगे बढ़ना है या नहीं। अगर वह इस दिशा में आगे नहीं बढ़ती तो उसको यह पक्का करना होगा कि वह अपने काम में सबसे अच्छी हो, वैसी जैसी वह पहले कभी नहीं रही हो।

लेकिन ज़िंदगी उसको सिखा रही थी - बहुत तेज़ी से कि जो सबसे ताक़तवर होता है वही बचा रह जाता है। मजबूत बने रहने के लिए, उसको सबसे अच्छा होना था, कोई और रास्ता नहीं था।

एक सप्ताह बाद, मारिया की डायरी :

मैं ऐसा शरीर नहीं हूँ, जिसकी कोई आत्मा भी हो। मैं एक ऐसी इंसान हूँ, जिसका एक दिखाई देने वाला हिस्सा है, जिसको शरीर कहते हैं। पूरे सप्ताह, इसके विपरीत कि कोई उम्मीद कर सकता है, मैं इस आत्मा की मौजूदगी को लेकर अधिक सहज रही हूँ। इसने मुझे कुछ नहीं कहा, ना मेरी आलोचना की, ना मेरे लिए अफ़सोस जताया : यह बस मुझे देखे जा रही थी।

आज मुझे यह समझ आया कि ऐसा क्यों हो रहा था : अरसा हो गया जब मैंने प्यार के बारे में या किसी ऐसी चीज़ के बारे में सोचा हो, जिसको प्यार कहते थे। ऐसा लग रहा था जैसे वह मुझसे भागा जा रहा था, मानो उसका वैसा महत्त्व नहीं रह गया हो, और उसको अच्छा नहीं लग रहा हो। लेकिन अगर मैं प्यार के बारे में नहीं सोचूँगी, तो मैं कुछ भी नहीं रह जाऊँगी।

जब मैं कोपाकबाना में अगली रात गई, मुझे बहुत अधिक इज़्ज़त बख़्शी गई - असल में एक रात के लिए तो यह सब बहुत-सी लड़कियाँ कर लेती थीं, लेकिन इस दिशा में आगे

बढ़ना सहन नहीं कर पाती थीं। जो भी आगे बढ़ती थी, वह एक तरह से संगी, सहकर्मी बन जाती थी, क्योंकि वह मुश्किलों और कारणों को समझ सकती थी, बल्कि इस जीवन को चुनने को लेकर उसके पास कारणों का अभाव रहता था।

सभी किसी ऐसे आदमी के बारे में सपने देखती हैं कि कोई ऐसा होगा, जो उनके अंदर की असली औरत को पहचान लेगा - जो संगी हो, प्रेमिका, दोस्त हो। लेकिन वे हर बार किसी नई मुठभेड़ के पहले पल से ही इस बात को समझती थीं कि ऐसा कुछ होने वाला नहीं था।

मुझे प्रेम के बारे में लिखने की ज़रूरत है। मुझे प्रेम के बारे में सोचने तथा सोचने और लिखने की ज़रूरत थी - नहीं तो मेरी आत्मा बच नहीं पाएगी।

मारिया को चाहे प्यार जितना ही ज़रूरी लगता रहा हो, लेकिन वह उस सलाह को नहीं भूली जो उसको पहली रात दी गई थी और उसने पूरी कोशिश की कि अपने प्यार को डायरी के पन्नों में ही छिपाए रखे। इसके अलावा, उसने पूरी शिद्दत से धंधे में सर्वश्रेष्ठ होने की कोशिश की, कम से कम समय में अधिक से धन कमाने की, वह बहुत कम सोचती थी और जो कर रही थी उसको करने का कोई अच्छा कारण ढूँढ़ने की कोशिश करती।

यह सबसे मुश्किल हिस्सा था : असली कारण क्या है?

वह ऐसा इसलिए कर रही थी, क्योंकि उसको इसकी ज़रूरत थी। यह बात सही नहीं थी - सबको धन चाहिए, लेकिन सब समाज के हाशिए पर रहना तो नहीं चुनते। वह यह सब इसलिए कर रही है, क्योंकि वह कुछ नया अनुभव करना चाहती थी। नहीं, यह बात भी सही नहीं है; दुनिया नए-नए तरह के अनुभवों से भरपूर है - जैसे स्कीइंग करना या जेनेवा की झील में नौका से सैर करना, लेकिन उसके इनमें कोई दिलचस्पी नहीं दिखाई। वह यह काम इसलिए कर रही थी, क्योंकि उसके पास खोने को कुछ नहीं था, क्योंकि उसकी ज़िंदगी एक लगातार, रोज़-रोज़ की हताशा हो गई थी।

नहीं, इनमें से कोई भी जवाब सही नहीं है, इसलिए सबसे अच्छा यह था कि इसके बारे में सब कुछ भूलकर उसी को निपटाती चले, जो उसके इस रास्ते में आने वाले थे। उसके अंदर दूसरी वेश्याओं की तरह बहुत कुछ था, और बाक़ी अन्य औरतों की तरह जिनकी ज़िंदगी का सबसे बड़ा सपना था शादी करना और एक सुरक्षित ज़िंदगी जीना। और जो इस तरह से नहीं सोचती थीं, उनके या तो पति थे (उसके साथ काम करने वाली औरतों में हर तीसरी औरत शादीशुदा थी) या उनका हाल में ही तलाक़ हुआ था। इसके कारण, और अपने आपको समझने के क्रम में, उसने पूरी चालाकी से इस बात को समझने की कोशिश की उसके साथ काम करने वाली औरतों ने इस पेशे को क्यों चुना।

उसने कोई नई बात नहीं सुनी, लेकिन उसने उनके जवाबों की एक सूची तैयार कर ली। उन्होंने बताया कि उनको अपने पति की मदद करनी थी (क्या उसको ईर्ष्या नहीं होती थी? क्या उसके पति का कोई दोस्त किसी रात उस क्लब में आया था? लेकिन मारिया की हिम्मत नहीं हुई कि इस तरह के सवाल पूछे), कि वे अपनी माँ के लिए घर ख़रीदना चाहती थीं (मारिया का अपना बहाना भी यही था, देखने में बहुत बड़ी बात लगती है, लेकिन सबसे सामान्य बात भी), वे इतना कमा लेना चाहती थीं कि उनके पास अच्छा घर हो सके (कोलंबिया, थाईलैंड, पेरू, ब्राज़ील के निवासी सभी इस कारण को पसंद करती थी, वे कई-कई बार काफ़ी कमाई कर लेती थीं और तत्काल रूप से उसको ख़र्च भी कर देती थीं, अपने सपने पूरे करने में उनको डर लगता था), मज़े के लिए यह सब करती थीं (लेकिन क्लब के माहौल में यह सब संभव नहीं था, और यह बात हर बार झूठी ही साबित हो जाती थी), उनको किसी और तरह का काम नहीं मिल पाया था (यह भी कोई अच्छा कारण नहीं था, स्विट्ज़रलैंड में ड्राइवर, क्लीनर, रसोइए के लिए काम ही काम था।)

उनमें से किसी के पास कोई ठोस कारण नहीं था, और उसने इस बारे में समझना छोड़ दिया।

उसने देखा कि बार मालिक मिलान, बिलकुल सही था : किसी ने फिर कभी उसको अपने साथ कुछ घंटे बिताने के एवज में एक हज़ार फ़्रैंक देने की पेशकश नहीं की। दूसरी तरफ़, जब उसने 350 फ़्रैंक की माँग की तो किसी ने भी कभी शिकायत नहीं की, मानो उनको पहले से ही पता रहा हो और उन्होंने उससे बस उसको अपमानित करने के लिए पूछा हो, या असहज आश्चर्य के भाव को टालना चाहते रहे हों।

एक लड़की ने कहा :

'वेश्यावृत्ति किसी और व्यवसाय की तरह नहीं है : इसमें शुरुआत करने वाले अधिक कमाते हैं और जो अनुभवी हो जाते हैं उनकी कमाई कम होती जाती है। इसलिए हमेशा ऐसे जताते रहना चाहिए जैसे तुम इस पेशे में नई हो।'

मारिया को अभी भी यह नहीं पता था कि वे 'ख़ास ग्राहक' कौन थे; उनके बारे में पहली रात की चर्चा हुई थी और उसके बाद उनके बारे में किसी ने बात नहीं की। धीरे-धीरे, उसने धंधे के सभी ज़रूरी तरीक़े सीख

लिए, जैसे कभी किसी तरह का निजी सवाल नहीं पूछना है, मुस्कराना अधिक है और जितनी कम हो उतनी कम बातें करनी हैं, क्लब के बाहर किसी से मिलना नहीं है। लेकिन सबसे ज़रूरी सलाह फ़िलिपींस की औरत न्याह ने दी :

'जब तुम्हारे ग्राहक का स्खलन होने लगे तो तुम भी ऐसे कराहना मानो तुम्हारा भी ओर्गैज़्म हो रहा हो। इससे ग्राहक विश्वस्त हो जाते हैं।'

'लेकिन क्यों? वे तो अपनी संतुष्टि के लिए ही भुगतान कर रहे होते हैं ना।'

'नहीं, यहीं तुम ग़लत हो। कोई आदमी अपने अंग विशेष को उत्तेजित करके ही यह साबित नहीं करता कि वह आदमी है। असली मर्द वह होता है, जो किसी औरत को ख़ुश कर दे। और अगर वह किसी वेश्या को ख़ुश कर सकता है, तो उसको लगता है जैसे वह धरती का सबसे अच्छा प्रेमी है।'

और इस तरह छह महीने बीत गए : मारिया ने सारे ज़रूरी सबक़ सीख लिए, उदाहरण के लिए कोपाकबाना किस तरह से काम करता है। क्योंकि वह रु द बर्न के सबसे महँगे ठिकानों में था, वहाँ आने वाले ग्राहक अधिकतर एक्जीक्यूटिव होते थे, जिनको देर से घर जाने की अनुमति होती थी, क्योंकि वे 'अपने ग्राहकों के साथ रात का खाना खा रहे होते थे,' लेकिन यह रात का भोजन रात के ग्यारह बजे से अधिक देर तक नहीं हो सकता था। वहाँ काम करने वाली अधिकतर वेश्याएँ 18 से 22 साल के बीच की उम्र की होती थीं, और वे औसतन दो साल तक रहती थीं, उसके बाद उनके स्थान पर नई लड़कियों को भर्ती कर लिया जाता था। उसके बाद वे नियोन चली जातीं, फिर जेनियम, और जैसे-जैसे औरत की उम्र बढ़ती जाती उसकी क़ीमत गिरती जाती, और उसके काम करने के घंटे कम से कम होते जाते। उसके बाद लगभग सब की सब ट्रॉपिकल एकस्टैसी चली जाती थीं, जहाँ 30 साल से ऊपर की औरतों को लिया जाता था; लेकिन एक बार जब वे वहाँ चली जाती थीं, तो वे बस इतना ही कमा पाती थीं कि वे अपने खाने और किराए का ख़र्च निकाल सकें, दिन में एक या दो विद्यार्थियों के साथ जाती (एक ग्राहक से औसतन इतना ही मिल पाता था कि सस्ती वाइन की एक बोतल ख़रीदी जा सके)।

वह काफ़ी मर्दों के साथ हमबिस्तर हुई। वह इस बात की परवाह नहीं करती थीं कि उनकी उम्र कितनी थी या उन्होंने कपड़े कैसे पहन रखे थे, बल्कि वह हाँ या ना इस आधार पर कहती थीं कि उनके शरीर से गंध कैसी आ रही होती थी। उसको सिगरेट से कोई परेशानी नहीं थी, लेकिन सस्ते आफ़्टर शेव से उसको नफ़रत थी, या उन लोगों से जो नहाते नहीं थे या जिनके कपड़ों से शराब की बू आती थी। कोपाकबाना एक शांत जगह थी, और जब तक आपके पास रहने और काम करने का परमिट हो वेश्या का

काम करने के लिए दुनिया में स्विट्ज़रलैंड से अच्छा शायद कोई देश नहीं था, अपने सभी काग़ज़ तैयार रखिए और सामाजिक सुरक्षा के लिए भुगतान करते रहिए; मिलान हमेशा यह कहता था कि वह यह नहीं चाहता था कि उसके बच्चे टेबलायड अख़बार में उसका नाम देखें, इसलिए अपने 'कर्मचारियों' पर नज़र रखने के मामले में वह किसी पुलिसवाले की तरह से सख़्त था।

एक बार जब आप पहली या दूसरी रात की बाधा को पार कर लेते हैं तो फिर यह किसी भी दूसरे पेशे जैसा ही हो जाता है, जिसमें आप मेहनत से काम करते हैं, एक दूसरे से प्रतियोगिता करते हैं, अपना दर्जा बनाए रखने की कोशिश करते हैं, काम में ज़रूरी घंटे लगाते हैं, तनाव में आ जाते हैं, अपने काम के बोझ को लेकर शिकायत करते हैं, और इतवार के दिन आराम करते हैं। अधिकतर वेश्याओं में किसी न किसी तरह का धार्मिक विश्वास होता है, और वे चर्च में जाती रहती थीं, वहाँ प्रार्थना करती और ईश्वर से बातें करती थीं।

लेकिन मारिया अपनी डायरी के पन्नों में इस बात के लिए संघर्ष करती रहती थी कि वह अपने आत्मा को नहीं खोए। उसको जब इस बात का पता चला कि हर पाँच में से एक ग्राहक ऐसा होता था जो उससे सिर्फ़ सेक्स नहीं करना चाहता था, बल्कि थोड़ी-बहुत बात करना चाहता था। वे बार में धन चुकाते और होटल के कमरे पर ख़र्च करते और जब दोनों के कपड़े खोलने का समय आता तो आदमी कहता कि यह कोई ज़रूरी नहीं है। वे काम के दबाव के बारे में बात करते थे, अपनी दगाबाज़ पत्नियों के बारे में, अपने अकेलापन महसूस करने के बारे में बातचीत करना चाहते थे, क्योंकि उनसे कोई बात करने वाला ही नहीं है (इस बारे में वह भी बहुत अच्छी तरह से जानती थी।)

शुरू-शुरू में उसको यह बहुत अजीब लगता था। फिर एक रात वह एक अहंकारी फ़्रांसीसी के साथ होटल गई, वह बड़े-बड़े पदों पर लोगों की बहाली का काम करता था (उसने यह बात उसको ऐसे बताई मानो दुनिया की सबसे दिलचस्प बात बता रहा हो), और उसने यह कहा :

'जानती हो दुनिया का सबसे अकेला आदमी कौन होता है? एक एक्ज़ीक्यूटिव जो अपने पेशेवर जीवन में बहुत सफल होता है, बड़ा वेतन उठा रहा होता है, उसके ऊपर और नीचे काम करने वाले लोग उस पर भरोसा करते हैं, वह परिवार के साथ छुट्टी मनाने के लिए जाता है, बच्चों

को होमवर्क करने में मदद करता है, लेकिन उसके बाद उसको मेरे जैसा कोई आदमी संपर्क करता है और यह सवाल पूछता है कि क्या तुम इस नौकरी को छोड़कर इससे दोगुना कमाना चाहते हो?'

'जिस एक्जीक्यूटिव के पास ख़ुश होने के तमाम कारण मौजूद हों, वह अचानक दुनिया का सबसे गया-गुज़रा इंसान बन जाता है। क्यों? क्योंकि उसके पास कोई भी ऐसा नहीं होता, जिससे वह बात कर सके। उसका मन तो करता है कि वह मेरे प्रस्ताव को मान ले, लेकिन वह अपने साथ काम करने वाले लोगों से इसके बारे में बात नहीं कर सकता, क्योंकि वे उसे रोकने के लिए पूरी कोशिश करेंगे। इस बारे में वह अपनी पत्नी से बात नहीं कर सकता है, क्योंकि उसने उसको सफलता की सीढ़ियाँ चढ़ते हुए देखा होता है और वह अच्छी तरह से इस बारे में जानती है कि सुरक्षा क्या होती है, लेकिन वह जोखिम उठाने के बारे में कुछ भी नहीं जानती। उसको अपनी ज़िंदगी का सबसे बड़ा फ़ैसला लेना है और ऐसा कोई भी नहीं है, जिससे वह बात कर सके। सोच सकती हो कि उस आदमी को कैसा महसूस होता होगा?'

नहीं, वह दुनिया का सबसे अकेला इंसान नहीं था। मारिया को यह पता था कि इस धरती पर सबसे अकेला इंसान कौन है : वह। लेकिन वह अपने ग्राहक की बात से सहमत हो गई, क्योंकि उसको उम्मीद थी कि बड़ी टिप मिलेगी, जो मिली भी। लेकिन उसकी बातों से उसको यह समझ आया कि उसको कोई ऐसा ज़रिया निकालना चाहिए कि वह अपने ग्राहकों को उस दबाव से मुक्त करवा सके, जिसके अंदर वे रहते थे; इसका मतलब यह था कि उसको अपनी सेवा का स्तर बेहतर बनाना था और इससे कुछ अतिरिक्त कमाई का मौक़ा भी रहता था।

जब उसको यह बात समझ में आई कि आत्मा के तनाव से मुक्त होना भी अगर अधिक नहीं तो उतना ही आकर्षक होता है, जितना शरीर के तनाव से मुक्त होना, उसने फिर से लाइब्रेरी जाना शुरू कर दिया। उसने शादी की समस्याओं के बारे में, मनोविज्ञान के बारे में और राजनीति के बारे में किताबें पढ़नी शुरू कर दीं; लाइब्रेरियन को इस बात से ख़ुशी हुई कि जो लड़की उसको बहुत पसंद आने लगी है उसने सेक्स के बारे में सोचना छोड़ दिया है और अब वह अधिक ज़रूरी बातों पर ध्यान लगाने लगी है। मारिया नियमित रूप से अख़बार पढ़ने लगी, और जब संभव होता वह अख़बार में

वित्त-व्यापार के पन्ने को पढ़ने लगी, क्योंकि उसके पास आने वाले अधिकतर ग्राहक व्यापार के क्षेत्र के एक्जीक्यूटिव होते थे। उसने सेल्फ़ हेल्प की किताबों की माँग शुरू की, क्योंकि उसके लगभग सभी ग्राहक उससे सलाह माँगते थे। उसने मानवीय भावनाओं के बारे में पढ़ना शुरू कर दिया, क्योंकि उसके सभी ग्राहक किसी न किसी तरह की भावनात्मक पीड़ा में रहते थे। मारिया बहुत इज़्ज़तदार, बल्कि अलग ही तरह की वेश्या हो गई, और छह महीने के बाद उसका बड़ा ग्राहक वर्ग तैयार हो गया, जो उस पर भरोसा करता था, बहुत चुनिंदा क़िस्म के लोग थे, जिसके कारण उसके साथ काम करने वाली लड़कियों को ईर्ष्या भी होती थी और वे उसकी तारीफ़ भी करते थे।

जहाँ तक सेक्स की बात थी, इसकी वजह से उसकी ज़िंदगी में अभी तक कुछ भी नया नहीं जुड़ा था : यह बस टाँगें फैलाने, ग्राहक को कंडोम का इस्तेमाल करने के लिए कहना; इस उम्मीद में थोड़ा-बहुत कराहना कि कुछ टिप मिल जाए (इस फ़िलिपीनी औरत न्याह का शुक्रिया, जिसने उसको यह सिखाया था कि कराहने से 50 फ़्रैंक अतिरिक्त मिल जाते थे), और उसके बाद नहाना, इस उम्मीद में कि पानी से उसकी आत्मा धुल जाएगी। कुछ भी ऐसा नहीं जो लीक से कुछ हटकर हो और चुंबन भी नहीं। वेश्या के लिए चुंबन बहुत पवित्र चीज़ होती है। न्याह ने उसको यह सिखाया था कि किस तरह अपने चुंबन को उस आदमी के लिए बचाकर रखना चाहिए जो उसकी ज़िंदगी का प्यार हो, स्लीपिंग ब्यूटी वाली कहानी की तरह; ऐसा चुंबन जो उसको उस मोहनिद्रा से जगा दे और उसको परीकथाओं की दुनिया में ले जाए, जिसमें स्विट्ज़रलैंड एक बार फिर से चॉकलेट, गायों तथा घड़ियों का देश हो जाए।

और किसी तरह का चरम सुख नहीं, ना सुख या मज़ा। बहुत अच्छे की तलाश में मारिया ने कुछ पॉर्न फ़िल्में देखीं, इस उम्मीद में कि उसको अपने काम के लिए इससे कुछ मदद मिल जाए। उसने बहुत-सी दिलचस्प चीज़ें देखीं, लेकिन वह अपने ग्राहकों पर उन्हें नहीं आज़माती, क्योंकि इससे उनको और भी अधिक समय लग जाता, और मिलान सबसे ख़ुश तब होता था, जब कोई औरत एक रात में औसतन तीन मर्दों को निपटा देती थी।

छह महीने होते-होते मारिया के बैंक खाते में साठ हज़ार स्विस फ़्रैंक जमा हो गए थे; वह बेहतर रेस्तराँ में खाना खाती थी, उसने एक टीवी भी ख़रीद लिया था (वह कभी देखती नहीं थी, लेकिन उसको टीवी रखना अच्छा

लगता है) और वह इस बारे में गंभीरता से सोच रही थी कि किसी बेहतर अपार्टमेंट में रहने के लिए चली जाए। वैसे अब वह किताब ख़रीद सकती थी, लेकिन उसने लाइब्रेरी जाना जारी रखा, जो वास्तविक दुनिया से जुड़ने के लिए पुल का काम करती थी, एक बेहद ठोस और सहनशील दुनिया। उसको लाइब्रेरियन से बात करना अच्छा लगता था, जो इस बात से ख़ुश रहती थी कि मारिया को शायद बॉयफ़्रेंड और नौकरी दोनों की प्राप्ति हो गई है, हालाँकि उसने कभी उससे पूछा नहीं, स्विस नागरिक स्वाभाविक रूप से शर्मीले और मौक़े के अनुसार बात करने वाले होते हैं (यह बात पूरी तरह से झूठ है, क्योंकि कोपाकबाना और बिस्तर पर उसने पाया कि वे दुनिया के किसी भी देश के नागरिकों की तरह उन्मुक्त होते थे, खुशमिजाज और सनकी क़िस्म के)।

इतवार की एक खुशनुमा शाम, मारिया की डायरी :

सभी पुरुषों में, चाहे वे लंबे हों या छोटे, घमंडी हों या सीधे-सादे, दोस्ताना हों या ठंडे मिजाज के, एक बात आम होती है : जिस समय वे क्लब में आते हैं, डरे हुए से होते हैं। उनमें से जो अधिक अनुभवी होते हैं वे अपने डर को छिपाने के लिए ज़ोर-ज़ोर से बात करने लगते हैं, जो अधिक शर्मीले होते हैं, वे अपनी भावनाओं को छिपा नहीं पाते और शराब पीना शुरू कर देते हैं ताकि यह देख सकें कि वे अपने डर को दूर भगा पाते हैं या नहीं। लेकिन मुझे यक़ीनन यह बात लगती है कि कुछ थोड़े-से अपवादों को छोड़ कर – जिनको मिलान ने 'ख़ास ग्राहक' बताया था और जिनसे उसको अभी तक मिलवाया नहीं गया था, सभी डरपोक होते हैं।

किस बात का डर? डरना तो मुझे चाहिए। मुझे क्लब छोड़कर अजनबी होटल में जाना पड़ता है, और ना तो मैं ताक़तवर हूँ और ना ही मेरे पास कोई हथियार है। आदमी बड़े अजीब होते हैं, और मैं सिर्फ़ उन मर्दों की बात नहीं कर रही जो कोपाकबाना में आते हैं, बल्कि उन सभी मर्दों की बात कर रही हूँ, जिनसे मैं मिली हूँ। वे मार सकते हैं, चिल्ला सकते

हैं, धमका सकते हैं, फिर भी वे औरतों से बहुत डरते हैं। शायद केवल उसी औरत से नहीं, जिससे कि वे शादी करते हैं, बल्कि हमेशा कोई औरत होती है, जो उसको डराकर रखती है, झुकाकर रखती है। वह उस आदमी की माँ भी हो सकती है।

जब से वह जेनेवा आई थी तब से वह जिन मर्दों से मिली थी सभी यह दिखाने के लिए कि उनमें कितना आत्मविश्वास है कुछ भी करते थे, मानो इस दुनिया और अपनी ज़िंदगी पर उनका पूरी तरह से नियंत्रण हो, लेकिन मारिया को उनकी आँखों में यह दिखाई देता था कि उनको अपनी पत्नियों से डर लगता था, उनको इस बात का डर बना रहता था कि क्या पता उनका गुप्तांग उत्तेजित नहीं हो, हो सकता है कि उस साधारण-सी वेश्या के सामने भी वे उतने मर्दाना नहीं दिख पाएँ, जिनको उनकी सेवा के लिए वे भुगतान कर रहे थे। अगर वे किसी दुकान में जाते और अपने ख़रीदे जूते उनको पसंद नहीं आते तो वे वापस जाने के लिए तैयार रहते थे, हाथ में रसीद ले जाते और क़ीमत वापस करने की माँग करते। लेकिन जब वे किसी औरत के साथ के लिए उसको भुगतान कर रहे होते थे और उनको ठीक से उत्तेजना नहीं होती तो वे इतने शरमा जाते थे कि उस क्लब में इस डर से दोबारा नहीं जाते थे कि पता नहीं शायद वहाँ की सारी औरतों को इस बात का पता चल गया हो।

'जबकि मुझे इस बात के कारण शर्म आनी चाहिए मैं उनको ठीक से उत्तेजित नहीं कर पाई, लेकिन नहीं वे हमेशा अपने आपको दोष देते हैं।'

पुरुषों को इस तरह की शर्म नहीं हो इसलिए मारिया हमेशा यह कोशिश करती थी कि वह पुरुषों को सहज बनाए रखे, और ऐसा लगता कि कोई अधिक नशे में है या सामान्य से अधिक नाजुक लगता तो वह पूरी तरह से सेक्स करने से बचती थी तथा उसको सहलाने और हस्तमैथुन पर ध्यान लगाती थी, जिसके कारण उन पुरुषों को हमेशा बहुत राहत महसूस होती, हो सकता है यह बात अजीब लगे, क्योंकि पुरुष तो अपने आप से अच्छी तरह से हस्तमैथुन कर सकते हैं।

उसको यह पक्का करना होता था कि उनको शर्म महसूस नहीं हो। ये पुरुष काम करने के दौरान इतने ताक़तवर, इतने अहंकारी होते हैं, उनको लगातार कर्मचारियों, ग्राहकों, आपूर्तिकर्ताओं, पूर्वाग्रह से ग्रस्त लोगों, गुप्त रहस्यों, दिखावा, डींगें हाँकना, डर तथा उत्पीड़न से निपटना होता है, वे शाम किसी नाइटक्लब में बिताने के लिए आ जाते और उनको एक रात के 350 फ़्रैंक ख़र्च करने में कोई परेशानी नहीं होती थी, जिससे एक रात के लिए अपने आपको भूल जाएँ।

'एक रात के लिए? ओहो मारिया, बढ़ा-चढ़ाकर बात क्यों कर रही हो। यह महज 45 मिनट की बात होती है, और अगर तुम कपड़े खोलने में लगा समय, कुछ अदाएँ दिखाने, कुछ अजीब-अजीब तरह की बातें करने तथा फिर से कपड़े पहनने को रहने दो तो सेक्स में लगने वाला असली समय महज 11 मिनट का ही होता है।'

ग्यारह मिनट। दुनिया जिस चीज़ के इर्द-गिर्द घूमती है, उस काम में महज 11 मिनट लगते हैं।

और किसी भी 24 घंटे के दौरान के 11 मिनट के कारण (यह मानते हुए कि वे लोग अपनी-अपनी पत्नियों के साथ रोज़ संभोग करते होंगे, जो कि अजीब बात है और पूरी तरह से झूठी बात है) वे शादी करते हैं, एक परिवार को पालते हैं, चीख़ते-चिल्लाते बच्चों के साथ रहते हैं, डर से घर वापस लौटने के अजीब-अजीब तरह के बहाने बनाते हैं, दर्जनों, अगर सैकड़ों नहीं अन्य स्त्रियों पर नज़र डाले रहते हैं, जिनके साथ वे जेनेवा झील के पास घूमने जाना चाहते थे, अपने लिए महँगे कपड़े ख़रीदते थे और अपनी पत्नी के लिए उससे भी महँगे कपड़े ख़रीदते थे, वेश्याओं को इसके लिए भुगतान करते थे ताकि उनसे उनको वह मिल सके, जिसकी उनकी ज़िंदगी में कमी थी, और इस तरह साज-सिंगार, डायट फूड, व्यायाम, पोर्नोग्राफ़ी तथा शारीरिक ताक़त का विशाल उद्योग चल रहा है, और फिर भी जब वे पुरुषों के साथ आपस में जुटते तो लोगों की मान्यता के विपरीत, वे कभी औरतों के बारे में बात नहीं करते हैं। वे नौकरी, कमाई और खेलकूद के बारे में बात करते थे।

सभ्यता के साथ कुछ बहुत बुरा हुआ था, और यह एमेज़ॉन के वर्षा वनों का विनाश नहीं था या ओजोन परत का, पांडा की मृत्यु का, सिगरेट,

कारसिनोजेनिक फूड या जेलों की हालत से जुड़े मुद्दे, जिनके बारे में अख़बार में छपता रहता है।

यह वह चीज़ थी, जिसके लिए वह काम करती थी : सेक्स।

लेकिन मारिया वहाँ मानवता को बचाने के लिए नहीं आई थी, बल्कि उसको अपने बैंक बैलेंस को बढ़ाना था, अगले छह महीने के इस एकांत को सहन करना था और फिर छह महीने उस विकल्प के लिए जिसका उसने चुनाव किया था, हर महीने अपनी माँ को धन भेजती (जिनको यह जानकर बहुत खुशी हुई कि पहले धन स्विस डाक विभाग की गड़बड़ी के कारण नहीं आ पा रहा था, जो ब्राज़ील के डाक विभाग से काम के मामले में कितना ख़राब था), और वे सब चीज़ें ख़रीदने में जिनके उसने सपने तो देखे थे, लेकिन कभी ख़रीदे नहीं थे। वह एक बेहतर अपार्टमेंट में रहने के लिए चली गई, जहाँ सेंट्रल हीटिंग थी (हालाँकि गर्मियाँ आ गई थीं), और उसको अपनी खिड़की से एक चर्च दिखाई देता था, एक जापानी रेस्तराँ, एक सुपरमार्केट और एक बहुत सुंदर कैफ़े, जिसमें वह बैठकर अख़बार पढ़ा करती थी। इसके अलावा, जैसा कि उसने अपने आप से यह वादा किया था, अब सवाल अपनी उसी पुरानी दिनचर्या के साथ बने रहने का था : कोपाकबाना जाना, एक ड्रिंक लेना, फिर डान्स करना, तुम ब्राज़ील के बारे में क्या सोचते हो, फिर उसके होटल जाना, भुगतान पहले ही ले लेना, थोड़ी-बहुत बातचीत के बाद इस बात को समझना कि किन बिंदुओं को छूना था - शरीर और आत्मा दोनों के, लेकिन मुख्य रूप से आत्मा के - निजी समस्याओं के लिए कुछ सलाह देना, आधे घंटे के लिए उसका दोस्त हो जाना, जिसमें से 11 मिनट ख़र्च हो जाएँगे उसके पैर फैलाने में, पैरों को सिकोड़ने में, और ख़ुशी के मारे कराहने का अभिनय करने में। बहुत-बहुत शुक्रिया, अगले सप्ताह मिलते हैं, तुम बड़े मर्दाना हो, पता है, जब हम अगली बार मिलेंगे तो बताना कि आज तुमको कैसा लगा, अगर तुम्हारा मन हुआ तो, वैसे इसकी कोई ज़रूरत नहीं है, तुम्हारे साथ समय बिताकर बहुत अच्छा लगा।

और सबसे बढ़कर, कभी प्यार में नहीं पड़ना। यह सबसे महत्त्वपूर्ण और सबसे सूझबूझ वाली सलाह थी, जो उस ब्राज़ीलियाई महिला ने उसको दी थी, उसके कुछ दिन बाद वह ग़ायब हो गई, शायद उसको खुद प्यार हो गया था। हो सकता है कि सुनकर यह बहुत अविश्वसनीय लगे, वहाँ काम करने के दो महीने के अंदर मारिया को शादी करने के कई प्रस्ताव मिले,

जिनमें से तीन तो गंभीर क़िस्म के थे : अकाउंटेंट्स की एक कंपनी, एक पायलट जिसके साथ वह पहली रात ही बाहर गई थी, और उस दुकान का मालिक जो चाकू बनाने में माहिर था। तीनों ने उससे यह वादा किया था कि 'वे उसको उस ज़िंदगी से निकालकर ले जाएँगे' और उसको एक अच्छा घर देंगे, भविष्य, शायद बच्चे तथा नाती-पोते भी।

और यह सब दिन के महज 11 मिनट के एवज में। यह संभव नहीं था। कोपाकबाना के अनुभव से वह यह तो समझ ही गई थी कि वह अकेली नहीं थी, जिसको अकेलापन महसूस होता था। इंसान ज़िंदगी में बिना पानी के एक सप्ताह रह सकता है, बिना भोजन के दो सप्ताह, बेघरी में कई साल, लेकिन अकेलापन नहीं झेल सकता। यह सभी तरह की यंत्रणाओं में सबसे बुरा होता है, सभी तरह की पीड़ाओं से बुरा। उसकी तरह, ये पुरुष और बहुत सारे जो उसके साथ समय बिताने के लिए आते थे सब इसी तरह तबाह कर देने वाली भावना के शिकार होते थे, वैसा भाव जिसके बारे में इस धरती पर कोई परवाह नहीं करता। प्यार से बचने के लिए वह अपने दिल के भावों को अपनी डायरी में लिखती थी। वह कोपाकबाना में अपने शरीर और अपने दिमाग़ के साथ गई थी, जो हर वक्त और तेज़ और समझदार होता जा रहा था। वह अपने आपको किसी तरह यह समझा पाने में सफल रही थी कि वह किसी महत्त्वपूर्ण कारण से जेनेवा आई थी और रु द बर्न में आ गई, और जब भी लाइब्रेरी से कोई नई किताब पढ़ने के लिए लेती तो उसका यह विश्वास और मजबूत होता जाता था कि किसी ने दिन के उन ग्यारह मिनटों पर ठीक से कुछ लिखा नहीं था। शायद यही उसकी तक़दीर थी, जो उस समझ मँझधार में दिखाई दे रही थी : एक किताब लिखना, अपनी ज़िंदगी की कहानी को जोड़कर, अपने रोमांचक जीवन को।

यही था, उसका रोमांच हालाँकि यह एक ऐसा शब्द था, जिसको बोलने की हिम्मत कोई नहीं करता था, और जिसको ज़्यादातर लोग टीवी पर, फ़िल्मों में देखना पसंद करते थे, और जिसकी तलाश में वह थी। यह एक ऐसा शब्द था जो सहराओं का आह्वान करता था, अनजान जगहों की यात्रा करवाता था, नदी के बीच में नाव पर रहस्यमय लोगों से चुपचाप बात करवाता था, हवाई जहाज में यात्राएँ करवाता था, सिनेमा स्टुडियो की सैर करवाता था, भारतीय जनजातियों के पास ले जाता था, अफ़्रीका के ग्लेशियर

की सैर करवाता था। उसको किताब लिखने का विचार अच्छा लगा और उसने तो नाम तक तय कर लिया था : *इलेवन मिनट्स।*

उसने अपने ग्राहकों को तीन वर्गों में रखना शुरू कर दिया : तबाह करने वाले (उस फ़िल्म को समर्पित जो उसको बहुत पसंद आई थी), जो शराब की गंध के साथ आते थे, ऐसे जताते हुए जैसे किसी की तलाश में नहीं हों, लेकिन इस बात का उनको भरोसा रहता था कि सभी उनको ही देखते रहते थे, थोड़ी देर के लिए डान्स करते और फिर होटल वापस जाकर सीधे मूल काम पर आ जाते थे। *प्रिटी वोमेन* की तरह (मैंने एक बार फिर से फ़िल्म का नाम लिया), जो शालीन दिखने की कोशिश करते, ऐसे सभ्य आदमी की तरह मानो दुनिया उसी की करुणा के कारण अपनी धुरी पर घूम रही हो, मानो वे सड़क पर ऐसे ही घूम रहे हों और अचानक इस क्लब में आ गए हों; वे शुरू-शुरू में बहुत प्यारे दिखते थे, बल्कि उनको यह समझ भी नहीं आता था उनको होटल कब जाना चाहिए, लेकिन इसकी वजह से वे तबाह करने वालों से अधिक चाहने वाले बन जाते थे। और आख़िर में, *गॉडफ़ादर* की तरह (एक और फ़िल्म का नाम ले रही हूँ), जो औरत के शरीर के साथ ऐसे बर्ताव करते थे मानो वह कोई संपत्ति हो। वे सबसे अच्छे होते थे : वे डान्स करते थे, बातें करते थे, कभी टिप नहीं देते थे, उनको यह पता होता था कि उन्होंने क्या ख़रीदा था और उसकी क़ीमत क्या थी, और कभी भी उस चीज़ से प्रभावित नहीं होते थे, जो उनकी पसंद की स्त्री कह सकती थी। वे वही होती थीं, जो अंदर ही अंदर 'रोमांच' शब्द का मतलब जानती थीं।

मारिया की डायरी से, जिस दिन उसको पीरियड आया हुआ था और वह काम नहीं कर सकती थी :

> *अगर मुझे आज किसी को अपनी ज़िंदगी के बारे में बताना हो, तो मैं उसको इस तरह से बता सकती हूँ, जिससे उनको लगे कि मैं साहसी हूँ, स्वतंत्र स्त्री हूँ। बकवास : मुझे इसकी अनुमति नहीं है कि मैं उस शब्द का प्रयोग करूँ, जो ग्यारह मिनट से अधिक महत्त्वपूर्ण है - प्यार।*

पूरी ज़िंदगी मुझे यह लगता रहा कि प्रेम ऐसा ही है जैसे कोई जानबूझकर गुलामी स्वीकार कर ले। यह झूठ है : आज़ादी तभी होती है जब प्यार होता है। कोई जब अपने आपको पूरा या पूरी तरह से सौंप देता है, जो आदमी अपने आपको सबसे अधिक मुक्त समझता है वह आदमी होता है, जो पूरे दिल से प्यार करता है।

और वह आदमी जो पूरे दिल से प्यार करता है, अपने आपको मुक्त महसूस करता है।

इसी वजह से चाहे मैं कुछ भी अनुभव करूँ, करूँ या सीखूँ किसी बात का कोई मतलब नहीं होता। मुझे यही उम्मीद है कि यह समय तेज़ी से गुज़र जाए ताकि मैं अपने आपको खोजने की शुरुआत कर सकूँ - ऐसे आदमी के रूप में जो मुझे समझता हो और मुझे किसी तरह से तकलीफ़ नहीं पहुँचाए।

लेकिन मैं कह क्या रही हूँ? प्यार में कोई किसी को नुक़सान नहीं पहुँचाता; हम सब अपनी भावनाओं के लिए खुद ज़िम्मेदार होते हैं और इस बात के लिए किसी को ज़िम्मेदार नहीं ठहरा सकते कि हम क्या महसूस करते हैं।

मैंने जिस इंसान को भी प्यार किया उसको खो दिया और इस बात से मुझे तकलीफ़ पहुँचती है। अब चूँकि मुझे यह बात समझ में आ चुकी है कि कोई किसी को खोता नहीं है, क्योंकि कोई किसी का होता नहीं है।

यही आज़ादी का सच्चा अनुभव है : दुनिया के हुए बिना उसकी सबसे महत्त्वपूर्ण चीज़ होना।

तीन महीने और गुज़र गए, पतझड़ आया, कैलेंडर की तारीख़ भी बदल गई : उसकी घर वापसी के नब्बे दिन रह गए थे। उसने सोचा, सब कुछ इतनी जल्दी हुआ और इतना धीमे हुआ कि उसको यह बात समझ आई कि समय दो अलग-अलग आयामों में मौजूद होता है, किसी की मानसिक अवस्था पर निर्भर करता है, लेकिन दोनों तरह के समय में उसके रोमांच का सफ़र समाप्ति की दिशा में बढ़ रहा था। ज़ाहिर है, वह जारी रख सकती थी, लेकिन वह उस अदृश्य औरत की उदास मुस्कान को नहीं भूल सकती, जो उसके साथ झील के आसपास टहल रही थी, उससे कह रही थी कि सब चीज़ें इतनी आसान नहीं होतीं। उसको जारी रखने का लालच था, रास्ते में मिली चुनौतियों का सामना करने के लिए वह तैयार थी, लेकिन इन महीनों में अपने साथ अकेले रहते हुए उसको यह बात समझ आ गई थी कि किसी चीज़ को बंद करने का सही समय भी होता है। 90 दिन में वह ब्राज़ील के अंदरूनी इलाक़े में चली जाएगी, जहाँ वह कुछ खेत ख़रीद लेगी (उसने उससे काफ़ी अधिक कमा लिया था, जितनी कि उसको उम्मीद थी), कुछ गायें (ब्राज़ीली और स्विस), अपने माता-पिता को अपने साथ रहने के लिए बुला लेगीं, कुछ मजदूर रख लेगीं, और अपना व्यवसाय शुरू कर देगी।

वैसे उसको यह लगता था कि प्रेम आज़ादी का सबसे सच्चा अनुभव होता है, और कोई किसी और पर अधिकार नहीं कर सकता, उसके अंदर अभी बदले की भावना गुप्त रूप से पल रही थी, और विजयी भाव से उसके ब्राज़ील लौटने के पीछे एक छोटा-सा कारण यह भी था। खेती का कामकाज जमा लेने के बाद वह अपने शहर जाएगी और उस बैंक में स्विस फ़्रैंक में एक बड़ी राशि जमा करेगी, जिसमें वह लड़का काम करता था, जिसने उसको उसकी सबसे अच्छी सहेली के लिए धोखा दे दिया था। 'हेलो! कैसी हो? क्या तुमको मेरी याद नहीं है?' वह कहेगा। वह ऐसे जताएगी मानो याद

करने की पूरी कोशिश कर रही हो, और फिर कहेगी कि उसको कुछ याद नहीं आ रहा है, वह यूरोप से एक साल बाद आई थी (वह यूरोप शब्द का उच्चारण बहुत मद्धिम आवाज़ में करेगी, जिससे कि उसके सारे सहकर्मी सुन लें।) या बल्कि स्विट्ज़रलैंड से (जो फ़्रांस से अधिक मोहक और रोमांचक लगने वाला था), जहाँ दुनिया के सबसे अच्छे बैंक हैं।

वह कौन था? वह स्कूल के दिनों की बात करेगा। वह कहेगी : 'अच्छा, हाँ, मुझे लगता है कुछ याद आ रहा है...,' लेकिन उसके चेहरे से यह साफ़ रहेगा कि उसको कुछ याद नहीं आ रहा था। उसका बदला पूरा हो जाएगा, और फिर मेहनत से काम करने की बात थी, और जब उसकी खेती उसकी उम्मीद के हिसाब से अच्छी चल निकलेगी तो वह उस काम को समय दे पाएगी, जो उसकी ज़िंदगी में सबसे मायने रखती है : अपने सच्चे प्यार की तलाश, वह आदमी जो इतने सालों से उसका इंतज़ार कर रहा होगा, लेकिन जिससे मिलने का उसको मौक़ा नहीं मिल पाया।

मारिया ने यह तय किया कि वह *इलेवन मिनट्स* किताब लिखने के बारे में पूरी तरह से भूल जाएगी। अब उसको अपनी खेती के ऊपर ध्यान देने की ज़रूरत थी, भविष्य की अपनी योजनाओं पर, नहीं तो वह अपनी यात्रा की योजना को टालती रहेगी, जो जानलेवा ख़तरा होगा।

उस दोपहर वह अपने अपनी सबसे अच्छी और एकमात्र दोस्त लाइब्रेरियन से मिलने के लिए गई। उसने उससे पशुपालन तथा खेती के प्रबंधन पर किताब की माँग की। लाइब्रेरियन ने कहा :

'पता है, कुछ महीने पहले जब तुम यहाँ सेक्स के बारे में किताब ढूँढ़ने आई थी तो मुझे तुमको लेकर डर लगने लगा था। बहुत सारी सुंदर लड़कियाँ आसान कमाई के मोह में फँस जाती हैं, यह भूल जाती हैं कि एक दिन वे बूढ़ी हो जाएँगी और अपनी ज़िंदगी के प्यार से कभी नहीं मिल पाएँगी।'

'तुम्हारे कहने का मतलब वेश्यावृत्ति?'

'यह शब्द बहुत सख़्त है।'

'जैसा कि मैंने बताया था कि मैं एक कंपनी में काम करती हूँ, जो मीट के आयात-निर्यात का काम करती है। लेकिन अगर मैं वेश्या हो गई होती, तो अगर मैंने सही समय पर काम छोड़ दिया होता तो क्या तब भी उसके

परिणाम बहुत संगीन होते? आख़िरकार, युवा होने का मतलब ही होता है कि वे ग़लतियाँ करते ही हैं।'

'यही बात सभी नशेड़ी करते हैं, कि आपको बस यह पता होना चाहिए कि रुकना कहाँ है। लेकिन रुकता कोई नहीं है।'

'जब तुम कम उम्र की रही होगी तो बहुत सुंदर रही होगी और तुमको एक ऐसे देश में लाया गया, जो अपने नागरिकों की बहुत इज़्ज़त करता है। क्या तुम्हारी खुशी के लिए इतना काफ़ी है?'

'मुझे इस बात का गर्व है कि मैंने अपनी ज़िंदगी की बाधाओं को किस तरह से पार किया।'

क्या उसको बोलते जाना चाहिए, लाइब्रेरियन ने सोचा। हाँ, क्यों नहीं, इस लड़की को ज़िंदगी के बारे में कुछ बातें सीखने की ज़रूरत थी।

'मेरा बचपन बहुत ख़ुशहाल रहा, मैंने बर्न के एक अच्छे स्कूल से पढ़ाई की, उसके बाद मैं काम करने के लिए जेनेवा आ गई, यहाँ मैंने उस आदमी से शादी कर ली, जिससे मुझे प्यार हुआ था। मैंने उसके लिए सब कुछ किया और उसने मेरे लिए सब किया; समय गुज़रता गया और वह काम से रिटायर हो गया। जब वह इसके लिए आज़ाद हुआ वह काम कर सके, जो वह अपने जीवन में करना चाहता था तो वह उदास हो गया, उसने शायद जीवन में कभी अपने बारे में नहीं सोचा था। हम लोगों के बीच कभी कोई बड़ा झगड़ा नहीं हुआ या कोई ख़ास उत्साह भी नहीं था, उसने मेरे साथ कभी बेवफ़ाई नहीं की और कभी सार्वजनिक रूप से मेरे साथ रुखाई नहीं दिखाई। हम लोगों ने बहुत साधारण ज़िंदगी बिताई, इतनी साधारण कि जब उसके पास करने के लिए कोई काम नहीं रहा तो वह खुद को फ़ालतू समझने लगा, जिसका कोई महत्त्व नहीं हो, और एक साल बाद कैन्सर से उसकी मृत्यु हो गई।'

वह सच बयान कर रही थी, लेकिन उसको लगा कि इसके कारण उसके सामने खड़ी लड़की पर नकारात्मक असर पड़ रहा है।

'मुझे अभी भी यह लगता है कि सबसे अच्छा होता है ज़िंदगी को बिना किसी तरह की हैरानी के जीना,' उसने अपनी बात को पूरी करते हुए कहा। 'अगर हमने ज़िंदगी इस तरह से नहीं जी होती तो क्या पता मेरे पति की मौत कुछ और पहले ही हो गई होती।'

मारिया वापस चली गई, वह निश्चय कर चुकी थी कि वह खेती-बाड़ी का काम सीखेगी। चूँकि दोपहर के समय वह ख़ाली होती थी तो उसने टहलने जाने के बारे में सोचा, और शहर के ऊपरी हिस्से में टहलती हुई चली गई, वहाँ उसने पीले रंग का एक पट्ट लगा देखा, जिसके ऊपर सूरज की आकृति बनी हुई थी और लिखा हुआ था : 'सैंटियागो का रास्ता' इसका मतलब क्या हुआ? सड़क की दूसरी तरफ़ एक बार था, और चूँकि उसने अब यह सीख लिया था कि उसको जो बात समझ नहीं आए उसके बारे में पूछना था; इसलिए उसे अंदर जाकर पूछने का फ़ैसला किया।

'मुझे नहीं पता है,' बार पर जो लड़की खाने-पीने का सामान दे रही थी उसने कहा। वह जगह बहुत महँगी थी, वहाँ कॉफ़ी सामान्य दर से तीन गुने दर पर मिल रही थी। उसके पास फ़्रैंक थे और वह वहाँ आ गई थी, इसलिए उसने कॉफ़ी ऑर्डर कर दी और यह तय किया कि कम से कम अगले एक घंटे का समय खेती के प्रबंधन को सीखने में लगाना चाहती थी। उसने बड़ी बेताबी के साथ किताब खोली, लेकिन पाया कि वह एकाग्र नहीं हो पा रही थी - बहुत उबाऊ किताब थी। इससे ज़्यादा दिलचस्प यह होता कि वह अपने किसी ग्राहक से इसके बारे में बात कर ले; उन लोगों को अपने धन का इस्तेमाल करना बहुत अच्छी तरह आता था। उसने अपनी कॉफ़ी का भुगतान किया, उठी, उस लड़की का शुक्रिया अदा किया, जिसने उसको कॉफ़ी पेश की थी, अच्छी टिप छोड़ दी (उसको यह अंधविश्वास था कि आप जितना देते हैं, आपको उससे अधिक मिल जाता है), फिर दरवाज़े के पास गई, और बिना उस पल के महत्त्व को समझे उसने कुछ शब्द सुने, जिसने उसकी योजनाओं को सदा के लिए बदल दिया, उसके भविष्य, उसकी खेती, ख़ुशी को लेकर उसके विचार, उसकी स्त्री आत्मा, जीवन को लेकर उसका पुरुषवादी नज़रिया, दुनिया में उसकी जगह।

'एक मिनट के लिए रुकना।'

उसने हैरान होकर एक तरफ़ देखा। वह एक सम्मानित बार था, वह कोपाकबाना नहीं था, जहाँ पुरुषों को ऐसा करने का अधिकार था, हालाँकि औरत हमेशा यह कहते हुए जवाब दे सकती थी : 'नहीं, मैं जा रही हूँ और आप मुझे नहीं रोक सकते।'

वह उस आवाज़ को नज़रअंदाज़ करने ही वाली थी कि उसकी उत्सुकता ने इसको उस आवाज़ की तरफ़ मोड़ दिया। उसने एक अजीब

नज़ारा देखा : फ़र्श पर एक आदमी घुटनों के बल बैठा, उसके आसपास बहुत से पेंटब्रश पड़े हुए थे, वह क़रीब 30 साल का नौजवान था, जिसके बाल लंबे थे (या उसको कहना चाहिए था : तीस साल की उम्र का लड़का? उसकी दुनिया बहुत तेज़ी से बुढ़ा रही थी), वह एक महानुभाव का रेखांकन बना रहा था, जो कुर्सी पर बैठा हुआ था, उसके पीछे सौंफ की शराब का एक गिलास रखा था। जब वह बार के अंदर आई थी तो उसने उन लोगों पर ध्यान नहीं दिया था।

'मत जाओ। मेरा यह रेखांकन लगभग पूरा हो चला है, और मैं तुम्हारा चित्र भी बनाना चाहता हूँ।'

मारिया ने जवाब दिया - और जवाब देते ही उसने वह सूत्र बना दिया, जिसका ब्रह्मांड में अभाव था।

'नहीं, मेरी कोई दिलचस्पी नहीं है।'

'तुम्हारे चेहरे पर अलग तरह की रोशनी है। कम से कम मुझे रेखांकन ही बनाने दो।'

'रेखांकन' क्या होता है? 'अलग तरह की रोशनी' से उसका क्या मतलब था? इसके अलावा, वह इतनी फ़ालतू थी कि वह अपना चित्र किसी ऐसे चित्रकार से बनवाए जो देखने से एक गंभीर कलाकार लग रहा था। उसकी कल्पना ने उड़ान भरी। कहीं यह सच में प्रसिद्ध हुआ तो? वह हमेशा के लिए एक चित्र में अमर हो जाएगी, जिसकी प्रदर्शनी पेरिस या सल्वाडोर दा बाहिया में लगाई जाएगी! वह एक अमर किरदार बन जाएगी।

दूसरी तरफ़, वह आदमी क्या कर रहा था, सब कुछ बिखराए बैठा था, एक महँगे और आम तौर पर भरे रहने वाले बार में?

उसके मन को पढ़ते हुए वेट्रेस ने धीमी आवाज़ में कहा :

'यह बहुत जाने-माने कलाकार हैं।'

उसका अपना अनुमान सही था। मारिया ने अपनी भावना को ज़ाहिर नहीं किया और शांत बनी रही।

'यह इस जगह पर अक्सर आते रहते हैं, और अपने साथ यह अक्सर किसी महत्त्वपूर्ण ग्राहक को लेकर आते हैं। उनका कहना है कि उनको इस जगह का माहौल अच्छा लगता है, इससे उनको प्रेरणा मिलती है; वे ऐसे

लोगों की पेंटिंग बना रहे हैं, जो इस शहर का प्रतिनिधित्त्व करते हैं। यह टाउनहॉल की तरफ़ से करवाया जा रहा काम है।'

मारिया ने उस आदमी की तरफ़ देखा, जिसका चित्र बनाया जा रहा था। एक बार फिर उसने उसके मन को पढ़ लिया।

'यह एक केमिस्ट हैं। उन्होंने कोई ऐसी क्रांतिकारी खोज की कि इनको नोबेल पुरस्कार मिला।'

'मत जाओ,' उस चित्रकार ने फिर से कहा। 'मेरा काम पाँच मिनट में ख़त्म हो जाएगा। जो चाहे ऑर्डर कर लो और उसको मेरे बिल में डाल देना।'

वह मानो मंत्रमुग्ध अवस्था में बार में बैठ गई, उसने सौंफ की शराब का ऑर्डर किया (उसको पीने की आदत नहीं थी, और उसको यही सूझा कि उसको भी वही पीना चाहिए, जो नोबेल पुरस्कार विजेता पी रहे थे), और बैठकर दोनों लोगों को देखने लगी। 'मैं तो इस शहर का प्रतिनिधित्त्व नहीं करती हूँ, इसलिए हो सकता है कि इसकी दिलचस्पी किसी और बात में हो। लेकिन वह मेरे जैसा नहीं है,' जब से वह कोपाकबाना में काम कर रही थी तभी से वह हमेशा अपने आप से कहती थी; यह उसकी मुक्ति थी, दिल ने जो जाल बिछाया था वह उसको अपनी ओर से ही ख़ारिज कर रही थी। इस बात को लेकर साफ़ हो जाने के बाद उसको कुछ देर इंतज़ार करने में भी कोई दिक़्क़त नहीं थी - शायद वह वेट्रेस सही कह रही थी, क्या पता यह आदमी उसके लिए ऐसी दुनिया के दरवाज़े खोल दे, जिसके बारे में उसको कुछ पता नहीं था।

वह देख रही थी कि चित्रकार बहुत फुर्ती तथा कुशलता के साथ अपने चित्र को अंतिम रूप देने में लगा हुआ था; वह देखने में बहुत बड़ा कैनवास था, लेकिन वह मुड़ा हुआ था, इसलिए वह यह नहीं देख पाई कि उसने और किसके चेहरे बनाए थे। क्या पता यह कोई नया अवसर हो? इस आदमी ने (उसने यह फ़ैसला किया कि वह 'आदमी' था 'लड़का' नहीं, नहीं तो वह समय से पहले बूढ़ी महसूस करने लगती) ऐसा नहीं लग रहा था कि उसको इस तरह का प्रस्ताव सिर्फ़ उसके साथ रात बिताने के लिए दिया हो। वादे के अनुसार पाँच मिनट के बाद उसने अपना काम ख़त्म कर लिया, जबकि मारिया ध्यान लगाकर ब्राज़ील के बारे में सोच रही थी, वहाँ अपने शानदार भविष्य के बारे में, और नए लोगों से मिलने में उसकी

किसी तरह की दिलचस्पी नहीं थी कि कहीं इससे उसकी योजना ना ख़तरे में पड़ जाए।

'शुक्रिया, अब आप जा सकते हैं,' पेंटर ने केमिस्ट से कहा, जो ऐसा लगा जैसे नींद से जगा हो।

और मारिया की तरफ़ मुड़ते हुए उसने बस इतना कहा :

'उस कोने में बैठकर अपने आपको सहज बनाओ। रोशनी शानदार है।'

मानो सब कुछ भाग्य ने निर्धारित किया हो, मानो यह दुनिया की सबसे स्वाभाविक चीज़ हो, मानो वह उस आदमी को जीवन भर से जानती रही हो, या अपने सपने में इस पल को पहले ही जी चुकी हो और समझ नहीं पा रही हो कि वास्तविकता में क्या करना था, मारिया ने शराब का अपना प्याला उठाया, अपना बैग, और खेती प्रबंधन से जुड़ी किताब, और उस जगह पर चली गई, जिस तरफ़ उस आदमी ने इशारा किया था - खिड़की के पास की मेज़ पर। वह चित्रकार अपने ब्रश लेकर आया, बड़ा-सा कैनवास, अलग-अलग रंगों से भरी छोटी-छोटी शीशियाँ और एक पैकेट सिगरेट, और उसके पैरों के पास घुटने के बल बैठ गया।

'अब हिलना मत।'

'यह मुझसे कुछ ज़्यादा की माँग है, मेरी ज़िंदगी तो लगातार चलती रहती है।'

मारिया को लगा कि वह कुछ ज़्यादा ही मज़ाक़िया हो रही थी, लेकिन उस आदमी ने उसकी बात पर ध्यान ही नहीं दिया। वह स्वाभाविक होने की कोशिश कर रही थी, क्योंकि वह आदमी जिस तरह से उसको देख रहा था वह उससे परेशान हो रही थी; इसलिए उसने सड़क की दूसरी तरफ़ लगे पट्ट की ओर इशारा कर दिया :

'ये "सैंटियागो का रास्ता" क्या है?'

'यह तीर्थयात्रा का मार्ग है। मध्य काल में पूरे यूरोप से लोग इस रास्ते से होते हुए स्पेन के एक शहर सैंटियागो दे कोमपोस्टेला जाते थे।'

उसने कैनवास का एक हिस्सा मोड़ा और अपने ब्रश सँवारने लगा। मारिया को अभी भी समझ नहीं आ रहा था कि उसको क्या करना चाहिए।

'आप यह कहना चाहते हैं कि अगर मैं इस रास्ते पर बढ़ती गई तो आख़िर में मैं स्पेन पहुँच जाऊँगी?

'हाँ, दो या तीन महीने में। लेकिन क्या मैं एक बात पूछ सकता हूँ? ज़रा बातचीत बंद करोगी, बस दस मिनट लगेंगे। और मेज़ पर से वह सामान हटा लो।'

'किताबें हैं,' जिस तरह से आदेश देने के अंदाज़ में उसने कहा उससे वह थोड़ी चिढ़ भी गई। वह उसको यह बता देना चाहती थी कि वह एक सभ्य स्त्री के सामने झुककर बैठा था, जो अपना समय लाइब्रेरी में बिताती है; दुकानों में नहीं। लेकिन उस चित्रकार ने खुद आगे बढ़कर मेज़ से किताब हटाईं और फ़र्श पर नीचे रख दीं।

वह उसको प्रभावित नहीं कर पा रही थी। नहीं, असल में चित्रकार को प्रभावित करने में उसकी कोई दिलचस्पी नहीं थी; वह इस समय काम पर नहीं थी, और वह अपनी रिझाने वाली ताक़त का इस्तेमाल बाद में करेगी, उन पुरुषों के सामने जो उसकी कोशिशों के एवज में उसको ख़ूब भुगतान करेंगे। एक पेंटर के साथ संबंध बनाने के बारे में क्या सोचना, जिसके पास हो सकता है कि उसकी कॉफ़ी के भुगतान के लिए भी धन नहीं हो? 30 साल के एक आदमी को अपने बाल इतने लंबे नहीं रखने चाहिए, अजीब लगता है। मारिया को ऐसा क्यों लग रहा था कि उसके पास धन नहीं था? वेट्रेस ने यह बताया था कि उसको सब जानते थे, या महज केमिस्ट ही बहुत प्रसिद्ध था? उसने उसके कपड़ों को ध्यान से देखा, लेकिन इससे कुछ समझ नहीं आया; ज़िंदगी ने उसको यह सिखाया था कि जो आदमी अपने पहनने-ओढ़ने की अधिक परवाह नहीं करते - जैसे कि यह पेंटर - उनके पास अक्सर ऐसे लोगों से अधिक धन होता है, जो सूट और टाई पहनते हैं।

'इस आदमी के बारे में मैं इतना क्यों सोचे जा रही हूँ? पेंटिंग में मेरी रुचि ही क्या है।'

यह देखते हुए कि दस मिनट का समय देकर वह पेंटिंग के रूप में अमर हो जा सकती थी यह कोई बड़ी क़ीमत नहीं थी। वह देख रही थी कि वह आदमी उसकी पेंटिंग नोबेल पुरस्कार विजेता केमिस्ट के बाद बना रहा था; इसलिए वह सोचने लगी कि क्या पता वह कुछ शुल्क माँगे।

'खिड़की की तरफ़ मुड़ जाओ।'

एक बार फिर उसने बिना कुछ पूछे उसकी आज्ञा का पालन किया, जो उसका अपनी तरह का बर्ताव तो एकदम नहीं था। वह बैठकर आसपास से गुज़रते हुए लोगों को देख रही थी, वह उस पट्ट को देख रही थी, जिसके ऊपर उस सड़क का नाम लिखा था, यह सोचते हुए कि किस तरह से वह सड़क सदियों से मौजूद थी, किस तरह से यह विकास और दुनिया भर में तमाम बदलावों के बावजूद क़ायम रही। शायद यह अच्छा शगुन है, क्या पता शायद पेंटिंग की क़िस्मत भी ऐसी ही हो जाए कि पाँच सौ साल के बाद भी वह संग्रहालय में टँगी मिले...

वह आदमी पेंटिंग बनाने लगा, काम जैसे-जैसे आगे बढ़ा, तो शुरू-शुरू का उसका जोश जाता रहा, और बल्कि वह अपने आपको बहुत फ़ालतू महसूस करने लगी। जब वह उस कैफ़े में आई थी उस समय आत्मविश्वास से भरपूर थी, जो कोई भी कड़ा फ़ैसला ले सकती थी - उस काम को छोड़ सकती थी, जिससे उसको खूब कमाई होती थी - और एक और मुश्किल चुनौती को स्वीकार कर रही थी - अपने देश में वापस जाकर खेती-बाड़ी का काम करने वाली थी। अब, दुनिया को लेकर उसकी सभी भावनाएँ तथा असुरक्षा ऐसा लग रहा था मानो सतह पर आ गई थीं, इतनी सुविधा कोई भी वेश्या नहीं दे सकती है।

आख़िरकार उसको यह बात समझ में आ गई कि वह असहज क्यों महसूस कर रही थी : कई महीनों में पहली बार कोई ऐसा था, जो उसको वस्तु के रूप में देख रहा था, एक स्त्री के रूप में नहीं, बल्कि किसी ऐसे रूप में जिसको वह समझ नहीं पा रही थी; वह जितना समझ पा रही थी वह यह था कि : 'वह मेरी रूह को देख रहा है, मेरे भयों को, मेरी नजाकत को, मेरी अक्षमता को, जो उस दुनिया से निपटने के क्रम में मुझे महसूस होती थी, जिसकी मैं खुद को पारंगत समझती थी, लेकिन जिस दुनिया के बारे में मैं जानती कुछ भी नहीं।'

बकवास, कोरी कल्पना।

'मैं चाहती हूँ...'

'प्लीज बात मत करो,' वह आदमी बोला। 'अब मुझे तुम्हारी रोशनी दिखाई दे रही है।'

किसी ने उससे इस तरह की बात पहले कभी नहीं कही थी। 'मैं तुम्हारे सख़्त उभारों को देख सकता हूँ,' 'मैं तुम्हारी सुडौल जाँघों को देख

सकता हूँ,' 'मुझे तुम्हारे अंदर मादक समुद्री सुंदरता दिखाई दे रही है,' या यह नहीं तो यह कि 'मुझे लगता है कि तुम इस ज़िंदगी को छोड़ना चाहती हो – मैं तुमको एक अपार्टमेंट दे दूँ।' इस तरह की बातों की उसको आदत थी, लेकिन उसकी रोशनी? क्या उसका मतलब शाम की रोशनी से था?

'तुम्हारी अपनी रोशनी,' उसको जब यह लगा कि मारिया को इसका मतलब समझ में नहीं आ रहा था, इसलिए पेंटर ने कहा।

उसकी अपनी रोशनी। अच्छा, वह कितना ग़लत हो सकता था, बेचारा चित्रकार, जिसने ज़ाहिर है अपनी 30 साल की उम्र में ज़िंदगी का ज़्यादा सबक़ सीखा नहीं था। और फिर, जैसा कि सभी जानते हैं कि महिलाएँ पुरुषों के मुक़ाबले जल्दी परिपक्व हो जाती हैं, और वैसे तो मारिया उस ख़ास दार्शनिक समस्या को लेकर रात भर जाग कर विचार नहीं करने वाली थी, लेकिन वह एक बात जानती थी : उसके अंदर वह तो नहीं था, जिसको पेंटर 'रोशनी' कह रहा था, और जिसका मतलब वह 'विशेष तरह की आभा' समझ रहा था।

वह भी किसी आम लड़कियों जैसी ही थी, वह ख़ामोशी के साथ अपने अकेलेपन को सहन कर रही थी, हर उस बात को सही ठहराती हुई जो भी वह करती थी, जब वह कमज़ोर महसूस करती थी तो ऐसे जताती मानो बहुत मजबूत हो और जब मजबूत महसूस करती थी तो ऐसे जताती मानो वह बहुत कमज़ोर हो, उसने प्रेम का त्याग कर दिया था और एक ख़तरनाक पेशे को अपनाया था, लेकिन अब जबकि वह काम ख़त्म होने को आ रहा था तो अपने भविष्य को लेकर उसकी योजनाएँ थीं और अतीत को लेकर अफ़सोस, और एक ऐसी लड़की जिसमें 'कोई विशेष आभा' नहीं थी। हो सकता है कि उसने यह सब मुझे इसलिए कहा हो ताकि मुझे शांत रखा जा सके और वह ख़ुशी-ख़ुशी वहाँ बैठने के लिए तैयार हो जाए, उसको बेवक़ूफ़ बना रहा था।

उसकी अपनी रोशनी, वास्तव में। वह कुछ और भी कह सकता था, जैसे 'तुम्हारा प्रोफ़ाइल बढ़िया है।'

किसी घर में रोशनी कैसे अंदर आती है? खुली खिड़की से। किसी इंसान के अंदर रोशनी कैसे आती है? प्रेम के खुले दरवाज़े से। और उसका दरवाज़ा तो निश्चित रूप से बंद था। यह ज़रूर बड़ा ख़राब पेंटर होगा; इसको कुछ समझ में नहीं आता।

'मेरा काम हो गया,' वह बोला और उसने अपना सामान समेटना शुरू कर दिया।

मारिया अपनी जगह से नहीं हिली। उसका मन यह पूछने का कर रहा था कि क्या वह पेंटिंग देख सकती है, लेकिन यह अशिष्टता होती, मानो उसने जो बनाया था उसका उसमें यक़ीन नहीं हो। हालाँकि उसने उत्सुकता जताई तो उसने दिखा दिया। उसने बस उसका चेहरा बनाया था; वह उसकी तरह से लग रहा था, लेकिन अगर किसी दिन वह उस पेंटिंग को देखेगी, बिना इस बात को जाने कि मॉडल कौन थी, तो वह कहेगी कि यह कोई अधिक मजबूत थी, कोई ऐसी जो ऐसी 'रोशनी' से भरपूर थी, जो रोशनी आईने में दिखाई नहीं देती थी।

'मेरा नाम राल्फ़ हार्ट है। अगर तुम चाहो तो मैं तुम्हारे लिए एक और ड्रिंक ले सकता हूँ।'

'नहीं, शुक्रिया।'

ऐसा लग रहा था मानो वह मुलाक़ात दुखद रूप से कुछ और मोड़ ले रही थी : वह आदमी स्त्री को रिझाने की कोशिश कर रहा था।

'दो प्याले सौंफिया शराब और,' उसने मारिया के जवाब को नज़रअंदाज़ करते हुए कहा।

उसके पास करने को और क्या काम था? खेती-बाड़ी के प्रबंधन पर एक उबाऊ किताब पढ़नी थी। झील के आसपास टहलना, जो वह पहले भी सौ मर्तबा कर चुकी थी। या किसी ऐसे आदमी से बात करना, जिसने उसके अंदर रोशनी देखी थी, जिसके बारे में उसको कुछ पता नहीं था, कैलेंडर में उस तारीख़ को उसके 'अनुभव' के अंत की शुरुआत हो गई थी।

'तुम क्या करती हो?'

यह एक ऐसा सवाल था जो वह सुनना नहीं चाहती थी, यह सवाल जब कोई उससे पूछता था तो वह किसी न किसी कारण से इस सवाल से बचती रहती थी (हालाँकि स्विस नागरिकों की जो स्वाभाविक आदत होती है, ऐसे में यह बहुत कम होता है)। वह क्या जवाब दे सकती थी?

'मैं एक नाइटक्लब में काम करती हूँ।'

सही बात। उसके कंधे से बहुत बड़ा बोझ उतर गया, और स्विट्ज़रलैंड आने के बाद उसने जो कुछ भी सीखा था; सवाल पूछते रहना चाहिए (कुर्द

कौन होते हैं? सैंटियागो का मार्ग क्या है?) और जवाब देना चाहिए (मैं नाइटक्लब में काम करती हूँ), बिना इस बात की चिंता किए कि दूसरे क्या सोचते हैं।

'मुझे ऐसा लगता है कि मैंने तुमको पहले भी देखा है।'

मारिया को लगने लगा कि वह बात को आगे ले जाना चाह रहा था, और मारिया को अपनी इस छोटी-सी जीत से ख़ुशी हुई; वह पेंटर जो कुछ मिनट पहले तक आदेश देने में लगा था और लग रहा था, जैसे उसको जो चाहिए उस बात को लेकर पूरी तरह से निश्चिंत था, अब वह किसी भी अन्य पुरुष की तरह हो गया था, जब एक ऐसी महिला से उसका सामना हुआ, जिसको वह नहीं जानता था तो असुरक्षित महसूस कर रहा था।

'और वे किताबें क्या हैं?'

उसने उस आदमी को अपनी किताबें दिखाईं। खेती-बाड़ी के प्रबंधन पर। वह आदमी और भी अधिक असुरक्षित महसूस करने लगा।

'क्या तुम एक वेश्या हो?'

उस आदमी ने अपना रंग दिखा दिया। क्या वह अपने पहनावे से वेश्या लग रही थी? बहरहाल, उसको कुछ समय और देने की ज़रूरत थी। वह अपने आपको देख रही थी; यह एक दिलचस्प खेल में बदलता जा रहा था, और उसके पास खोने को कुछ नहीं था।

'क्या सभी पुरुष इसी तरह सोचते हैं?'

उस आदमी ने किताबें वापस बैग में रख दीं।

'सेक्स और खेती-बाड़ी का प्रबंधन। कितनी उबाऊ बात है।'

क्या! अब कुछ कहने की उसकी बारी थी। उसके पेशे के बारे में कुछ भी ग़लत कहने की उसकी हिम्मत कैसे हुई? वह अभी भी ठीक से यह नहीं जानता था कि वह क्या करती थी, बल्कि वह बस अनुमान लगा रहा था, लेकिन मारिया को उस आदमी को जवाब तो देना ही था।

'अच्छा, एक बात बताऊँ तो मुझे पेंटिंग से अधिक उबाऊ कुछ भी नहीं लगता, एक ठहरी हुई चीज़, समय में जमी हुई एक गतिविधि, एक ऐसी तसवीर जो कभी भी अपने मूल जैसी नहीं होती। एक मृत चीज़ जिसमें किसी की भी दिलचस्पी नहीं होती, सिवाय चित्रकारों के, जो ऐसे लोग होते हैं, जिनको लगता है कि वे बड़े महत्त्वपूर्ण थे और सुसंस्कृत, लेकिन जो

बाक़ी संसार के साथ विकसित नहीं हुए थे। क्या तुमने कभी *जोन मीरो* के बारे में सुना है? मैंने नहीं सुना था, जब तक कि एक अरब ने रेस्तराँ में उसका नाम नहीं लिया था, लेकिन नाम जान लेने से मेरी ज़िंदगी में कुछ भी नहीं बदला।'

वह सोचने लगी कि कहीं उसने ज़्यादा तो नहीं बक दिया, लेकिन फिर ड्रिंक्स आए और बातचीत रुक गई। वे कुछ देर बिना कुछ बोले बैठे रहे। मारिया को लगा कि अब शायद चलने का समय आ गया था, और शायद राल्फ़ हार्ट भी यही सोच रहा हो। लेकिन उनके सामने दो प्याले पड़े हुए थे, जिसमें वह निराशाजनक पेय था, और उसी वजह से दोनों वहाँ साथ-साथ बैठे हुए थे।

'खेती-बाड़ी के प्रबंधन पर किताब क्यों?'

'क्या मतलब है आपका?'

'मैं रु द बर्न जा चुका हूँ। जब तुमने यह बताया कि तुम एक नाइटक्लब में काम करती थी तो मुझे यह याद आया कि मैंने तुमको यहाँ से पहले उस बहुत महँगी जगह में देखा था। लेकिन जब मैं पेंटिंग बना रहा था तो मैंने इस बारे में बिलकुल नहीं सोचा था : तुम्हारी "रोशनी" बहुत तेज़ थी।'

मारिया को ऐसा लगा जैसे उसके पैरों के नीचे की ज़मीन खिसक गई हो। पहली बार उसको इस बात पर शर्म महसूस हुई, जो कुछ उसने किया था, जबकि उसके पास इसका कोई कारण नहीं था; वह अपने और अपने परिवार के लिए यह काम कर रही थी। रु द बर्न जाने के लिए उस आदमी को शर्मिंदा होना चाहिए; उस मुलाक़ात की सारी संभावनाएँ अचानक ख़त्म होने लगीं।

'सुनिए हार्ट महोदय, मैं भले ब्राज़ील की हूँ, लेकिन स्विट्ज़रलैंड में 9 महीने से रह रही हूँ। मैंने यह बात समझ ली है कि स्विस नागरिक इतने चुप्पा क़िस्म के क्यों होते हैं, क्योंकि स्विट्ज़रलैंड एक छोटा-सा देश है, जहाँ सब एक दूसरे को जानते हैं, जो मुझको अब समझ में आने लगा था; इसलिए कोई किसी से यह नहीं पूछता कि वह करता क्या है। तुम्हारी टिप्पणी बहुत रूखी और अनुचित भी, लेकिन अगर तुमको ऐसा लग रहा है कि मुझे अपमानित करके तुमको अच्छा महसूस होगा तो तुम अपना समय बर्बाद कर रहे हो। शुक्र है इस सौफिया शराब का, जो वैसे तो बेकार है,

लेकिन मैं आख़िरी बूँद तक इसको पियूँगी। उसके बाद मैं एक सिगरेट पियूँगी, और फिर मैं उठूँगी और चली जाऊँगी। लेकिन तुम चाहे तो अभी ही जा सकते हो; एक ही मेज़ पर प्रसिद्ध चित्रकार और वेश्या नहीं बैठ सकते। क्योंकि आप तो जानते ही हैं कि मैं वही हूँ। एक वेश्या। मैं पूरी तरह से वेश्या हूँ, सिर से पैर तक, मुझे इससे कोई फ़र्क़ नहीं पड़ता है कि कौन जानता है। यह मेरा अपना बहुत बड़ा गुण है : मैं अपने आपको तुमसे छिपाना नहीं चाहती। क्योंकि यह कोई ऐसी बात नहीं है, क्योंकि तुम झूठ की सराहना नहीं करते। ज़रा सोचो कि उस महान केमिस्ट को यह पता चल गया होता कि मैं कौन हूँ।'

उसकी आवाज़ तेज़ हो गई थी।

'हाँ, मैं एक वेश्या हूँ! और तुमको पता है क्या? इसने मुझे आज़ाद कर दिया - यह जानते हुए कि मैं इस बकवास दुनिया से ठीक 90 दिन के बाद आज़ाद होने वाली हूँ, बहुत सारे धन के साथ, बेहतर शिक्षित होकर, इतनी समर्थ होकर कि वाइन की एक अच्छी बोतल ख़रीद सकूँ, अपने हैंडबैग में बर्फ़ की तसवीरों के साथ, और मर्दों के बारे में सब कुछ जानकर!'

वेट्रेस घबराई हुई सी सुन रही थी। केमिस्ट ऐसा लग रहा था कि इस बात पर ध्यान ही नहीं दे रहा था। शायद यह महज शराब बोल रही थी, यह भावना कि वह एक बार फिर से ब्राज़ील के अंदरूनी हिस्से की महिला बनने वाली थी, या शायद यह बस इस बात की ख़ुशी के कारण कि वह जो चाहे बोल सकती थी और लोगों के चेहरे पर हैरानी का भाव, आलोचना का भाव देखकर हँस सकती थी।

'आप जानते हैं हार्ट महोदय? मैं पूरी तरह से एक वेश्या हूँ, ऊपर से नीचे तक - और यह मेरा बहुत बड़ा गुण है!'

पेंटर ने कुछ नहीं कहा। वह अपनी जगह से हिला भी नहीं। मारिया को ऐसा लगा जैसे उसका आत्मविश्वास लौट रहा हो।

'और आप सर, आप पेंटर हैं, लेकिन आपको मॉडल की कोई समझ नहीं है। शायद केमिस्ट बैठे-बैठे ऊँघ रहा था, दुनिया से बेपरवाह, असल में रेलवे का एक कर्मचारी है। शायद आपकी पेंटिंग में कोई भी आदमी वैसा नहीं दिखता है, जो वह होता है। मुझे समझ नहीं आता कि जब आप पेंटिंग करने में लगे हुए थे उस समय आपको एक औरत में "विशेष रोशनी" कैसे दिखाई, लेकिन वह और कोई नहीं बल्कि एक वेश्या है!'

आख़िरी शब्द उसने बहुत धीरे-धीरे से तथा ज़ोर से बोला। केमिस्ट उठा और वेट्रेस बिल लेकर आ गई।

'इस बात का कोई संबंध तुम्हारे वेश्या होने से नहीं है, बल्कि तुम्हारे औरत होने से है,' राल्फ़ ने सामने पड़े बिल को नज़रअंदाज़ कर दिया, और बहुत धीमी आवाज़ में जवाब दिया। 'तुम्हारे अंदर एक तरह की आभा है। वह रोशनी जो आत्मबल से आती है, उस इंसान की रोशनी जिसने उन चीज़ों के नाम पर महत्त्वपूर्ण त्याग किए, जिनको वह महत्त्व देती थी। यह तुम्हारी आँखों में है - रोशनी तुम्हारी आँखों में है।'

मारिया ने हथियार डाल दिए; उसने उसकी चुनौती स्वीकार नहीं की थी। वह यह मान लेना चाहती थी कि वह बस उसको पटाने की कोशिश कर रहा था। वह इस बारे में सोचना नहीं चाहती थी - कम से कम अगले नब्बे दिन तक - कि इस धरती पर अच्छे पुरुष हैं ही नहीं।

'तुम अपने सामने पड़ी सौंफिया शराब को देखती हो, जबकि मुझे चूँकि जो भी काम मैं करता हूँ उसके अंदर जाना होता है, इसलिए मैं उस पौधे को देखता हूँ, जिससे यह बनता है, उन अंधड़ों को देखता हूँ जिसको वह पौधा सहन करता है, उन हाथों को जो पौधे के अनाज को तोड़ते हैं, जहाज से दूसरी जगह भेजने के सफ़र को देखता हूँ, मैं उस ख़ुशबू और रंगों को देखता हूँ जो पौधे से शराब में आ जाते हैं। अगर मुझे इसको पेंट करना हुआ तो मैं सब कुछ पेंट करूँगा, लेकिन जब तुम उस पेंटिंग को देखोगी तो तुमको ऐसा लगेगा कि तुम बस एक प्याले सौंफिया शराब को देख रही हो।'

'उसी तरह से जब तुम बाहर सड़क पर देखते हुए सोच रही थी - अब मैं जानता हूँ कि तुम सैंटियागो के मार्ग के बारे में सोच रही थी, मैंने तुम्हारा बचपन चित्रित किया, तुम्हारा किशोर काल, तुम्हारे टूटे-छूटे सपने, भविष्य को लेकर तुम्हारे सपने, और तुम्हारी इच्छाशक्ति को - जो मुझे सबसे ज़्यादा आकर्षक लगता है। जब तुमने अपने चित्र को देखा...'

मारिया चौकन्नी हो गई, वह समझ रही थी कि बाद में लापरवाही दिखाना बहुत मुश्किल होगा...

'मैंने वह रोशनी देखी... जबकि मैंने यही देखा कि मेरे सामने एक ऐसी औरत थी जो तुम्हारे जैसी दिख रही थी।'

एक बार फिर से चुप्पी पसर गई। मारिया ने अपनी घड़ी देखी।

'मुझे थोड़ी देर में जाना होगा। तुमने ऐसा क्यों कहा था कि सेक्स उबाऊ होता है?'

'यह बात तुम्हें मुझसे ज़्यादा अच्छी तरह से पता होना चाहिए।'

'मैं इसलिए जानती हूँ, क्योंकि यह मेरा पेशा है। मैं रोज़-रोज़ एक ही काम करती हूँ। लेकिन तुम तो 30 साल के जवान आदमी हो...'

'29 साल।'

'जवान, आकर्षक, प्रसिद्ध, जिसको इस तरह की चीज़ों में दिलचस्पी रखनी चाहिए, और जिसको किसी के साथ के लिए रु द बर्न जाना चाहिए।'

'हाँ, मैं गया था। मैं तुम्हारे साथ काम करने वाली कुछ लड़कियों के साथ सोया भी था, लेकिन इसलिए नहीं कि मुझे लड़कियों का साथ खोजने में किसी तरह की दिक़्क़त होती है। मुश्किल मेरे अपने साथ है।'

मारिया को ईर्ष्या हुई और वह कुछ डर गई। उसको अब सही में जाना चाहिए।

'यह मेरी आख़िरी कोशिश थी। अब मैंने छोड़ दिया है,' राल्फ़ ने कहा और फ़र्श पर से पेंटिंग का अपना सामान उठाने लगा।

'क्या तुम्हारे साथ कोई शारीरिक समस्या है?'

'नहीं, मेरी दिलचस्पी नहीं है।'

यह तो संभव ही नहीं था।

'बिल चुका दो, और आओ टहलने चलते हैं। मुझे लगता है कि बहुत से लोग ऐसा ही सोचते हैं, लेकिन कभी किसी ने ऐसा कहा नहीं। अच्छी बात है कि किसी ईमानदार आदमी से बात हो रही है।'

दोनों उस सड़क पर चलने लगे जो सैंटियागो को जाती थी, जिसके ऊपर पहले चढ़ाई थी और फिर ढलान जो झील तक जाती थी, फिर पहाड़ों तक, और रास्ता स्पेन में कहीं दूर जाकर ख़त्म हो जाता था। वे उन लोगों के सामने से गुज़रे जो दोपहर के भोजन के बाद काम पर वापस जा रहे थे, माँएँ जो प्रेम में बच्चे लिए लेकर टहल रही थीं, पर्यटक झील के बीच के शानदार फ़व्वारे की तसवीरें उतार रहे थे, मुसलमान महिलाएँ जिन्होंने सिर पर रुमाल बाँध रखे थे, लड़के-लड़कियाँ दौड़ लगा रहे थे, सभी उस मिथकी शहर सैंटियागो द कोमपोस्टेला की तलाश में तीर्थ यात्रा पर जाते हैं, जो हो सकता है कि हो ही ना, जो हो सकता है कि एक कहानी भर हो, जिसमें

लोग इसलिए विश्वास करते हों ताकि अपने जीवन में कुछ अर्थ भर सकें। सड़क के किनारे बाहर से लोग चल रहे थे, कई सालों से, उसी मार्ग पर वह लंबे बालों वाला आदमी चल रहा था, एक भारी बैग उठाए जिसमें ब्रश, पेंट, कैनवास और पेंसिलें थीं, और उसके साथ वह लड़की जिसके बैग में खेती-बाड़ी के प्रबंधन को लेकर किताबें भरी हुई थीं। दोनों में से किसी को यह नहीं सूझा कि एक दूसरे से यह पूछें कि वे साथ-साथ तीर्थयात्रा क्यों कर रहे हैं, यह दुनिया की सबसे स्वाभाविक चीज़ थी; वह उस लड़की के बारे में सब कुछ जानता था, लेकिन वह लड़की उसके बारे में कुछ नहीं जानती थी।

इसीलिए उसने पूछने का फ़ैसला किया - अब उसने यह तय कर लिया है कि अब से वह हर बात पूछेगी। सबसे पहले वह कुछ शरमा गया, लेकिन वह जानती थी कि पुरुषों से किस तरह से बातें निकलवाई जाती हैं, और उसने आख़िरकार उसको यह बताया कि उसने दो बार शादी की थी (29 साल के आदमी के लिए यह एक रिकॉर्ड ही हुआ), उसने बहुत यात्राएँ की थीं, राजा-रानियों तथा मशहूर अभिनेताओं से मिल चुका था, यादगार पार्टियों में शामिल हुआ था। वह पैदा तो जेनेवा में हुआ था, लेकिन वह मैड्रिड, एम्सटर्डम, न्यू यॉर्क तथा दक्षिण फ्रांस के एक शहर में रह चुका था, जिसका नाम था तर्बा, जहाँ पर्यटक नहीं जाते थे, लेकिन उसको वह शहर इसलिए पसंद था, क्योंकि वह पहाड़ के बहुत पास था और वहाँ रहने वाले लोग बहुत अच्छे थे। जब वह 20 साल का था तभी एक कलाकार के रूप में उसको पहचाना जाने लगा। हुआ यह कि एक महत्त्वपूर्ण कला व्यापारी जेनेवा के किसी जापानी रेस्तराँ में गया, जहाँ उसके बनाए चित्र लगे थे। उसने खूब कमाई की थी, जवान था, स्वस्थ था, वह कुछ भी कर सकता था, कहीं भी जा सकता था, जिससे चाहे मिल सकता था, उसको वह सब सुख-सुविधा पसंद थी और उनके बारे में वह जानता था, जो किसी आदमी को पता हो सकते थे, वह जो काम करता था उसमें उसको बहुत मज़ा आता था, और तो भी, सभी चीज़ के बावजूद प्रसिद्धि, धन, यात्रा के बावजूद वह ख़ुश नहीं था, और उसको ज़िंदगी में एक ही चीज़ से ख़ुशी मिलती थी - अपने काम से।

'क्या औरतों के कारण तुमको बहुत तकलीफ़ हुई?' मारिया ने पूछा, लेकिन उसको तत्काल यह बात समझ में आ गई कि यह सवाल कितना बकवास क़िस्म का था, ऐसा लग रहा था जैसे उस किताब से निकला सवाल हो *अपने पुरुष को पाने के लिए वह सब जो एक स्त्री को जानना चाहिए।*

'नहीं, उन्होंने मुझे कभी कोई तकलीफ़ नहीं पहुँचाई। दोनों शादियों में मैं बहुत ख़ुश रहा, जैसे आम तौर पर पति-पत्नी होते हैं। फिर कुछ समय के बाद सेक्स में मेरी दिलचस्पी जाती रही। मुझे प्यार तो तब भी महसूस होता था, मुझे साथ अब भी चाहिए था, लेकिन सेक्स... लेकिन हम लोग सेक्स के बारे में क्यों बात कर रहे हैं?'

'क्योंकि जैसा कि तुमने स्वयं बताया, मैं एक वेश्या हूँ।'

'मेरी ज़िंदगी असल में कोई ख़ास दिलचस्प नहीं रही है। मैं एक कलाकार हूँ, जिसको बहुत कम उम्र में सफलता मिल गई थी, जो बहुत दुर्लभ बात है, यहाँ तक कि पेंटिंग की दुनिया के लिए भी बहुत दुर्लभ बात है। अब मैं कुछ भी पेंट कर दूँ तो वह बहुत क़ीमती हो जाएगा, जिसके कारण ज़ाहिर है कि कला के आलोचक नाराज़ हो गए, क्योंकि उनको ऐसा लगता है कि कला के बारे में बस वही जानते हैं। अन्य लोगों को ऐसा लगता है कि मेरे पास हर बात का जवाब है, और मैं जितना कम बोलता हूँ उनको मैं उतना ही बुद्धिमान लगता हूँ।'

वह अपनी ज़िंदगी के बारे में बात किए जा रहा था, किस तरह से उसको हर सप्ताह दुनिया में कहीं न कहीं किसी आयोजन के लिए बुलाया जाता। उसका एक एजेंट हैए जो बार्सिलोना में रहता है - क्या वह जानती थी कि वह जगह कहाँ थी? हाँ, मारिया को पता था कि वह जगह स्पेन में थी। धन, आमंत्रण, प्रदर्शनी आदि सभी चीज़ों से जुड़े मामलों को देखता था, लेकिन वह कभी भी वह उसको ऐसा कुछ करने के लिए नहीं कहता था, जो वह नहीं करना चाहता था, अब सालों के काम के बाद उसकी पेंटिंग की लगातार माँग बनी हुई थी।

'क्या तुमको मेरी कहानी दिलचस्प लग रही है?' उसने पूछा, और उसकी आवाज़ में असुरक्षा दिखाई देने लगी।

'यह सच में बहुत अलग-सी है। बहुत सारे लोग तुम्हारी तरह बनना चाहेंगे।'

राल्फ़ मारिया के बारे में जानना चाहता था।

'अच्छा, मेरे तीन तरह के रूप हैं, यह सब इस बात पर निर्भर करता है कि मैं किसके साथ हूँ। एक मासूम लड़की है, जो पुरुषों को बहुत प्रशंसा की नज़र से देखती है, ऐसे जताती हुई मानो सत्ता और महानता की उसकी

कहानियों से बहुत प्रभावित हुई। फिर एक मर्दों को रिझाने-पटाने वाली है, जो असुरक्षित पुरुषों पर टूट पड़ती है, और उसको अपने वश में कर लेती है और उनको उनकी ज़िम्मेदारी से मुक्त कर देती है, क्योंकि उसके बाद उनको किसी चीज़ की चिंता करने की ज़रूरत नहीं पड़ती है। और अंतिम है एक समझदार माँ, जो उनकी देखभाल करती है, जिनको सलाह की ज़रूरत होती है, जो बड़े ध्यान से कहानियों को सुनती है, जो एक कान से अंदर जाती है तो दूसरे से बाहर निकल जाती है। तुम तीनों में से किस से मिलना चाहते हो?'

'तुमसे।'

मारिया ने उसको सब कुछ सुना दिया, क्योंकि उसके लिए यह ज़रूरी था - ब्राज़ील से निकलने के बाद से यह पहली बार ही था। उसको यह बात पता थी कि लीक से कुछ हटकर काम होने के बावजूद रियो में एक सप्ताह और स्विट्ज़रलैंड में पहले महीने को छोड़कर उसकी ज़िंदगी में कुछ भी ख़ास नहीं हुआ था। इसके अलावा, काम, घर, काम - और कुछ ख़ास नहीं।

जब मारिया का बोलना ख़त्म हुआ तो वे एक और बार में बैठ गए, इस बार शहर के दूसरे हिस्से में, सैंटियागो की सड़क से बहुत दूर, दोनों यही सोच रहे थे कि एक दूसरे के भाग्य में क्या बंधा था।

'क्या मैंने कुछ छोड़ दिया?' उसने पूछा।

'यही कि "अलविदा" कैसे कहा जाए।'

हाँ, यह किसी और दोपहर जैसी दोपहर नहीं थी। वह तनाव में थी और चिंतित महसूस कर रही थी, क्योंकि उसने एक ऐसा दरवाज़ा खोल लिया था, जिसको बंद कैसे किया जाए उसको समझ नहीं आ रहा था।

'पूरी पेंटिंग कब देख सकती हूँ?'

राल्फ़ ने उसको बारसिलोना के अपने एजेंट का कार्ड उसके हाथ में दे दिया।

'अगर तुम क़रीब छह महीने के बाद भी यूरोप में रहो तो उसको फ़ोन करना। *जेनेवा के चेहरे - प्रसिद्ध और गुमनाम।* यह पेंटिंग पहली बार बर्लिन की एक गैलरी में प्रदर्शित की जाएगी। उसके बाद पूरे यूरोप में इसको दिखाया जाएगा।'

मारिया को अपना कैलेंडर याद आया, 90 दिन रह गए थे, और किसी भी तरह के संबंध या रिश्ते में जुड़ना जोखिम हो सकता था। उसने सोचा :

'ज़िंदगी में अधिक ज़रूरी क्या है? जीना या जीने का अभिनय करना? क्या मुझे जोखिम उठाकर यह कहना चाहिए कि जब से यहाँ आई हूँ तब से यह मेरी सबसे सुहानी दोपहर है? क्या मुझे उसका शुक्रिया अदा करना चाहिए उसने बिना कुछ कहे मुझे सुना? या मुझे एक औरत की तरह से अपनी इच्छाशक्ति और "विशेष रोशनी" के साथ बिना कुछ कहे यहाँ से जाना चाहिए?'

जब वे सैंटियागो के मार्ग पर चल रहे थे और जब वह उससे उसकी ज़िंदगी की कहानी सुन रही थी तब वह बहुत ख़ुश औरत थी। उसको उसी से ख़ुश रहना चाहिए : यह ज़िंदगी के लिए एक बड़ा तोहफ़ा था।

'मैं तुमसे मिलने आऊँगा,' राल्फ़ ने कहा।

'नहीं, मत आना मैं जल्दी ही ब्राज़ील जाने वाली हूँ। हम दोनों के पास एक दूसरे को देने के लिए कुछ और नहीं है।'

'मैं तुमसे ग्राहक की तरह मिलने आऊँगा।'

'वह तो मेरे लिए अपमानजनक होगा।'

'मैं तुमसे इसलिए मिलने आऊँगा ताकि तुम मुझे बचा लो।'

उसने यह बात पहले ही कही थी सेक्स में उसकी ख़ास रुचि नहीं है। वह उससे यह कहना चाहती थी कि उसकी भी ख़ास दिलचस्पी नहीं है, लेकिन उसने अपने आपको रोक लिया - उसने कई बार 'ना' कहा; कुछ नहीं कहने का यह सबसे अच्छा तरीक़ा होता है।

कितने दुःख की बात थी। वह एक बार फिर से उस छोटे बच्चे के साथ थी, लेकिन वह पेंसिल नहीं माँग रहा था, बस थोड़ा-सा साथ चाह रहा था। उसने अपने अतीत को देखा, और पहली बार उसने अपने आपको माफ़ कर दिया : इसमें उसकी कोई ग़लती नहीं थी, बल्कि उस असुरक्षित छोटे बच्चे की थी, जिसने पहली कोशिश के बाद छोड़ दिया था। वे बच्चे थे और बच्चे ऐसे ही होते हैं - वह लड़का ग़लत नहीं था, और इस बात से उसको बहुत राहत महसूस हुई, उसको अच्छा महसूस होने लगा; ज़िंदगी ने जब उसको पहला मौक़ा दिया था तो उसने उसके साथ धोखा नहीं किया।

हम सब यही करते हैं : जब भी कोई आदमी या औरत अपने दूसरे हिस्से की खोज शुरू करता है तो ऐसा सबके साथ होता है।

लेकिन अब हालात अलग थे। कारण चाहे जितना ही विश्वसनीय हो (मैं ब्राज़ील जा रही हूँ, मैं नाइटक्लब में काम करती हूँ, हम एक दूसरे को जानते ही कितना हैं, सेक्स में मेरी कोई दिलचस्पी नहीं है, मुझे प्यार से कुछ लेना-देना नहीं है, मुझे यह सीखना है कि खेती कैसे जाती है, मुझे पेंटिंग की समझ नहीं है, हम अलग दुनिया में रहते हैं, आदि), ज़िंदगी ने एक चुनौती पेश की थी। अब वह बच्ची नहीं रह गई थी, उसको अब चुनना था।

उसने कुछ नहीं कहा। उसने अपना हाथ हिलाया, जैसा कि वहाँ का रिवाज था, और घर चला गया। अगर वही वह आदमी था, जिसके साथ वह होना चाहती थी, तो उसको चुप्पी से नहीं डराया जा सकता था।

मारिया की उसी दिन की डायरी का अंश :

आज जब हम झील के किनारे टहल रहे थे, सैंटियागो के अजीब मार्ग के साथ, तो मेरे साथ जो आदमी था - एक चित्रकार, पेंटर, उसकी ज़िंदगी मेरी ज़िंदगी से एकदम अलग थी - उसने पानी में एक पत्थर फेंका। जहाँ पत्थर गिरा वहाँ छोटे-छोटे गोल घेरे बन गए, जो बढ़ते जा रहे थे कि उनके सामने बत्तख़ आ गई, जिनका उस पत्थर से कुछ लेना-देना नहीं था। बजाय उस अनजान लहर से डरने के बत्तख़ उससे खेलने लगी।

उस दृश्य से कुछ घंटे पहले, मैं एक कैफ़े में गई तो मैंने एक आवाज़ सुनी, और ऐसा लगा जैसे ईश्वर ने उस जगह पर पत्थर फेंक दिया हो। ऊर्जा की लहर ने मुझे और उस आदमी दोनों को छू दिया, जो एक कोने में बैठकर चित्र बना रहा था। उसको उस पत्थर का कंपन सुनाई दिया, और मुझे भी। अब क्या?

पेंटर जानता है कि उसको उसकी मॉडल मिल गई है। संगीतकार यह जानता है कि उसके साज ठीक तरह से तैयार हैं या नहीं। यहाँ अपनी डायरी में मैं यह जानती हूँ कि इसमें

कुछ पंक्तियाँ मैं नहीं लिखती हूँ, बल्कि वह औरत लिखती है, जो 'रोशनी से भरपूर' है; मैं वही औरत हूँ, लेकिन इस बात को मैं स्वीकार करने से इंकार कर देती हूँ।

मैं इसी तरह से चलती चली जा सकती थी, लेकिन झील के बत्तख़ की तरह मैं भी अचानक आई उस लहर के मज़े ले सकती थी, जिसने पानी को झकझोर दिया था।

उस पत्थर का एक नाम है : जुनून। जब दो लोग ऐसे मिलते हैं कि धरती हिल जाती है तो उसके वर्णन के लिए इसका इस्तेमाल किया जाता है, लेकिन यह बस इतनी ही बात नहीं थी। यह उस अनचाहे रोमांच में है, असली जोश के साथ कुछ करने की ख़्वाहिश में, इस निश्चितता में कि किसी का सपना पूरा होने वाला नहीं है। जुनून हमें संकेत भेजता है और हमारी ज़िंदगी को दिशा दिखाता है, और उन संकेतों की व्याख्या हमारे ऊपर है।

मैं इस बात में यक़ीन करना चाहती हूँ कि मुझे प्यार हो गया है। किसी ऐसे आदमी से जिसको मैं जानती नहीं हूँ और जो मेरी योजना में कभी था ही नहीं। इतने महीने तक अपने ऊपर क़ाबू रखे-रखे, प्रेम को अस्वीकार करते-करते, बिलकुल अलग ही नतीजे पर पहुँच गई : वह पहला आदमी जिसने मेरे साथ अलग तरह से बर्ताव किया मैं उसके जादू में आ गई।

वैसे मेरे पास उसका फ़ोन नंबर भी नहीं है, कि मैं यह भी नहीं जानती कि वह रहता कहाँ है; इस तरह से मैं उसको खोऊँगी भी तो मेरे ऊपर अवसर को खो देने का इल्ज़ाम नहीं आएगा।

और अगर ऐसा हुआ और मैंने उसको खो ही दिया है, तो कम से कम मुझे अपनी ज़िंदगी का एक बहुत अच्छा दिन तो मिल गया। जिस तरह की यह दुनिया है उसमें ख़ुशी का एक लम्हा भी लगभग चमत्कार ही है।

जब वह उस रात कोपाकबाना पहुँची तो वह वहाँ मौजूद था, उसका इंतज़ार करता हुआ। वह अकेला ग्राहक था। मिलान, जो उसकी ज़िंदगी पर दिलचस्पी के साथ निगाह बनाए हुए था, उसको समझ आ गया था कि वह लड़ाई हार गई थी।

'क्या कुछ पीना चाहोगी?' इस आदमी ने पूछा।

'मुझे काम करना है। मैं नौकरी खोने का जोखिम मोल नहीं ले सकती।'

'मैं एक ग्राहक के रूप में आया हूँ। मैं पेशेवर प्रस्ताव दे रहा हूँ।'

वह आदमी जो कल दोपहर कैफ़े में अपने आपको लेकर इतना निश्चिंत नज़र आ रहा था, जिसने ख़बसूरती के साथ पेंटब्रश चलाया था, महत्त्वपूर्ण लोगों से मिल रहा था, बारसिलोना में जिसका अपना एजेंट था और जिसने निस्संदेह बहुत कमाई की थी, वही अब अपनी कमज़ोरी दिखा रहा था; वह एक ऐसी दुनिया में आ गया था, जहाँ उसको नहीं आना चाहिए था, वह अब सैंटियागो के मार्ग के किसी रोमांटिक कैफ़े में नहीं था। उस दोपहर का आकर्षण बिखर गया था।

'तो तुम कुछ पीना चाहती हो?'

'कभी और पी लूँगी। इस समय मेरे ग्राहक मेरा इंतज़ार कर रहे हैं।'

मिलान ने आख़िरी कुछ शब्दों को सुन लिया; वह ग़लत था, वह अभी प्रेम के वादे में नहीं उलझी थी। हालाँकि वह सोच रहा था कि एक लगभग शिथिल रात में उसने एक बूढ़े आदमी का साथ क्यों चुना था, एक उबाऊ अकाउंटेंट और एक इंश्योरेंस सेल्समैन का साथ...

ओह, बढ़िया, यह उसकी समस्या है। वह जब तक उसे कमीशन देती रहेगी तब तक वह इस बारे में नहीं सोचेगा कि वह किसके साथ हमबिस्तर हो रही है।

मारिया की डायरी से, बूढ़े आदमी, अकाउंटेंट और एक इंश्योरेंस सेल्समैन के साथ रात बिताने के बाद :

यह पेंटर मुझसे क्या चाहता है? क्या इसको यह नहीं याद है कि हम अलग-अलग देश के वासी हैं, अलग संस्कृति, अलग लिंग के? क्या इसको लगता है कि मैं सुख के बारे में इससे अधिक जानती हूँ और यह मुझसे कुछ सीख सकता है?

इसने मुझे इसके सिवा कुछ और क्यों नहीं कहा कि 'मैं यहाँ ग्राहक के रूप में आया हूँ?' उसके लिए यह कहना कितना आसान होता कि 'मुझे तुम्हारी याद आ रही थी' या 'हमने जो दोपहर साथ बिताई थी, उसमें मुझे बहुत मज़ा आया था।' मैं भी उसी अंदाज़ में जवाब देती (मैं एक पेशेवर हूँ), लेकिन उसको मेरी असुरक्षा को समझना चाहिए, क्योंकि मैं एक औरत हूँ, मैं नाजुक हूँ, और जब मैं यहाँ होती हूँ, तो मैं एक अलग ही इंसान हो जाती हूँ।

वह एक पुरुष है। वह एक कलाकार है। उसको यह समझना चाहिए कि हर इंसान का सबसे बड़ा मक़सद होता है; संपूर्ण प्यार के अर्थ को समझना। प्यार किसी और में नहीं मिलता है, बल्कि अपने आप में मिलता है; हम बस उसको जगा देते हैं। लेकिन ऐसा करने के क्रम में, हमें किसी और इंसान की ज़रूरत पड़ती है। इस दुनिया का तभी मतलब होता है, जब हमारे पास कोई ऐसा होता है, जिसके साथ हम अपनी भावनाओं को साझा कर सकें।

उसका कहना है कि वह सेक्स से ऊब गया है। मैं भी, और हम दोनों में से कोई यह नहीं जानता है कि इसका मतलब क्या हुआ। हम दोनों ज़िंदगी की सबसे ज़रूरी चीज़ों में से एक चीज़ को मर जाने दे रहे हैं – उसको मुझे बचा लेना चाहिए था, मुझे उसको बचा लेना चाहिए, लेकिन उसने मेरे सामने कोई विकल्प ही नहीं छोड़ा।

वह डर गई थी। उसको यह बात समझ आने लगी थी कि कई महीने स्वयं पर क़ाबू रखने के बाद उसकी रूह का दबाव, भूकंप, ज्वालामुखी फटने जैसे संकेत करने लगा था, और जिस पल यह होगा वह अपनी भावनाओं पर क़ाबू नहीं रख पाएगी। यह बदमाश पेंटर कौन था, हो सकता है कि यह अपनी ज़िंदगी के बारे में सब झूठ बोल रहा हो और जिसके साथ उसने महज कुछ घंटे ही बिताए थे, जिसने ना तो उसको छुआ था ना पटाने की कोशिश की थी - क्या कुछ इससे भी बुरा हो सकता था?

उसके दिल में चेतावनी की घंटियाँ क्यों बज रही थीं? क्योंकि उसको यह समझ में आ गया था कि यही उस आदमी के साथ भी हो रहा था, लेकिन नहीं, हो सकता है वह ग़लत भी हो। राल्फ़ हार्ट एक ऐसी औरत की तलाश में था, जो उसके अंदर की उस आग को जला सके जो लगभग राख़ हो चुकी थी; वह उसको सेक्स की देवी बनाना चाहता था, उसकी 'विशेष रोशनी' के साथ (इस बारे में वह ईमानदार था), जो उसको हाथ पकड़ कर ज़िंदगी में वापसी के मार्ग पर ले आए। वह इस बात की कल्पना भी नहीं कर सकता कि मारिया को भी ऐसा ही अनमनापन महसूस होता था, कि उसको अपनी समस्याएँ थीं (इतने सारे मर्दों के साथ सोने के बाद उसको अभी भी सामान्य तरीक़े से सेक्स करने में चरम सुख प्राप्त नहीं हुआ था), कि वह उसी दिन सुबह में वह इस बात की योजना बना रही थी कि वह विजयी भाव से अपने घर, अपने देश लौट जाए।

वह उसके बारे में क्यों सोच रही थी? वह उस आदमी के बारे में क्यों सोच रही थी, जो उस समय शायद किसी और महिला को पेंट कर रहा हो, और यह कह रहा हो कि उसमें 'विशेष रोशनी' थी, जिससे कि वह उसके लिए सेक्स की देवी बन सकती थी?

'मैं उसके बारे में इसलिए सोच रही हूँ, क्योंकि मैं उससे बात कर पा रही थी।'

कितनी अजीब बात है! क्या वह लाइब्रेरियन के बारे में सोचती थी? नहीं। क्या वह न्याह के बारे में सोचती थी, उस फ़िलिपीनो लड़की के बारे में, कोपाकबाना में काम करने वाली लड़कियों में एक वही थी, जिसके साथ वह अपने दिल की बातों को साझा किया करती थी? नहीं, उसने उसको भी याद नहीं किया। और यही वे लोग थे, जिनके साथ वह अक्सर बातें करती थी और जिनके साथ उसको सहज महसूस होता था।

उसने अपना ध्यान इस पर लगाया कि बाहर गर्मी कितनी है, या यह कि वह कल सुपरमार्केट नहीं जा पाई थी। उसने एक लंबी चिट्ठी अपने पिता को लिखी, जिसमें उसने विस्तार से लिखा था कि उसको कितने तक की ज़मीन लेनी है - जिससे उसका परिवार ख़ुश रहेगा। उसने अपनी वापसी की कोई तारीख़ नहीं लिखी थी, लेकिन उसने लिखा था कि जल्दी ही लौट आएगी। वह सो गई, उठी, फिर सो गई और फिर उठ गई। उसको यह बात समझ में आ गई कि यह किताब स्विस किसानों के मतलब की सही किताब थी, लेकिन ब्राज़ील के किसानों के किसी काम की नहीं थी - दोनों दो अलग-अलग संसार थे।

जब दोपहर हुई तो उसने ध्यान दिया कि भूकंप, ज्वालामुखी, दबाव कम होता जा रहा था। वह अधिक आराम महसूस कर रही थी; इस तरह का अचानक जुनून उसको हुआ था और अगले दिन तक कम हो जाता था - अच्छी बात है, उसकी दुनिया में कुछ भी बदला नहीं था। उसका परिवार था, जो उसको प्यार करता था, एक आदमी जो उसके लिए इंतज़ार कर रहा था और जो उसको अब अक्सर चिट्ठी लिखता रहता था, उसको यह बताने के लिए ड्रैपर शॉप को बढ़ाया जा रहा है। अगर वह उसी रात हवाई जहाज से वापस जाने का फ़ैसला करती तो उसके पास इतना धन तो था ही कि वह एक छोटा-सा फ़ार्म ख़रीद सकती थी। वह सबसे मुश्किल चीज़ से पार निकल चुकी थी, भाषा की दीवार, अकेलापन, अरब के साथ रेस्तराँ में पहली रात, जिस तरह से उसने अपनी रूह को यह समझाया था। वह इस बात की शिकायत नहीं करे कि वह अपने शरीर के साथ क्या कर रही है। वह यह जानती थी कि उसका सपना क्या था और उसको हासिल करने के लिए उसने क्या तैयारी की थी। और उस सपने में वैसे पुरुष शामिल नहीं थे, कम से कम वैसे पुरुष नहीं जो उसकी मातृभाषा में बात नहीं करते थे या उसके अपने शहर में नहीं रहते थे।

जब भूकंप कम हुआ तो मारिया को यह बात समझ में आई कि कुछ हद तक इल्ज़ाम उस पर भी था। उसने उससे यह क्यों नहीं कहा, 'मैं अकेला हूँ, मैं भी वैसी ही असहाय हूँ, जैसे तुम हो, कल तुमने मेरी "रोशनी" देखी वह यहाँ आने के बाद पहली बार था कि किसी आदमी ने मुझसे इतने प्यार से, इतनी ईमानदारी से बात की थी।'

रेडियो पर एक पुराना गाना बज रहा था : 'मेरा प्यार जनमने के पहले ही मर जाता है।' उसके साथ, उसके भाग्य के साथ यही तो हुआ था।

सब कुछ सामान्य हो जाने के बाद मारिया की डायरी से :

जुनून के कारण एक आदमी खाना, सोना, कामकाज करना, सहज रहना छोड़ देता है। बहुत-से लोग इसलिए डरे रहते हैं, क्योंकि जब यह आता है, रास्ते में आने वाली हर पुरानी चीज़ को नष्ट कर देता है।

कोई नहीं चाहता है उसकी ज़िंदगी में उथल-पुथल हो जाए। इसी वजह से बहुत से लोग उस ख़तरे को अपने क़ाबू में रखते हैं, और किसी तरह से किसी घर या उस ढाँचे को बनाए रखने में सक्षम होते हैं, जो पहले से ही सड़ा हुआ है। ये सभी मिलकर अतिक्रमण करते हैं।

दूसरे लोग इसका बिलकुल उल्टा सोचते हैं : वे बिना कुछ सोचे अपने आपको सौंप देते हैं, उनको प्यार का जुनून सभी समस्याओं के हल की तरह लगता है। वे अपनी खुशी के लिए दूसरे लोगों को ज़िम्मेदार ठहराते हैं और अपनी संभावित नाख़ुशी के लिए भी। वे या तो इस बात से बहुत ख़ुश हो जाते हैं कि उनके साथ कुछ बहुत अच्छा हुआ या इसलिए निराश महसूस करते हैं, उनके साथ कुछ अप्रत्याशित हुआ, जिसने सब कुछ बर्बाद करके रख दिया।

जुनून को परे कर देना या आँखें मूँदकर उसके सामने समर्पण कर देना - दोनों में से कौन-सा रवैया कम तबाही करने वाला है?

मुझे नहीं पता।

तीसरे दिन, मानो मर कर जी उठा हो, राल्फ़ हार्ट लौट आया, बहुत देर से, उस समय मारिया किसी ग्राहक से बात कर रही थी। लेकिन जब मारिया ने उसको देखा तो उसने बड़ी विनम्रता से उस दूसरे पुरुष से कहा कि वह डान्स नहीं करना चाहती है, क्योंकि वह किसी और का इंतज़ार कर रही है।

तब जाकर उसको यह समझ आया कि पिछले तीन दिनों से वह उसी का इंतज़ार कर रही है। और उस पल उसने वह सब स्वीकार कर लिया, जो क़िस्मत ने उसके लिए रास्ते में रखा था।

वह अपने आप से नाराज़ नहीं हुई; वह ख़ुश थी, वह अपने आपको ऐश करवा सकती थी, क्योंकि एक दिन उसको यह शहर छोड़ देना था; वह जानती थी कि यह प्यार असंभव था, और फिर भी, वह किसी चीज़ की उम्मीद नहीं कर रही थी, उसके पास वह सब था, जो ज़िंदगी के उस दौर तक उसके पास होना चाहिए था।

राल्फ़ ने उससे पूछा कि क्या वह कुछ पीना चाहती है, और मारिया ने फ्रूट जूस कॉकटेल मँगवाने के लिए कहा। बार का मालिक गिलास धोने का बहाना करते हुए उसको ऐसे देख रहा था, मानो उसको कुछ समझ नहीं आ रहा हो : उसने किस वजह से अपना दिमाग़ बदला था? वह यही दुआ कर रहा था कि दोनों वहाँ बैठकर पीते ही ना रह जाएँ, और उसने राहत की साँस ली जब राल्फ़ ने उससे डान्स करने के लिए कहा। वे वहाँ की रीत का ही पालन कर रहे थे, चिंता करने की कोई बात नहीं थी।

मारिया ने अपनी कमर पर राल्फ़ के हाथ को महसूस किया, उसके गाल मारिया के गालों को छू रहे थे, और संगीत इतना तेज़ था कि वे बात नहीं कर सकते थे। एक फ्रूट जूस कॉकटेल से उसकी हिम्मत नहीं बढ़ी थी, और जो थोड़ी-बहुत बातचीत उनके बीच हुई भी थी तो वह बहुत औपचारिक थी। अब बस समय का सवाल था : क्या वे होटल जाएँगे? क्या वे संभोग

करेंगे। इसमें मुश्किल नहीं होनी चाहिए, क्योंकि उसने पहले ही कह दिया था कि सेक्स में उसकी कोई रुचि नहीं है - यह सिर्फ़ धारा में बह जाने की बात थी। दूसरी तरफ़, रुचि के नहीं होने से प्यार का किसी तरह का निशान होता तो वह भी जाता रहेगा - अब उसको यह समझ नहीं आ रहा था कि पहली मुलाक़ात के बाद उसने अपने आपको ऐसी पीड़ा में क्यों डाल लिया था।

आज रात वह एक समझदार माँ की तरह बर्ताव करेगी। राल्फ़ हार्ट लाखों अन्य लोगों की तरह एक और मायूस इंसान था, अगर उसने अपनी भूमिका अच्छी तरह निभाई, जब से उसने कोपाकबाना में काम करना शुरू किया था तब से उसने अपने लिए जो नियम बनाए अगर वह उन नियमों का पालन कर पाने में कामयाब रही तो चिंता करने की कोई ज़रूरत नहीं थी। वैसे यह बहुत ख़तरनाक बात थी, उस आदमी के इतने पास होना कि अब वह उसके शरीर की गंध को भी महसूस कर सकती थी - और उसके शरीर की जैसी गंध थी, वह उसको अच्छी लगती थी - अब वह उसकी छुअन को महसूस कर पा रही थी - अब उसको यह समझ आ गया था कि वह उसका इंतज़ार कर रही थी - उसको यह अच्छा नहीं लग रहा था।

45 मिनट के अंदर उन लोगों ने सभी क़ायदों को पूरा कर लिया, उसके बाद वह आदमी बार के मालिक के पास गया और बोला :

'मैं आज की रात इसके साथ बिताने जा रहा हूँ। मैं आपको तीन ग्राहकों के बराबर भुगतान करूँगा।'

बार मालिक ने कंधे उचका दिए और उसने एक बार फिर यह सोचा कि यह ब्राज़ीली लड़की प्यार के जाल में उलझ कर रह जाएगी। मारिया एकदम हैरान थी : उसको यह नहीं पता था कि राल्फ़ हार्ट क़ायदों में इतना पारंगत है।

'आओ मेरे घर चलते हैं।'

शायद यह करने के लिए सबसे अच्छा काम था, उसने सोचा। हालाँकि यह मिलान की सलाह के एकदम ख़िलाफ़ बात थी, इस मामले को उसने अपवाद की तरह लिया। इससे उसको यह तो पता चल ही जाएगा कि वह शादीशुदा है या नहीं, उसको यह भी पता चल जाएगा कि प्रसिद्ध चित्रकार किस तरह से रहते हैं, और एक दिन वह अपने शहर के अख़बार के लिए एक लेख लिख पाएगी, जिससे सभी लोगों को यह पता चल जाएगा कि

जब वह यूरोप में रह रही थी तो वह वहाँ के बौद्धिक और कला समाज को जानती थी।

'क्या अजीब बहाना था!' उसने सोचा।

आधे घंटे के बाद वे जेनेवा के पास के एक छोटे-से गाँव में पहुँचे, जिसका नाम था कोलोनीय। इसमें एक चर्च था, एक बेकरी, एक टाउन हॉल, सब कुछ अपनी जगह मौजूद था। और वह सच में दो मंज़िला एक मकान में रहता था, अपार्टमेंट में नहीं! पहली प्रतिक्रिया : इसमें कोई शक नहीं कि यह बहुत अमीर है। दूसरी प्रतिक्रिया : अगर यह शादीशुदा होता तो इतनी हिम्मत नहीं कर पाता, क्योंकि फिर कोई न कोई देख ही लेता।

यानी वह अमीर और कुँवारा दोनों था।

वे एक हॉल में गए जहाँ से दूसरी मंज़िल पर जाने के लिए सीढ़ियाँ बनी हुई थीं, लेकिन वे सीधे सामने के दो कमरों की तरफ़ बढ़े, जिनका रुख़ बगीचे की ओर था। एक कमरे में भोजन की मेज़ थी, और दीवारों पर पेंटिंग्स लगी थीं। दूसरे कमरे में सोफ़े और कुर्सियाँ लगी हुई थीं, किताबों से भरे रैक थे, राख़ से भरे ऐशट्रे थीं और गंदे गिलास देखकर ऐसा लग रहा था कि वे काफ़ी समय से वैसे ही पड़े हैं।

'कॉफ़ी पियोगी?'

मारिया ने अपना सिर हिला दिया। नहीं, वह नहीं पिएगी। तुम अभी से मुझसे अलग तरह से बर्ताव नहीं कर सकते। मैं अपने आपसे संघर्ष कर रही हूँ, मैंने अपने आप से जो वादा किया था उससे एकदम उलट काम कर रही हूँ। लेकिन सब चीज़ों को धीरे-धीरे लेने की ज़रूरत है : आज रात मैं वेश्या या दोस्त या समझदार माँ की भूमिका निभाऊँगी, अंदर से मेरा मन बेटी बनने का कर रहा है, जिसको प्यार की ज़रूरत है। जब यह सब हो जाए तब मेरे लिए कॉफ़ी बना देना।

'बगीचे के बीच में मेरा स्टूडियो है, मेरी रूह। यहाँ की सभी पेंटिंग्स और किताबों के बीच मेरा दिमाग़ है, जो मैं सोचता हूँ।'

मारिया ने अपने अपार्टमेंट के बारे में सोचा। उसके अपार्टमेंट के पीछे कोई बगीचा नहीं था। उसके पास कोई किताब भी नहीं थी, सिवाय उन किताबों के जो वह लाइब्रेरी से लेकर आती थी, कारण यह था कि ऐसी चीज़ पर ख़र्च करने का कोई मतलब नहीं था, जो उसे मुफ़्त में मिल सकती थी।

वहाँ कोई पेंटिंग भी नहीं थी, सिवाय शंघाई ऐक्रोबैटिक सर्कस के, जहाँ एक दिन जाने का उसका सपना था।

राल्फ़ ने व्हिस्की की एक बोतल निकाली और उसको एक गिलास पेश किया।

'नहीं, शुक्रिया।'

राल्फ़ ने अपने लिए एक ड्रिंक बनाया और एक घूँट में पी गया - बिना बर्फ़ के, बिना स्वाद लिए। वह बौद्धिक बातें करने लगा, लेकिन बातचीत चाहे जितनी भी दिलचस्प रही हो, लेकिन वह जानती थी कि अब जबकि वे अकेले थे, राल्फ़ भी इस बात से डरा हुआ था कि अब क्या होने वाला है। मारिया ने हालात को अपने क़ाबू में कर लिया।

राल्फ़ ने अपने लिए एक और व्हिस्की बनाई, और मानो वह कोई बहुत ही असंगत टिप्पणी कर रहा हो, उसने कहा :

'मुझे तुम्हारी ज़रूरत है।'

एक चुप्पी। लंबी ख़ामोशी। उसने इस चुप्पी को तोड़ने में कोई मदद नहीं की, वह यह देखने में लगी रही कि वह अगला काम क्या करता है।

'मुझे तुम्हारी ज़रूरत है मारिया। देखो तुम्हारे अंदर रोशनी है, लेकिन मुझे ऐसा लगता नहीं है कि तुम मेरे ऊपर यक़ीन करती हो और मैं बस अपनी बातों से तुमको पटाने की कोशिश रहा हूँ। मुझसे मत पूछो : "मैं ही क्यों? मेरे अंदर ऐसा क्या ख़ास है?" तुम्हारे अंदर ऐसी कोई ख़ास बात नहीं है, कम से कम मुझे ऐसी कुछ नहीं लगती है, जिसके ऊपर मैं अँगुली उठा सकूँ। और फिर भी - मुझे लगता है कि ज़िंदगी का यही रहस्य है - मैं और कुछ नहीं सोच सकता।'

'मैं तुमसे पूछने वाली नहीं थी,' उसने झूठ बोला।

'अगर मुझे कोई कारण देखना होता तो मैं यह कहता : मेरे सामने जो महिला बैठी है, उसने अपनी पीड़ा पर क़ाबू पा लिया है और उसको सकारात्मक रूप में रूपांतरित कर दिया, कुछ रचनात्मक रूप में, लेकिन इसके आधार पर ही सब कुछ नहीं कहा जा सकता।'

बच पाना मुश्किल होता जा रहा था। उसका कहना जारी था :

'और मेरे बारे में क्या? मेरी अपनी रचनात्मकता है, मेरी पेंटिंग है, जिसकी माँग दुनिया भर की कला दीर्घाओं में रहती है, मैंने अपने सपने पूरे

कर लिए हैं, मेरा गाँव मुझे प्यारे बेटे के रूप में इज़्ज़त देता है, मेरी पूर्व पत्नियों ने मुझसे कभी भी गुजारा भत्ते की माँग नहीं की, मेरी सेहत अच्छी है, दिखने में ठीक-ठाक हूँ, वह सब जो किसी पुरुष में होना चाहिए... लेकिन फिर भी मैं एक ऐसी स्त्री से कह रहा हूँ कि "मुझे तुम्हारी ज़रूरत है," जिससे मैं कैफ़े में मिला और जिसके साथ मैंने महज एक दोपहर बिताई है। तुम समझ सकती हो कि अकेलेपन का आलम क्या है?'

'समझ सकती हूँ।'

'लेकिन जब आपको हर वक़्त दूसरे लोगों के साथ रहने का मौक़ा मिलता है तो आपको अकेलेपन का अहसास नहीं होता है, जब आपको हर रात पार्टियों के न्योते मिलते रहते हैं, कॉकटेल पार्टियाँ, थिएटर में शुरुआत का दिन, जब महिलाएँ आपको लगातार फ़ोन करती रहती हैं, ऐसी महिलाएँ जो आपके काम को पसंद करती हैं, जो यह कहती हैं कि वे रात का खाना साथ खाने के लिए कितना तड़प रही हैं - सब सुंदर होती हैं, होशियार, पढ़ी-लिखी औरतें। लेकिन कोई चीज़ है, जो आपको उससे अलग करते हुए कहती है कि मत जाओ। तुमको मज़ा नहीं आएगा। तुम सारी रात उनको प्रभावित करने में लगा दोगे और अपनी ऊर्जा को यह साबित करने में कि तुम पूरी दुनिया को प्रभावित कर सकते हो।'

'इसलिए मैं घर में ही रहता हूँ, अपने स्टूडियो में जाता हूँ और उस रोशनी को पाने की कोशिश करता रहता हूँ, जो मैंने तुम्हारे अंदर देखी थी, और जब मैं काम करता रहता हूँ, केवल तभी मुझे वह रोशनी दिखाई देती रहती है।'

'मैं तुमको ऐसा क्या दे सकता हूँ, जो तुम्हारे पास पहले से नहीं हो?' उसने पूछा, उसने दूसरी स्त्रियों के बारे में जो टिप्पणी की थी वह कुछ अपमानित महसूस कर रही थी, लेकिन उसको यह याद आया कि राल्फ़ की तरफ़ से उसको भुगतान मिलने वाला था।

उसने एक तिहाई गिलास व्हिस्की की पी। मारिया अपनी कल्पना में उसके साथ पी रही थी, अल्कोहल के कारण उसका गला और उसका पेट जल रहा है, वह उसके ख़ून में घुसकर उसके अंदर साहस का संचार कर रहा था, और उसको भी नशा जैसा महसूस हो रहा था, जबकि उसने एक बूँद भी नहीं छुई थी।

जब राल्फ़ फिर बोला तो उसकी आवाज़ ठहर कर आ रही थी :

'मैं तुम्हारा प्यार तो नहीं ख़रीद सकता, लेकिन तुमने मुझे यह बताया था कि सेक्स के बारे में तुम सब कुछ जानती हो। मुझे सिखाओ फिर। या मुझे ब्राज़ील के बारे में कुछ सिखाओ। कुछ भी, जब तक मैं तुम्हारे साथ हूँ, तब तक कुछ भी।'

उसके बाद?

'मुझे अपने देश में बस दो स्थानों के बारे में पता है : जिस शहर में मेरा जन्म हुआ और दूसरा शहर है - रियो द जनेरो। जहाँ तक सेक्स की बात है, तो मुझे नहीं लगता है कि मैं तुमको कुछ सिखा सकती हूँ। मैं क़रीब 23 साल की हूँ, तुमसे छह साल छोटी, लेकिन मुझे पता है कि तुमने ज़िंदगी बड़ी शिद्दत के साथ जी है। मैं ऐसे पुरुषों को जानती हूँ, जो मुझे इसलिए भुगतान करते हैं ताकि वे जो चाहते हैं कर सकें, ना कि इसके लिए कि मैं क्या चाहती हूँ।'

'मैंने वह सब कुछ किया है, जो कोई आदमी एक, दो या तीन-तीन स्त्रियों के साथ एक साथ करने का सपना देखता है। और मुझे लगता है कि मैं बहुत कुछ जानती हूँ।'

एक बार फिर से चुप्पी छा गई, सिवाय इसके कि इस बार बोलने की बारी मारिया की थी। और उसने इसमें उसकी कोई मदद नहीं की, जिस तरह से उसने भी पहले उसकी मदद नहीं की थी।

'क्या तुम यह चाहते हो कि मैं पेशेवर हो जाऊँ?'

'मैं इसलिए ऐसा चाहता हूँ, क्योंकि तुम ऐसा चाहती हो।'

नहीं, उसको ऐसा नहीं कहना चाहिए था, क्योंकि एक तरह से वह भी यही सुनना चाहती थी। भूकंप, ज्वालामुखी, तूफ़ान वापस लौट आया था। अपने ही बंधन से निकल पाना उसके लिए मुश्किल लग रहा था, वह इस आदमी को बिना पाए ही खोने जा रही थी।

'तुम जानती हो कि मेरे कहने का मतलब क्या है मारिया। मुझे सिखाओ। शायद यह मुझे बचा ले और मुझे मेरी ज़िंदगी में वापस ले आए। तुम सही कह रही हो, मैं तुमसे बस छह साल बड़ा हूँ, फिर भी मैं कई ज़िंदगियाँ जी चुका हूँ। हमारे अनुभव पूरी तरह से अलग हैं, लेकिन हम दोनों ही मायूस इंसान हैं; हमें बस एक ही चीज़ से शांति महसूस होती है साथ-साथ रहने से।'

वह इस तरह की बातें क्यों कह रहा था? यह सब संभव नहीं था, फिर भी यह बात सही थी। दोनों पहले बस एक बार मिले थे और तब भी दोनों को एक दूसरे की ज़रूरत महसूस हो रही थी। ज़रा कल्पना कीजिए कि अगर वे मिलते रहे होते तो क्या आलम रहा होता; बेड़ा गरक हो गया होता! मारिया एक होशियार औरत थी, वह कई महीने से पढ़ रही थी और इंसानों को समझ रही थी; उसका अपनी ज़िंदगी में एक मक़सद था, लेकिन उसकी अपनी रूह भी थी, अपनी 'रोशनी' की तलाश में उसको अपनी रूह को समझने की ज़रूरत थी। वह जो थी इस बात से वह थक चुकी थी, और वैसे तो ब्राज़ील वापस लौट पाना उसके लिए बड़ी चुनौती थी, लेकिन जो उसको सीखना चाहिए था वह अभी तक सीख नहीं पाई थी। राल्फ़ हार्ट वह इंसान था, जिसने चुनौती को स्वीकार किया और सब कुछ सीखा था, और अब वह इस औरत से कह रहा था, एक वेश्या से, एक समझदार माँ से कि वह उसको बचा ले। कितनी अजीब बात है!

दूसरे पुरुष उसके साथ ऐसे ही बर्ताव करते थे। कई पुरुषों का अंग विशेष तो उत्तेजित भी नहीं हो पाता था, कुछ चाहते कि उनके साथ बच्चे जैसा बर्ताव किया जाए, कुछ चाहते थे कि वह उनकी पत्नी की तरह से बर्ताव करे, क्योंकि यह सोचकर उनको बड़ी उत्तेजना होती थी कि उनकी पत्नी के इतने सारे प्रेमी थे। हालाँकि किसी 'विशेष ग्राहक' से तो वह अभी तक नहीं मिल पाई थी, लेकिन इंसान की रूह में जो एक से एक कल्पना होती है उसको उसका अनुभव हो चुका था। लेकिन उन सभी को अपनी दुनिया की आदत होती थी तथा किसी ने भी उससे यह नहीं कहा : 'मुझे यहाँ से ले चलो।' इसके विपरीत, वे मारिया को ही अपने साथ ले जाना चाहते थे। और हालाँकि वे पुरुष उसको हमेशा धन के साथ छोड़ जाते थे, लेकिन उनकी ऊर्जा सूख चुकी होती थी, इससे उसने ज़रूर कुछ सीखा होगा। अगर उनमें से कोई सच में प्यार की तलाश में होता था, और अगर सेक्स वास्तव में उसी खोज का हिस्सा था, तो उसके साथ किस तरह का बर्ताव होना चाहिए? उसने क्या सोचा था कि पहली मुलाक़ात में क्या होना चाहिए?

वह क्या चाहती थी कि क्या हो?

'मैं एक तोहफ़ा चाहती हूँ,' मारिया ने कहा।

राल्फ़ हार्ट समझ नहीं पाया। एक तोहफ़ा? उसने तो उस रात के लिए अग्रिम भुगतान कर दिया था, जब वे टैक्सी में थे तभी, क्योंकि वह तौर-तरीक़ों से वाक़िफ था। क्या मतलब था उसका?

मारिया को अचानक यह बात समझ आ गई कि उस समय वह यह जान गई थी कि एक आदमी और एक औरत को कैसा महसूस करना चाहिए। वह उसका हाथ पकड़ कर एक बैठक में ले गई।

'हम ऊपर सोने के कमरे में नहीं जाएँगे,' वह बोली।

उसने सभी बत्तियाँ बुझा दीं, कालीन पर बैठ गई और उसने राल्फ़ से कहा कि वह उसके सामने बैठ जाए। उसने ध्यान दिया कि कमरे में अँगीठी रखी हुई थी।

'आग जला दो।'

'लेकिन अभी तो गर्मी है।'

'आग जला दो। तुमने यह कहा था कि आज रात मैं तुमको रास्ता दिखाऊँ और मैं वही कर रही हूँ।'

मारिया ने उसके ऊपर एक ठहरी हुई नज़र डाली, इस उम्मीद में कि वह शायद एक बार फिर उसकी 'रोशनी' देख सके। ज़ाहिर है उसने देख ली थी, क्योंकि वह बगीचे में गया, वहाँ से उसने कुछ लकड़ियाँ चुनीं जो बारिश से गीली थीं, और कुछ पुराने अख़बार उठा लिए जिससे कि लकड़ियों में आग लगाई जा सके। वह रसोई में और व्हिस्की लाने के लिए गया, लेकिन मारिया ने उसको वापस बुला लिया।

'क्या तुमने मुझसे यह पूछा कि मुझे क्या चाहिए?'

'नहीं, मैंने नहीं।'

'देखो जो इंसान तुम्हारे साथ है उसका भी अस्तित्व है। उसके बारे में सोचो। यह सोचो कि उसको व्हिस्की चाहिए, जिन चाहिए या कॉफ़ी। उससे पूछो कि उसको क्या चाहिए।'

'तुम क्या पीना चाहोगी।'

'वाइन। और मैं यह चाहती हूँ कि तुम मेरा साथ दो।'

राल्फ़ ने व्हिस्की की बोतल नीचे रख दी और वाइन की बोतल के साथ लौट आया। तब तक आग जलने लगी थी; मारिया ने बची हुई कुछ बत्तियों को भी बुझा दिया, जिससे कि कमरे में बस आग की लपटों की रोशनी रहे।

वह ऐसे जता रही थी मानो वह जानती थी कि यह पहला क़दम था : दूसरे इंसान की पहचान करते हुए और इस बात को जानते हुए कि वह वहाँ था।

उसने अपना बैग खोला और उसमें से एक कलम निकाली जो उसने सुपरमार्केट में ख़रीदी थी। कुछ भी चलेगा।

'यह तुम्हारे लिए है। मैंने इसलिए यह कलम ख़रीदी थी ताकि खेती-बाड़ी के प्रबंधन पर अपने विचारों को दर्ज कर सकूँ। दो दिन तक मैंने इसका इस्तेमाल किया था, मैं काम करती रही जब तक कि मैं और काम करने से थक नहीं गई। इसमें कुछ मेरा पसीना है, कुछ मेरी एकाग्रता और मेरी इच्छाशक्ति, और अब मैं यह तुमको दे रही हूँ।'

मारिया ने बड़े प्यार से कलम उसके हाथ में रख दी।

'बजाय ऐसा कुछ ख़रीदने के जो तुमको पसंद आए मैं तुमको कुछ ऐसा दे रही हूँ जो पूरी तरह से मेरा है। एक तोहफ़ा। अपने सामने वाले इंसान को प्रेम स्वरूप, उसको यह समझने के लिए कहता हुआ कि उसके साथ रहना कितना मायने रखता है। अब उसके साथ मेरा एक छोटा-सा हिस्सा था, जिसे मैंने उसको मुक्त, सहज इच्छाशक्ति के साथ दी थी।'

राल्फ़ उठा, शेल्फ़ के पास गया और हाथ में कुछ लेकर लौट आया। उसने वह मारिया को दे दिया।

'यह बिजली से चलने वाली ट्रेन का डिब्बा है, जो बचपन में मेरे पास था। मुझे अपने आप खेलने नहीं दिया जाता था, क्योंकि मेरे पापा का कहना था कि यह अमेरिका से मँगवाया गया था और बहुत महँगा था। इसलिए मुझे तब तक इंतज़ार करना पड़ा जब तक कि उन्होंने ट्रेन को मेहमानख़ाने में लगा नहीं दिया, लेकिन वे इतवार को अक्सर ओपेरा सुनते थे। इसी कारण से यह ट्रेन मेरे बचपन में बची रही, लेकिन इसने मुझे कोई ख़ुशी नहीं दी। मेरे पास इस ट्रेन की पटरियाँ हैं, इंजन, ट्रेन के डिब्बे, यहाँ तक कि इसका मैनुअल भी है, क्योंकि मेरे पास एक ट्रेन थी, जो मेरी नहीं थी और जिसके साथ मैं कभी नहीं खेल पाया।'

'काश! मैंने इसको अपने बाक़ी खिलौनों के साथ ही तोड़-फोड़ दिया होता और उन्हीं खिलौनों की तरह इसे भी भूल गया होता, क्योंकि तोड़ने का नशा उसी का हिस्सा होता है कि किस तरह से कोई बच्चा दुनिया को समझता है। लेकिन यह पुराना ट्रेन सेट मुझे हमेशा उस बचपन की याद दिलाता है, जिसको मैंने कभी जिया ही नहीं, क्योंकि यह बहुत मूल्यवान था

और इसका मतलब था मेरे पापा को इसके लिए बहुत काम करना पड़ा था। या शायद यह कि जब भी वे उस ट्रेन को जोड़ देते थे, तो उनको डर लगता था कि मेरे लिए कहीं उनका प्यार नहीं दिख जाए।'

मारिया आग की तरफ़ देखे जा रही थी। कुछ हो रहा था और वह सिर्फ़ वाइन और वहाँ के माहौल का असर ही नहीं था। यह तोहफ़ों की अदला-बदली थी।

राल्फ़ भी आग को देखने लगा। उन्होंने कुछ नहीं कहा, शोलों के चटखने की आवाज़ को सुनते हुए। वे वाइन पी रहे थे, मानो उनके आपस में बात नहीं करने से कोई फ़र्क़ नहीं पड़ता हो, कुछ नहीं कर रहे थे। वे बस वहाँ बैठे हुए थे, साथ-साथ एक ही दिशा में देखे जा रहे थे।

'मेरी ज़िंदगी में बहुत-सी पुरानी ट्रेनें हैं,' मारिया ने कुछ समय बाद कहा। 'जिनमें से एक मेरा दिल है। और मैं इसके साथ तभी खेल पाती थी, जब दुनिया पटरी पर निकल जाती थी, और वह हमेशा अक्सर सही समय पर नहीं होता था।'

'लेकिन तुमने प्यार किया।'

'अरे हाँ, मैंने प्यार किया, मैंने बड़ी शिद्दत से प्यार किया। मैं गहराई से प्यार करती थी। मैं इतनी शिद्दत से प्यार करती थी कि जब उसने मुझसे तोहफ़ा माँगा, तो मैं डर गई और वहाँ से भाग गई।'

'मैं नहीं समझा।'

'तुमको समझने की ज़रूरत नहीं है। मैं तुमको यह इसलिए सिखा रही हूँ, क्योंकि मुझे कुछ ऐसा पता चला, जिसे मैं पहले से नहीं जानती थी। तोहफ़े देने के बारे में। किसी को अपना कुछ देने के बारे में। बजाय कुछ महत्त्वपूर्ण माँगने के कुछ देना। तुम्हारे पास मेरा दिया तोहफ़ा है : यह कलम, जिससे मैंने अपने कुछ सपने लिखे थे। मेरे पास तुम्हारा तोहफ़ा है : एक ट्रेन का डिब्बा, तुम्हारे बचपन का वह हिस्सा जो तुम जी नहीं सके।'

'तुम्हारे अतीत का कुछ हिस्सा मैं अपने साथ लेकर चलूँगी, और तुम मेरे वर्तमान का कुछ हिस्सा ले लो। क्या यह प्यारी बात नहीं है?'

उसने बिना पलकें झपकाए सारी बातें कही, और बिना किसी तरह की हैरानी के, मानो वह ना जाने कब से यह जानती रही हो कि बर्ताव करने का यही सबसे अच्छा और एकमात्र तरीक़ा हो। वह धीरे-से अपने पैरों पर खड़ी

हुई, कोट रैक से अपना जैकेट निकाला और राल्फ़ के गालों को चूम लिया। राल्फ़ ने उठने की कोई कोशिश नहीं की, वह आग के सामने सम्मोहित-सा बैठा था, शायद अपने पिता के बारे में सोच रहा था।

'मैं इस बात को कभी समझ नहीं पाया कि मैंने इस गाड़ी को क्यों सँभालकर रखा। अब समझ में आया : ताकि एक रात मैं आग के सामने बैठकर तुमको दे सकूँ। आज यह घर हल्का लग रहा है।'

उसने कहा कि अगले दिन वह उस ट्रेन की पटरी, इंजिन, धुएँ का खंबा किसी अनाथालय को दे देगा।

'यह एक तरह की दुर्लभ चीज़ है, क्योंकि अब इस तरह की रेलगाड़ी बनती नहीं है; इसकी क़ीमत अब काफ़ी होगी,' मारिया ने कहा, लेकिन तत्काल उसको अपने कहे का अफ़सोस होने लगा। बात यह नहीं थी, मुद्दे की बात यह थी कि अपने आपको किसी ऐसी चीज़ से मुक्त कर लेना, जो आपके दिल के लिए और भी क़ीमती रहा हो।

इससे पहले कि वह ऐसी कोई और बात कहती जो उस मौक़े के अनुकूल नहीं रही हो, उसने एक बार फिर से उसके गाल को चूम लिया और सामने के दरवाज़े की तरफ़ बढ़ गई। वह अभी आग को देखे जा रहा था, और उसको धीरे से राल्फ़ से यह पूछना पड़ा कि क्या वह उसके लिए दरवाज़ा खोल सकता है।

राल्फ़ उठ खड़ा हुआ, और उसने उसको समझाया कि राल्फ़ जिस तरह से आग को देखे जा रहा था वह देखकर मारिया को अच्छा लग रहा था, लेकिन ब्राज़ील के लोगों में एक अलग तरह का अंधविश्वास होता है : जब आप किसी के यहाँ पहली बार जाते हैं तो जाते समय दरवाज़ा आपको नहीं खोलना चाहिए, क्योंकि अगर आप ऐसा करेंगे तो आप कभी उस घर में लौटकर नहीं आ पाएँगे।

'और मैं लौटकर आना चाहती हूँ।'

'वैसे तो हम लोगों ने अपने-अपने कपड़े नहीं उतारे और मैं तुम्हारे अंदर नहीं आया, ना ही मैंने तुमको छुआ, लेकिन हम लोगों ने संभोग कर लिया है।'

वह हँसने लगी। उसने उसको घर छोड़ आने की पेशकश की, लेकिन मारिया ने मना कर दिया।

'मैं कल तुमसे कोपाकबाना में आकर मिलूँगा।'

'नहीं, एक सप्ताह इंतज़ार कर लो। मैंने सीखा है कि इंतज़ार करना सबसे मुश्किल काम होता है, और मैं इस भाव का आदी हो जाना चाहती हूँ, इस बात को जानते समझते हुए कि चाहे तुम मेरे साथ नहीं रहो तब भी।'

वह ठंड और अंधेरे में टहलते हुए निकल गई, इसी तरह से वह जेनेवा में कई बार टहलती थी; आम तौर पर इस तरह टहलने का संबंध उदासी से होता था, अकेलेपन से, ब्राज़ील वापस जाने की ख़्वाहिश से, आर्थिक जोड़-घटाव से, समय सारिणी से, उस भाषा की स्मृति से जिसमें ना जाने कब से उसने खुलकर बात नहीं की थी।

लेकिन अब वह अपने आपकी तलाश में टहल रही थी, उस औरत की तलाश में जो चालीस मिनट तक एक आदमी के साथ आग के सामने बैठी थी और जो रोशनी, ज्ञान, अनुभव, आकर्षण से भरपूर थी। उसने उस औरत का चेहरा अरसा पहले देखा था, जब वह झील के किनारे यह सोचते हुए टहल रही थी कि उसको अपने आपको ऐसी ज़िंदगी को समर्पित करना चाहिए या नहीं जो उसकी नहीं थी - उस दोपहर उस औरत के चेहरे पर उदास मुस्कराहट थी। उसने उसको दूसरी बार उस मुड़े हुए कैनवास पर देखा था, और अब वह एक बार फिर से उसके साथ थी। काफ़ी देर चलने के बाद उसने टैक्सी पकड़ी, जब वह जादुई उपस्थिति जा चुकी थी, हमेशा की तरह से उसको अकेला छोड़कर।

सबसे अच्छा तो यही था कि इसके बारे में बिलकुल ही नहीं सोचा जाए, जिससे सब कुछ बिगड़ नहीं जाए, उसने उस समय जो अनुभव किया था उसकी सुंदरता चिंता में नहीं बदल जाए। अगर वह दूसरी मारिया सच में थी तो वह सही समय होने पर लौट भी जाती थी।

मारिया की डायरी का एक अंश जो उसने उस रात लिखी थी, जिस रात राल्फ़ ने उसको ट्रेन का डिब्बा दिया था :

अगाध इच्छा, सच्ची ख़्वाहिश किसी के क़रीब होने की ख़्वाहिश होती है। इस बिंदु के बाद चीज़ें बदलती हैं, आदमी और औरत आते हैं, लेकिन उसके पहले क्या होता है - जो आकर्षण दोनों

को पास लेकर आता है, उसको समझा पाना असंभव है। वह अनछुई ख़्वाहिश होती है अपने सबसे शुद्ध रूप में।

जब ख़्वाहिश अपने शुद्ध रूप में होती है तो आदमी और औरत ज़िंदगी के साथ प्रेम में पड़ जाते हैं, वे एक-एक पल को पूरा सम्मान देते हुए जीते हैं, सजग रूप में, अगले अनुग्रह का जश्न मनाने के लिए हर वक़्त तैयार।

जब लोग ऐसा सोचते हैं तो वे जल्दी में नहीं होते हैं, वे बिना सोचे-समझे कुछ नहीं कर रहे होते हैं। वे इस बात को जानते हैं कि अवश्यंभावी होकर रहेगा, क्योंकि जो वास्तविक होता है वह बाहर आने का रास्ता ढूँढ़ ही लेता है। जब वह पल आता है तो वे हिचकते नहीं हैं, किसी अवसर को गँवाते नहीं हैं, वे किसी भी जादुई पल को अपने हाथ से जाने नहीं देते, क्योंकि वे हर पल के महत्त्व का सम्मान करते हैं।

उसके बाद के दिनों में मारिया ने खुद को उसी जाल में उलझते पाया, जिससे बचने की उसने पूरी कोशिश की थी, लेकिन उसको ना तो दुःख महसूस हो रहा था ना इस बात को लेकर कोई चिंता। इसके विपरीत, अब उसके पास खोने के लिए कुछ नहीं था, वह मुक्त हो चुकी थी।

वह जानती थी कि अभी चाहे माहौल कितना ही रोमांटिक लग रहा है, एक दिन राल्फ़ हार्ट को यह बात समझ आ जाएगी कि वह महज एक वेश्या थी, क्योंकि वह एक सम्मानित कलाकार था, जबकि वह एक दूर देश की रहने वाली थी, जबकि वह स्वर्ग में रहता था, और उसकी ज़िंदगी जन्म से ही व्यवस्थित और सुरक्षित थी। उसने सबसे अच्छे स्कूलों में तथा दुनिया भर के संग्रहालयों एवं कला वीथिकाओं में शिक्षा पाई थी, जबकि वह यहाँ मुश्किल से हाई स्कूल की पढ़ाई पूरी कर पाई थी। उनके जैसे सपने कभी लंबे समय तक नहीं रहते, और मारिया को अपनी ज़िंदगी के लंबे अनुभव से यह पता था कि सच्चाई आम तौर पर उसके सपनों के अनुसार नहीं होती। और यह उसके लिए सबसे बड़ी ख़ुशी थी : कि वह वास्तविकता को कह सके कि उसको उसकी ज़रूरत नहीं है कि ख़ुश रहने के लिए के लिए जो कुछ किया जाता है वह उन चीज़ों के ऊपर निर्भर नहीं थी।

'ईश्वर, क्या मैं इतनी रोमांटिक हूँ।'

उस सप्ताह वह कुछ ऐसा सोचने के बारे में सोच रही थी, जिससे राल्फ़ हार्ट ख़ुश हो जाए; क्योंकि उसने उसके सम्मान को वापस दिलाया था और वह 'रोशनी' जो उसको लगती थी कि जिसे उसने सदा के लिए खो दिया था। लेकिन वह एक ही तरीक़े से इस क़र्ज़ को उतार सकती थी, जिसके बारे में उसको लगता था कि वह उसमें बहुत माहिर थी : सेक्स। कोपाकबाना की दिनचर्या में प्रेरित करने के लिए कुछ था नहीं, इसलिए उसने कहीं और कुछ करने के लिए सोचा।

वह एक बार फिर से कुछ पॉर्न फ़िल्मों को देखने लगी, एक बार फिर उसको उन फ़िल्मों में कुछ भी दिलचस्प नहीं लगा, सिवाय इसके कि उस काम में अलग-अलग तरह के लोग शामिल थे। उन फ़िल्मों से उसको कोई फ़ायदा नहीं हुआ, इसलिए उसने जेनेवा में आने के बाद पहली बार कुछ किताबें ख़रीदने का फ़ैसला किया, हालाँकि उसको अभी इस बात का कोई मतलब नहीं दिखाई दे रहा था कि घर में ऐसी कोई चीज़ भर ले, जिसका एक बार पढ़ लेने के बाद कोई उपयोग नहीं था। वह किताबों की उस दुकान में गई, जो उसने उस दिन सैंटियागो के रास्ते पर देखी थी, जब वह राल्फ़ हार्ट के साथ उस सड़क पर टहल रही थी, दुकान में जाकर उसने पूछा कि क्या उनके पास सेक्स पर कोई किताब है।

'खूब सारी,' दुकान में काम करने वाली सहायिका ने कहा। 'असल में ऐसा लगता है कि इसके बारे में सभी लोग पढ़ना चाहते हैं। इसलिए इस विषय को लेकर दुकान में एक पूरा हिस्सा था, लेकिन किसी भी उपन्यास को उठा लीजिए उसमें एक न एक दृश्य ऐसा होता ही है, जिसमें सेक्स होता है। चाहे वह किसी प्रेम कहानी में छिपी हुई हो या जिनकी चर्चा इंसान के बर्ताव के संदर्भ में हो, ऐसा लगता है कि इसके बारे में सभी लोग सोचते हैं।'

मारिया अपने अनुभव से जानती थी कि यह लड़की ग़लत कह रही है : लोग इस तरह से इसलिए सोचना चाहते थे, क्योंकि उनको ऐसा लगता था कि सभी लोगों की चिंता का कारण एक ही होता था यानी सेक्स। लोग डायटिंग करते हैं, विग लगाते हैं, जिम में या हेयर ड्रेसर के पास घंटों बिताते हैं, सेक्सी कपड़े पहनते हैं, सब इस उम्मीद में कि अपने अंदर उस ज़रूरी लपट को पैदा किया जा सके। और होता क्या है? जब किसी के साथ बिस्तर में जाने का वक्त आता है, तो ग्यारह मिनट के बाद सब कुछ ख़त्म हो जाता है। इसमें किसी तरह की रचनात्मकता नहीं होती, ऐसा कुछ भी नहीं जो उनको स्वर्ग में ले जाए; लेकिन उस लपट के कारण जो आग लगती है, वह जल्दी ही जलकर बुझ जाती है।

लेकिन उस लड़की के साथ बहस करने का कोई मतलब नहीं था, जिसको ऐसा लगता था कि दुनिया को किताबों में समझाया जा सकता था। उसने उस लड़की से कहा कि वह उसको दुकान के उस हिस्से में ले जाए, और वहाँ उसको समलैंगिक पुरुषों, समलैंगिक स्त्रियों, चर्च में साध्वियों के स्कैंडल के क़िस्सों की किताबें, ऐसी सचित्र किताबें, जिनमें यह दिखाया गया

था कि पूरब के लोग पहले किस तरह से सेक्स करते थे, सभी चित्रों में ऐसे आसन बताए गए थे, जो बहुत असहज क़िस्म के थे, लेकिन एक किताब के शीर्षक पर उसका ध्यान गया : *पवित्र सेक्स।* कम से कम यह किताब कुछ अलग तरह की तो थी।

उसने किताब ख़रीदी, घर गई और एक ख़ास रेडियो स्टेशन को लगा दिया, जिसको सुनते हुए उसको हमेशा सोचने में मदद मिलती थी (क्योंकि वे दिल को राहत पहुँचाने वाला संगीत बजाते थे), और उस किताब में बने कुछ रेखांकनों को ध्यान से देखने लगी, उसमें सेक्स के ऐसे-ऐसे आसन थे, जिनको शायद सर्कस में काम करने वाला कोई बाज़ीगर ही कर सकता था। उसमें जो लिखा था वह भी बड़ा उबाऊ था।

मारिया ने अपने पेशे में इतना सीख लिया था कि वह इस बात को जानती थी कि ज़िंदगी में सब कुछ इस बात पर निर्भर नहीं करता है कि संभोग आप किस आसन में करते हैं, बल्कि जो आसन हो वह स्वाभाविक रूप से होता हो, बिना कुछ सोचे, जैसे डान्स करते हुए क़दम थिरकते हैं।

दो घंटे बाद वह दो तरह के नतीजे पर पहुँची :

एक, उसको रात का खाना खाने की ज़रूरत है, क्योंकि उसको कोपाकबाना वापस जाना आवश्यक है।

दो, जिसने भी यह किताब लिखी थी, उसके बारे में साफ़ था कि वह इस विषय में कुछ नहीं समझता था, इस विषय के बारे में तो बिलकुल नहीं। ये सब सैद्धांतिक बातें हैं, आज-कल के जमाने के चोचले, निरर्थक रीति-रिवाज तथा बेवक़ूफी भरे सुझाव। उसका ध्यान इस बात पर गया कि लेखक ने हिमालय में साधना की थी (उसको यह पता करना होगा कि हिमालय कहाँ है), योग की पढ़ाई की थी (इसके बारे में उसने सुन रखा था), और ज़ाहिर है कि इस विषय में उसने काफ़ी पढ़ रखा था, क्योंकि उसने कई लेखकों के हवाले दिए थे, लेकिन जो बात ज़रूरी थी वह उसको सीखने से रह गई। सेक्स सिद्धांत, ख़ुशबू, उत्तेजना बढ़ाने वाले शारीरिक अंगों का ज्ञान, झुकना, सलाम आदि का नाम नहीं है। उस लेखिका को ऐसे विषय पर लिख पाने की हिम्मत कैसे हुई, जिस विषय के बारे में मारिया भी गहराई से नहीं जानती थी, जबकि वह इसी क्षेत्र में काम करती थी। शायद यह सब हिमालय की ग़लती थी या उस चीज़ को जटिल बनाने देने के कारण जिस चीज़ की सुंदरता सादगी और प्यार में।

अगर वह लेखिका इसी तरह की बचकानी किताब लिखती और प्रकाशित करती रही तो मारिया को भी गंभीरता से अपनी किताब लिखने के बारे में सोचना चाहिए : *ग्यारह मिनट*। चाहे वह पागलपन भरी हो या झूठ - वह उसकी अपनी कहानी होगी।

लेकिन उसके पास ना तो समय था ना ही किसी तरह की दिलचस्पी; उसके लिए यह ज़रूरी था कि वह अपनी ऊर्जा को राल्फ़ को ख़ुश रखने तथा खेती-बाड़ी के प्रबंधन के बारे में सीखने में लगाए।

उस उबाऊ किताब को पढ़ना छोड़ने के बाद मारिया की डायरी से :

मैं एक आदमी से मिली और उसके प्यार में पड़ गई। बस एक कारण से मैं उसके प्यार में पड़ गई : क्योंकि मुझे उससे कुछ उम्मीद नहीं थी। मुझे पता है कि तीन महीने में मैं यहाँ से बहुत दूर चली जाऊँगी और उसकी बस याद रह जाएगी, लेकिन मैं प्यार के बिना और नहीं रह सकती; मैं अपनी ऊपरी सीमा पर पहुँच चुकी हूँ।

मैं राल्फ़ हार्ट के लिए एक कहानी लिख रही हूँ - यही नाम है उसका। मुझे यह पक्का नहीं पता है कि वह उस क्लब में वापस आ जाएगा या नहीं, जिस क्लब में मैं काम करती हूँ, लेकिन मेरी ज़िंदगी में यह पहली बार है कि इस बात से कुछ फ़र्क़ नहीं पड़ता है। उसको प्यार करना ही काफ़ी है, अपने ख़यालों में उसके साथ होना तथा इस शहर को उसके क़दमों, उसके शब्दों और उसके प्यार से रंग देना। जब मैं इस शहर को छोड़कर जाऊँगी तो उसका एक चेहरा होगा और एक नाम तथा अँगीठी के सामने बैठने की यादें। उस याद के सामने वह सब कुछ भी नहीं होगा, जिनका मैंने यहाँ अनुभव किया, जिन मुश्किलों को मैंने पार किया।

मैं उसके लिए वही करना चाहूँगी, जो उसने मेरे लिए किया। मैं इसके बारे में काफ़ी सोचती रही हूँ, और मुझे समझ आया कि उस कैफ़े में मेरा जाना महज संयोग नहीं था; सच में

ऐसी ख़ास मुलाक़ातों की योजना रूहों ने शरीरों के एक दूसरे से मिलने के काफ़ी पहले बना ली होती है।

सामान्य रूप से कहूँ तो ऐसी मुलाक़ातें तब होती हैं, जब हम एक कगार पर पहुँच जाते हैं, जब हमें भावनात्मक रूप से नए सिरे से जन्म लेना चाहिए। इस तरह की मुलाक़ातें हमारा इंतज़ार कर रही होती हैं, लेकिन हम अक्सर उनके होने को रोक देते हैं। लेकिन अगर हम बेसब्र हो जाते हैं, अगर हमारे पास खोने के लिए कुछ नहीं होता, या हम जोश से भरपूर होते हैं, तब वह अनजाना हमारे सामने आ जाता है, और हमारे कायनात की दिशा बदल जाती है।

सभी जानते हैं कि प्यार कैसे किया जाता है, क्योंकि यह गुण हमारे अंदर जन्मजात होता है। कुछ लोगों में इसकी स्वाभाविक प्रतिभा होती है, लेकिन हममें से अधिकतर लोगों को यह फिर से सीखना होता है, यह याद करना पड़ता है कि किस तरह प्यार करना है, बिना किसी अपवाद के सभी लोगों को अपने अतीत की भावनाओं को जला देना पड़ता है, कुछ खुशियों और दुखों से मुक्त होना पड़ता है, कुछ उतार-चढ़ावों से, जब तक कि वह जोड़ने वाला धागा नहीं दिखाई दे जाता, जो हर नई मुलाक़ात के पीछे छिपा होता है; क्योंकि एक धागा होता है जो जोड़ता है।

और फिर हमारा शरीर रूह की भाषा बोलने लगता है, जिसको सेक्स कहते हैं, और मैं उस आदमी को वही दे सकती हूँ, जो मुझे मेरी आत्मा लौटा दे, चाहे उसको इसका कोई इल्म नहीं हो कि मेरी ज़िंदगी में वह कितना मायने रखता है। उसने मुझसे यही चाहा था और वह यही रहेगा भी; मैं चाहती हूँ कि वह ख़ुश रहे।

कई बार ज़िंदगी बहुत निर्दयी होती है : कोई इंसान दिन, हफ़्ते, महीने, साल बिना किसी नए अनुभव के गुज़ार देता है। लेकिन जब कोई दरवाज़ा खुलता है - जो तब हुआ जब मारिया राल्फ़ हार्ट से मिली थी - तो जैसे उम्मीदों का तूफ़ान आ जाता है। एक पल आपके पास कुछ नहीं होता, अगले ही पल आपके पास इतना कुछ हो जाता है कि सँभालना मुश्किल हो जाता है।

अपनी डायरी लिखने के दो घंटे के बाद मारिया जब काम पर आई तो बार का मालिक मिलान उसको खोजता हुआ आया।

'तो तुम उस पेंटर के साथ गई थीं, नहीं?'

ज़ाहिर है कि राल्फ़ को उस क्लब में सब जानते थे - उसको यह बात तब समझ में आई जब राल्फ़ ने बिना क़ीमत पूछे ही यह कहा था कि वह तीन ग्राहकों के बराबर भुगतान कर देगा। मारिया ने कुछ रहस्यमय ढंग से सिर हिला दिया, लेकिन मिलान ने ध्यान नहीं दिया; वह इस दुनिया को मारिया से बेहतर जानता था।

'अब तुम शायद अगले चरण के लिए तैयार हो। हमारा एक ख़ास ग्राहक है जो तुम्हारे बारे में अक्सर पूछता रहता है। मैंने उससे यह बताया था कि तुम अभी उतनी अनुभवी नहीं हुई हो, और उसने मेरी बात मान ली, लेकिन शायद अब कोशिश करने का समय आ गया है।'

एक ख़ास ग्राहक?

'इसका उस पेंटर के साथ क्या लेना-देना है?'

'वह भी एक ख़ास ग्राहक है।'

यानी उसने राल्फ़ हार्ट के साथ जो भी किया था वह उसके साथ काम करने वाली कोई लड़की पहले भी कर चुकी थी। उसने अपने होंठ काट

लिए, लेकिन कहा कुछ नहीं; उसका एक सप्ताह अच्छा बीता था और उसने जो लिखा था उसको वह भूलना नहीं चाहिए।

'उसके साथ मैंने जो किया, क्या वही करना है?'

'मुझे नहीं पता है कि तुमने क्या किया; लेकिन आज रात, अगर कोई तुमको कुछ पीने के लिए दे तो ना कर देना। ख़ास ग्राहक भुगतान अधिक करते हैं; तुमको अफ़सोस नहीं होगा।'

काम हमेशा की तरह शुरू हुआ। सभी थाई स्त्रियाँ एक साथ बैठ गईं, कोलंबियाई महिलाओं ने अपना सब कुछ जानने वाला अंदाज़ अपना लिया, तीन ब्राज़ीली औरतें (जिनमें वह भी शामिल थी) ऐसी खोई हुई लग रही थीं, मानो उनकी ना तो किसी चीज़ में दिलचस्पी हो सकती है ना कोई चीज़ उनको हैरान कर सकती है। उनके अलावा एक ऑस्ट्रियाई महिला थी, दो जर्मन, बाक़ी सभी लंबी और सुंदर स्त्रियाँ थीं, जिनकी आँखें नीली थीं, जो पूर्वी यूरोप के देशों से आई थीं और जो लगता था कि बाक़ी स्त्रियों से ज़्यादा जल्दी से पति ढूँढ़ लेती हैं।

पुरुष आने लगे - रूसी, स्विस, जर्मन, सभी व्यस्त एक्जीक्यूटिव थे, जो दुनिया के सबसे महँगे शहरों में से एक शहर में सबसे महँगी वेश्याओं की सेवा हासिल करने में सक्षम। कुछ उसकी टेबल पर भी आकर बैठ गए, लेकिन उसकी आँखें मिलान के ऊपर लगी थीं, जिसने सिर हिला दिया। मारिया ख़ुश हो गई; आज रात उसको अपने पैर नहीं फैलाने होंगे, दुर्गंध को नहीं झेलना पड़ेगा या किसी ठंडे बाथरूम में नहाना भी नहीं होगा; उसको बस करना यह था कि सेक्स को लेकर उदास हो चुके एक आदमी को संभोग करना सिखाना था। और जब इसके बारे में सोच रही थी, सभी स्त्रियाँ इतनी रचनात्मक नहीं हो सकती हैं कि वे उपहारों के आदान-प्रदान की कहानी बनाएँ।

साथ ही साथ वह सोच रही थी : ऐसा क्यों होता है, सब कुछ अनुभव कर लेने के बाद, ये पुरुष फिर से शुरू से प्रारंभ करना चाहते हैं? ऐसा नहीं था कि उसकी चिंता का सबब यह था; जब तक वे अच्छा भुगतान कर रहे थे, वह उनकी सेवा करने के लिए तैयार थी।

एक आदमी अंदर आया, जिसकी उम्र राल्फ़ हार्ट से भी कम थी; वह दिखने में सुंदर था, उसके बाल काले थे, ख़ूबसूरत दाँत और उसने माओ जैकेट जैसा कुछ पहन रखा था - टाई नहीं, बस ऊँची कॉलर, जिसके अंदर

एक शानदार सफ़ेद क़मीज थी। वह बार तक गया, जहाँ से मिलान और वह दोनों मुड़कर मारिया की तरफ़ देखने लग गए; उसके बाद वह उसके पास आ गया।

'क्या कुछ पीना चाहोगी?'

उसने देखा कि मिलान ने सिर हिला दिया था, इसलिए उसने उस आदमी को अपनी मेज़ पर बैठने के लिए आमंत्रित कर लिया। उसने फ्रूट जूस कॉकटेल का ऑर्डर दिया और इस बात का इंतज़ार करने लगी कि वह आदमी उसको डान्स करने के लिए कहेगा। उसके बाद उस आदमी ने अपना परिचय दिया :

'मेरा नाम टेरेंस है और मैं इंग्लैंड में एक रिकॉर्ड कंपनी के लिए काम करता हूँ। मुझे लगता है कि मैं एक ऐसी जगह पर हूँ, जहाँ काम करने वालों के ऊपर मैं यक़ीन कर सकता हूँ, जो भी होगा हम दोनों के बीच ही रहेगा।'

मारिया उससे ब्राज़ील के बारे में बातचीत शुरू करने ही वाली थी कि उसने उसको बीच में टोक दिया :

'मिलान ने बताया कि तुम इस बात को समझती हो कि मुझे क्या चाहिए।'

'मुझे यह तो नहीं पता है कि तुमको क्या चाहिए, लेकिन मैं अपने काम को समझती हूँ।'

वहाँ का जो सामान्य शिष्टाचार था उन्होंने उसको नहीं दुहराया; उस आदमी ने बिल चुकाया, उसका हाथ पकड़ा और टैक्सी में बैठ गया, बैठने के बाद उसने मारिया को एक हज़ार फ़्रैंक दिए। एक पल को उसको वह अरब आदमी याद आ गया, जिसके साथ वह उस रेस्तराँ में गई जहाँ खूब सारी प्रसिद्ध पेंटिंग लगी हुई थीं; तब उसको पहली बार इतना भुगतान किया गया था, और बजाय इसके कि इस बात से उसको ख़ुशी महसूस हो इससे वह घबरा गई।

टैक्सी शहर के सबसे महँगे होटलों में से एक होटल के सामने आकर रुकी। उस आदमी ने होटल के कर्मचारी का अभिवादन किया और ऐसा लग रहा था कि वह आदमी उस जगह को लेकर पूरी तरह से सहज था। वे सीधे कमरे में गए, एक सुइट में, जिससे बाहर नदी का दृश्य दिखाई दे रहा था। उसने वाइन की बोतल खोल ली – शायद कोई दुर्लभ वाइन थी – और उसको भी एक गिलास की पेशकश की।

वह आदमी पी रहा था और मारिया उसको देखे जा रही थी; इतना अमीर, सुंदर आदमी किसी वेश्या से क्या चाहता है? वह बहुत कम बोल रहा था और मारिया भी ज़्यादातर ख़ामोश ही थी, वह यह समझने की कोशिश कर रही थी कि आख़िर किसी विशेष ग्राहक को किस बात से ख़ुश रखा जा सकता था। वह जानती थी कि पहल उसको नहीं करनी चाहिए, लेकिन एक बार जब प्रक्रिया शुरू हो जाए, तो उसको करना यह था कि उसके संकेतों का जितनी जल्दी हो सके पालन किया जाए; आख़िरकार हर रात उसको एक हज़ार फ़्रैंक की कमाई होती है।

'हमारे पास समय की कोई कमी नहीं है,' टेरेंस ने कहा।

'दुनिया भर जितना समय है। तुम चाहो तो यहाँ सो सकती हो।'

उसके अंदर असुरक्षा की भावना लौट आई। वह आदमी वैसा सहमा हुआ-सा नहीं लग रहा था, और बाक़ी ग्राहकों के विपरीत वह बहुत धीरे-धीरे बात कर रहा था। वह जानता था कि वह चाह रहा था, उसने माहौल के हिसाब से संगीत बजा दिया, एकदम सही आवाज़ में, एकदम सही कमरे में, जहाँ खिड़की भी बिलकुल माकूल थी, जो एक बेजोड़ शहर की झील की दिशा में खुलती थी। उसका सूट बहुत बढ़िया सिला हुआ था, उसका सूटकेस कोने में रखा था, बहुत छोटा-सा, मानो वह हमेशा कम सामान लेकर सफ़र करता हो, मानो वह जेनेवा बस एक रात के लिए आया हो।

'मैं घर में सोऊँगी,' मारिया ने कहा।

उसके सामने वाला आदमी पूरी तरह से बदल गया था। उसकी आँखें जो अभी तक एक भद्र पुरुष की आँखों की तरह थीं, उनमें एक ठंडापन कौंध गया था।

'वहाँ बैठ जाओ,' उसने मेज़ के पास की एक कुर्सी की तरफ़ इशारा करते हुए कहा।

यह एक तरह से आदेश था। वास्तविक आदेश। मारिया ने उसका पालन किया, और अजीब बात यह थी कि उसको उत्साह भी महसूस हो रहा था।

'ठीक से बैठो। पीठ सीधी करके, जैसे कोई स्त्री बैठती है। अगर नहीं बैठी, तो मैं तुमको सज़ा दूँगा।'

उसको सज़ा! ख़ास ग्राहक! एक झटके में उसको सब समझ आ गया, उसने अपने बैग से हज़ार फ्रैंक बाहर निकाले और मेज़ पर रख दिए।

'मुझे पता है आपको क्या चाहिए,' उसने उस आदमी की ठंडी नीली आँखों में देखते हुए जवाब दिया।

'और मैं वह नहीं करूँगा।'

ऐसा लग रहा था, जैसे वह आदमी अपने सामान्य रूप में लौट चुका था और उसको यह बात समझ आ रही थी कि मारिया सच बोल रही थी।

'वाइन का एक प्याला पी लो,' वह बोला। 'मैं तुमको कुछ करने के लिए मजबूर नहीं करूँगा। अगर तुम चाहो तो कुछ देर और यहाँ रह सकती हो या तुम जा सकती हो।'

यह सुनकर उसको अच्छा लगने लगा।

'मेरी एक नौकरी है। मेरा एक बॉस है, जो मेरी रक्षा करता है और मेरे ऊपर यक़ीन करता है। अगर आप उससे कुछ नहीं कहेंगे तो मैं आपकी आभारी रहूँगी।'

मारिया ने जब यह कहा तो उसकी आवाज़ में आत्म दया का कोई भाव नहीं था; सब कुछ सामान्य भाव से ही चल रहा था।

टेरेंस एक बार फिर से वही आदमी बन गया था, जो तब था जब वह पहली बार उससे मिली थी - ना विनम्र, ना बहुत सख़्त, बल्कि एक ऐसे आदमी की तरह जो उसके बाक़ी ग्राहकों के विपरीत ऐसे जता रहा था मानो उसको यह पता था कि उसको क्या चाहिए। ऐसा लग रहा था मानो वह किसी तंद्रा से उठा हो, उस खेल से जो ठीक से शुरू भी नहीं हुआ था।

क्या यह सही था कि अभी निकल लिया जाए और कभी उस 'ख़ास ग्राहक' के बारे में सच का पता नहीं लगाया जाए?

'आप असल में चाहते क्या थे?'

'तुम जानती हो कि मुझे क्या चाहिए। दर्द। तकलीफ़। और खूब सारी ख़ुशी।'

'दर्द और तकलीफ़ आम तौर पर ख़ुशी का कारण नहीं हो पाते,' मारिया ने सोचा, फिर भी वह शिद्दत से इस बात में यक़ीन करना चाहती थी कि वे

ख़ुशी का कारण होते थे, और इस तरह से वह अनेक नकारात्मक अनुभवों में सकारात्मक अनुभव को पा लेती थी।

उस आदमी ने मारिया का हाथ पकड़ा और उसको खिड़की तक ले गया : उसको झील की दूसरी तरफ़ चर्च की मीनार दिखाई दे रही थी। मारिया को याद आया कि जब वह राल्फ़ हार्ट के साथ सैंटियागो के मार्ग पर वह टहल रही थी तो वह उस चर्च के सामने से गुज़री थी।

'तुमको नदी, झील, घर और चर्च दिखाई दे रहे हैं? ये सब कुल मिलाकर वैसे ही बने हुए हैं, जैसे 500 साल पहले थे; सिवाय इसके कि तब शहर ख़ाली था। एक अजीब तरह की बीमारी पूरे यूरोप में फैल गई और किसी को भी यह समझ नहीं आ रहा था कि इतने लोग मर क्यों रहे हैं। उन लोगों ने उस बीमारी को काली मौत के नाम से बुलाना शुरू कर दिया – इंसानों के पाप के कारण ईश्वर ने उस बीमारी को भेजा था।'

'फिर लोगों के एक समूह ने यह तय किया कि इंसानियत की ख़ातिर अपनी क़ुर्बानी दे दी जाए। उन लोगों ने जो चीज़ दी वह सबसे अधिक डर का कारण थी : शरीर को पीड़ा पहुँचाना। वे लोग दिन-रात इस पुल को पार करते हुए गुज़ारने लग गए, इन सड़कों पर, अपने शरीर को कोड़ों और जंजीरों से पीटते हुए। वे ईश्वर के नाम पर इस पीड़ा को सहन करते और अपने दर्द के साथ ईश्वर की महानता की बातें करते। उनको यह बात जल्दी समझ आ गई कि उनको यह सब करते हुए उससे ज़्यादा ख़ुशी मिलती थी जो उनको पाव रोटी बनाते हुए आती थी या खेतों में काम करते हुए या जानवरों को चारा खिलाते हुए। दर्द पीड़ा का कारण नहीं रह गया था, बल्कि ख़ुशी का कारण बन गया था, क्योंकि वे मानवता को उसके पापों से मुक्त करने का काम कर रहे थे। दर्द ख़ुशी बन गई, ज़िंदगी का अर्थ, ख़ुशी।'

उसकी आँखें फिर से ठंडी हो गई थीं। मारिया ने जो राशि मेज़ पर रख दी थी उसने उसको वापस उठाया, उस राशि में से 150 फ़्रैंक निकालकर शेष राशि मारिया के बैग में रख दी।

'अपने बॉस के बारे में चिंता मत करो। यह उसके कमीशन की राशि है, और मैं यह वादा करता हूँ कि मैं कुछ नहीं कहूँगा। अब तुम जा सकती हो।'

उसने उसके हाथ से नोट वापस ले लिए।

'नहीं!'

यह वाइन थी, रेस्तराँ में अरब देश का आदमी, उदास मुस्कान वाली महिला, यह ख़याल कि वह इस घटिया जगह पर कभी नहीं लौटेगी, यह डर कि एक आदमी के रूप में उसके जीवन में सच्चा प्यार आ रहा था, माँ को लिखी उसकी चिट्ठियाँ, जिनमें वह लिखती थी कि ज़िंदगी बहुत शानदार थी, नौकरी के अवसरों से भरपूर, उसके बचपन के दिनों का वह लड़का जिसने उससे पेंसिल माँगी थी, अपने साथ उसका संघर्ष, आत्मग्लानि, उत्सुकता, धन, अपनी हदों की तलाश तथा खोए हुए मौक़े। वहाँ एक और मारिया थी : वह अब तोहफ़े नहीं दे रही थी, वह बलिदान में अपने आपको दे रही थी।

'मुझे अब कोई डर नहीं है। आप अपना काम करते रहिए। अगर आपको लगे तो आप मुझे मेरे विद्रोही स्वभाव के कारण सज़ा दे सकते हैं। मैंने हर उस आदमी के साथ झूठ बोला और धोखा दिया, जिसने मेरी रक्षा की और मुझे प्यार किया।'

वह खेल की उस भावना के अनुकूल हो रही थी। वह सही-सही बातें कर रही थीं।

'घुटनों के बल बैठ जाओ!' टेरेंस ने धीमी, चुभन भरी हुई आवाज़ में कहा।

मारिया ने पालन किया। उसके साथ इस तरह से कभी किसी ने नहीं किया था, और उसको यह समझ में नहीं आ रहा था कि यह बात अच्छी थी या बुरी, अगर वह आगे बढ़ना चाहती थी; तो वह थी ही इस लायक़ कि उसने जीवन में जो कुछ भी किया था उसके लिए उसको अपमानित किया जाए। वह एक भूमिका में उतर रही थी, एक अलग तरह की इंसान हो रही थी, एक ऐसी औरत जिसके बारे में वह नहीं जानती थी कि वह कौन है।

'तुमको सज़ा इस कारण से मिलेगी, क्योंकि तुम किसी काम की नहीं हो, क्योंकि तुमको क़ायदों के बारे में पता नहीं है और क्योंकि तुम सेक्स, ज़िंदगी और प्यार के बारे में कुछ भी नहीं जानती।'

बोलते हुए टेरेंस एकदम अलग तरह का पुरुष लग रहा था। एक ऐसा पुरुष बड़ी शांति से उसको क़ायदों के बारे में समझा रहा था और जो उसको यह महसूस करवा रहा था कि वह दुनिया की सबसे फ़ालतू चीज़ थी।

'जानती हो मैं यह सब क्यों कर रहा हूँ? क्योंकि इससे बड़ी ख़ुशी और कुछ नहीं होती कि किसी को अनजान दुनिया की तरफ़ ले जाया जाए।

किसी की वर्जीनिटी को तोड़ना – उसके शरीर की वर्जीनिटी नहीं, बल्कि उसके रूह की वर्जीनिटी, समझी ना।'

वह समझ गई।

'आज तुम सवाल पूछ सकती हो, लेकिन अगली बार जब थिएटर का परदा उठेगा तो खेल शुरू हो जाएगा और उसको रोका नहीं जा सकेगा। अगर वह रुक गया तो कारण यह होगा कि हमारी रूहें एक दूसरे से मेल नहीं खा रहीं। याद रखना : यह एक खेल है। तुमको एक ऐसी इंसान बनना है, जो बन पाने का साहस तुम्हें नहीं हो पाया। धीरे-धीरे तुम पाओगी कि तुम एक अलग तरह की इंसान हो गई हो, लेकिन जब तक तुम इसको साफ़-साफ़ देख नहीं लेती, तुमको जताते रहना है और कुछ नया करना है।'

'अगर मैं दर्द को सहन नहीं कर पाई तो?'

'कुछ दर्द नहीं है, बस कुछ ऐसा है, जो अपने आपको ख़ुशी और रहस्य में बदल लेता है। वह इस खेल का हिस्सा बन जाता है, जो कहता है : "मेरे साथ इस तरह से बर्ताव मत करो, तुम मुझे सच में तकलीफ़ पहुँचा रहे हो।" या यह : "रुक जाओ, मैं अब और सहन नहीं कर सकती!" जिससे कि ख़तरे को टाला जा सके...'

इस बिंदु पर आकर उसने कहा : 'अपना सिर नीचे रखो; मेरी तरफ़ मत देखो!'

घुटने के बल बैठी मारिया ने अपना सिर नीचे झुका लिया और फ़र्श को देखने लगी।

'इस संबंध के कारण किसी तरह का शारीरिक नुक़सान नहीं हो; इसलिए हमारे दो कोड वर्ड हैं। अगर हम दोनों में से कोई कहता है "पीला," तो इसका मतलब यह हुआ कि हिंसा को कुछ कम कर दिया जाना चाहिए। अगर हम दोनों में कोई "लाल" कहता है, तो इसका मतलब यह हुआ कि उसको वहीं रोक दिया जाना चाहिए।'

'आपने कहा, "हम दोनों में से एक"...'

'हम बारी-बारी से कर सकते हैं। एक के बिना दूसरा नहीं रह सकता; कोई तब तक नहीं जानता है कि दूसरे व्यक्ति को किस तरह से अपमानित किया जाए जब तक कि उसको अपमानित होने का अनुभव नहीं होता।'

ये शब्द भयानक थे, एक ऐसी दुनिया के जिनके बारे में वह नहीं जानती थी, छायाओं से भरी हुई, लिसलिसी और सड़ी हुई। लेकिन उसको तो करना था - उसका शरीर डर और उत्तेजना के मारे काँप रहा था।

टेरेंस ने अपना हाथ उसके सिर पर अचानक बड़े प्यार के साथ रख दिया।

'हो गया।'

टेरेंस ने मारिया से उठ जाने के लिए कहा, किसी ख़ास करुणा के साथ नहीं, लेकिन उस उग्र भाव से भी नहीं जो उसने पहले दिखाया था। वह अभी भी काँप रही थी, मारिया ने अपनी जैकेट पहन ली।

टेरेंस ने उसकी अवस्था पर ध्यान दिया।

'जाने के पहले एक सिगरेट पी लो।'

'कुछ नहीं हुआ।'

'इसकी कोई ज़रूरत भी नहीं है। यह तुम्हारी रूह में होने लगेगा, और जब अगली बार हम मिलेंगे तो तुम तैयार रहोगी।'

'क्या आज की रात एक हज़ार फ्रैंक के लायक़ थी?'

उसने जवाब नहीं दिया। उसने भी एक सिगरेट जला ली और उन्होंने वाइन का गिलास ख़त्म किया, बेहतरीन संगीत सुनते हुए, ख़ामोशी का मज़ा साथ-साथ उठाते हुए, जब तक कि कुछ कहने का मौक़ा आया, और जब वह पल आया तो मारिया अपने ही शब्दों से हैरान रह गई।

'मुझे यह समझ नहीं आ रहा कि इस कीचड़ में, मैं क़दम क्यों रखना चाहती हूँ।'

'एक हज़ार फ्रैंक।'

'नहीं, वह कारण नहीं है।'

ऐसा लगा जैसे इस जवाब को सुनकर टेरेंस ख़ुश हो गया।

'मैंने भी अपने आपसे यही सवाल पूछा। मार्किस द सादे ने कहा है कि कोई पुरुष सबसे ज़रूरी अनुभव तब हासिल कर सकता है, जब वह उसको अपने कगार पर ले जाए; इसी तरह से हम सीखते हैं, क्योंकि इसके लिए हमें पूरे साहस की ज़रूरत होती है। जब कोई बॉस अपने किसी कर्मचारी को अपमानित करता है, एक आदमी अपनी पत्नी को अपमानित करता है, तो वह डरपोक की तरह बर्ताव कर रहा होता है या ज़िंदगी से बदला ले

रहा होता है, ये लोग वैसे होते हैं, जिन्होंने कभी अपनी रूह की गहराइयों में झाँकने की हिम्मत नहीं दिखाई होती है, कभी इसकी कोशिश नहीं की होती है कि उस तरह की क्रूरता दिखाने की ख़्वाहिश का मूल क्या है, या यह समझना कि सेक्स, दर्द और प्यार सभी चरम अनुभव हैं।

'जो इन सीमाओं को जानता है, वही ज़िंदगी को समझता है; बाक़ी सब समय काटने के साधन हैं, बार-बार एक ही काम को करना है, बिना इस बात को जाने कि हम यहाँ कर क्या रहे हैं, बूढ़े होना और मर जाना।'

एक बार फिर सड़क पर, एक बार फिर ठंड में, एक बार फिर से टहलने की ख़्वाहिश हो रही थी। ईश्वर की तलाश में यह ज़रूरी नहीं होता है कि अपने अंदर के राक्षस को जाना जाए। एक बार से बाहर निकलते विद्यार्थियों के एक समूह के सामने से वह गुज़री; वे ख़ुश थे और हल्के सुरूर में भी, सभी देखने में सुंदर थे और ख़ूब तंदुरुस्त; जल्दी ही कॉलेज की इनकी पढ़ाई पूरी हो जाएगी और इनके जीवन का वह दौर शुरू हो जाएगा, जिसको लोग 'वास्तविक ज़िंदगी' कहते हैं। कामकाज, शादी, बच्चे, टेलिविज़न, कड़वाहट, बुढ़ापा, बहुत चीज़ों को खो देने का भाव, हताशा, बीमारी, अशक्तता, दूसरों के ऊपर निर्भरता, अकेलापन, मृत्यु।

क्या हो रहा था? वह भी उसी शांति की तलाश में थी, जिसमें अपने 'वास्तविक जीवन' को जी सके; स्विट्ज़रलैंड में जो समय बिताया गया, कुछ वह करते हुए जो करने के बारे में उसने सपने में भी नहीं सोचा था, वह उसकी ज़िंदगी का कठिन दौर था, एक ऐसा दौर जिससे जीवन में कभी न कभी सब गुज़रते हैं। इस मुश्किल दौर में वह बार-बार कोपाकबाना जाती, कमाई करने के लिए पुरुषों के साथ जाती, मासूम लड़की की तरह से बर्ताव करती, कभी बेवफ़ा सुंदरी की तरह और कभी समझदार माँ जैसी, सब इसके ऊपर निर्भर करता था कि उसका ग्राहक कैसा होता था। लेकिन यह तो महज काम था, जो वह पूरे पेशेवर तरीक़े से करती थी - टिप पाने के लिए - बहुत कम दिलचस्पी के साथ - इस भय के साथ कि कहीं उसको इस बात की आदत नहीं पड़ जाए। पिछले नौ महीने उसने अपने आसपास की दुनिया को क़ाबू करने में बिताए थे, और जब वह अपने देश वापस जाने ही वाली थी कि उसके ऐन पहले उसने यह पाया कि वह बदले में बिना

कुछ चाहे प्यार कर पाने में समर्थ थी, बिना किसी कारण के पीड़ा को सहने में भी। यह ऐसा था, जैसे ज़िंदगी ने उसके अपने जीवन के रहस्यों, अपनी रोशनी और अंधेरों के बारे में सिखाने के लिए यह अजीब, घटिया तरीक़ा चुना हो।

टेरेंस के साथ पहली मुलाक़ात के बाद की रात, मारिया की डायरी से :

> *उसने मार्किस द सादे को उद्धृत किया था, जिसके बारे में मैं कुछ नहीं जानती थी सिवाय 'दुखवाद' शब्द के। यह बात सही है कि हम एक दूसरे को तभी जान पाते हैं जब हम अपनी हदों से बाहर निकलते हैं, लेकिन यह बात ग़लत भी है, क्योंकि अपने बारे में सब कुछ जान लेना ज़रूरी भी नहीं होता; इंसान को केवल इसलिए नहीं बनाया गया है कि वह केवल ज्ञान की खोज में रहे, बल्कि वह खेत भी जोते, बारिश की प्रतीक्षा करे, गेहूँ लगाए, फ़सल काटे, रोटी बनाए।*
>
> *मुझमें दो स्त्रियाँ हैं : एक सारी खुशियाँ चाहती है, सारा प्यार और रोमांच जो ज़िंदगी मुझे दे सकती है। दूसरी औरत जो है वह अपनी दिनचर्या की गुलाम है, अपने पारिवारिक जीवन की, उन चीज़ों की जिनकी योजना बनाकर उनको हासिल किया जा सकता है। मैं एक घरेलू स्त्री हूँ और वेश्या भी, दोनों एक ही शरीर में रहती हैं और एक दूसरे के साथ संघर्ष करती रहती हैं।*
>
> *इन दोनों औरतों की मुलाक़ात एक ऐसा खेल है, जिसके गंभीर ख़तरे हैं। एक दैवी नृत्य। जब हम मिलते हैं तो हम दो मिलते हैं तो जैसे दो दैवी ऊर्जाओं तथा दो ब्रह्मांडों की टक्कर होती है। अगर यह मुलाक़ात पर्याप्त सम्मान के साथ नहीं हो, तो एक ब्रह्मांड दूसरे को तबाह कर देता है।*

वह राल्फ़ हार्ट की बैठक में लौट आई थी, आग जल रही थी, वाइन की बोतल लिए दोनों फ़र्श पर बैठे थे, और पिछली रात उस अंग्रेज़ एक्जीक्यूटिव के साथ मारिया का जो अनुभव रहा था वह सपना था या दुस्वप्न - यह इसके ऊपर निर्भर करता था कि वह कैसा महसूस कर रही थी। अब वह एक बार फिर अपने जीने के कारण की तलाश में थी या कहें कि अपने आपको पूरी तरह से समर्पित कर देने के लिए, जिसके माध्यम से कोई अपने दिल को पूरी तरह से सौंप देता है और बदले में कुछ नहीं चाहता है।

इस पल का इंतज़ार करते-करते वह काफ़ी बड़ी हो गई थी। उसको आख़िरकार यह बात समझ में आ गई कि सच्चे प्यार का उससे कोई संबंध नहीं होता है, जो उसने सोचा था, जो कि प्रेम से उत्पन्न ऊर्जा के उकसावे पर घटने वाली घटनाएँ - प्रेमालाप, सगाई, शादी, बच्चे, इंतज़ार, खाना पकाना, इतवार को मेले में घूमने जाना और अधिक इंतज़ार, साथ-साथ बूढ़े होना, और इंतज़ार का अंत और फिर, समय आता है आपके पति के रिटायर होने का, बीमारी, यह भावना आती है कि अपने सपनों को साथ-साथ जीने के लिहाज से बहुत देर हो चुकी है।

उसने उस आदमी की तरफ़ देखा जिसको उसने अपने आपको सौंपने का फ़ैसला कर लिया था, और उसको जिसके बारे में उसने यह संकल्प लिया था कि कभी भी अपनी भावनाओं का खुलासा नहीं करेगी, क्योंकि इस समय वह जो सोच रही थी वह किसी निश्चित रूप को ग्रहण करने से बहुत दूर था, उसका कोई भौतिक रूप भी नहीं था। वह अधिक सहज लग रहा था, जैसे वह अपनी ज़िंदगी के एक दिलचस्प दौर से गुज़र रहा था। वह उसको मुस्कराते हुए मारिया को म्यूनिक की अपनी हाल की यात्रा के बारे में बता रहा था, जहाँ एक महत्त्वपूर्ण म्यूजियम के निदेशक से मिला था।

‘उसने पूछा कि जेनेवा के चेहरों को लेकर मैं पेंटिंग कर रहा था वह पूरी हुई या नहीं। मैंने कहा कि एक बहुत ख़ास इंसान से मेरी अभी मुलाक़ात हुई, जिसको मैं पेंट करना चाहता हूँ, एक ऐसी औरत जो रोशनी से भरपूर थी। लेकिन मैं अपने बारे में बात करना चाहता हूँ, मैं तुमको गले लगाना चाहता हूँ। मैं तुम्हारी ख़्वाहिश रखता हूँ।’

ख़्वाहिश। ख़्वाहिश? ख़्वाहिश! उस शाम की बातचीत का मुद्दा था, क्योंकि वह कोई ऐसी बात थी, जिसको वह अच्छी तरह से जानती थी!

उदाहरण के लिए, तुमने ख़्वाहिश की जा रही वस्तु को तत्काल नहीं सौंपकर ख़्वाहिश को जगा दिया।

‘अच्छी बात है, फिर मेरी ख़्वाहिश करो। हम अभी यही कर रहे हैं। तुम मुझसे एक गज से भी कम की दूरी पर हो, तुम नाइटक्लब गए थे, मेरी सेवा के लिए भुगतान किया, और तुमको पता है कि तुमको छूने का अधिकार है। लेकिन ऐसा करते ही नहीं। मुझे देखो। मुझे देखते हुए यह कल्पना करो कि मैं यह नहीं चाहती कि तुम मुझे देखो। यह कल्पना करो कि मेरे कपड़ों के अंदर क्या छिपा हुआ है।’

वह काम के समय हमेशा काले कपड़े पहनती थी, और उसको यह बात समझ में नहीं आई कि कोपाकबाना की दूसरी लड़कियाँ चमक-दमक वाले लो-कट ड्रेस पहन कर भड़काऊ दिखने की कोशिश क्यों करती हैं। उसको ऐसा लगता था कि वह अगर किसी आम लड़की की तरह कपड़े पहनती है तो मर्दों को अधिक उत्तेजना महसूस होती है, वह उनको ऐसी लड़की की तरह लगती है, जिनसे वह दफ़्तर में मिलता है या ट्रेन में या अपनी पत्नी की सहेली की तरह।

राल्फ़ ने उसको देखा। मारिया को ऐसा महसूस हुआ कि वह उसके कपड़े उतार रहा है और उसको यह अच्छा लगा कि उसकी ख़्वाहिश इस तरह से की जा रही थी – आपस में कोई संपर्क नहीं, मानो वह किसी रेस्तराँ में हो या सिनेमा की लाइन में खड़ा हो।

‘हम एक रेलवे स्टेशन पर हैं,’ मारिया कहे जा रही थी। ‘मैं तुम्हारे बगल में खड़ी हूँ, ट्रेन का इंतज़ार करते हुए, लेकिन तुम मुझे नहीं जानते। मेरी आँखें तुम्हारी आँखों से मिलती हैं, और मैं भी आँखें नहीं फेरती। तुमको यह समझ नहीं आता है कि मैं कहना क्या चाह रही हूँ, क्योंकि वैसे तो तुम एक होशियार आदमी हो, दूसरे लोगों के अंदर की “रोशनी” को

पहचान सकते हो, लेकिन तुम इतने संवेदनशील नहीं हो कि यह देख पाओ कि उस रोशनी में चमक क्या रहा है।'

उसने नाटक के बारे में सीख रखा था, वह उस अंग्रेज़ एक्जीक्यूटिव का चेहरा जितनी जल्दी हो सके भूल जाना चाहती थी, लेकिन वह उसकी कल्पनाओं में था।

'मेरी आँखें तुम्हारे ऊपर लगी हुई हैं, और मैं अपने आप में सोचे जा रही हूँ : "क्या मैं उसको किसी तरह से जानती हूँ?" या बस मेरा ध्यान भंग हो रहा है। या शायद मैं इस बात से डरी हुई हूँ कि कहीं दोस्ताना नहीं लगूँ; शायद तुम मुझे जानते हो, इसलिए मैं कुछ पल के लिए तुमको संदेह का लाभ देती हूँ, जब तक कि यह बात स्पष्ट नहीं हो जाता है कि या तो तुम मुझे सच में जानते हो या तुम ग़लती से मुझे कोई और समझ रहे हो।'

'लेकिन हो सकता है कि मैं दुनिया में सबसे आसान चीज़ चाहती हूँ : एक पुरुष को खोजना। हो सकता है कि मैं किसी दुखद प्रेम कहानी से भागना चाहती हूँ। हो सकता है कि हाल में मेरे साथ कोई धोखा हुआ हो और मैं उसका बदला लेना चाहती होऊँ और ट्रेन स्टेशन पर इसलिए गई होऊँ ताकि किसी अजनबी को खोज सकूँ। हो सकता है कि मैं एक रात के लिए तुम्हारे साथ वेश्या बनना चाहती होऊँ, अपने उबाऊ हो चुके जीवन में कुछ अलग करना चाहती होऊँ। हो सकता है कि मैं सच में एक वेश्या होऊँ और अपने लिए काम की तलाश में होऊँ।'

थोड़ी देर ख़ामोशी छा जाती है; मारिया का ध्यान भटक जाता है। ख़यालों में वह वापस होटल के उस कमरे में थी, अपने अपमान को याद कर रही थी - 'पीला,' 'लाल,' दर्द और ख़ूब सारा सुख। उस मुलाक़ात ने उसकी रूह को इस क़दर झकझोर दिया था कि उसको यह सब एकदम अच्छा नहीं लग रहा था।

राल्फ़ का ध्यान इस बात पर गया और उसने उसको वापस उसी रेलवे स्टेशन पर ले जाने की कोशिश की। 'इस मुलाक़ात में क्या तुम्हारे अंदर भी मेरी ख़्वाहिश होती है?'

'मुझे नहीं पता। हम बात नहीं करते हैं। तुमको नहीं पता।'

एक बार फिर से उसका ध्यान भटक जाता है। 'नाटक' का विचार वाक़ई बहुत मददगार साबित हो रहा है; वह असली इंसान को बाहर निकाल

आता है बहुत से झूठे इंसानों को निकाल बाहर करता है, जो हमारे अंदर रहते हैं।

'असल बात यह है कि मैं अपनी नज़रें नहीं हटाती और तुमको यह समझ नहीं आता है कि करना क्या है। क्या तुमको आगे बढ़कर मुझसे बात करनी चाहिए? कहीं तुमको ठुकरा तो नहीं दिया जाएगा? कहीं मैं गार्ड को तो नहीं बुला लूँगी? या क्या पता तुमको साथ कॉफ़ी पीने की पेशकश करूँ?'

'मैं म्यूनिक से वापस आ रहा हूँ,' राल्फ़ हार्ट ने कहा, और उसकी आवाज़ अलग तरह की लग रही थी, मानो वे सच में पहली बार मिल रहे हों। 'मैं पेंटिंग के एक ऐसे संग्रह के बारे में सोच रहा हूँ जो बहुत सारी हस्तियों के सेक्स को लेकर हो, और बहुत से मुखौटे जो लोग इसलिए लगाते हैं जिससे कि वास्तविक मुलाक़ात का कभी अनुभव नहीं कर सकें।'

उसको 'नाटक' के बारे में पता था। मिलान ने बताया था कि वह भी एक 'ख़ास ग्राहक' था। वह चौकन्नी थी, लेकिन उसको सोचने के लिए समय चाहिए था।

'संग्रहालय के निदेशक ने मुझसे कहा : तुम अपने काम का आधार किस चीज़ को बनाओगे? मैंने कहा : उन महिलाओं को जो इतनी आज़ाद महसूस करती हैं कि सेक्स करके भी कमाई करती हैं। उसने कहा : इससे काम नहीं चलेगा; हम ऐसी औरतों को "वेश्या" कहते हैं। मैंने कहा : अच्छी बात है, वे वेश्या हैं; मैं उनका इतिहास पढ़ूँगा और कुछ अधिक बौद्धिक काम करूँगा, जो उन परिवारों की रुचि का हो जो आपके संग्रहालय में आते हैं। सारी बात संस्कृति की है ना। किसी ऐसी चीज़ को रुचिकर तरीक़े से पेश किया जाए, जिसको ऐसे अपना पाना बहुत मुश्किल होता है।'

'निदेशक ने ज़ोर देते हुए कहा : लेकिन अब सेक्स कोई निषिद्ध विषय नहीं रह गया है। इसको लेकर इतना काम हो चुका है कि इस विषय पर कोई नया काम कर पाना बहुत मुश्किल है। मैंने कहा : क्या आपको पता है कि सेक्स की ख़्वाहिश कहाँ से आती है? हमारी अपनी सहज प्रवृत्तियों से, निदेशक ने कहा। हाँ, मैंने कहा, हमारी प्रवृत्तियों से, लेकिन यह तो सब जानते हैं। आप वैसे में एक सुंदर प्रदर्शनी कैसे आयोजित कर सकते हैं, जब हम महज विज्ञान के बारे में ही बात करते रहेंगे? मैं इस बारे में बात करना चाहता हूँ कि पुरुष उस आकर्षण की व्याख्या किस तरह से करता है, या जैसे कोई दार्शनिक उसकी व्याख्या किस तरह से करेगा। निदेशक ने

मुझसे एक उदाहरण देने के लिए कहा। मैंने कहा कि मान लीजिए कि मैंने घर जाने के लिए ट्रेन पकड़ी, एक महिला ने मेरी तरफ़ देखा, मैं उसके पास गया और उससे बात करने लगा; मैंने उससे कहा कि चूँकि हम लोग अजनबी हैं, इसलिए हम लोगों के पास यह आज़ादी है कि हम कुछ भी करें, अपनी कल्पनाओं को जिएँ, और उसके बाद हम अपने घर वापस जाते हैं, पति या पत्नी बन जाते हैं, फिर कभी नहीं मिलते। और फिर रेलवे स्टेशन पर मैं तुमको देखता हूँ।'

'तुम्हारी कहानी इतनी दिलचस्प है कि इससे यह ख़तरा है कि यह कहीं ख़्वाहिशों को नहीं मार दे।'

राल्फ़ हार्ट हँसते हुए मान गया। उन लोगों ने एक बोतल वाइन ख़त्म कर ली थी और वह उठकर रसोई में गया ताकि एक बोतल वाइन और ले आए; वह आग को देखती हुई बैठी रही, यह जानते हुए कि अगला क़दम क्या हो सकता है, साथ ही उस सुखद माहौल का मज़ा भी ले रही थी, उस अंग्रेज़ एक्जीक्यूटिव को भूलकर एक बार फिर से समर्पण करने के बारे में सोच रही थी।

राल्फ़ ने दोनों गिलासों में वाइन भर दी, और मारिया ने कहा :

'यह जानने की उत्सुकता है मेरी कि संग्रहालय के निदेशक के साथ बातचीत ख़त्म कैसे हुई?'

'चूँकि मैं एक बौद्धिक आदमी की संगत में था, इसलिए मैंने प्लेटो को उद्धृत किया।'

उसके अनुसार सृष्टि के आरंभ में स्त्री-पुरुष वैसे नहीं थे, जैसे कि वे आज हैं; बस एक आदमी था, जो छोटा था, उसका शरीर और गर्दन थी, लेकिन उसके सिर में दो चेहरे थे, दोनों अलग-अलग दिशाओं में देख रहे थे। ऐसा था जैसे दो जीवों को एक साथ जोड़ दिया गया हो, दो तरह के जननांग के साथ, चार हाथ और चार पैरों के साथ।

'लेकिन ग्रीक देवताओं को ईर्ष्या होने लगी, क्योंकि चार बाँहों के साथ यह जीव अधिक मेहनत के साथ काम कर सकता था; दो चेहरे होने के कारण वह हर वक्त चौकस बना रह सकता था और उसको छकाया नहीं जा सकता था; और उसके चार पैर होने का मतलब यह था कि वह लंबे समय तक खड़ा रह सकता था और बिना थके चलता रह सकता था। सबसे

ख़तरनाक बात यह थी कि उस जीव में दो तरह के जननांग थे, इसलिए बच्चे पैदा करने के लिए भी उसकी कोई ज़रूरत नहीं थी।

ओलम्पस के सबसे बड़े देवता ज्यूस ने कहा :

'मेरे पास एक योजना है, जिससे इन इंसानों की ताक़त कुछ कम हो जाए।'

'और उसने आकाशीय बिजली से उस जीव को दो हिस्सों में बाँट दिया। इसके कारण दुनिया की जनसंख्या बहुत बढ़ गई, और साथ ही उसके निवासी अपनी दिशा खो बैठे और कमज़ोर भी हो गए, कारण यह था कि अब उनको अपने खोए हुए आधे शरीर की खोज करनी थी और उसको अपनाना था, अपनी पुरानी ताक़त को फिर से हासिल करना था, अपनी उस क्षमता को हासिल करना था, जिससे कि किसी तरह के धोखे से बच सकें और लंबे समय तक चलते रह सकें और कड़ी मेहनत कर सकें। जब वे दोनों अलग हो चुके शरीर एक होने की कोशिश करते हैं, तो उसी को सेक्स कहते हैं।'

'क्या यह कहानी सही है?'

'ग्रीक दार्शनिक प्लेटो के अनुसार सही है।'

मारिया उसको मोहित भाव से देखे जा रही थी, और पिछली रात का अनुभव पूरी तरह जा चुका था। उसने देखा कि उसके सामने जो आदमी खड़ा था उसमें भी वही 'रोशनी भरपूर' थी, जो उस आदमी ने मारिया में देखी थी, जो उसको वह अजीब कहानी सुना रहा था, उसकी आँखें अब ख़्वाहिश के कारण नहीं, बल्कि ख़ुशी के कारण चमक रही थीं।

'क्या मैं तुमसे एक मदद माँग सकती हूँ?'

राल्फ़ ने कहा कि वह जो चाहे माँग सकती थी।

'क्या यह जान पाना संभव है कि जब ईश्वर ने चार पैरों वाले जीवों को दो अलग-अलग हिस्सों में बाँट दिया तो उनमें से कुछ ने यह कैसे तय कर लिया कि आलिंगनबद्ध हो जाने को भी महज एक धंधा बना दिया जाए, एक व्यावसायिक लेन-देन की तरह, जो बजाय लोगों की ऊर्जा बढ़ाने के उसको ख़त्म कर दे?'

'तुम्हारा मतलब वेश्यावृत्ति से है?'

'हाँ! क्या तुम प्लीज यह पता लगा दोगे कि क्या शुरुआत में सेक्स कोई पवित्र चीज़ थी?'

'अगर तुम कहती हो तो पता करता हूँ,' राल्फ़ ने जवाब दिया, 'लेकिन इस बारे में मैंने कभी सोचा नहीं था, लेकिन जहाँ तक मैं जानता हूँ किसी और ने भी इस तरह से सोचा नहीं है। शायद इस विषय को लेकर कोई साहित्य भी नहीं है।'

मारिया इस दबाव को सहन नहीं कर पाई :

'क्या तुमको कभी ऐसा लगा है कि स्त्रियाँ, ख़ासकर वेश्याएँ भी प्रेम कर पाने में समर्थ होती हैं?'

'हाँ, ऐसा लगा है मुझे। यह बात मुझे पहले ही दिन सूझी थी, जब हम कैफ़े में बैठे थे और जब मैंने तुम्हारी रोशनी देखी थी। फिर जब मैंने तुमको एक कप कॉफ़ी देने की पेशकश की तब तो मैं सब कुछ सोचने लगा था, मुझे तो यह संभावना भी दिखाई दे रही थी कि तुम मुझे उस दुनिया में ले जा सकती हो, जिसको मैं बहुत समय पहले ही छोड़ चुका था।'

अब वापस जाने का कोई रास्ता नहीं था। उस समय अध्यापिका बनी मारिया को अपनी मदद में खुद आगे आने की ज़रूरत थी, नहीं तो वह उसको चूम लेगी, गले से लगाकर उससे यह कहेगी कि वह उसको छोड़कर कभी नहीं जाए।

'आओ वापस रेलवे स्टेशन पर चलते हैं,' वह बोली। 'या बल्कि इसी कमरे में अब वापस आ जाते हैं, उस दिन जब हम यहीं साथ-साथ बैठे थे और पहली बार तुमने मेरे होने को पहचान देते हुए तोहफ़ा दिया। वह मेरी रूह में घुसने की तुम्हारी पहली कोशिश थी, लेकिन तुमको यह समझ नहीं आ रहा था कि तुम्हारा स्वागत किया जाएगा या नहीं। लेकिन जैसा कि तुमने अभी जो कहानी बताई कि इंसानों को एक जमाने में अलग कर दिया गया था, और अब दूसरे से आलिंगनबद्ध होने की कोशिश करते हैं कि शायद इससे वे एक हो जाएँ। यह हमारी सहज प्रवृत्ति है। लेकिन यही कारण है कि इस खोज में हम इतनी सारी परेशानियाँ उठाते हैं।'

'मैं यह चाहती हूँ कि तुम मुझे देखो, लेकिन मैं इस बात का भी ध्यान रखे हुए हूँ कि तुमको पता नहीं चल जाए। शुरुआती ख़्वाहिश मायने रखती है, क्योंकि वह छिपी हुई होती है, वर्जित होती है, उसकी अनुमति नहीं होती है। मुझे यह नहीं पता कि तुम अपने आधे हिस्से की तलाश में हो या नहीं;

वह भी नहीं जानती, लेकिन कोई चीज़ है जो तुमको एक साथ किए दे रहा है और तुमको यह बात मान लेनी चाहिए कि यह बात सही है कि तुम एक दूसरे के "दूसरे हिस्से" हो।'

मैं यह सब कहाँ से पा रहा हूँ? सारी बातें मेरे दिल से निकल कर आ रही हैं, क्योंकि हमेशा से मैं यही चाहता था कि ऐसा हो। ये सारे सपने स्त्री के रूप में मेरे सपनों से ही आए हैं।

मारिया ने अपने ड्रेस को एक कंधे से झुका दिया, जिससे कि उसके स्तन का एक छोटा-सा हिस्सा दिखाई देने लगे।

'ख़्वाहिश वह नहीं होती जो आप देखते हैं, बल्कि जिसकी आप कल्पना करते हैं।'

राल्फ़ हार्ट एक औरत को देखे जा रहा था, जो उसके मेहमानख़ाने के फ़र्श पर बैठी थी, और जिसकी अजीब-अजीब सी ख़्वाहिशें थीं, जैसे गर्मी के इस मौसम में आग जलाने की ख़्वाहिश। हाँ, वह इस बात की कल्पना करना चाह रहा था कि उन कपड़ों के पीछे क्या छिपा हुआ था; वह मारिया के वक्ष के आकार का अनुमान लगा सकता था, और वह इस बात को समझ रहा था कि उसने जो ब्रा पहन रखी थी उसको उसकी कोई ज़रूरत नहीं थी, लेकिन शायद उसको अपने काम के कारण यह पहननी होती थी। उसके वक्ष ना तो छोटे थे ना बड़े, वे बस युवा थे। मारिया की आँखों से कुछ भी छिपा हुआ नहीं था; वह वहाँ क्या कर रही थी? वह इस तरह के बेतुके, ख़तरनाक रिश्ते को क्यों उकसा रहा था, जबकि उसको लड़कियों की तलाश करने में कोई समस्या नहीं थी? वह अमीर था, जवान था, प्रसिद्ध था, सुंदर था। राल्फ़ को अपने काम से प्यार था; उसने जिन स्त्रियों से प्यार किया बाद में उनसे शादी भी की; उसको सभी ने प्यार किया। वह एक ऐसा आदमी था, जो सभी नियम-क़ायदों के हिसाब से चिल्लाकर यह कह सकता था : 'मैं ख़ुश हूँ।'

लेकिन वह कहता नहीं था। चूँकि अधिकतर इंसान रोटी के एक टुकड़े के लिए छटपटा रहे थे, उनके सिर पर छत और एक नौकरी के कारण वे इज़्ज़त के साथ रह पा रहे थे, राल्फ़ के पास वह सब था, और इसकी वजह से वह और अधिक दुखी महसूस कर रही थी। वह अगर मुड़कर अपने जीवन को देखे, वह शायद दो या तीन दिन में सोकर उठता, सूरज को देखता – या

बारिश को - और सुबह को देखकर उसको गर्व महसूस होता था, बिलकुल ख़ुश, किसी चीज़ की चाह नहीं, ना किसी योजना या बदले में किसी चीज़ की चाह भी नहीं। उन कुछ दिनों को छोड़कर उसका सारा अस्तित्त्व सपनों के पीछे बर्बाद होता था, ऐसी ख़्वाहिश जो उससे भी परे जाती थी, उसकी सीमाओं से भी परे; उसकी अपनी ज़िंदगी से भी परे, उसने अपनी ज़िंदगी किसी चीज़ को साबित करने में बिताई, लेकिन उसको यह नहीं पता कि क्या और किसको।

उसने अपने सामने बैठी सुंदर महिला को देखा, जिसने बहुत अच्छे से काले रंग के कपड़े पहने हुए थे, जिससे वह महज संयोग से मिला था, हालाँकि उसने उसको पहले नाइट क्लब में देखा था, लेकिन वह उस जगह पर सहज नहीं लग रही थी। उस लड़की ने उससे कहा कि वह उसकी ख़्वाहिश करे, और उसने दिल से उसकी ख़्वाहिश की, लेकिन वह ख़्वाहिश उसके स्तन या शरीर की नहीं थी, उसने उसके साथ की ख़्वाहिश की। उसकी ख़्वाहिश यह थी कि वह उस लड़की को अपनी बाँहों में लेकर चुपचाप बैठा रहे, आग को देखता रहे, वाइन पीता रहे, बीच-बीच में सिगरेट पीता रहे; यही काफ़ी रहेगा। ज़िंदगी छोटी-छोटी चीज़ों से मिलकर बनी होती है; वह उन सालों के बारे में सोचकर उदास था, जो उसने किसी चीज़ की खोज में बिताई थी, हालाँकि कि किस चीज़ की खोज में उसको नहीं पता था।

और ऐसे में अगर उसने ऐसा किया, अगर उसने उसको छुआ, तो सब ख़त्म हो जाएगा। क्योंकि इस बात के बावजूद कि राल्फ़ ने मारिया में 'रोशनी' देखी थी, लेकिन उसको इस बात का यक़ीन नहीं था कि मारिया के बगल में बैठे रहना उसको कितना अच्छा लगता था। क्या वह भुगतान कर रहा था? हाँ, और वह उसको तब तक भुगतान करता रहेगा, जब तक वह उसका दिल नहीं जीत ले, उसके साथ झील के किनारे बैठे और प्यार भरी बातें करे, मारिया कुछ कहे और वह सुने। सबसे अच्छा यह था कि किसी तरह का मौक़ा नहीं लिया जाए, किसी चीज़ में जल्दबाज़ी नहीं की जाए, कुछ भी नहीं कहा जाए।

राल्फ़ हार्ट अपना मातम करना बंद किया और एक बार फिर उसने उसी खेल के ऊपर ध्यान लगाया, जिसको दोनों ने मिलकर बनाया था। उसके सामने बैठी लड़की सही कह रही थी; वाइन, आग, सिगरेट और साथ अपने

आप में काफ़ी नहीं था; किसी और तरह का नशा, किसी और तरह की आग की ज़रूरत थी।

मारिया ने जो ड्रेस पहन रखी थी उसके कंधे पर पट्टी थी; उसका एक वक्ष दिखाई दे रहा था; उसको मारिया की त्वचा दिखाई दे रही थी, जो पीले से अधिक गहरे रंग की थी। उसने उसकी ख़्वाहिश की। उसने दिल से उसकी ख़्वाहिश की।

मारिया ने राल्फ़ की आँखों में देखा कि कुछ बदल रहा था। मारिया को इस बात से बहुत ही अच्छा महसूस होने लगा कि उसकी ख़्वाहिश की जा रही थी। इसका उस स्वचालित फ़ॉर्मूला से कुछ लेना-देना नहीं था - मैं तुम्हारे साथ सोना चाहता हूँ, मैं शादी करना चाहता हूँ, मैं चरम सुख पाना चाहता हूँ, मैं चाहता हूँ कि मेरे बच्चे हों, मैं वादा चाहता हूँ। नहीं, ख़्वाहिश पूरी तरह से मुक्त संवेदना थी, हवा में मुक्त, जोश से भर देने वाली, ज़िंदगी को कुछ कर गुज़रने के मक़सद से भर देने वाली - और यह काफ़ी था - उसी से सब कुछ उसके सामने था, पहाड़ों को हिला देने वाली, उसके अंदर की भावनाओं को जगा देने वाली।

ख़्वाहिश सभी चीज़ों का स्रोत थी - अपने देश को छोड़ना, एक नई दुनिया की खोज करना, फ़्रेंच सीखना, अपने पूर्वाग्रहों से बाहर आना, यह सपना देखना कि अपने पास खेत हो, प्यार करना, लेकिन बदले में किसी चीज़ की कामना नहीं करना, केवल इस बात से अपने आपको औरत समझना कि कोई आदमी उसकी तलाश में था। मारिया ने बहुत सोच समझकर आराम से कंधे से दूसरी पट्टी भी उतार दी और ड्रेस उसके शरीर से नीचे गिर गई। उसके बाद उसने अपनी ब्रा उतार दी। अब उसके शरीर का ऊपरी हिस्सा पूरी तरह से वस्त्रहीन था, अब वह सोच रही थी कि क्या वह उसके ऊपर आएगा, उसको छुएगा, प्यार के वादे करेगा या कि वह इतना संवेदनशील था कि उसको सोचने भर से सेक्स का आनंद आएगा।

उनके आसपास सब कुछ बदलने लगा, सभी आवाज़ें ग़ायब हो चुकी थीं, आग, पेंटिंग्स और किताबें सब धीरे-धीरे ग़ायब होने लगी, तंद्रा जैसी अवस्था बन गई थी, जिसमें जिस चीज़ की ख़्वाहिश की जा रही थी बस वही रह गई थी और कोई चीज़ मायने नहीं रखती थी।

लेकिन वह आदमी हिला नहीं। शुरू में मारिया को अपनी आँखों में एक तरह की शर्म महसूस हुई, लेकिन वह बहुत देर तक क़ायम नहीं रही।

वह मारिया को देख रहा था और अपनी कल्पना की दुनिया में वह उसको अपनी जीभ से सहला रहा था, वे संभोग कर रहे थे, पसीने से तरबतर थे, एक दूसरे में गूँथे-बिंधे थे, प्यार और उत्तेजना के साथ, एक साथ सीत्कारें भर रहे थे।

हालाँकि असल दुनिया में उन्होंने कुछ नहीं कहा, ना दोनों में से कोई अपनी जगह से हिला और इस कारण वे और उत्तेजित हो गए, क्योंकि वे भी जो चाहे सोचने के लिए आज़ाद थे। वह उससे कह रही थी कि वह उसको प्यार से छुए, वह अपने पैर फैला रही थी, वह उसके सामने हस्तमैथुन करने लगी, रोमांटिक बातें कह रही थी, मानो दोनों एक जैसे ही थे; उसको कई बार चरम सुख हो चुका था, अपनी चीख़-पुकार से पड़ोसियों को जगा रही थी, पूरी दुनिया को जगा रही थी। यहाँ उसके सामने उसका आदमी था, जो उसको ख़ुशी और सुख दे रहा था, जिसके साथ वह उस तरह की इंसान बन जाती थी जैसी कि वह असल में थी, जिसके साथ वह सेक्स से जुड़ी अपनी समस्याओं के बारे में बात कर सकती थी और उसको यह बता सकती थी कि वह कितनी शिद्दत के साथ उसके साथ पूरी रात बिताना चाहती थी, पूरा सप्ताह, पूरी ज़िंदगी।

उसके माथे पर पसीने की बूँदें आने लगीं। वह आग की गर्मी थी, एक ने दूसरे को मन ही मन कहा। लेकिन कमरे में मौजूद स्त्री-पुरुष दोनों अपने कगार पर पहुँच चुके थे, उनकी कल्पनाएँ ख़त्म हो रही थीं, वे उस अच्छे पल की सततता का साथ साथ आनंद उठा रहे थे। उनको अब थम जाने की ज़रूरत थी, क्योंकि वे एक क़दम और उठाते और यथार्थ के सामने वह जादू बिखर जाता।

बहुत धीरे-धीरे, क्योंकि अंत हमेशा से शुरुआत से अधिक कठिन होता है, उसने अपनी ब्रा पहन ली और अपने वक्षों को छिपा लिया। दुनिया अपने सामान्य स्थान पर लौट चुकी थी, उनके आसपास की चीज़ें फिर से उभर आई थीं, उसने अपने शरीर के ऊपरी हिस्से के कपड़े को फिर से पहन लिया जो उसकी कमर तक आ गया था, मुस्कराते हुए मारिया ने बड़े प्यार से राल्फ़ के चेहरे को छुआ। राल्फ़ ने उसका हाथ पकड़ा और अपने गाल से सटा लिया, वह इस बात को नहीं जानता था कि उसको कितनी देर तक हाथ को वहाँ रखे रहना या कितनी ज़ोर से।

वह उसको कहना चाहता था कि वह उससे प्यार करती थी। लेकिन इससे सब चीज़ ख़राब हो जाएगी, इससे हो सकता है वह डर जाए या इससे भी बुरा यह होता कि शायद वह भी यह कह देता कि वह भी उससे प्यार करता था। मारिया यह नहीं चाहती थी : उसके प्यार की आज़ादी इसके ऊपर निर्भर थी कि पूछना कुछ नहीं है और कुछ उम्मीद भी नहीं करना है।

'जिस इंसान के अंदर भी संवेदना होती है, वह इस बात को समझता है कि सामने वाले इंसान को छुए बगैर भी सुख को हासिल किया जा सकता था। शब्द, सीरत, सभी के अंदर नृत्य का रहस्य छिपा होता है। लेकिन ट्रेन आ चुकी है और हम लोगों को अपने अलग-अलग रास्ते जाना है। उम्मीद करती हूँ कि तुम्हारे साथ इस सफ़र में शामिल हो पाऊँगी... लेकिन कहाँ के लिए?'

'वापस जेनेवा,' राल्फ़ ने जवाब दिया।

'जो भी चौकस होता है, वह उस इंसान को खोज ही लेता है, जिसका सपना वे हमेशा देखते रहते हैं, वे इस बात को जानते हैं कि सेक्स के वास्तविक रूप में होने के पहले ही सेक्स की ऊर्जा सक्रिय हो जाती है। सबसे बड़ा सुख सेक्स में नहीं होता है, बल्कि उस प्रेम में होता है, जिसके साथ सेक्स किया जाता है। जब प्रेम गहरा होता है तो सेक्स उसका हिस्सा बनकर उस प्रेम को पूरा बना देता है, लेकिन यह कभी उसका प्रधान मक़सद नहीं होता है।'

'प्यार के बारे में तुम किसी शिक्षिका की तरह बात कर रही हो।'

मारिया बात किए जा रही थी, क्योंकि यही उसका बचाव भी था, बिना किसी भी बात का वादा किए अपनी बात कहते जाने का।

'जब भी कोई प्यार में होता है वह हर समय प्यार में ही रहता है, तब भी जब वे यह नहीं कर रहे होते हैं। जब दो शरीर मिलते हैं, तो ऐसा होता है जैसे प्याला भरकर ऊपर से बह रहा हो। वे घंटों साथ-साथ रह सकते हैं, यहाँ तक कि कई दिन तक भी। वे एक दिन पहले नृत्य शुरू करते हैं और अगले दिन जाकर उसको ख़त्म करते हैं, या - उनको ऐसे सुख का अनुभव होता है कि हो सकता है कि वे उसको कभी समाप्त ही नहीं करें। उनके लिए कोई ग्यारह मिनट नहीं होते।'

'क्या?'

'मैं तुमसे प्यार करती हूँ।'

'मैं भी तुमसे प्यार करता हूँ।'

'मुझे माफ़ कर देना, मुझे नहीं पता कि मैं क्या कह रही हूँ।'

'ना ही मैं समझ पा रहा हूँ।'

मारिया उठी, उसने राल्फ़ को चूम लिया और चली गई। इस बार उसने सामने का दरवाज़ा खुद खोला, इसका कारण यह था कि ब्राज़ील में यह अंधविश्वास था कि घर के मालिक को मेहमान के जाने के लिए बस पहली बार दरवाज़ा खोलना चाहिए।

मारिया की डायरी, अगली सुबह :

कल रात जब राल्फ़ हार्ट ने मुझे देखा तो उसने दरवाज़ा ऐसे खोला मानो कोई चोर हो; लेकिन जाते हुए उसने मुझसे कुछ भी नहीं लिया, बल्कि उल्टे वह अपने पीछे गुलाब की ख़ुशबू छोड़ गया था - वह कोई चोर नहीं था, वह एक दूल्हा था, जो मुझसे मिलने आया था।

हर इंसान को अपनी ख़्वाहिश का अनुभव होता है; यह हमारे निजी ख़ज़ाने का हिस्सा होता है, और यद्यपि भावना के रूप में यह लोगों को दूर भगा सकता है, लेकिन आम तौर पर यह उन लोगों को हमारे क़रीब लेकर आता है, जो हमारे लिए मायने रखते हैं। यह एक ऐसी भावना है, जिसका चयन मेरी रूह द्वारा किया गया है, और यह इतनी गहरी है कि यह मेरे आसपास सभी को और सभी चीज़ों को प्रभावित कर सकती है।

हर रोज़ मैं ऐसे सच का चुनाव करती हूँ, जिसके सहारे मैं जीने की कोशिश करती हूँ। मैं कोशिश करती हूँ कि व्यावहारिक रहूँ, कुशल और पेशेवर रहूँ। लेकिन मैं यह चाहती हूँ, हमेशा ख़्वाहिश को अपने संगी के रूप में चुनूँ। किसी कर्तव्य के कारण नहीं, ना ही इसलिए कि अपने अकेलेपन को कम कर सकूँ, बल्कि इसलिए कि यह अच्छा होता है। हाँ, बहुत अच्छा।

औसतन कोपाकबाना में 38 महिलाएँ नियमित रूप से काम करती हैं, लेकिन उनमें से बस न्याह थी, जिसको मारिया अपनी दोस्त मानती थी। महिलाएँ वहाँ औसतन कम से कम छह माह और अधिक से अधिक तीन साल तक रहती थीं, क्योंकि उनको या तो शादी का प्रस्ताव मिल जाता था या वे किसी की रखैल बन जाती थीं या जब उनके पास ग्राहक आने कम हो जाते या बंद हो जाते तो मिलान उनको धीरे-से कह देता था कि वे कहीं और काम ढूँढ़ लें।

इसी वजह से यह बहुत महत्त्वपूर्ण था कि एक दूसरे के ग्राहकों का पूरा सम्मान किया जाए और कभी किसी ऐसे आदमी को पटाने की कोशिश नहीं की जाए जो आते ही किसी ख़ास लड़की की दिशा में जाता हो। यह बेईमानी के अलावा बहुत ख़तरनाक भी हो सकता था। पिछले सप्ताह एक कोलंबियाई लड़की ने अपनी जेब से चुपचाप एक रेजर निकाला और उसको उस शीशे पर रख दिया, जिसको एक युगोस्लाव लड़की द्वारा इस्तेमाल में लाया जाता था और बहुत ठंडी आवाज़ में उससे कहा कि अगर उसने उसके नियमित ग्राहक उस बैंक मैनेजर के ऊपर डोरे डालने की कोशिश की तो वह उसके चेहरे पर निशान बना देगी। उस युगोस्लाव ने कहा कि उस आदमी ने अगर अपनी तरफ़ से उसका चुनाव किया तो वह ना नहीं कह सकती।

उस रात वह आदमी आया, उसने कोलंबियाई लड़की का अभिवादन किया, लेकिन वह सीधे उस युगोस्लाव लड़की की मेज़ पर गया। उन लोगों ने शराब पी, डान्स किया और उस युगोस्लाव लड़की ने कोलंबियाई लड़की को देखकर आँख मार दी (मारिया की नज़र में यह कुछ ज़्यादा हो गया था), मानो वह उससे कह रही हो; 'देखो? उसने मुझे ही चुना!'

लेकिन उस आँख मारने में बहुत-सी बातें अनकही रह गई थीं; उसने मुझे इसलिए चुना, क्योंकि मैं सुंदर हूँ, क्योंकि पिछले सप्ताह मैं उसके

साथ गई थी और उसको मज़ा आया था, क्योंकि मैं जवान हूँ। कोलंबियाई लड़की ने कुछ नहीं कहा। जब दो घंटे के बाद युगोस्लाव लड़की आई तो वह कोलंबियाई लड़की उसके पीछे बैठ गई और उसने अपनी जेब से रेजर निकाला और युगोस्लाव लड़की के चेहरे पर चला दिया, उसके कान के पास। घाव गहरा नहीं था, ना ही ख़तरनाक था, लेकिन इतना था कि उसको उस रात की याद दिलाने के लिए निशान छोड़ गया। दोनों में लड़ाई होने लगी, चारों तरफ़ ख़ून फैल गया और बाक़ी ग्राहक डर के मारे वहाँ से निकल गए।

जब पुलिस पता लगाने के लिए आई कि वहाँ क्या कुछ चल रहा था तो युगोस्लाव लड़की ने कहा कि शेल्फ़ से शीशे का कोई सामान गिर गया और उससे उसका चेहरा कट गया (कोपाकबाना में कोई शेल्फ़ थी ही नहीं)। यह चुप्पी का क़ानून था या जिसको इटली की वेश्याएँ ओमेर्ता कहती हैं; रु द बर्न में प्रेम से लेकर मृत्यु तक किसी भी समस्या का समाधान बिना क़ानून की मदद के किया जाता है। वहाँ उनका अपना क़ानून चलता था।

पुलिस को वहाँ के इस क़ायदे के बारे में पता था और वह समझ रही थी कि वह औरत झूठ बोल रही थी, लेकिन पुलिस ने इस बात पर ज़ोर नहीं दिया - किसी को गिरफ़्तार करने, उसके ऊपर मुक़दमा चलाने और फिर उसको जेल में रखने में स्विट्ज़रलैंड के करदाताओं का काफ़ी धन ख़र्च हो जाता। मिलान ने इस तत्परता के लिए पुलिस का शुक्रिया अदा किया, लेकिन साथ ही उसने यह भी कहा कि यह सब ग़लतफ़हमी के कारण हुआ था या हो सकता है कि किसी विरोधी नाइटक्लब के मालिक ने परेशानी खड़ी करने की कोशिश की हो।

पुलिस के जाते ही उसने उन दोनों महिलाओं से कहा कि वे उस क्लब में अब वापस नहीं आएँ। आख़िरकार, कोपाकबाना एक पारिवारिक क्लब था (इस बयान को मारिया के लिए पचा पाना मुश्किल लग रहा था) और उसको अपनी प्रतिष्ठा को बरकरार रखना था (इससे वह और सोच में पड़ गई)। वहाँ किसी तरह की लड़ाई नहीं होती थी, क्योंकि वहाँ का पहला क़ायदा यह था कि किसी दूसरी स्त्री के ग्राहक का सम्मान किया जाए।

दूसरा क़ायदा पूरी तरह से विवेक से जुड़ा था, 'एकदम स्विस बैंक की तरह' उसने कहा। इसका बड़ा कारण तो यह था कि वहाँ महिलाएँ अपने ग्राहकों के ऊपर भरोसा कर सकती थीं, उनका चुनाव उसी तरह से किया जाता था, जिस तरह से बैंक अपने ग्राहकों का चयन करता है, उनके खाते

तथा निजी संदर्भों को देखते हुए। कभी-कभार ग़लतियाँ हो जाया करती थीं, भुगतान नहीं किए जाने की समस्या शायद ही कभी होती थी या लड़कियों को धमकी देने या उनकी पिटाई की घटना, अपने क्लब की प्रतिष्ठा को बनाने और उसको विकसित करने में अनेक साल लगाने के बाद मिलान इस मामले में माहिर हो गया था कि किसे बुलाया जाए और किसको नहीं। वहाँ काम करने वाली किसी भी महिला को यह नहीं पता था कि वे मानदंड क्या थे, लेकिन उन्होंने अक्सर यह देखा था कि कई सूटेड-बूटेड लोगों से भी यह कह दिया जाता था कि क्लब उस रात के लिए भर चुका है (भले ही क्लब ख़ाली हो) और आने वाली रातों के लिए भी क्लब में जगह नहीं थी (यानी अब वापस मत आइए)। उन्होंने यह भी देखा था कि कुछ ऐसे लोगों को भी मिलान बहुत जोश के साथ शैम्पेन के गिलास के लिए आमंत्रित कर देता था, जो अनौपचारिक कपड़ों में होते थे, कोपाकबाना का मालिक किसी के पहनावा-ओढ़ावा देखकर फ़ैसला नहीं करता था और वह हमेशा सही ही होता था।

वह एक अच्छा कामकाजी रिश्ता था, जो इससे जुड़े सभी तरह के लोगों को उपयुक्त लगता था। वहाँ आने वाले अधिकतर ग्राहक शादीशुदा होते थे या वे किसी न किसी कंपनी में अच्छे ओहदे पर काम करने वाले होते थे। वहाँ काम करने वाली कुछ महिलाएँ शादीशुदा थीं और उनके बच्चे भी थे, जो अपने बच्चों के स्कूलों में अभिभावक संध्या में जाती भी थीं, लेकिन वे जानती थीं कि उनको पहचाने जाने का कोई ख़तरा नहीं रहता था; अगर उनमें से कोई अभिभावक कोपाकबाना आता भी था तो वह भी उसी काम के लिए आता था, इसलिए वे कुछ नहीं कहते थे; इस तरह से ओमेर्ता काम करता था।

महिलाओं में आपसी तालमेल रहता था, लेकिन कोई दोस्ती नहीं; कोई भी अपनी ज़िंदगी के बारे में बात नहीं करती थी। कुछ महिलाओं से मारिया की जो बातचीत हुई थी उसमें मारिया ने किसी तरह की कड़वाहट, ग्लानि या दुःख के भाव को नहीं पाया, लेकिन उनकी आँखों में एक तरह के संतोष का भाव, एक अजब तरह की विद्रोही चमक दिखाई देती थी, मानो जिस तरह से स्वतंत्र रूप से और आत्मविश्वास के साथ उन्होंने दुनिया का सामना किया उसके ऊपर उनको गर्व हो। एक सप्ताह बाद किसी नवागंतुक को 'साथी पेशेवर' के रूप में देखा जाता था, और उनके निर्देशों से हमेशा

शादी को बनाए रखने में मदद मिलती थी (किसी वेश्या को घर की स्थिरता के लिए कभी ख़तरे के रूप में नहीं देखा जाता था), कामकाज के समय के अलावा मिलने के आमंत्रण को कभी स्वीकार नहीं करना, कोई जब अपनी बात कहे तो उसको बिना राय दिए सुनना, जब चरम सुख का समय हो तो सीत्कार भरना (मारिया को यह पता चला कि ऐसा सभी लड़कियाँ करती थीं, लेकिन उनको यह बात पहले दिन नहीं बताई जाती थी, क्योंकि यह धंधे का एक क़ायदा था), सड़क पर पुलिस वाले से दुआ-सलाम करना, अपने वर्क परमिट को अपडेट रखना तथा अपने स्वास्थ्य की भी नियमित जाँच करवाते रहना, और अंत में, जो काम वह कर रही थी उसके क़ानूनी तथा नैतिक पहलुओं के बारे में बहुत गहराई से छानबीन नहीं करना; वे जो थीं वही थीं और बात बस इतनी-सी थी।

व्यस्त होने के पहले मारिया को हमेशा हाथ में एक किताब लिए देखा जाता था, और उसको वहाँ की लड़कियों में एक बौद्धिक के रूप में पहचाना जाना जाने लगा। पहले तो वे यह जानना चाहती थीं कि क्या वह कोई प्रेम कहानी पढ़ रही थी, लेकिन जब वे यह देखतीं कि वे किताबें बहुत शुष्क क़िस्म के विषयों को लेकर होती थीं, जैसे अर्थशास्त्र, मनोविज्ञान तथा - हाल में - खेती-बाड़ी प्रबंधन, वे उसको अकेला छोड़ देतीं कि वह आराम से नोट्स लेने और शोध के काम को जारी रख सके।

चूँकि उसके कई नियमित ग्राहक थे और चूँकि वह हर रात कोपाकबाना जाती थी, चाहे वहाँ बहुत भीड़भाड़ नहीं भी रहती थी तब भी, इसके कारण मारिया के ऊपर मिलान को भरोसा भी हो गया और उसके साथ काम करने वाली लड़कियाँ उससे ईर्ष्या करने लगीं; उनका यह कहना था कि वह महत्त्वाकांक्षी थी, अहंकारी और महज धन कमाने के बारे में सोचती थी - अंतिम बात सही थी, लेकिन उसका मन करता था कि वह पूछे कि क्या वहाँ काम करने वाली बाक़ी लड़कियाँ भी उसी काम से वहाँ नहीं थीं। वैसे भी इस तरह की टिप्पणियों के कारण किसी की मौत नहीं हुई - इस तरह की बातें किसी भी सफल इंसान के जीवन का हिस्सा होती हैं, और सबसे अच्छा होता है उनकी आदत बना लेना, बजाय इसके कि वह दो प्रमुख लक्ष्यों से भटक जाए; अपनी चुनी गई तारीख़ को ब्राज़ील वापस जाना और वहाँ खेती के लिए ज़मीन ख़रीदना।

उसके ख़यालों में दिन-रात राल्फ़ हार्ट रहता था, और पहली बार वह एक अनुपस्थित प्यार के साथ ख़ुशी महसूस कर रही थी - हालाँकि उसको इस बात का कुछ अफ़सोस भी था कि उसने अपने प्यार को स्वीकार कर लिया, इससे उसको इस बात का ख़तरा महसूस हो रहा था कि कहीं सब कुछ ना खो दे। लेकिन जब वह बदले में कुछ चाह ही नहीं रही थी तो उसके पास खोने के लिए क्या था? उसको याद आया कि जब मिलान ने उससे यह कहा था कि राल्फ़ वहाँ का एक ख़ास ग्राहक था तो उसका दिल कितनी तेज़ी से धड़कने लगा था। इसका क्या मतलब था? उसको ऐसा लगा कि उसके साथ धोखा हुआ था और उसको ईर्ष्या भी महसूस हो रही थी।

ईर्ष्यालु महसूस करना आम बात थी, हालाँकि ज़िंदगी ने उसको यह सिखाया था कि यह सोचना बेतुका था कि आप किसी इंसान को अपना बना सकते हो - किसी को ऐसा लगता है तो वह अपने आपको धोखा ही दे रहा होता था। इसके बावजूद वह अपने अंदर ईर्ष्या के भाव को पनपने से रोक नहीं पाती थी या उसको लेकर वह बड़ी-बड़ी बौद्धिक बातें सोचती रहती थी या उसको लगता था कि यह इस बात का सबूत था कि वह कमज़ोर है।

'सबसे मजबूत प्यार वह होता है, जो अपनी कमज़ोरी को दिखा सकता हो। बहरहाल, अगर मेरा प्यार वास्तविक है (और अपना ध्यान बँटाने का जरिया भर नहीं, अपने आपको धोखा देने का, और समय बिताने का जरिया जो कि इस शहर में गुज़रता लगता ही नहीं था), स्वतंत्रता ईर्ष्या को जीत लेगी और इसके कारण मुझे जो दर्द हुआ हो उसको भी, क्योंकि दर्द भी स्वाभाविक प्रक्रिया का हिस्सा होता है। कोई भी खिलाड़ी इस बात को समझता है : अगर आप अपने मक़सद को हासिल करना चाहते हैं, तो आपको रोज़ाना के दर्द और असहजता के लिए तैयार रहना चाहिए। शुरू-शुरू में यह अच्छा नहीं लगता, इसके कारण परेशानी होती है, लेकिन समय के साथ आपको यह बात समझ आ जाती है कि यह सब अच्छा महसूस करने की प्रक्रिया का हिस्सा है और फिर एक ऐसा पल आता है, जब आप आपको दर्द महसूस नहीं होता तो आपके अंदर यह भाव बना रहता है कि आपके किए कामों का मनोवांछित प्रभाव नहीं पड़ रहा।'

केवल दर्द पर ही ध्यान टिकाए रहने के ख़तरे भी हैं, उसको किसी ख़ास इंसान का नाम देने के और उसको हमेशा अपने ख़यालों में बनाए

रखने के। अच्छी बात यह है कि मारिया ने अपने आपको इस सबसे मुक्त कर लिया।

फिर भी, कई बार मारिया इस बारे में सोचने लगती थी कि वह कहाँ था, वह उससे मिलने के लिए क्यों नहीं आया, क्या पता उसको यह समझ आ गया हो कि रेलवे स्टेशन तथा दबी हुई ख़्वाहिशों की पूरी कहानी बेवक़ूफ़ी थी, क्या पता वह इसलिए उससे हमेशा के लिए दूर चला गया हो, क्योंकि मारिया ने उसके सामने अपने दिल की बात कह दी थी।

सुंदर ख़यालों को पीड़ा में ढल जाने से रोकने के लिए उसने एक पद्धति विकसित की थी : जब उसके दिमाग़ में राल्फ़ हार्ट को लेकर कुछ सकारात्मक करने का ख़याल आया - और वह था आग के सामने बैठकर वाइन पीने का ख़याल, वह इस विचार को लेकर उसके साथ चर्चा करना चाहती थी, या शायद उस सुखद याद के बहाने वह यह जानना चाहती थी कि वह लौटकर कब आएगा - मारिया जो कर रही होगी उसको रोक देगी, आकाश में देखकर मुस्कराएगी और इस बात का शुक्रिया अदा करेगी कि वह ज़िंदा है और इसके अलावा उस आदमी से कुछ भी नहीं चाहेगी, जिसको वह प्यार करती थी।

दूसरी तरफ़ अगर उसका दिल राल्फ़ की अनुपस्थिति को लेकर शिकायत करने लगता या वैसी बातों के बारे में जो उसको उस समय नहीं कहनी चाहिए थीं, जब दोनों साथ थे, वह अपने आप से कहेगी :

'अच्छा तो तुम इस बारे में सोचना चाहती हो, नहीं? अच्छा फिर ठीक है, तुमको जो करना है करो, मैं कुछ ज़्यादा ज़रूरी काम निपटा लेती हूँ।'

वह पढ़ती रहेगी या अगर वह बाहर हो तो अपने आसपास ध्यान लगाए रहेगी; रंगों पर, लोगों पर, आवाज़ों पर - ख़ासकर आवाज़ों पर, अपनी ही पदचाप की आवाज़ों पर, किताबों के पन्ने पलटने पर, कारों पर, बातचीत के टुकड़ों पर और फिर दुर्भाग्यपूर्ण विचार आख़िरकार परे हो जाते। अगर वे पाँच मिनट के बाद फिर से लौट कर आते, तो वह एक बार फिर से उस पूरी प्रक्रिया को दोहराती, जब तक कि वे विचार, जिनको लगता था कि वे स्वीकार कर लिया गया है, लेकिन उनको बड़े प्यार से ठुकरा भी दिया जाता था, फिर काफ़ी समय तक दूर ही रहते थे।

इन 'नकारात्मक विचारों' में से एक शायद यह होता था कि उसको अब कभी नहीं देखना है। थोड़े अभ्यास और पूरे धीरज के साथ उसने इसको

एक 'सकारात्मक विचार' में बदल लिया : जब वह गई तब जेनेवा एक ऐसे आदमी के चेहरे में बदल जाएगा, जिसके बाल पुराने फैशन की तरह लंबे थे, जिसकी मुस्कान बच्चों जैसी थी और जिसकी आवाज़ बहुत गहरी थी। अगर कई साल बाद उससे किसी आदमी ने यह पूछा कि अपनी जवानी के दिनों में वह जिस जगह पर रहती थी वह जगह कैसी थी, तो वह जवाब देगी :

'बहुत सुंदर तथा प्रेम करने और प्रेम किए जाने में समर्थ।'

कोपाकबाना की एक सुस्त रात, मारिया की डायरी :

यहाँ आने वाले इतने सारे लोगों के साथ समय बिताने के बाद मैं इस नतीजे पर पहुँची हूँ कि सेक्स का उपयोग मादक द्रव्य की तरह से किया जाता है : वास्तविकता से भागने के लिए, अपनी परेशानियों को भूलकर मौज मनाने के रूप में। और सभी मादक द्रव्यों की तरह यह एक नुक़सानदायक और तबाह कर देने वाली चीज़ है।

अगर कोई इंसान मादक द्रव्य का सेवन करता है, चाहे वह सेक्स के रूप में हो या किसी और रूप में, यह उनकी अपनी समस्या है; वे जो करेंगे उसका नतीजा अच्छा होगा या बुरा; यह इस बात पर निर्भर करेगा कि वे किस तरह के विकल्प को अपनाते हैं। लेकिन अगर हम ज़िंदगी में तरक़्क़ी के संदर्भ में बात कर रहे हैं, तो हम लोगों को यह समझना चाहिए कि 'अच्छा होना' 'सर्वश्रेष्ठ' होने से बहुत अलग होता है।

मेरे ग्राहक जो भी सोचते हों, लेकिन असल बात यह है कि सेक्स किसी भी समय नहीं किया जा सकता। हम सब लोगों के अंदर एक घड़ी होती है, और संभोग करने के मामले में दोनों घड़ियों की सुइयाँ उसी समय को बता रही होती हैं। यह रोज़ नहीं होता। अगर आप किसी और इंसान को प्यार करते हैं, तो आपको अच्छा महसूस करने के लिए सेक्स पर निर्भर नहीं रहना पड़ता है। दो लोग जो साथ रहते हैं और उनको दोनों घड़ियों की सुइयों को ठीक-ठाक करते रहने होता है, धीरज और मेहनत के साथ, खेल और 'नाटकीयता के साथ,' जब तक कि

उनको यह बात समझ नहीं आ जाती है कि संभोग करना महज मुलाक़ात से अधिक होता है, यह गुप्तांगों का 'मिलन' होता है।

हर चीज़ मायने रखती है। अगर आप अपनी ज़िंदगी शिद्दत के साथ जीते हैं, तो आप हर समय सुख का अनुभव करते हैं और आपको सेक्स की ज़रूरत महसूस नहीं होती। जब आप सेक्स करते हैं, तो बाहुल्य के भाव से करते हैं, क्योंकि वाइन का गिलास इतना भरा हुआ होता है कि ऊपर से अपने आप बह जाता है, क्योंकि यह तो होना ही होता है, क्योंकि आप ज़िंदगी की ज़रूरत का जवाब दे रहे होते हैं, क्योंकि उस पल में, और केवल उस पल में आप अपने आप पर वश नहीं रख पाते हैं।

पुनःश्च। मैंने जो लिखा अभी उसको फिर से पढ़ा। बहुत दुःख है इसमें! मैं तो बहुत बुद्धिजीवी होती जा रही हूँ!

यह लिखने के कुछ देर के बाद जब वह एक और रात के लिए समझदार माँ या मासूम लड़की के खेल के लिए तैयार हो रही थी कोपाकबाना का दरवाज़ा खुला और रिकॉर्ड कंपनी का अधिकारी टैरेंस अंदर आया, वही जो ख़ास ग्राहकों में एक था।

बार के पीछे खड़ा मिलान ख़ुश दिखाई दे रहा था : मारिया ने उसको निराश नहीं किया था। मारिया को वे अल्फाज याद आए जो एक साथ बहुत कुछ और कुछ नहीं कहते थे : 'दर्द, पीड़ा, और बहुत अधिक सुख।'

'मैं लंदन से फ़्लाइट पकड़ कर सीधा तुमसे मिलने आ रहा हूँ। मैंने तुम्हारे बारे में काफ़ी सोचा।'

वह मुस्करा उठी, कोशिश यह कर रही थी कि उसको देखने से ऐसा नहीं लगे कि वह बहुत उत्साहित हो गई। एक बार फिर उसने वहाँ के क़ायदे का पालन नहीं किया और उस आदमी ने मारिया से ड्रिंक के बारे में नहीं पूछा, बल्कि वह सीधा आया और मेज़ पर बैठ गया।

'जब कोई शिक्षक किसी को कुछ खोजने में मदद कर रहा होता है, तो शिक्षक भी कुछ नया सीखता है।'

'तुम क्या कहना चाह रहे हो मैं समझ गई,' मारिया ने राल्फ़ हार्ट के बारे में सोचते हुए जवाब दिया और ऐसा करने के कारण वह अपने ऊपर झुंझला भी रही थी। वह किसी और ग्राहक के साथ थी, और उसको उस आदमी का सम्मान करना चाहिए और उसको ख़ुश करने के लिए जो वह कर सकती थी करना चाहिए।

'तुम चाहती हो कि आगे बढ़ा जाए?'

एक हज़ार फ़्रैंक्स। एक छिपी हुई दुनिया। उसका बॉस उसको देख रहा है। इस बात की गारंटी कि वह जब चाहे रुक सकती थी। ब्राज़ील वापसी

की तारीख़ नियत हो चुकी थी। दूसरी तरफ़ वह आदमी है, जो उससे मिलने के लिए कभी नहीं आता है।

'तुमको जल्दी तो नहीं है?' मारिया ने पूछा।

उसने ना में जवाब दिया। उसको और क्या चाहिए था?

'मैं चाहती हूँ अपना रोज़ वाला ड्रिंक लूँ और डान्स भी करूँ, और अपने पेशे के लिए कुछ सम्मान जताऊँ।'

वह एक पल के लिए तो झिझका, लेकिन यह सब नाटक का हिस्सा था, हावी होना और हावी होने देना। उसने मारिया के लिए एक ड्रिंक ख़रीदा और उसके साथ डान्स करने लगा, उसके बाद उसने टैक्सी के लिए ऑर्डर किया और मारिया को फ़्रैंक दे दिए और दोनों गाड़ी से होटल के लिए निकल गए। वे अंदर गए, उस आदमी ने होटल के इतालवी कर्मचारी का उसी तरह अभिवादन किया, जिस तरह से उसने उस रात किया था, वहाँ से दोनों उसी सुइट में गए जहाँ से नीचे नदी का नज़ारा दिखाई देता था।

टैरेंस उठा और उसने लाइटर निकाल लिया, और फिर मारिया का ध्यान इस बात पर गया कि कमरे में दर्जनों मोमबत्तियाँ लगी हुई थीं। टेरेंस ने मोमबत्तियों को जलाना शुरू कर दिया।

'तुम क्या जानना चाहती हो? मैं ऐसा क्यों हूँ? या तो मुझे पूरी तरह से ग़लतफ़हमी हो गई है, लेकिन मुझे ऐसा लगता है कि पिछली बार जब हमने साथ-साथ शाम बिताई थी तो तुमको बहुत मज़ा आया था। क्या तुम यह भी जानना चाहती हो कि तुम भी ऐसी क्यों हो?'

'मैं यह सोच रही था कि ब्राज़ील में यह अंधविश्वास है कि एक तीली से तीन से अधिक मोमबत्तियाँ नहीं जलानी चाहिए। तुम उस अंधविश्वास का सम्मान नहीं कर रहे।'

टैरेंस ने उसकी बात पर ध्यान नहीं दिया।

'तुम मेरी तरह हो। तुम यहाँ हज़ार फ़्रैंक्स के लिए नहीं आई हो, बल्कि ग्लानि और निर्भरता के भाव से आई हो, क्योंकि तुम्हारे अंदर तरह-तरह की ग्रंथियाँ हैं और असुरक्षाएँ भी हैं। यह ना अच्छी बात है ना बुरी बात है, यह इंसानी स्वभाव है।'

उसने रिमोट कंट्रोल उठाया और चैनल बदलते-बदलते टीवी न्यूज़ लगाई, जिसमें यह रिपोर्ट दिखाई जा रही थी कि शरणार्थी युद्ध से बचने की कोशिश कर रहे थे।

'क्या तुम यह देखती हो? क्या तुम टीवी पर वैसे कार्यक्रम देखती हो, जिसमें लोग सबके सामने अपनी निजी समस्याओं के बारे में चर्चा करते हैं? क्या तुमने अख़बारों की हेडलाइन्स देखी हैं? दुनिया को पीड़ा और तकलीफ़ में मज़ा आता है। जिस तरह से हम इन चीज़ों को देखते हैं उसमें एक तरह का दुखवाद होता है, जिसको अंग्रेज़ी में सैडिज़्म कहते हैं, और देखो तो यह एक तरह से परपीड़ा का सुख है कि हम यह सब इसलिए नहीं जानना चाहते हैं, क्योंकि हमें ख़ुश रहना है, लेकिन फिर भी हम लोगों की त्रासदियों को देखते हैं और कई बार उनके साथ पीड़ा को भोगते भी हैं।'

उसने शैम्पेन के लिए दो गिलास निकाले, टेलिविज़न बंद किया और मारिया द्वारा बताई गई अंधविश्वास की बात के बावजूद मोमबत्तियों को जलाना जारी रखा।

'जैसा कि मैंने कहा कि इंसान होने का यही मतलब है। जब से हम लोगों को स्वर्ग से निकाला गया है, हम या तो पीड़ा भोग रहे हैं, दूसरे लोगों को पीड़ित कर रहे हैं या दूसरे लोगों को पीड़ित होते देख रहे हैं। यह सब हमारे नियंत्रण से बाहर की बात है।'

बाहर से बादलों के गरजने और बिजली कड़कने की आवाज़ें आने लगीं; बड़ा तूफ़ान आने वाला था।

'लेकिन मैं ऐसा नहीं कर सकती,' मारिया ने कहा, 'मुझे यह बात बड़ी अजीब लगती है कि मैं ऐसे जताती रहूँ कि तुम मेरे मालिक हो और मैं तुम्हारी ग़ुलाम। हम लोगों पीड़ा के अनुभव के लिए नाटक करने की कोई ज़रूरत नहीं है; ज़िंदगी हमें इसके बहुत सारे मौक़े देती है।'

टैरेंस ने मोमबत्तियों को जलाने का काम तभी पूरा कर लिया। उसने एक मोमबत्ती उठाई और उसे मेज़ के बीचों-बीच रख दिया, और फिर और शैम्पेन डाली और उसके साथ कैवियर परोसा। मारिया जल्दी-जल्दी पी रही थी, अपने बैग में पड़े एक हज़ार फ्रैंक्स के बारे में सोच रही थी, उस अजनबी के बारे में भी सोच रही थी, जो उसको आकर्षित कर रहा था और डरा भी रहा था, और यह सोच रही थी कि वह किस तरह से अपने गुस्से पर क़ाबू रखे। वह इस बात को जानती थी कि इस आदमी के साथ कोई

भी रात उसके साथ बिताई पिछली रात जैसी नहीं होने वाली थी, वह वैसे भी उसको किसी तरह से रोक नहीं सकती थी।

'बैठ जाओ।'

टैरेंस की आवाज़ में सख़्ती भी थी और वह मुलायम भी लग रही थी। मारिया ने उसकी बात मान ली, और उसके शरीर में गर्मी की एक लहर-सी दौड़ गई; उसका आदेश पहले जैसा ही था, वह अधिक सुरक्षित महसूस करने लगी।

'यह नाटक है। मुझे इस नाटक का हिस्सा बनना ही होगा।'

यह अच्छा था कि उसको आदेश दिया जा रहा था। उसको कुछ सोचना नहीं था, बस उसकी बात माननी थी। उसने और अधिक शैम्पेन की माँग की, और वह वोदका ले आया; वह किसी के सिर पर जल्दी चढ़ जाती है, वोदका पीने से आदमी अधिक खुल जाता है, और कैवियर खाते हुए वोदका पीना अच्छा भी लगता था।

उसने बोतल खोली; मारिया एक तरह से अकेले ही पी रही थी, बाहर से आ रही बादलों के गरजने और बिजली के कड़कने की आवाज़ को सुनते हुए। सब कुछ उस पल को उपयुक्त बनाने के लिए जैसे षड्चंत्र कर रहे थे, मानो आकाश और धरती की ऊर्जा भी अपने क्रोधित रूप को दिखा रही थी।

कुछ समय के बाद टैरेंस ने अलमारी से एक छोटा-सा सूटकेस निकालकर बिस्तर पर रख दिया।

'हिलना मत।'

मारिया बिना हिले-डुले बैठी रही। टैरेंस ने सूटकेस खोला और उसके अंदर से लोहे की दो हथकड़ियाँ निकाल लीं।

'अपने पैर फैलाकर बैठो।'

उसने उसकी बात का पालन किया - कमज़ोर होने का उसने चुनाव किया था और आज्ञा का पालन वह इसलिए कर रही थी क्योंकि वह यह चाहती थी। उसने देखा कि वह आदमी उसके पैरों के बीच देख रहा था, वह उसकी काली पैंटी, उसकी लंबी स्टाकिंस, उसकी जाँघों को देख रहा था, वह उसकी योनि के बालों, उसके सेक्स के बारे में कल्पना कर सकता था।

'अब उठ जाओ!'

वह कुर्सी से उठ खड़ी हुई। उसके लिए सीधा खड़े हो पाना मुश्किल हो रहा था और उसको समझ आ गया कि वह उससे कहीं अधिक नशे में थी, जितना कि उसने सोचा था।

'मेरी तरफ़ मत देखो। अपना सिर झुकाओ, अपने मालिक का सम्मान करो!'

इससे पहले कि वह अपना सिर नीचे झुका पाती, उसने देखा कि उसने अपने सूटकेस से एक चाबुक निकाल लिया, फिर उसको हवा में लहराने लगा, मानो उसका अपना ही जीवन हो।

'पीती रहो। अपना सिर नीचे रखो, लेकिन पीती रहो।'

उसने वोदका के एक, दो, तीन गिलास पी लिए। यह सब नाटक भर नहीं था, सब कुछ सच में था : क़ाबू में रखना उसके हाथ से बाहर की बात थी। उसको ऐसे महसूस हो रहा था मानो वह कोई वस्तु हो, महज एक उपकरण, सोचने में यह बात बहुत अच्छी लग रही थी, कि समर्पण की भावना के कारण उसके अंदर एक तरह से पूरी आज़ादी का भाव आ गया था। वह अब शिक्षिका नहीं थी, वह जो निर्देश दे, सांत्वना दे रही थी, जो उसकी आत्मस्वीकृतियों को सुन रही थी, वह जो उत्तेजित होती थी; उस आदमी की उस ताक़त के सामने वह ब्राज़ील के अंदरूनी इलाक़े की एक लड़की भर रह गई थी।

'अपने कपड़े उतार लो।'

यह आदेश अचानक आया, बिना किसी ख़्वाहिश के, फिर भी इससे कामोत्तेजक कुछ भी नहीं हो सकता था। अपने सिर को झुकाए हुए ही मारिया ने अपने कपड़े उतारे और उनको फ़र्श पर रख दिया।

'तुम ठीक तरह से बर्ताव नहीं कर रही, पता है ना।'

एक बार फिर से उसका चाबुक हवा में लहराया।

'तुमको इसकी सज़ा मिलेगी। तुम्हारी उम्र की एक लड़की मेरी बात कैसे काट सकती है? तुमको मेरे सामने घुटनों के बल रहना चाहिए!'

मारिया घुटनों के बल बैठने जैसा अभिनय कर रही थी कि चाबुक के कारण वह बीच में ही रुक गई, पहली बार चाबुक उसके शरीर से लगी - उसके नितंब से। उससे चोट लगी, लेकिन लगा शायद कि कोई निशान नहीं पड़ा होगा।

'मैंने तुमको घुटनों के बल बैठने के लिए कहा था?'

'नहीं।'

चाबुक एक बार फिर से उसके नितंब पर पड़ा।

'बोलो, नहीं सर!'

एक बार और चाबुक की मार पड़ी। एक पल के लिए तो उसको यह लगा कि या तो उसको अभी के अभी इसको रोक देना चाहिए या आगे बढ़ते जाने का फ़ैसला कर सकती थी, कमाई के लिए नहीं, बल्कि इस बात को ध्यान में रखते हुए जो उसने पहली बार कही थी - आप अपने आपको तभी जान पाते हैं जब आप अपनी सीमाओं से परे जाते हैं, अपनी कगार पर जाते हैं।

और यह नई बात थी, यह एक तरह का रोमांच था, इस खेल में आगे जाना है या नहीं इस बात का फ़ैसला तो वह बाद में भी कर सकती थी। यहाँ वह वैसी लड़की नहीं रह गई थी, जिसके ज़िंदगी में तीन मक़सद थे, जिसने अपने शरीर के एवज में कमाई की, जो एक आदमी से मिली थी, जिसके पास अँगीठी थी और सुनाने के लिए दिलचस्प कहानियाँ थीं। यहाँ वह कोई नहीं थी, और कुछ नहीं होने का मतलब यह था कि उसने जो भी सपने देखे थे वह उनमें से कुछ भी हो सकती थी।

'अपने शरीर से बाक़ी के कपड़े भी उतार दो। और आगे-पीछे चलना शुरू करो, जिससे कि मैं तुमको देख सकूँ।'

एक बार फिर उसने उसकी आज्ञा का पालन किया, अपने सिर को झुकाए हुए, बिना कुछ कहे। जो आदमी उसको देख रहा था वह अभी पूरी तरह से सूटेड-बूटेड था और पूरी तरह से संवेदना से हीन, क्लब से आते समय उसने जिस तरह से बातचीत की थी अब वह उससे अलग आदमी लग रहा था, वह एक यूलिसिस था जो लंदन से आया था, ज्यूस जो स्वर्ग से आया था, एक अपहरणकर्ता जिसने दुनिया के सबसे सुरक्षित शहर पर आक्रमण कर दिया था, और जिसका दिल इस धरती पर सबसे ठंडा था। उसने अपनी पैंटी और ब्रा उतार ली, वह एक साथ असुरक्षित और सुरक्षित दोनों महसूस कर रही थी। चाबुक एक बार फिर लहराया, इस बार उसके शरीर को छुए बिना।

'अपने सिर को नीचा कर लो! तुम यहाँ अपमानित होने के लिए आई हो, अपनी सारी ख़्वाहिशों को समर्पित करने के लिए समझीं?'

'हाँ सर।'

टैरेंस ने उसकी बाँह पकड़ी और उसकी कलाई में एक हथकड़ी डाल दी।

'आज तुम्हारी तब तक पिटाई होगी, जब तक कि तुम ठीक से बर्ताव करना सीख नहीं जातीं।'

उसने मारिया के पिछले हिस्से पर एक थप्पड़ जमाया। मारिया रो पड़ी, इस बार सही में चोट लगी थी।

'अच्छा तो अब तुम शिकायत कर रही हो, नहीं? जबकि मैंने तो अभी शुरू भी नहीं किया है।'

लेकिन इससे पहले कि वह कुछ कह पाती टैरेंस ने मारिया के मुँह पर चमड़े का टुकड़ा लगा दिया। इससे उसका बोलना नहीं रुका, वह अभी भी 'पीला' या 'लाल' कह सकती थी, लेकिन उसको ऐसा लगा कि उसकी यही क़िस्मत थी कि यह आदमी जो चाहे वह उसको करने दे, और अब वह किसी भी तरह से भाग नहीं सकती थी। वह निर्वस्त्र थी, उसके मुँह में चमड़े का टुकड़ा लगा था, हाथ में हथकड़ी, और उसकी धमनियों में ख़ून की जगह वोदका बह रही थी।

उसके नितंब पर एक और थप्पड़ पड़ा।

'आगे-पीछे चलो!'

मारिया उसकी आज्ञा का पालन करते हुए चलने लगी; 'रुक जाओ', 'दाएँ घूमो,' 'बैठ जाओ,' 'अपने पैर फैलाओ।' वह उसको बार-बार थप्पड़ से मार रहा था, चाहे उसने कुछ वैसा किया हो या नहीं, उसको दर्द और अपमान महसूस हो रहा था - जो दर्द से भी अधिक गहरा था - और उसको ऐसा लग रहा था जैसे वह किसी और दुनिया में हो, जिस दुनिया में कुछ हो ही नहीं, और यह एक तरह से धार्मिक अनुभव जैसा था : आत्म विध्वंस, समर्पण, और अपने अहम भाव, ख़्वाहिश या अपनी इच्छाशक्ति का पूरी तरह से त्याग। वह पूरी तरह से उत्तेजना की अवस्था में आ गई थी, लेकिन उसको यह समझ नहीं आ रहा था कि क्या हो रहा है।

'एक बार फिर घुटनों पर झुक जाओ!'

आज्ञा का पालन करने के कारण और अपने अपमान के कारण, मारिया ठीक से यह नहीं समझ पा रही थी कि क्या हो रहा है, लेकिन उसका

ध्यान इस बात पर गया कि दूसरी तरफ़ वह आदमी ज़ोर-ज़ोर से साँसें ले रहा था, नितंबों पर चाबुक चला-चला कर वह बुरी तरह से थका हुआ था, जिससे मारिया को ताक़त और ऊर्जा महसूस होने लगी। अब उसकी शर्म पूरी तरह से दूर हो चुकी थी, और उसको अपने सुख को दिखाने में किसी तरह की शर्म महसूस नहीं हो रही थी; वह सीत्कारें भरने लगी, उससे मिन्नतें करने लगी कि वह उसको छू ले, लेकिन उस आदमी ने उसको उठाकर बिस्तर पर फेंक दिया।

उसने बड़े क्रूर तरीक़े से उसकी टाँगों को फैला दिया - वह जानती थी कि इस तरह की हिंसा से उसको किसी तरह का नुक़सान नहीं होने वाला है - और उसने उसकी टाँगों को बिस्तर के एक कोने से बाँध दिया। अब उसकी कलाइयों को पीछे करके हथकड़ी डाल दी गई थी, उसकी टाँगें फैली हुई थीं, लेकिन मुँह में चमड़े का टुकड़ा लगा हुआ था, वह उसके अंदर कब घुसेगा? क्या उसको दिखाई नहीं दे रहा था कि वह तैयार हो गई थी, वह उसके साथ सब कुछ करने के लिए तैयार हो गई थी, कि वह उसकी गुलाम थी, उसकी पालतू जीव, उसकी चीज़, और वह जो भी कहे वह करने के लिए तैयार थी?

'क्या तुम चाहती हो कि मैं तुमको और आगे की दिशा में ले जाऊँ?'

उसने देखा कि टैरेंस ने चाबुक का एक सिरा उसकी योनि के सामने रख दिया। उससे वह उसकी योनि को ऊपर नीचे मलने लगा, और धीरे-धीरे वह अपने ऊपर से क़ाबू खोने लगी, उसको कुछ याद नहीं कि कितनी देर तक यह सब चला, उसको कितने तमाचे पड़े, लेकिन अचानक उसको चरम सुख महसूस होने लगा, जो इतने महीनों में सैकड़ों पुरुष उसको नहीं दे पाए थे। जैसे रोशनी का गुब्बारा फूट गया हो, उसको ऐसा महसूस हो रहा था मानो वह अपनी रूह के अंदर एक तरह के शून्य में प्रवेश कर रही थी, जिसमें बहुत भय और दर्द के बीच उसको बहुत सुख महसूस हो रहा था, उसको पहले से जानी हुई सीमाओं से भी आगे ले जा रही थी और वह कराह रही थी, सीत्कार भर रही थी, मुँह में लगे चमड़े के टुकड़े के कारण उसकी आवाज़ दब रही थी, वह बिस्तर पर तड़फ रही थी, उसको यह महसूस हो रहा था हथकड़ी के कारण उसकी कलाई कट गई थी और चमड़े की पट्टी के कारण उसके टखने छिल गए थे, वह जिस तरह से हिल रही थी उस तरह से पहले कभी नहीं हुआ था, क्योंकि वह हिल नहीं पा

रही थी, वह चिल्ला तो रही थी, लेकिन मुँह में चमड़े का टुकड़ा लगा होने के कारण उसकी चीख़ किसी को सुनाई नहीं दे पा रही थी। यह दर्द और सुख दोनों था, चाबुक का सिरा उसकी योनि को चुभाता हुआ और उसका चरम सुख उसके मुँह, उसकी योनि, उसके पैरों, उसकी आँखों, उसकी त्वचा से महसूस हो रहा था।

वह एक तरह से नशे जैसी हालत में आ गई थी और वह धीरे-धीरे शांत होने लगी; उसके पैरों के बीच अब कोई चाबुक नहीं चुभ रहा था, बस उसके बाल पसीने से भीगे हुए थे, वह आदमी बड़े प्यार से उसकी हथकड़ियों को खोल रहा था उसके टखनों के पास की पट्टियों को हटा रहा था।

वह वहाँ उलझन में पड़ी रही, वह उस आदमी को नहीं देख पा रही थी, क्योंकि उसको अपने आप से शर्म महसूस हो रही थी, अपनी चीख़-पुकारों से, अपने चरम सुख के कारण। वह आदमी उसके बालों को सहला रहा था और वह भी ज़ोर-ज़ोर से साँस भर रही थी, लेकिन सुख पूरी तरह से उसका अपना था; उस आदमी ने उस आनंद के किसी भी पल का मज़ा नहीं लिया।

उसका नग्न शरीर उस पूरी तरह से सूटेड-बूटेड आदमी से लिपटा हुआ था, वह आदमी आदेश देते रहने के कारण और हालात के ऊपर पूरी तरह से क़ाबू रखने के कारण पूरी तरह से थक गया था। उसको समझ नहीं आ रहा था कि क्या कहे, किस तरह आगे बात करे, लेकिन उसको सुरक्षित महसूस हो रहा था, क्योंकि वह उसके अपने ही अंदर ऐसी जगह पर ले गया था, जिस जगह पर वह पहले पहुँच नहीं पाया था; वह उसका रक्षक और मालिक था।

वह रोने लगी, और वह आदमी उसके चुप हो जाने का इंतज़ार करने लगा। 'तुमने मेरे साथ क्या किया?' उसने भर्राई आवाज़ में पूछा।

'तुम क्या चाहती थी कि मैं क्या करूँ।'

वह उसको इस अहसास के साथ देखने लगी मानो उसको उस आदमी की बड़ी शिद्दत से ज़रूरत थी।

'मैंने तुम्हारे साथ कुछ भी ज़बरदस्ती नहीं किया, ना ही मैंने तुमको "पीला" कहते सुना, मेरे पास तो वही ताक़त थी जो तुमने मुझे दी थी। कोई ज़बरदस्ती नहीं थी, मेरी तरफ़ से किसी तरह से ब्लैकमेल नहीं किया गया, सब कुछ तुम्हारी मर्ज़ी से हुआ; हो सकता है कि तुम मेरी गुलाम रही हो

और मैं मालिक, लेकिन मेरी अपनी ताक़त बस यही थी कि तुमको तुम्हारी आज़ादी की दिशा में लेकर जाऊँ।'

हथकड़ी। टखनों के आसपास चमड़े की पट्टी। मुँह में चमड़े का टुकड़ा। अपमान जो किसी भी तरह के दर्द से अधिक गहरा था। और तो भी - वह सही कह रहा था - जो अनुभव था, वह पूरी तरह से आज़ादी का था। मारिया को ऊर्जा और ताजगी महसूस हो रही थी और उसको इस बात से हैरानी महसूस हो रही थी कि उसके बगल में बैठा हुआ आदमी पूरी तरह से थका हुआ था।

'क्या हो गया?'

'नहीं,' उसने कहा। 'मालिक का काम यहाँ गुलाम को चलाना है। गुलाम का सुख ही मालिक की ख़ुशी है।'

इन बातों का कोई मतलब समझ नहीं आ रहा था, क्योंकि कहानियों में इस तरह से नहीं होता था, इस तरह से असल जीवन में नहीं होता है। लेकिन यहाँ कल्पना की इस दुनिया में वह रोशनी से भरपूर थी, जबकि वह पूरी तरह से पस्त लग रहा था।

'तुम्हारा जब भी जी चाहे जा सकती हो,' टैरेंस ने कहा।

'मैं जाना नहीं चाहती, मैं समझना चाहती हूँ।'

'समझने जैसी कोई बात नहीं है।'

वह अपनी नग्नता की तल्लीनता और सौंदर्य के बारे में सोचती हुई उठी और दो गिलास वाइन तैयार की। उसने दो सिगरेटें सुलगाईं और एक उसकी तरफ़ बढ़ा दी - अब दोनों की भूमिका बदल गई थी, अब वह मालकिन बन गई थी, जो अपने गुलाम की सेवा कर रही थी, उसने उसको जो सुख दिया था उसको वही देने वाली थी।

'मैं कपड़े पहन कर चली जाऊँगी, लेकिन पहले मैं कुछ बात करना चाहता हूँ।'

'बात करने जैसी कोई बात है नहीं। मैं यही चाहता था, और तुम शानदार रही। अब मैं थक चुका हूँ और कल मुझे लंदन वापस जाना है।'

वह लेट गया और उसने अपनी आँखें बंद कर लीं। मारिया को समझ नहीं आया कि वह सोने का नाटक कर रहा था या नहीं, लेकिन उसने इसकी कोई परवाह नहीं की; वह आराम से बैठी सिगरेट पीती रही और धीरे-धीरे

वाइन के घूँट भरती रही, उसने अपना चेहरा खिड़की के पल्ले से सटा रखा था, सामने झील की दिशा में देखे जा रही थी और यह उम्मीद कर रही थी कि दूसरे किनारे कोई उसको इस हाल में देख ले, नग्न, परितृप्त, संतुष्ट और आत्मविश्वास से भरपूर।

वह अपनी जगह से उठी, कपड़े पहने और बिना अलविदा कहे ही निकल गई, और अब उसको इस बात की परवाह नहीं थी कि दरवाज़ा वह स्वयं खोले या वह आदमी, क्योंकि वह इस बात को लेकर निश्चित नहीं थी कि वह वापस आएगी या नहीं।

टैरेंस ने दरवाज़ा बंद होने की आवाज़ सुनी, यह देखने के लिए इंतज़ार करता रहा कि वह वापस लौट कर आए, यह कहते हुए कि वह कुछ भूल गई थी, और फिर कुछ मिनट के बाद वह उठा और उसने एक और सिगरेट सुलगा ली। इस लड़की में अदा थी, उसने सोचा। उसने चाबुकों को अच्छी तरह से सहन कर लिया, जबकि यह सज़ा देने का सबसे पुराना, सबसे आम तथा सबसे कम सख़्त रूप था। एक पल के लिए वह बैठकर यह याद करने लगा जब उसको पहली बार दो लोगों के बीच के ऐसे रहस्यमय रिश्ते का अनुभव हुआ था जो समीप रहना चाहते थे, लेकिन उनको पीड़ा देने के बाद ही यह अनुभव हुआ।

लाखों जोड़े वहाँ पर परपीड़ा के सुख का आनंद उठाते हैं, लेकिन इस बात को समझ नहीं पाते। वे काम पर जाते, वापस आते, हर बात की शिकायत करते या तो अपनी पत्नी को अपमानित करते या वह उसको अपमानित कर देती, बेचारे महसूस करते, लेकिन फिर भी वे अपनी नाख़ुशी के साथ गहरे बँधे रहते, वे इस बात को नहीं समझ पाते कि बस एक बार अंतिम अलविदा कहने की ज़रूरत थी, जो उनको सारे उत्पीड़न से मुक्त कर देता। टैरेंस को अपनी पत्नी के साथ इस तरह का अनुभव हुआ था, जो एक जानी-मानी ब्रिटिश गायिका है, वह ईर्ष्या के कारण पीड़ा पहुँचाता था, वह तमाशा करता, पूरा दिन दर्दनाशक दवाई के नशे में बिताता, रात-रात भर शराब पीता। वह उसको प्यार करती थी, लेकिन इस बात को समझ नहीं पाती थी वह इस तरह से क्यों व्यवहार करता था; वह भी अपनी पत्नी को प्यार करता था, लेकिन खुद अपने ही व्यवहार को नहीं समझ पाता था। यह एक ऐसा कष्ट था, जो एक दूसरे को देना मानो जीवन के लिए ज़रूरी, बुनियादी था।

एक दिन एक संगीतकार - जिसको वह हमेशा से बहुत अजीब समझता था, क्योंकि वह उन विचित्र लोगों के बीच इस क़दर सामान्य लगता था - स्टूडियो में एक किताब छोड़ गया : लियोपोल्ड वॉन सैचर मासोक की किताब *वीनस इन फर्स।* टेरेंस ने उसके पन्ने पलटने शुरू किए, और जैसे-जैसे वह उस किताब को पढ़ता गया वह अपने आपको बेहतर तरीक़े से समझने लगा।

'सुंदर स्त्री ने अपने कपड़े उतारे और एक लंबा और छोटी मूठ वाला चाबुक उठाया। "तुमने इसी के लिए कहा था," वह बोली, "इसलिए मैं तुमको चाबुक से मारने वाली हूँ।" "अच्छा हाँ," उसके प्रेमी ने फुसफुसाकर कहा, "प्लीज, मैं तुमसे विनती कर रहा हूँ।"

उसकी पत्नी शीशे की दूसरी तरफ़ थी, रिहर्सल कर रही थी। उसने उन लोगों से माइक्रोफ़ोन बंद कर लेने के लिए कहा, जिसके कारण तकनीकी लोग जो बजा रहे थे वह सब कुछ सुनाई देने लगा, और उन्होंने यही किया। टैरेंस को लग रहा था कि उसका शायद पियानो वादक के साथ चक्कर था, और उसको लगा कि वह उसको पागल बना रही थी, लेकिन यह मानो ऐसा था कि उसको पीड़ा की ऐसी आदत पड़ गई थी वह उसके बिना रह ही नहीं सकता था।

'मैं तुमको चाबुक से मारूँगी,' उस किताब में उस नग्न स्त्री ने कहा जिस किताब को वह पढ़ रहा था।

'ओह, हाँ, प्लीज, मैं विनती कर रहा हूँ।'

वह देखने में एक अच्छा आदमी था, और रिकॉर्ड कंपनी में उसके काम की धाक थी, उसको ऐसी ज़िंदगी जीने की क्या ज़रूरत थी?

क्योंकि ऐसा वह चाहता था। उसको इसलिए पीड़ा भोगनी पड़ी, क्योंकि ज़िंदगी में उसके लिए सब कुछ बहुत अच्छा हो रहा था और वह इतनी सारी अच्छी चीज़ों के लायक़ नहीं था - धन, इज़्ज़त, प्रसिद्धि। उसको यह महसूस हो रहा था कि वह अपने पेशे में वह एक ऐसे बिंदु पर पहुँच रहा था जहाँ वह सफलता पर निर्भर होता जा रहा था, और इस बात से वह डर गया, क्योंकि उसने बहुत-से लोगों को ऊँचाई से गिरते देखा था।

वह किताब पढ़ने लगा। उसको जिस चीज़ में भी दुःख और सुख के बीच के रहस्यमय ऐक्य के बारे में जो कुछ भी लिखा हुआ मिलता उसने उसको पढ़ना शुरू कर दिया। उसकी पत्नी को इन वीडियो के बारे में तथा किताबों के बारे में पता चल गया, जो वह उससे छिपाकर किराए पर ले रहा

था, उसने उससे इसके बारे में पूछा कि यह सब क्या था, क्या वह बीमार था? टैरेंस ने कुछ नहीं कहा, उसने बताया कि वह एक नए कवर के लिए शोध कर रहा था। उसने निर्लिप्त भाव से कहा :

'शायद हम लोगों को कुछ और कोशिश करनी चाहिए।'

उन्होंने किया। उन्होंने शुरुआत संकोच के साथ की, उनको पॉर्न की दुकानों में जो लिखित सामग्री मिलती है उसका उन्होंने उपयोग किया। धीरे-धीरे, उन्होंने नई तकनीकों का विकास किया, ख़तरनाक सीमाओं तक अपनी गतिविधियों को लेकर गए, और तो भी उन लोगों को ऐसा लगता था उनकी शादी मजबूत थी। वे कुछ गुप्त, निषिद्ध, वर्जित क्रियाओं में दक्ष थे।

उनका संयुक्त अनुभव कला में रूपांतरित हो गया : उन्होंने नए तरह के कपड़े तैयार किए - चमड़े के, जिनमें धातुएँ लगी हुई थीं। उसकी पत्नी स्टेज पर बूट पहनकर, बेल्ट पहनकर और चाबुक लहराते हुए जाती थी, और दर्शक पागल हो जाते थे। उसका नया रिकॉर्ड इंग्लैंड में सबसे अधिक सुने जाने वाले गानों में टॉप पर था और पूरे यूरोप में उसकी धूम मच गई। टेरेंस इस बात से हैरान था कि युवा लोगों को उसकी निजी कल्पनाएँ बहुत स्वाभाविक लगीं, और उसको इसकी एक ही व्याख्या यही लगी कि इसने एक तरह से दबी हुई हिंसा को गहरे रूप में उभरने दिया, लेकिन एकदम निरापद तरीक़े से।

चाबुक उनके संगीत समूह का प्रतीक बन गया और उनको टी-शर्ट, नक़ली टैटू, स्टिकर तथा पोस्टकार्ड पर बनाया जाने लगा। टैरेंस का बौद्धिक झुकाव उसको इन सभी बातों के मूल तक ले गया ताकि वह अपने आप को बेहतर तरीक़े से समझ सके।

ये मूल झूठ नहीं बोलते, जैसा कि उसने मारिया को बताया था, जो काली मौत के पश्चाताप से हटाने की कोशिश करती थी। अंधकार युग के काल से ही, पुरुष इस बात को समझ गया था कि अगर किसी तरह की पीड़ा बिना डर के सामने आए तो वह आज़ादी का दस्तावेज़ होती है।

मिस्र, रोम और पर्सिया सभी जगह यही विचार था कि इंसान अपना बलिदान करके अपने देश और इस दुनिया को बचा सकता है। चीन में जब भी कोई बड़ी प्राकृतिक आपदा आती थी तो सम्राट को सज़ा दी जाती थी, क्योंकि उसको धरती पर ईश्वर के प्रतिनिधि के रूप में देखा जाता था।

प्राचीन ग्रीस में स्पार्टा के सबसे अच्छे योद्धाओं को साल में एक बार कोड़े से मारा जाता था, सुबह से शाम तक, देवी अर्तेमिस के सम्मान में, जबकि भीड़ उनसे यह कहती रहती थी कि वे दर्द को इज़्ज़त के साथ सहन करें, क्योंकि यह उनको युद्ध की दुनिया के लिए तैयार कर रहा था। दिन के आख़िर में पुजारी योद्धाओं की पीठ पर घावों को देखकर शहर के भविष्य के बारे में बताते थे। प्राचीन चौथी शताब्दी के ईसाई समुदाय में जो एलेक्जेंड्रिया के आसपास पनपा था, रेगिस्तान के पुजारी चाबुक दानवों को दूर भगाने के लिए चलाते थे या आध्यात्मिक खोज में शरीर की तुच्छता को बताने के लिए। संतों का इतिहास इस तरह के उदाहरणों से भरा हुआ था - सेंट रोज़ा जो बाग के बीच से दौड़ते थे, काँटों को अपने बदन की चीर-फाड़ करने देते थे, सेंट दोमिंगोस लोराइकैटस हर रात सोने के पहले अपने आपको चाबुक से मारते थे, वे शहीद जो अपने आपको सलीब पर धीमी मृत्यु को समर्पित कर देते थे या खुद को जानवरों द्वारा चीर-फाड़ के लिए छोड़ देते थे। उन सभी का यही कहना था कि एक बार अगर दर्द के ऊपर जीत हासिल कर ली जाए तो उससे धार्मिक आनंद मिलता है।

हाल में अपुष्ट अध्ययनों से इस बात का संकेत मिला है कि घावों में एक ख़ास तरह का फंगस पैदा होता है, जिसके कारण अदृश्य दृश्य हो जाता है। यह सुख इतना गहरा था कि यह जल्दी ही मठों से निकलकर दुनिया भर में फैल गया।

1718 में *अपने आपको कोड़े से मारने पर निबंध* प्रकाशित हुआ, जिसमें यह दिखाया गया था कि किस तरह से दर्द से सुख को हासिल किया जाता था, लेकिन शरीर को बिना नुक़सान पहुँचाए। उस शताब्दी के आख़िर में यूरोप में ऐसे दर्जनों स्थान थे, जहाँ लोगों को इसके लिए तैयार किया जाता था किस तरह से दर्द के साथ ख़ुशी को पाया जाए। ऐसे राजाओं तथा राजकुमारों के बारे में दस्तावेज़ मिलते हैं कि वे अपने आपको कोड़े मारने के लिए गुलाम रखते थे, जब तक कि उनको किसी और तरह का सुख नहीं मिल जाता था - हालाँकि अधिक थकाने वाला और काम संतोष देने वाला होता था - उनको यह सुख केवल चाबुक मारने से ही नहीं, बल्कि दर्द देने से भी होता था। सिगरेट पीते हुए टैरेंस को यह समझते हुए बहुत सुखद क़िस्म का गर्व महसूस होता था कि अधिकतर लोगों को यह बात समझ में ही नहीं आएगी कि वह क्या सोच रहा था।

यही बेहतर था कि ऐसे क्लब से जुड़ जाया जाए जहाँ चुनिंदा लोगों की ही पहुँच हो। उसने एक बार फिर से याद किया कि किस तरह से शादी की पीड़ा बदलकर शादी का चमत्कार हो गई। उसकी पत्नी इस बात को जानती थी कि वह जेनेवा इसी मक़सद से जाता था और उसको बुरा नहीं लगता था, उल्टे इस बीमार दुनिया में वह इस बात से ख़ुश थी कि उसके पति को सप्ताह भर मेहनत से काम करने के बाद इनाम मिल जाता था।

वह लड़की जो अभी इस कमरे से बाहर गई थी वह इस बात को समझ गई थी। उसको महसूस हुआ कि उसकी रूह उस लड़की के रूह के बेहद क़रीब थी, हालाँकि वह प्यार में पड़ने के लिए तैयार नहीं था, क्योंकि वह अपनी पत्नी को प्यार करता था। लेकिन उसको यह सोचना अच्छा लगता था कि वह मुक्त था और एक नए रिश्ते का सपना देख सकता था।

उसको बस करना यह था कि वह इस बात की कोशिश करे कि वह अगले और सबसे मुश्किल चरण में जाए : सैचर मासोक के *वीनस इन फर्स* के तरह का रूपांतरण, जिसमें स्त्री डोमिंट्रिक्स, बिना किसी ग्लानि के अपमानित करने और सज़ा दे पाने में सक्षम हो जाती थी। अगर वह इस परीक्षा में पास हो गई तो वह अपना दिल खोलने के लिए तैयार था, जिसमें वह अंदर आ जाए।

मारिया की डायरी से, जब वह नशे में ही थी और सुख के अहसास से भरी हुई :

> *जब मेरे पास खोने के लिए कुछ नहीं था तब मेरे पास सब कुछ था। जब मैंने अपने आपके रूप में होना छोड़ दिया तो मैंने अपने आपको पा लिया।*
>
> *जब मैंने अपमान और पूर्ण समर्पण का अनुभव किया तो मैं मुक्त हो गई। मुझे नहीं पता है कि मैं बीमार हूँ, या यह सब सपना था, या यह सब केवल एक बार होता है। मैं इस बात को जानती हूँ कि मैं इसके बिना अच्छी तरह से रह सकती हूँ, लेकिन मैं फिर से करना चाहूँगी, इस अनुभव को फिर से दोहराना चाहूँगी, और आगे की दिशा में जाना चाहूँगी।*

दर्द से मैं डर गई थी, लेकिन यह अपमान जितना बुरा नहीं था, और यह तो बस एक बहाना था। जब कई महीनों में मुझे पहली बार चरम सुख हासिल हुआ था, इसके बावजूद कि मैंने बहुत सारे मर्दों के साथ सेक्स किया था और अपने शरीर के साथ बहुत कुछ जो किया था, तो मुझे यह महसूस हुआ कि क्या यह संभव था? - ईश्वर के क़रीब। मुझे याद आया कि उसने कोड़े मारने के बारे में क्या कहा था, मानवता की मुक्ति के लिए अपने दर्द को समर्पित करना। मैं मानवता को बचाना नहीं चाहती, या उसको या अपने आपको; बस वहाँ थी।

सेक्स की कला नियंत्रित स्वच्छंदता की कला है।

इस बार यह नाटक नहीं था, वे सच में ट्रेन स्टेशन में थे, इस बार आग्रह मारिया का था, क्योंकि उसको वह पिज़्ज़ा अच्छा लगता था जो वहाँ मिलता था। कई बार यूँ ही भटकने में कोई बुरी बात नहीं थी। राल्फ़ को उससे कल मिलने आना चाहिए था, जब वह प्यार की तलाश में भटक रही एक स्त्री थी, अँगीठी, वाइन और ख़्वाहिश। लेकिन ज़िंदगी ने कुछ और ही चुना था, और आज उसने सारा दिन बिना एक बार भी अपने आसपास की आवाज़ों पर, अपने वर्तमान पर ध्यान दिए बिना बिताया था, महज इसलिए उसने राल्फ़ के बारे में सोचा नहीं था; उसे सोचने के लिए दूसरी दिलचस्प बातें मिल गई थीं।

उसको इस आदमी के साथ क्या करना था, जो उसके बगल में बैठा था, वह पिज़्ज़ा खा रहा था, शायद उसको पसंद भी नहीं था या वह बस समय बिता रहा था, जब तक कि उनके लिए वह समय नहीं आ गया जब दोनों राल्फ़ के घर जाएँ? जब वह क्लब में आया था और उसने उसको ड्रिंक की पेशकश की तो उसने सोचा था कि उससे कह दे कि अब उसकी कोई दिलचस्पी नहीं रह गई थी और यह कि उसको किसी और को खोज लेना चाहिए; दूसरी तरफ़, उसके लिए यह बहुत ज़रूरी था कि वह कल रात के बारे में किसी से बात करे।

उसने दो एक ऐसी वेश्याओं से बात करने की कोशिश की थी, जिन्होंने 'ख़ास ग्राहकों' की सेवा की थी, लेकिन उनमें से किसी ने उसको कुछ भी नहीं बताया, क्योंकि मारिया तेज़ थी, वह तेज़ी से सीख जाती थी और कोपाकबाना में वह बहुत बड़ा ख़तरा बन गई थी। वह जितने मर्दों को जानती थी उनमें से बस एक राल्फ़ हार्ट था जो समझ सकता था, क्योंकि मिलान उसको 'ख़ास ग्राहक' समझता था। लेकिन उसने उसको जिस तरह से प्रेम में डूबी आँखों से देखा उससे चीज़ें और मुश्किल हो गईं; इसलिए सबसे अच्छा यही था कि कुछ नहीं कहा जाए।

'दर्द, पीड़ा और सुख एक बारे में तुम क्या जानते हो?'

वह एक बार फिर से अपने विचारों को अपने तक ही रख पाने में असफल रहा। राल्फ़ पिज़्ज़ा खाते-खाते ठहर गया।

'सब कुछ। और इसमें मेरी कोई दिलचस्पी नहीं है।'

जवाब तत्काल आया था, और मारिया सदमे में थी। क्या वह दुनिया में अकेली ऐसी इंसान थी, जिसको कुछ नहीं आता था? यह किस तरह की दुनिया थी?

'मैंने अपने अंदर के पिशाचों और अपने अंधेरों का सामना किया है,' राल्फ़ कहे जा रहा था। 'मैं बहुत अंदर तक गया हूँ और मैंने सब कुछ करके देखा है, केवल उसी क्षेत्र में नहीं, बल्कि अन्य क्षेत्रों में भी। हालाँकि जब पिछली रात हम मिले तो मैं ख़्वाहिशों के माध्यम से ना कि दर्द के माध्यम से अपनी सीमाओं के भी परे निकल गई। मैं अपनी रूह की अतल गहराइयों में डूब गई और मैं यह जानता हूँ कि मुझे अभी भी अच्छी-अच्छी चीज़ें चाहिए, इस ज़िंदगी से बहुत-सी अच्छी-अच्छी चीज़ें चाहिए।'

वह यह कहना चाहता था : 'उन अच्छी चीज़ों में एक तुम हो, इसलिए प्लीज उस रास्ते पर मत जाओ।' लेकिन उसके अंदर यह साहस नहीं था; बल्कि उसने एक टैक्सी बुलाई और ड्राइवर से कहा कि वह उसको झील के किनारे ले जाए, जहाँ एक जमाना पहले जब वे पहली बार मिले थे तो साथ-साथ टहलने गए थे। मारिया इस अनुरोध को समझ गई और उसने कुछ नहीं कहा; उसका मन यह कह रहा था कि उसको काफ़ी कुछ खोना था, हालाँकि उसके दिमाग़ में अभी भी कल रात का खुमार छाया हुआ था।

जब वे झील के पास के बाग में पहुँचे तब जाकर वह अपनी निष्क्रिय अवस्था से मुक्त हुई; वैसे तो अभी गर्मियों के ही दिन थे, लेकिन रात में अभी से ही बहुत ठंड होने लगी थी।

'हम यहाँ क्या करने आए हैं?' मारिया ने टैक्सी से उतरते हुए पूछा। 'हवा तेज़ चल रही है। हो सकता है कि मुझे ठंड लग जाए।'

'मैं उस बारे में सोच रहा हूँ, जो तुमने रेलवे स्टेशन पर कहा था, पीड़ा और सुख के बारे में। अपने जूते उतार लो।'

उसको याद आया कि एक बार उसके एक ग्राहक ने यही बात कही थी कि उसके पैरों को देखकर ही उसकी भावनाएँ जाग जाती थीं। क्या ये रोमांचक अनुभव उसको शांति से रहने नहीं देंगे?

'मुझे ठंड लग जाएगी।'

'मैंने जो कहा वह करो,' उसने ज़ोर देते हुए कहा। 'अगर हमने जल्दी-जल्दी किया तो ठंड नहीं लगेगी। मेरे ऊपर भरोसा करो, जैसे मैं तुम्हारे ऊपर करता हूँ।'

किसी कारण से मारिया को ऐसा लगा कि वह उसकी मदद करना चाह रहा था; शायद उसने कभी बहुत कड़वा पानी पी लिया था और उसको इस बात का डर था कि फिर से ऐसा ही हो सकता था। वह नहीं चाहती थी कि कोई उसकी मदद करे; वह अपनी नई दुनिया में ख़ुश थी, जिसमें वह यह सीख रही थी कि पीड़ा अब कोई मुश्किल नहीं रह गई थी। उसके बाद वह ब्राज़ील के बारे में सोचने लगी, इस बात की असंभाव्यता को लेकर कि ऐसे किसी साथी की तलाश की जाए, जिसके साथ अलग दुनिया को साझा किया जा सके और चूँकि ब्राज़ील उसके जीवन की सबसे ज़रूरी चीज़ थी, इसलिए उसने अपने जूते उतार दिए। नीचे ज़मीन पर छोटे-छोटे पत्थर थे, जिससे उसकी स्टाकिंस फट गई, लेकिन इससे फ़र्क़ नहीं पड़ता था, वह और ख़रीद सकती थी।

'अपनी जैकेट उतारो।'

वह 'नहीं' कह सकती थी, लेकिन कल रात से उसको हर उस बात में 'हाँ' कहने में मज़ा आने लगा था, जो उसके रास्ते में आता था। उसने अपनी जैकेट उतार ली, और उसके गर्म शरीर को बाहर के माहौल को समझने में थोड़ा वक्त लगा, फिर धीरे-धीरे ठंड उसके शरीर को अपने घेरे में लेने लगी।

'हम लोग टहलते हुए बातें भी कर सकते हैं।'

'मैं यहाँ नहीं टहल सकती, नीचे ज़मीन पर पत्थर हैं।'

'वही तो। मैं चाहता हूँ कि तुम इन पत्थरों को महसूस करो, मैं यह चाहता हूँ कि उन पत्थरों से तुमको चोट पहुँचे, तुम्हारे पैर छिल जाएँ, क्योंकि मेरी तरह तुमने भी पीड़ा को सुख के साथ जोड़कर देखना शुरू कर दिया है, और मैं उसको तुम्हारी रूह से निकाल देना चाहता हूँ।'

मारिया का मन हो रहा था कि वह कहे : 'इसकी कोई ज़रूरत नहीं, मुझे अच्छा लग रहा है।' लेकिन कहने के बजाय उसने धीरे-धीरे चलना शुरू कर दिया, और उसके पैरों के तलवे ठंड के मारे जलने लगे और पत्थरों की नोक चुभ रही थी।

'एक प्रदर्शनी के सिलसिले में मैं जापान गया था, वहाँ मैं उसमें डूब गया जिसको तुम "दर्द, पीड़ा और सुख" कह रही हो। उस समय मैंने यह सोचा कि पीछे जाने का कोई रास्ता नहीं होता कि मैं गहरे और गहरे नीचे उतरता जाऊँगा, जब तक मेरे जीवन में इसके सिवा कुछ बाक़ी नहीं रह जाएगा सिवाय सज़ा देने और सज़ा पाने की ख़्वाहिश के।

'आख़िरकार हम सब इंसान हैं, हम लोग बहुत से अपराध बोध के साथ पैदा होते हैं; जब यह लगने लगता है कि ख़ुशी की संभावना सही होने जा रही है तो हम डर जाते हैं; और चूँकि हम अशक्त, ग़लत तरीक़े से आजमाए गए और नाख़ुश महसूस करते हैं, इसलिए हम सभी को सज़ा देने की इच्छा से मरे जाते रहते हैं। अपने पापों के लिए भुगतना और पापियों को सज़ा देना, क्या यह सुनकर अच्छा नहीं लगता है? हाँ, बहुत अच्छा।'

मारिया अभी भी टहल रही थी, दर्द और ठंड के कारण उसके लिए यह मुश्किल होता जा रहा था कि राल्फ़ जो कह रहा था उसके ऊपर ध्यान लगाए रख सके, लेकिन वह अपनी तरफ़ से पूरी कोशिश कर रही थी।

'आज मेरा ध्यान तुम्हारी कलाई के निशानों पर गया।'

हथकड़ी। उसने उन निशानों को छिपाने के लिए कई ब्रेसलेट पहन ली थीं, लेकिन माहिर आँखों को यह पता होता है कि देखना क्या चाहिए।

'अब अगर तुम अपने हाल के अनुभवों के कारण इस तरह का क़दम उठाना चाहती हो तो मैं तुमको रोकूँगा नहीं, लेकिन तुमको इस बारे में पता होना चाहिए इनमें से किसी भी चीज़ का वास्तविक जीवन से कोई संबंध नहीं होता है।'

'किस तरह का क़दम?'

'दर्द और सुख की दिशा में, दुखवाद और परपीड़ा की दिशा में। इसको तुम जो चाहे कह लो, लेकिन अगर तुमको ऐसा लगता है कि वह सही रास्ता है तो मुझे दुःख होगा, मैं ख़्वाहिश की उस भावना को याद रखूँगी, हमारी मुलाक़ातों को, सैंटियागो के मार्ग पर तुम्हारे साथ चलना, तुम्हारी रोशनी को, सब याद रखूँगा। लेकिन मैं फिर कभी तुम्हारी तलाश में नहीं आऊँगा।'

मारिया को डर लग रहा था; उसको यह लगा कि यह समय खंडन करने का था, उसको सच बताने का, यह जताते रहने का कि वह उससे ज़्यादा जानती थी।

कर रहा था, और इसके बावजूद कि वह उसकी मदद करने की कोशिश कर रही थी कि उसको अपनी इच्छाशक्ति की रोशनी दिखाए, लेकिन उसका दर्द उसको इस बात की अनुमति नहीं दे रहा था वह कोई बड़ी या छोटी बात सोच सके; बस दर्द था जो सभी कुछ में भरता जा रहा था, उसको डरा रहा था और यह सोचने के लिए मजबूर कर रहा था कि वह इस बात को सोचे कि उसकी भी सीमाएँ थीं और वह नहीं कर पाएगी।

लेकिन उसने एक क़दम बढ़ाया।

एक और बढ़ाया।

दर्द से ऐसा लग रहा था कि वह उसकी रूह में घुस रही थी और उसको आध्यात्मिक रूप से खोखला कर रहा हो, क्योंकि 5 स्टार होटल में एक तरह का नाटक करना एक बात थी, नग्न रूप में, वोदका और कैवियर को लेने के बाद और पैरों के बीच चाबुक के साथ, लेकिन ठंड में नंगे पाँव चलना कोई और बात थी, जब आपके पैरों में पत्थर चुभ रहे हों। उसका ध्यान इधर-उधर भटक रहा था, राल्फ़ हार्ट से कहने के लिए वह एक बात नहीं सोच पा रही थी; उसकी दुनिया में जो चीज़ थी वह छोटे-छोटे नुकीले पत्थरों के रूप में थी, जो पेड़ों के बीच के उस रास्ते में बिछी हुई थी।

फिर जब उसको लग रहा था कि उससे अब नहीं हो पाएगा तो उसको अजीब तरह का अहसास होने लगा : वह अपने कगार पर पहुँच चुकी थी, और उसके आगे ख़ाली जगह थी, जिसमें ऐसा लग रहा था जैसे वह ऊपर-ऊपर तैर रही थी, इस बात से अनजान कि उसको क्या महसूस हो रहा था। क्या पश्चाताप करने वालों को ऐसा ही महसूस होता था? दर्द के चरम पर उसने चेतना के एक अलग स्तर पर दरवाज़ा देखा था, और अब किसी भी चीज़ के लिए जगह नहीं थी, बस कठोरचित्त प्रकृति और उसका अपना अजेय स्वभाव था।

उसके आसपास की हर चीज़ सपने जैसी लग रही थी : मद्धिम रोशनी वाला बाग, गहरी झील, उसके बगल का आदमी, कुछ भी नहीं कहता हुआ, बीच-बीच में कुछ जोड़े टहलते हुए दिखाई दे जाते थे, जिनको यह दिखाई नहीं देता था कि वह नंगे पैर थी और उसको चलने में दिक़्क़त हो रही थी। उसको यह समझ में नहीं आ रहा था कि यह ठंड के कारण था या दर्द के कारण, लेकिन अचानक उसको अपने शरीर की सारी संवेदना ख़त्म होती लग रही थी और वह एक ऐसी अवस्था में आ चुकी थी, जिसमें ना

कोई ख़्वाहिश थी ना कोई डर, केवल एक रहस्यमय - पता नहीं कैसे कहा जाए - रहस्यमय क़िस्म की शांति। दर्द की दीवार उसके लिए कोई दीवार नहीं थी, वह उसके भी आगे जा सकती थी।

उसने हर ऐसे आदमी के बारे में सोचा जो पीड़ा की अवस्था में भी अडिग रहते थे और एक वह थी, जो पीड़ा को अपने ऊपर हावी होने दे रही थी, लेकिन उस बात से कोई फ़र्क़ नहीं पड़ता था, वह शरीर की सीमाओं को पार कर चुकी थी, अब बस रूह थी, 'रोशनी,' एक प्रकार का शून्य, जो किसी के साथ किसी दिन, जिसका नाम स्वर्ग था। कुछ पीड़ा ऐसी होती है, जिसको तभी भुलाया जा सकता है, जब हम एक बार अपने दर्द के ऊपर सफलतापूर्वक बहना सीख जाते हैं।

अगली बात जो उसको याद है वह यह कि राल्फ़ उसको उठा रहा था और उसके कंधे पर जैकेट डाल रहा था। वह ठंड के मारे बेहोश हो गई होगी, लेकिन उसको इस बात की परवाह नहीं थी; वह ख़ुश थी, वह डरी हुई नहीं थी - वह पार निकल आई थी। उसने अपने आपको उसके सामने झुकाया नहीं।

मिनट घंटों में बदल गए, वह शायद उसकी बाँहों में सो गई थी, क्योंकि जब वह सोकर उठी तो वैसे तो अंधेरा ही था। वह एक कमरे में थी, जिसके एक कोने में टीवी था और कुछ नहीं। सफ़ेद, ख़ाली।

राल्फ़ एक कप हॉट चॉकलेट लेकर आ गया।

'अच्छा है,' वह बोला। 'तुम उस जगह तक पहुँच गई, जहाँ तुमको जाने की ज़रूरत थी।'

'मुझे हॉट चॉकलेट नहीं चाहिए, मुझे वाइन चाहिए। और मैं नीचे हमारे उस स्थान पर जाना चाहती हूँ जहाँ अँगीठी है, चारों तरफ़ किताबें हैं।'

उसने 'हमारे स्थान' कहा था। यह उसने सोच-समझ कर नहीं बोला था।

उसने अपने पैरों को देखा; एक जगह कटे का छोटा-सा निशान था, उसके अलावा कुछ लाल निशान थे, जो कुछ घंटे में ग़ायब हो जाते। थोड़ी कठिनाई के साथ वह नीचे की मंज़िल पर गई, बिना अपने आसपास देखे। वह गई और अँगीठी के पास की दरी पर बैठ गई - उसको यह बात समझ आई कि उस जगह पर बैठना उसको हमेशा से अच्छा लगता था, मानो वह उस घर में उसकी 'जगह' हो।

'लकड़हारे ने मुझसे यह कहा था कि जब भी आप किसी तरह का शारीरिक व्यायाम करते हैं, जब आप अपने शरीर से अधिकतम की माँग करते हैं, तो दिमाग़ में अजीब-सी आध्यात्मिक शक्ति आती है, जिसका संबंध उस "रोशनी" से है, जो मैंने तुम्हारे अंदर देखी थी। तुमको कैसा महसूस हुआ?'

'मुझे ऐसा महसूस हुआ कि वह दर्द स्त्री का दोस्त है।'

'यह ख़तरनाक बात है।'

'मुझे यह भी महसूस हुआ कि दर्द की अपनी एक सीमा होती है।'

'वह मुक्ति है। इस बात को मत भूलना।'

मारिया के दिमाग़ में अभी भी उलझन थी; जब वह अपनी सीमाओं के भी पार गई थी तो उसने उस 'शांति' को महसूस किया था। राल्फ़ ने उसको एक अलग तरह की पीड़ा दिखाई थी, जिसके कारण उसको एक अजीब तरह का सुख महसूस हुआ।

राल्फ़ ने एक बड़ी फ़ाइल निकाली और उसके सामने खोल दी। उसके अंदर रेखांकन थे।

'वेश्यावृत्ति का इतिहास। जब हम मिले थे तब तुमने यही पूछा था।'

हाँ, उसने पूछा था, लेकिन यह बातचीत को कुछ दिलचस्प बनाने के इरादे से उसने पूछा था, अब उस बात का कोई महत्त्व नहीं था।

'इस दौरान मैं अनजाने पानी में बहता रहा हूँ। मुझे यह नहीं पता था कि इसका एक इतिहास भी है, मैं बस यही सोचता था कि यह दुनिया का सबसे पुराना पेशा है, जैसा कि लोग कहते रहे हैं। लेकिन इसका एक इतिहास है, बल्कि दो इतिहास हैं।'

'इन रेखांकनों में क्या है?'

राल्फ़ हार्ट इस बात से कुछ निराश हुआ, वह जो कह रहा था उसमें मारिया कोई दिलचस्पी नहीं दिखा रही थी, लेकिन उसने इन भावनाओं को परे किया और आगे कहने लगा।

'जब मैं पढ़ रहा था, शोध कर रहा था, सीख रहा था तो इन बातों को मैंने दर्ज किया था।'

'इसके बारे में कभी और बात करेंगे। आज मैं बातचीत के विषय को बदलना नहीं चाहती। मुझे दर्द को समझना है।'

'तुमने कल दर्द का अनुभव किया था और तुमने यह पाया कि वह सुख की तरफ़ जाता है। आज तुमने उसका अनुभव किया और शांति पाई। इसी वजह से मैं कह रहा हूँ : इसकी आदी मत बनो, क्योंकि आदी बन जाना बहुत आसान होता है; यह बहुत शक्तिशाली नशा होता है। यह हमारी रोज़ाना की ज़िंदगी में होता है, हमारी छिपी हुई पीड़ा को, हम जो बलिदान करते हैं उसको, प्रेम को हम अपने सपनों की तबाही का ज़िम्मेदार मानते हैं। दर्द जब अपना असली रूप दिखाता है तो वह डरावना हो जाता है, लेकिन जब यह त्याग के रूप में या अपने अहं को मिटाने के बाद छिपे

रूप में आता है तो सम्मोहक लगता है। या कायरता। हालाँकि हम इसको जितना भी ख़ारिज करें हम इंसान दर्द के साथ होने का जरिया हर हाल में निकाल लेते हैं या उसके साथ चुहल करते हैं और इसको अपनी ज़िंदगी का हिस्सा बना लेते हैं।'

'मैं यह नहीं मान सकती। कोई पीड़ा में होना नहीं चाहता।'

'अगर तुमको ऐसा लगता है कि तुम पीड़ा के बिना रह सकती हो तो यह बहुत बड़ा क़दम होगा, लेकिन यह सोचना भी मत कि दूसरे लोग तुमको समझ पाएँगे। सही बात है कि कोई भी पीड़ा में नहीं पड़ना चाहता, लेकिन क़रीब-क़रीब सभी दर्द और बलिदान चाहते हैं, और फिर उनको यह उचित लगने लगता है, परिशुद्ध, बच्चों, पतियों, पड़ोसियों, ईश्वर के सम्मान के लायक़ होता है। उसके बारे में अभी मत सोचो; तुमको बस यह जानने की ज़रूरत है कि दुनिया को जो बात इधर से उधर कर देती है वह सुख की खोज नहीं है, बल्कि इनका त्याग मायने रखता है।'

'क्या कोई सैनिक युद्ध में दुश्मन को मारने के इरादे से जाता है? वह अपने देश के लिए मरने के इरादे से युद्ध में जाता है। क्या कोई पत्नी अपने पति को यह दिखाना चाहती है कि वह कितनी ख़ुश है? नहीं, वह यह चाहती है कि उसको यह दिखाए कि वह अपने पति के लिए कितनी समर्पित है, उसको ख़ुश रखने के लिए वह कितनी तकलीफ़ उठाती है। क्या कोई पति यह सोचकर काम पर जाता है कि उसको वहाँ निजी संतुष्टि मिलेगी? नहीं, वह अपने परिवार की भलाई के लिए अपना पसीना तथा अपने आँसू बहाता है। इसी तरह यह चलता रहता है : बच्चे अपने माता-पिता को ख़ुश करने के लिए अपने सपने का त्याग कर देता है, माता-पिता अपने बच्चों की खुशी के लिए अपनी ज़िंदगी का त्याग करते हैं; तकलीफ़ और पीड़ा का उपयोग बस एक चीज़ के औचित्य को सही ठहराने के लिए किया जाता है, जिसको केवल ख़ुशी लेकर आना चाहिए : प्रेम।'

'रुको।'

राल्फ़ रुक गया। यह बात को बदलने का सही समय था और वह एक के बाद एक अपनी बनाई ड्राइंग दिखाने लगा। शुरू में, यह सब उलझन में डालने वाला लग रहा था : कुछ लोगों के खाके थे, लेकिन कुछ दूसरे तरह के रेखांकन भी थे, अलग-अलग आकार और रंग। हालाँकि धीरे-धीरे वह इस बात को समझने लगी कि राल्फ़ कह क्या रहा था, क्योंकि वह जो कह

रहा था हाथ के इशारे से उसको दिखा भी रहा था, और हर मुहावरा उसको एक ऐसी दुनिया में ले जाता था, जिसको उसने हमेशा ख़ारिज किया था, और वह अपने आपसे यह कहती रहती थी कि यह ज़िंदगी का महज एक चरण था, कमाने का एक जरिया, और कुछ नहीं।

'हाँ, मैंने यह पाया कि वेश्यावृत्ति का महज एक इतिहास नहीं है, बल्कि दो इतिहास हैं। पहले वाले को तुम बहुत अच्छी तरह से जानती हो, क्योंकि यह तुम्हारा अपना इतिहास भी है : एक सुंदर लड़की जिसने चाहे-अनचाहे यह फ़ैसला किया कि उसके लिए जीने का एकमात्र जरिया है अपने शरीर को बेचना। कुछ देश के ऊपर शासन करती हैं, जैसे रोम में मेसलिना ने किया, कुछ क़िस्से-कहानियों का हिस्सा हो गईं, जैसे - मैडम ड्यु बेरी, कुछ ने रोमांच और दुर्भाग्य के मार्ग का पीछा किया, जैसे - जासूस माता हारी। लेकिन अधिकतर के लिए गौरव का वह पल नहीं आया, उन्होंने किसी बड़ी चुनौती का सामना नहीं किया : वे हमेशा छोटे शहरों की लड़कियाँ रहेंगी, जिन्होंने प्रसिद्धि, पति, रोमांच की खोज में एक अलग तरह के सत्य का सामना किया, जिसमें वे कुछ समय के लिए डूब गए और जिसकी उनको आदत पड़ गई, जिनको हमेशा यही लगता था कि वे पूरी तरह से नियंत्रण में हैं, लेकिन आख़िरकार वे कुछ और कर नहीं पाते।'

'कलाकार तीन हज़ार से भी अधिक साल से मूर्तियाँ बना रहे हैं, पेंटिंग कर रहे हैं और किताबें लिख रहे हैं। इसी तरह से उसी समय से वेश्याओं का पेशा चल रहा है मानो कुछ ख़ास बदलाव हुआ ही नहीं हो। क्या तुम विस्तार से जानना चाहती हो?'

मारिया ने हामी भरी। वह दर्द-तकलीफ़ को समझने के लिए समय चाहती थी, लेकिन उसको यह महसूस होने लगा था कि जब वह पार्क में टहल रही थी तो उसके शरीर का कुछ बहुत बुरा हिस्सा उससे दूर हो चुका है।

'प्राचीन किताबों में वेश्याओं का जिक्र आता है, मिस्र की चित्रलिपि में, सुमेरिया के लेखन में, ओल्ड और न्यू टेस्टामेंट में इनका जिक्र आता है। लेकिन व्यवस्थित रूप में यह पेशा छठी शताब्दी ईसा पूर्व में शुरू हुआ, जब एक ग्रीक प्रतिनिधि सोलोन ने राज्य के नियंत्रण में वेश्यालय बनाए और "शरीर के व्यापार" पर कर लगाना शुरू कर दिया। एथेनिया के व्यवसायी इस बात से ख़ुश थे कि जो कभी प्रतिबंधित था वह अब क़ानूनी हो गया

था। दूसरी तरफ़ वेश्याओं का वर्गीकरण इस आधार पर किया जाने लगा कि वे कितना कर चुकाती हैं।

'सबसे सस्ती वेश्याएँ *पोर्नाई* होती थीं, जो वेश्यालयों के मालिकों की गुलाम होती थी, उसके बाद *पेरिपटेटिका* का स्थान आता था, जो सड़क से अपने ग्राहक पटाती थीं। सबसे अंत में सबसे महँगी वेश्याएँ *हेतेरा* आती थीं, जो व्यवसायियों के साथ यात्राओं पर जाती थीं, महँगे भोजनालयों में खाना खाती थीं, अपने धन के ऊपर खुद नियंत्रण रखती थीं, लोगों को सलाह देती थीं और शहर की राजनीति में दख़ल रखती थीं। आप समझ सकते हैं कि जो तब होता था वही आज भी होता है।'

'मध्य काल में, सेक्स से संक्रमित बीमारी के कारण...'

ख़ामोशी, ठंड लग जाने का डर, आग की गरमी - जो उसकी रूह और शरीर को गर्म रखने के लिए ज़रूरी थे... इसलिए मारिया अब और इतिहास सुनना चाहती थी, इससे उसको यह समझ आया कि दुनिया जैसे थम गई थी, और हर चीज़ अनंत रूप से दोहराई जा रही थी और मानवता सेक्स को कभी वह सम्मान नहीं देगी, जिसके वह क़ाबिल है।

'लग नहीं रहा है कि तुम्हारी बहुत दिलचस्पी है।'

उसने अपने आपको सँभाला। आख़िरकार यही वह आदमी था, जिसको उसने अपना दिल देने का फ़ैसला किया था, लेकिन अभी वह इस बात को लेकर बहुत निश्चित नहीं थी।

'इस बात में मेरी कोई दिलचस्पी नहीं है कि मैं इसके बारे में क्या जानती हूँ; इससे मैं उदास हो जाती हूँ। तुमने कहा कि एक और इतिहास था।'

'दूसरा इतिहास एकदम अलग है : पवित्र वेश्यावृत्ति।' वह अचानक जैसे नींद से जाग गई और राल्फ़ को ध्यान से सुनने लग गई। पवित्र वेश्यावृत्ति? सेक्स से कमाई करने के बावजूद ईश्वर तक पहुँच पाने में समर्थ?

'ग्रीक इतिहासकार हेरोडोटस ने बेबिलोनिया के बारे में लिखा है : उन लोगों की यहाँ एक अजीब प्रथा है, जिससे सुमेरिया में पैदा होने वाली हर स्त्री अपने जीवन काल में कम से कम एक बार ज़रूर उपकृत होती है, देवी ईस्थर के मंदिर में जाकर अपना शरीर किसी अजनबी को सौंप देती है, आतिथ्य के प्रतीक के रूप में और प्रतीकात्मक शुल्क लेकर।'

वह राल्फ़ से देवी के बारे में बाद में पूछेगी; शायद वह उसको उस चीज़ की वापसी में मदद करे जिसको वह खो चुकी थी, लेकिन क्या खोया था यह उसको नहीं पता था।

'देवी ईस्थर का प्रभाव पूरे मध्य-पूर्व में था सर्दिनिया, सिसली तथा भूमध्यसागर के तटों तक। बाद में, रोमन साम्राज्य के काल में एक और देवी वेस्ता थीं, जो पूर्ण कौमार्य तथा पूर्ण समर्पण की माँग करती थीं। पवित्र आग को जलाए रखने के लिए उनके मंदिर की सेवा करने वाली स्त्रियाँ युवाओं और राजाओं को सेक्स के मार्ग पर लेकर आती थीं - वे कामुक गान गाती थीं, तंद्रा जैसी अवस्था में आ जाती थीं देवता के साथ एकता के रूप में ब्रह्मांड को चरम आनंद से भर देती थीं।'

राल्फ़ हार्ट ने उसको किसी प्राचीन गान की छायाप्रति दिखाई, पन्ने के नीचे की तरफ़ जिसका अनुवाद दिया गया था। वह एक-एक पंक्ति का अनुवाद करते हुए पढ़ने लगा :

"जब मैं सराय के द्वार के बाहर बैठी हूँ,
मैं ईस्थर, देवी,
वेश्या, माँ, पत्नी, देवी हूँ।
मैं वह हूँ जिसको लोग 'ज़िंदगी' कहते हैं,
आप चाहें तो इसको 'मृत्यु' भी कह सकते हैं।
मैं वह हूँ जिसको लोग क़ानून कहते हैं,
आप चाहें तो इसको दोष कह सकते हैं।
मैं वह हूँ जो आप चाहते हैं
और जो आप पाते हैं।
मैं वह हूँ जिसको आप बिखेरते हैं
और जिन टुकड़ों को आप समेटते हैं।'

मारिया धीरे-धीरे रो रही थी और राल्फ़ हार्ट हँसने लगा; उसकी ऊर्जा लौट कर आ रही थी, उसकी 'रोशनी' फिर से चमकने लगी थी। सबसे अच्छा था इतिहास को जारी रखना था, उसको अपने रेखांकन दिखाना, उसको यह महसूस करवाना कि उसको प्यार किया जा रहा है।

'किसी को नहीं पता है कि पवित्र वेश्यावृत्ति ग़ायब क्यों हो गई, क्योंकि यह कुछ शताब्दियों तक नहीं बल्कि क़रीब दो हज़ार साल तक क़ायम रही। शायद यह कोई रोग था या समाज ने जब धर्म बदले तो अपने क़ायदे भी बदल लिए। बहरहाल, यह अब मौजूद नहीं है, और अब इसका अस्तित्त्व कभी नहीं आएगा; आजकल पुरुष दुनिया के ऊपर नियंत्रण रखते हैं, और इस शब्द को कलंक से जोड़कर देखा जाने लगा, अब जैसे ही कोई स्त्री सीमा रेखा को पार करती है तो उसको अपने आप वेश्या करार दे दिया जाता है।'

'क्या तुम कल कोपाकबाना आओगे?'

राल्फ़ को यह बात समझ नहीं आई कि वह इस तरह से क्यों पूछ रही थी, लेकिन वह तत्काल मान गया।

जेनेवा के जार्डिन एंगल्ज में, रात के समय पैदल चलने के बाद मारिया की डायरी से :

मुझे इस बात की कोई परवाह नहीं है कि यह चीज़ कभी पवित्र थी या नहीं, लेकिन मुझे यह करने से नफ़रत है। यह मेरी रूह को तबाह कर रही है, मैं अपने आपको भूलती जा रही हूँ। यह मुझे यह शिक्षा दे रही है कि दर्द एक इनाम है। धन से आप कुछ भी ख़रीद सकते हैं और किसी भी चीज़ को सही ठहरा सकते हैं।

मेरे आसपास कोई भी ख़ुश नहीं है; ग्राहकों को यह पता है कि वे जिस चीज़ के लिए भुगतान कर रहे हैं वह मुफ़्त होनी चाहिए, और यह हताश करने वाली बात है। स्त्री इस बात को जानती है वह किसी ऐसी चीज़ को बेच रही होती है, जो वह ख़ुशी और प्यार के बदले देना चाहेगी, और यह बात विनाशकारी है। यह लिखने के पहले मैंने कई दिनों तक बेहद कठिन संघर्ष किया है, इस बात को स्वीकार करने के पहले कि मैं कितनी नाख़ुश और असंतुष्ट थी – मुझे चाहिए कि कुछ सप्ताह तक और इसको बनाए रखूँ।

लेकिन मैं कुछ नहीं कर सकती, यह मानते हुए कि सभी कुछ सामान्य है कि यह बस एक दौर है, मेरे जीवन का एक चरण। मैं इसको भूल जाना चाहती हूँ, मुझे - बस, मुझे प्यार चाहिए।

ज़िंदगी बहुत छोटी है या बहुत लंबी, यह मेरे लिए है कि इसको बुरी तरह जीना मैंने चुना।

यह उसका घर नहीं है। यह उस लड़की का भी घर नहीं है। यह ब्राज़ील और स्विट्ज़रलैंड नहीं है। यह एक होटल है, जो दुनिया में कहीं भी हो सकता है, साजो-सामान से लैस, जैसे होटल के कमरे होते हैं, एक तरह से पूरी कोशिश की गई है कि जाना-पहचाना माहौल बनाया जाए, लेकिन इस सबके कारण माहौल और अधिक औपचारिक लग रहा था।

यह कोई ऐसा होटल नहीं है, जिससे झील का सुंदर नज़ारा दिखाई दे रहा है और दर्द की याद है, पीड़ा और आनंद की; वह सैंटियागो के मार्ग की ओर देख रहा है, जो तीर्थयात्रा का मार्ग है पछतावे का नहीं, ऐसी जगह है जहाँ लोग सड़क के किनारे कैफ़े में मिलते हैं, एक दूसरे की 'रोशनी' की तलाश करते हैं, बातें करते हैं, दोस्त बन जाते हैं, प्रेम में पड़ जाते हैं। बारिश हो रही है और रात के इस वक्त वहाँ कोई टहल नहीं रहा, हालाँकि सालों, दशकों, शताब्दियों से लोग उसके ऊपर चल रहे हैं, शायद सड़क को साँस लेने की ज़रूरत है, उसके ऊपर से जो बहुत-से क़दम रोज़ गुज़रते रहे हैं, उससे आराम करने की ज़रूरत है।

बत्तियाँ जला लो। पर्दे गिरा दो।

मारिया ने उससे अपने कपड़े उतार लेने को कहा। अंधेरा कभी पूरी तरह से नहीं होता, और जैसे ही उसकी आँखों को उस अंधेरे की आदत पड़ गई, उसको उस आदमी की पीठ दिखाई देने लगी, जो उस हल्की-सी रोशनी में दिखाई दे रही थी जो पता नहीं कहाँ से आ रही थी। पिछली बार जब वे इस मक़सद से मिले थे तो उसने अपने शरीर का बस ज़रा-सा हिस्सा नग्न रखा था।

मारिया ने दो अच्छी तरह तह करके रखे गए रुमाल निकाल लिए, उनको कई बार साफ़ करके निचोड़ा गया था, जिससे कि उनमें इत्र की ज़रा-सी भी ख़ुशबू नहीं रह जाए। वह उसके पास गई और उससे बोली कि

वह अपनी आँखों पर पट्टी बाँध ले। एक पल को तो वह झिझका, फिर उसने उस बारे में कोई बात कही जिन नरकों से वह पहले गुज़र चुका था। मारिया ने कहा कि इसका कोई संबंध उससे नहीं था, उसको बस अंधेरा चाहिए, अब उसकी बारी थी राल्फ़ को कुछ सिखाने की, उसी तरह से जिस तरह से उसने कल मारिया को दर्द के बारे में सिखाया था। राल्फ़ ने हार मान ली और आँखों पर पट्टी बाँध ली। उसके बाद मारिया ने भी यही किया, अब रोशनी की वह किरण भी नहीं थी, अब पूरी तरह अंधेरा हो गया था, और बिस्तर तक जाने के लिए उनको हाथ थामने की ज़रूरत थी।

'नहीं, हम लोगों को लेटना नहीं चाहिए। आओ हमेशा की तरह से बैठ जाते हैं, आमने-सामने, कुछ पास जिससे कि मेरे घुटने तुम्हारे घुटनों को छूने लगें।'

वह हमेशा से यही करना चाहती थी, लेकिन उसके पास वह नहीं था, जिसकी सबसे अधिक ज़रूरत थी : समय। ना अपने पहले प्रेमी के साथ, ना ही उस आदमी के साथ जिसने उसके साथ पहली बार संभोग किया था। ना ही उस अरब के साथ जिसने उसको हज़ार फ़्रैंक दिए थे, शायद उसको उससे अधिक की उम्मीद थी जो उसने उसको दिया, हालाँकि हज़ार फ़्रैंक जो वह ख़रीदना चाहती थी उसके लिए नाकाफ़ी थे। ना ही उन असंख्य पुरुषों के साथ जो उसके शरीर से होकर गुज़रे, जो उसके पैरों के बीच आए और चले गए, कई बार अपने बारे में सोचते हुए, कई बार उसके बारे में भी सोचते हुए, कई बार रोमांटिक सपनों को पालते हुए, कई बार आदतन कुछ शब्दों को दोहराती थी, क्योंकि उनको यह बताया गया था पुरुष यही करते हैं, और अगर वे ऐसा नहीं करते तो वे सच्चे पुरुष नहीं होते।

वह अपनी डायरी के बारे में सोचने लगी। अब बहुत हो गया, वह चाहती थी कि बचे हुए सप्ताह जल्दी से गुज़र जाएँ, और इसी कारण से अपने आपको इस आदमी को सौंप रही थी, क्योंकि उसके अपने प्यार की रोशनी वहाँ छिपी हुई थी। मूल पाप वह नहीं कि ईव ने सेब खाया था, पाप उसकी इस सोच में था कि उसने जिस चीज़ का स्वाद चखा था वह स्वाद एडम को भी चखना चाहिए। ईव इस बात से डर रही थी कि वह बिना किसी मदद के इस रास्ते पर चलेगी कैसे, इसलिए वह जो अनुभव कर रही थी उसको साझा करना चाहती थी।

कुछ चीज़ों को कभी साझा नहीं किया जा सकता। ना ही हमें उस समुद्र से डरना चाहिए, जिसमें हम अपनी मर्ज़ी से कूद जाते हैं; डर किसी की भी शैली में अवरोध पैदा कर सकता है। आदमी इस बात को समझने के क्रम में नरक से गुज़रता है। एक दूसरे को प्यार करना चाहिए, लेकिन एक दूसरे के ऊपर अधिकार जताने की कोशिश नहीं करनी चाहिए।

मैं इस आदमी से प्यार करती हूँ, जो मेरे सामने बैठा था, ना तो मैं इसके ऊपर अधिकार जताती, ना यह मेरे ऊपर जताता है। एक दूसरे के प्रति समर्पित होते हुए भी हम मुक्त हैं; मैं इस बात को दर्जनों, सैकड़ों, लाखों बार दोहराना चाहूँगी, जब तक कि मेरा अपने ही लफ़्जों पर भरोसा नहीं हो जाता।

वह उन दूसरी वेश्याओं के बारे में सोचने लगी, जो उसके साथ काम करती थीं। वह अपनी माँ और अपने दोस्तों के बारे में सोचने लगी। उन सभी को यही लगता था कि पुरुष को दिन में महज 11 मिनट के लिए ख़्वाहिश जगती है, और वे इसके एवज में कुछ भी भुगतान करने के लिए तैयार रहते हैं। यह बात सही नहीं है; एक पुरुष स्त्री भी होता है; वह अपने जीवन में अर्थ भरने के लिए किसी को पाना चाहता है।

क्या उसकी माँ भी उसके पिता के साथ उसी तरह से चरम सुख का नाटक करती होगी, जिस तरह से वह करती है? या ब्राज़ील के अंदरूनी इलाक़ों में इस बात की अभी भी मनाही है कि कोई स्त्री सेक्स का आनंद ले? वह ज़िंदगी और प्रेम के बारे में इतना कम जानती थी, और अब - जबकि उसकी आँखों पर पट्टी बँधी हुई है और उसके पास दुनिया भर का समय है, वह हर चीज़ के मूल की तलाश में लगी हुई थी, और हर चीज़ वैसे ही शुरू हुई जैसे और जहाँ उसने चाहा था कि वह शुरू हो।

स्पर्श। वेश्याओं, ग्राहकों, अपनी माँ और पिता को भूल जाना चाहिए, अब वह पूरी तरह से अंधेरे में थी। पूरी दोपहर वह इसी बात को सोचने में लगी थी कि वह उस आदमी को क्या दे सकती है, जिसने उसकी गरिमा उसको वापस दिलाई और यह बात समझने में उसकी मदद की कि ख़ुशी की खोज दर्द या पीड़ा की ज़रूरत से अधिक ज़रूरी थी।

मैं उसको कुछ नया सिखाने की ख़ुशी देना चाहती थी, कल की तरह ही जब उसने मुझे पीड़ा के बारे सिखाया था, सड़क की वेश्या और पवित्र वेश्या के बारे में सिखाया था। मैंने यह महसूस किया था कि जब वह मुझे

कोई नई चीज़ सिखा रहा होता था तो उसको बहुत मज़ा आता था, इसलिए मैं उसको सिखाने दूँगी, अपने आप को दिशा दिखाने दूँगी। मैं इस बात को जानना चाहती थी कि कोई बिना रूह से गुज़रे, अंदर प्रवेश किए, चरम सुख को हासिल किए शरीर तक कैसे पहुँच जाता है।

मारिया ने अपने हाथ बाहर फैलाए और उससे भी यही करने के लिए कहा। वह कुछ फुसफुसाई, वह कह रही थी कि आज रात वह इस जगह पर जहाँ कोई नहीं था, वह चाहती थी कि वह उसकी त्वचा को महसूस करे, मारिया और दुनिया के बीच की सीमा को। उसने उससे अपने आपको छूने के लिए कहा, अपने हाथों से उसको महसूस करने के लिए कहा, क्योंकि शरीर हमेशा एक दूसरे को समझते हैं, चाहे रूह महसूस नहीं भी करे। राल्फ़ ने मारिया को छूना शुरू कर दिया, और मारिया ने भी उसको छूना शुरू कर दिया, मानो यह सब पहले से तय रहा हो, दोनों शरीर के उन हिस्सों को छूने से बच रहे थे जहाँ सेक्स की ऊर्जा सबसे तेज़ी से फैलती है।

राल्फ़ की अँगुलियाँ मारिया के चेहरे को छू रही थीं, और उसे उनमें स्याही की हल्की-सी महक महसूस हो रही थी, वह महक जो वहाँ हमेशा-हमेशा रहने वाली थी, चाहे वह अपने हाथ हज़ारों-लाखों दफ़ा ही क्यों नहीं धो ले, वह महक जो तब भी थी जब वह पैदा हुआ था, जब उसने पहली बार पेड़ देखा था, पहली बार घर देखा था, और अपने सपने में उनको रेखाओं में बनाने का फ़ैसला किया था। राल्फ़ को भी मारिया के हाथ का कुछ सूँघना चाहिए, लेकिन उसको समझ नहीं आ रहा था कि क्या, और वह पूछना भी नहीं चाहती थी, क्योंकि उस समय सब कुछ शरीर था, और बाक़ी सब ख़ामोशी थी।

वह सहला रही थी और बदले में राल्फ़ भी सहला रहा था। वह उसी तरह से पूरी रात पड़ी रह सकती थी, क्योंकि इससे उसको बहुत सुख मिलता था और यह ज़रूरी नहीं था कि इस सब का अंत सेक्स पर ही हो, और उस पल में चूँकि सेक्स करने का कोई बंधन नहीं था, उसको अपने पैरों के बीच गर्मी महसूस हो रही थी और वह समझ गई थी कि वह गीली हो गई है। जब राल्फ़ उसको वहाँ छुएगा तो उसको यह महसूस हो जाएगा, और उसको यह नहीं समझ आ रहा था कि यह सही था या ग़लत, उसके शरीर की प्रतिक्रिया उसी तरह की थी, और मारिया यह कहना नहीं चाह रही थी कि यहाँ छुओ या वहाँ, जल्दी-जल्दी करो या धीरे-धीरे। राल्फ़ के हाथ अब

उसके बगलों को छू रहे थे, उसकी बाँहों के बाल खड़े हो गए थे, और उसका मन हो रहा था कि राल्फ़ के हाथ को हटा दे, लेकिन अभी अच्छा लग रहा था, वैसे शायद उसको दर्द का अनुभव हो रहा था। उसने भी राल्फ़ के साथ वही किया और उसका ध्यान इस बात पर गया कि उसकी बाँह के बगलों की रंगत अलग तरह की थी, शायद उस डियोडेरेंट के कारण जो वे दोनों लगाते थे, लेकिन वह सोच क्या रही है? उसको सोचना नहीं चाहिए। उसको बस छूना है, बस।

राल्फ़ की अँगुलियाँ उसके वक्ष के आसपास चक्कर काट रही थीं, जैसे जानवर देखता है। वह चाह रही थी कि उसकी अँगुलियों की हरकत तेज़ हो, वह उसके चूचुक को छू लें, कारण यह था कि मारिया की सोच राल्फ़ के हाथों से तेज़ चल रही थी, लेकिन शायद वह इस बात को समझ रहा था; इसीलिए वहाँ पहुँचने में इतनी देरी लगा रहा था। मारिया के चूचुक सख़्त हो गए थे, राल्फ़ उनके साथ खेल रहा था, जिससे मारिया को और गुदगुदी हो रही थी, उसके शरीर में गर्मी बढ़ती जा रही थी। साथ ही उसका गीलापन भी। अब वह उसके पेंटी के आसपास हाथ फेर रहा था, फिर नीचे पाँव तक, पैरों तक, वह उसकी जाँघों के अंदर हाथ डालकर सहलाने लगा, राल्फ़ उसकी गर्मी को महसूस तो कर रहा था, लेकिन वह पहल नहीं कर रहा था, उसकी छुअन नरम थी, हल्की, वह जितना हल्का होता जा रहा था और नशीला होता जा रहा था।

मारिया भी वही करने लगी, उसके हाथ राल्फ़ के शरीर के ऊपर जैसे तैर रहे थे, वह उसके पैरों के बालों को सहला रही थी, और जब उसके हाथ राल्फ़ के गुप्तांगों तक पहुँचे तो उसको भी उसके शरीर की आग महसूस हुई; अचानक से ऐसा लगा मानो मारिया का कौमार्य वापस आ गया हो, जैसे वह किसी पुरुष के शरीर को पहली बार महसूस कर रही हो। मारिया ने राल्फ़ का लिंग छुआ। वह उतना सख़्त नहीं था, जितना कि मारिया ने कल्पना की थी। फिर भी वह बहुत गीली हो गई थी, कितनी अनुचित बात थी, शायद आदमी को अधिक समय चाहिए होता हो, क्या पता।

और वह उसको ऐसे सहलाने लगी जैसे कोई कुंवारी जानती है, लेकिन वेश्याएँ बहुत पहले ही इसको भूल चुकी होती हैं। उस आदमी ने भी जवाबी हरकत दिखाई, मारिया के हाथों में राल्फ़ का शिश्न बड़ा होने लगा, और वह धीरे-धीरे दबाव बढ़ा रही थी, मारिया अब तक इस बात को समझ चुकी

थी कि उसको छूना कहाँ-कहाँ चाहिए, ऊपर की तरफ़ कम नीचे की तरफ़ अधिक, उसने अपनी अँगुलियाँ राल्फ़ के शरीर के इर्द-गिर्द फँसा ली थीं, त्वचा को उसके शरीर से छुआ रही थी। अब उसको उत्तेजना हो रही थी, बहुत अधिक उत्तेजित, राल्फ़ ने उसकी योनि के ऊपरी हिस्से को छू लिया, बहुत धीरे-धीरे, और मारिया का मन कर रहा था कि वह उससे कहे कि वह थोड़ा और ज़ोर से करे, अपनी अँगुलियों को अंदर डाल दे। लेकिन राल्फ़ ऐसा कुछ कर नहीं रहा था, वह उसकी योनि को अंदर तक सहला कर उसको गीला बना चुका था, वह उसके चूचुकों के ऊपर भी गोल-गोल हाथ फिरा रहा था। वह आदमी उसको ऐसे ही छू रहा था, जिस तरह से वह उसको छूती।

राल्फ़ का एक हाथ उसके वक्षों तक जा पहुँचा; उसे इतना अच्छा महसूस हो रहा था, उसका मन कर रहा था कि वह अपनी बाँहें उसके इर्द-गिर्द डाल दे। लेकिन नहीं वे शरीर को खोज रहे थे, उनके पास वक्त था, काफ़ी समय था। वे अब संभोग कर सकते थे; यह दुनिया की सबसे स्वाभाविक चीज़ होती, और यह अच्छा हो सकता था, लेकिन सब कुछ इतना नया लग रहा था, उसको अपने ऊपर क़ाबू करने की ज़रूरत थी, वह सब कुछ बिगाड़ना नहीं चाहती थी। उसने उस दिन के वाइन के स्वाद को याद किया जो दोनों ने तब पी थी जब वे पहली बार मिले थे, किस तरह वे धीरे-धीरे पी रहे थे, एक-एक घूँट का स्वाद लेते हुए, उसको किस तरह महसूस हो रहा था कि पीने से उसके अंदर गर्मी आ रही थी और किस तरह इसके कारण उसको दुनिया अलग तरह की महसूस होने लगी थी और जिसके कारण वह कुछ और सहज और ज़िंदगी के क़रीब आ गई थी।

वह तो उस आदमी को भी पी जाना चाहती थी, और उसके बाद वह हमेशा के लिए उस सस्ती वाइन के स्वाद को भूल जाती जिसको आप निगल लेते हैं और आपको नशा महसूस होता है, लेकिन जो हमेशा आपके सिर में दर्द और रूह में ख़ालीपन छोड़ जाता है।

वह रुक गई, उसने धीरे से अपनी अँगुलियों को उसकी अँगुलियों के साथ फँसा दिया, उसने कराह की आवाज़ सुनी और उसका मन भी सीत्कार भरने का हो रहा था, लेकिन उसने अपने आपको रोक दिया, उसको अपने पूरे शरीर में गर्मी महसूस हो रही थी; यही उसके साथ भी हो रहा होगा। बिना चरम सुख के ही ऊर्जा ख़त्म होने लगी, वह दिमाग़ में घूम रही थी,

उसको कुछ सोचने नहीं दे रही थी, सिवाय कुछ करने के, लेकिन वह यही चाहती थी, बीच में ठहर जाना, वह चाह रही थी सुख उसके पूरे शरीर में फैल जाए, वह चाहती थी कि वह उसके दिमाग़ को भेद दे, अपने समर्पण और ख़्वाहिश को वह नया कर रहा था, अपने कौमार्य को वापस पा रही थी।

मारिया ने अपनी आँखों से धीरे-से पट्टी हटाई और फिर उसने राल्फ़ की पट्टी भी हटा दी। उसने बिस्तर के बगल के लैम्प को जला दिया। दोनों नग्न पड़े थे; वे मुस्कराए नहीं, दोनों बस एक दूसरे को देखे जा रहे थे। मैं प्रेम हूँ, मैं ही संगीत, उसने सोचा। आओ डान्स करते हैं।

लेकिन उसने कुछ कहा नहीं : वे कुछ इधर-उधर की बातें करने लगे, यह कि वे अगली बार कब मिलेंगे, उसने एक तारीख़ सुझाई, दो दिन बाद की एक तारीख़। राल्फ़ ने मारिया से कहा कि वह उसको प्रदर्शनी के लिए बुलाना चाहता है, लेकिन वह हिचक गई। इसका मतलब यह होता कि वह राल्फ़ की दुनिया के बारे में जानती है, और वे क्या कहेंगे, क्या सोचेंगे।

मारिया ने नहीं कह दिया, लेकिन राल्फ़ इस बात को समझ गया कि वह हाँ कहना चाहता था, और इसलिए वह ज़ोर देने लगा, उसने कुछ अजीब-अजीब से तर्क दिए, सब उसी डान्स का हिस्सा था जो वे कर रहे थे, आख़िरकार वह मान गई, क्योंकि वह यही चाहती थी। उन्होंने मुलाक़ात की जगह तय की - उसी कैफ़े में जहाँ वे पहली बार मिले थे? नहीं, उसने कहा, ब्राज़ील के लोग बड़े अंधविश्वासी होते हैं, आपको उस जगह पर फिर कभी नहीं मिलना चाहिए, क्योंकि हो सकता है कि उससे एक चक्र पूरा हो जाए और सब कुछ ख़त्म हो जाए।

राल्फ़ ने कहा कि वह इस बात से ख़ुश था कि वह उस चक्र को ख़त्म नहीं करना चाहती थी। उन्होंने एक चर्च में मिलने का फ़ैसला किया जहाँ से वे पूरे शहर को देख सकते थे, और जो सैंटियागो के मार्ग पर था, जो उस रहस्यमय तीर्थयात्रा पर तभी से थे जब से दोनों मिले थे।

मारिया की डायरी से, ब्राज़ील वापसी का टिकट ख़रीदने की पूर्व संध्या :

एक बार की बात है एक चिड़िया थी। उसके दो सुंदर डैने थे, जिसमें चमकदार पंख थे। कुल मिलाकर वह एक ऐसा पक्षी था

जो आकाश में खुलकर उड़ सकता था, और उसको जो देखता था उसी को ख़ुशी महसूस होती थी।

एक दिन एक औरत ने उसको देखा और उसको उससे प्यार हो गया। जब भी वह उसको उड़ता देखती थी तो हैरानी के मारे उसका मुँह खुला का खुला रह जाता था, उसका दिल धड़कने लगता था, उत्साह के मारे उसकी आँखें चमकने लगती थीं। उसने चिड़िया को अपने साथ उड़ने के लिए आमंत्रित किया, और दोनों ख़ूब तालमेल के साथ आकाश में उड़ने लगे। उसने उस चिड़िया की ख़ूब तारीफ़ की।

लेकिन फिर उसने सोचा : हो सकता है कि यह दूर किसी पहाड़ पर जाना चाहे! और वह डरी हुई थी, उसको इस बात का डर था कि उसको फिर किसी चिड़िया के लिए ऐसा महसूस नहीं होगा। और उसको ईर्ष्या होने लगी, चिड़िया के उड़ने की क्षमता को लेकर ईर्ष्या।

और उसको अकेलापन महसूस होने लगा।

और उसने सोचा : 'मैं एक जाल लगा दूँगी। अगली बार जब चिड़िया आए तो वह फिर कभी जा नहीं पाए।'

उस चिड़िया को भी प्यार हो गया था, अगले दिन वह लौट कर आया, तो जाल में फँस गया और उसको पिंजरे में डाल दिया गया।

वह रोज़-रोज़ उस चिड़िया को देखती। उससे उसको बहुत प्यार था, और उसने उस चिड़िया को अपने दोस्तों को भी दिखाया, जो कहते : 'अब तुम्हारे पास वह हर चीज़ है, जो तुम चाहती थी।' हालाँकि एक अजीब तरह का बदलाव दिखाई देने लगा : अब चूँकि उसके पास चिड़िया आ गई थी और अब अब उसको लुभाने की ज़रूरत नहीं रह गई; इसलिए उस चिड़िया में उसकी दिलचस्पी ख़त्म होने लगी। चिड़िया उड़ नहीं पा रही थी और इसके कारण ज़िंदगी का सही मतलब अभिव्यक्त नहीं कर पा रही थी, वह बर्बाद होने लगी, उसके पंख उखड़ने लगे, उसकी चमक जाती रही; वह कुरूप हो गई और वह औरत अब उसके ऊपर बिलकुल ध्यान नहीं देती थी, बस उसको

खाना खिला देती थी और उसके पिंजरे को साफ़ कर देती थी। एक दिन चिड़िया मर गई। वह औरत बहुत उदास हो गई और वह सारा समय उसके बारे में सोचती रहती थी। लेकिन उसको पिंजरा याद नहीं था, उसको बस उन दिनों की याद आती थी जब उसने उसको पहली बार देखा था, बादलों के बीच उन्मुक्त भाव से उड़ते हुए।

अगर उसने अपने भीतर अधिक गहराई से देखा होता, तो उसको समझ आ गया होता कि उसको चिड़िया के बारे में जिस बात से सबसे अधिक मज़ा आता था वह उसकी आज़ादी थी, उसके पंखों की ताक़त थी, उसका भौतिक शरीर नहीं।

चिड़िया के बिना उसकी ज़िंदगी का भी कोई मतलब नहीं रह गया था, और मौत उसके दरवाज़े पर आ गई। 'तुम क्यों आए हो?' उसने मृत्यु से पूछा। 'ताकि तुम उसके साथ एक बार और आकाश के पार जा सको,' मृत्यु ने जवाब दिया। 'अगर तुमने उसको आने-जाने दिया होता तो तुमने उसको और प्यार किया होता और उसको अधिक पसंद किया होता; उसको फिर से पाने के लिए तुमको मेरी ज़रूरत है।'

उसने दिन की शुरुआत एक ऐसे काम को करने से की जिसके लिए उसने पिछले कुछ महीनों में काफ़ी तैयारी की थी : वह ट्रैवल एजेंट के पास गई, उससे ब्राज़ील जाने का टिकट लिया, वह भी उस दिन का जो दिन उसने अपने कैलेंडर में निशान लगाकर रखा था, दो सप्ताह बाद का टिकट।

उसके बाद से जेनेवा उसके लिए उस आदमी का चेहरा हो गया था, जिसने उसको प्यार किया। रु द बर्न बस एक नाम था स्विट्ज़रलैंड की राजधानी के सम्मान का एक प्रतीक। वह उस कमरे को याद रखेगी, फ्रेंच भाषा, झील, तेईस साल (एक रात पहले उसका जन्मदिन था) की लड़की जिस तरह का पागलपन कर सकती थी वह सब - जब तक कि उसको समझ नहीं आ गया कि हर चीज़ की एक सीमा होती है।

वह चिड़िया को पिंजरे में नहीं रखेगी, ना ही वह उसको इस बात का सुझाव देगी कि वह ब्राज़ील जाएगी; वह सच में एक शुद्ध चीज़ थी जो उसके साथ घटित हुई थी। उस तरह की चिड़िया को मुक्त होकर उड़ना चाहिए और उसको उस समय की याद के सहारे जीना चाहिए जब वह किसी के साथ? उड़ा करता था। और वह भी एक चिड़िया थी; अगर राल्फ़ हार्ट उसके साथ रहता तो इसका मतलब यह होता कि उसको कोपाकबाना की याद हमेशा आती। और वह उसका अतीत था, उसका भविष्य नहीं।

उसने यह तय किया कि वह बस एक बार अलविदा कहेगी वह भी तब जब उसके जाने का समय आ जाएगा, बजाए इसके कि जब वह इस बारे में सोचे तो यह अफ़सोस रहेगा : 'जल्दी ही अब मैं यहाँ नहीं रहूँगी।' इसलिए उसने अपने दिल के साथ एक चालाकी की, उस सुबह वह जेनेवा में ऐसे घूमने लगी मानो वह हमेशा से उन सड़कों को जानती हो, उन पहाड़ों को, सैंटियागो के मार्ग को, मोब्लां के पुल को, उन बारों को जहाँ वह जाती थी। उसने नदी के ऊपर उड़ते पक्षियों को देखा, बाज़ार के व्यापारियों को जो

अपने-अपने स्टॉल लगा रहे थे, लोग लंच पर जाने के लिए अपने दफ़्तरों से निकल रहे थे, जो सेब वह खा रही थी उसके रंग और स्वाद पर ध्यान दिया, दूर हवाई जहाज उतर रहे थे, झील के बीच में पानी इंद्रधनुष बन रहा था, आसपास गुज़रने वाले लोगों की शर्माती, छिपी हुई ख़ुशी, उसको जिस तरह से लोग देखते थे, कुछ कामना से भरी हुई नज़र, कुछ निगाहों में किसी तरह का भाव नहीं होता था। वह क़रीब एक साल एक छोटे शहर में रही थी, जो दुनिया के बहुत सारे छोटे शहरों जैसा था, और अगर वहाँ का स्थापत्य इतना ख़ास नहीं होता और इतने सारे बैंक नहीं होते तो जेनेवा ब्राज़ील के अंदरूनी इलाक़े के किसी क़स्बे जैसा ही लगता। एक मेला था। बाज़ार था। घरेलू स्त्रियाँ थीं, जो मोलभाव में लगी हुई थीं। विद्यार्थी थे स्कूल से क्लास छोड़कर भागे थे, यह बहाना बनाकर शायद कि उनके माँ या पिता बीमार थे, जो अब नदी के आसपास टहल रहे थे, चुंबन का आदान-प्रदान कर रहे थे। ऐसे लोग थे जो बहुत सहज महसूस कर रहे थे और ऐसे भी लोग थे, जिनको महसूस हो रहा था कि वे विदेश में हैं। टेबलॉइड थे, जिनमें सनसनीखेज समाचार छपे थे तथा व्यवसायियों द्वारा पढ़ी जाने वाली सम्मानित पत्रिकाएँ थीं, हालाँकि उनको हमेशा उन्हीं पन्नों को पढ़ते हुए देखा जाता था, जिनके बारे में सनसनीखेज समाचार प्रकाशित होते थे।

वह लाइब्रेरी में खेती-बाड़ी के प्रबंधन वाली किताब को लौटाने के लिए गई। उसको उस किताब का एक लफ़्ज समझ नहीं आया था, लेकिन कई बार जब उसको ऐसा महसूस होता कि उसका अपने ऊपर से और अपने भाग्य पर से नियंत्रण हट गया है तो यह किताब उसको अपनी ज़िंदगी के मक़सद की याद दिलाती थी। वह उसके साथ चुपचाप चलने वाली संगी की तरह थी, सादे पीले रंग के मुखपृष्ठ वाली उस किताब में तरह-तरह के ग्राफ़ बने हुए थे, लेकिन सबसे बढ़कर हाल के सप्ताहों में अंधेरी रातों में वह किताब प्रकाश स्तम्भ जैसी थी।

हमेशा भविष्य के लिए योजनाएँ बनाती हुई तथा हमेशा वर्तमान से हैरान होकर वह अपने बारे में सोचती थी। उसको महसूस होता था कि उसने अपने आपको स्वतंत्रता, उदासी, प्रेम, पीड़ा, और फिर प्रेम की दिशा में वापसी के माध्यम से उसने अपने आपको पाया था - और वह चाहती थी कि सब चीज़ें अब ख़त्म हो जाएँ।

सबसे अजीब बात यह थी कि उसके साथ काम करने वाली कुछ लड़कियाँ बताती थीं कि किसी ख़ास आदमी के साथ हमबिस्तर होने में उनको कितना आनंद आता था, लेकिन उसको सेक्स के माध्यम से कभी कुछ ऐसा अच्छा या बुरा महसूस नहीं हुआ। उसकी समस्या सुलझी नहीं थी, उसको अभी भी सेक्स करने से चरम सुख नहीं मिलता था, और उसने सेक्स की उस सारी क्रिया को इतना अश्लील बना लिया था कि अब शायद उसको कभी भी 'पहचान का आलिंगन' नहीं मिल पाएगा - जैसा कि राल्फ़ हार्ट कहता था - या वह आग और ख़ुशी जो कि वह चाहती थी।

या शायद (जैसा कि वह कभी-कभी सोचती थी या जैसा कि माँओं, पिता और रोमांस की किताबों में कहा गया था) बिस्तर में सुख हासिल करने के लिए प्रेम का होना ज़रूरी होता है।

आमतौर पर गंभीर रहने वाली लाइब्रेरियन (और मारिया की एकमात्र दोस्त, हालाँकि मारिया ने उसको कभी यह कहा नहीं था) अच्छे मूड में थी। वह कुछ खा रही थी और उसने उसको अपने साथ सैंडविच खाने के लिए आमंत्रित किया। मारिया ने उसका शुक्रिया अदा किया और कहा कि उसने अभी-अभी खाया है।

'इस किताब को पढ़ने में तुमने काफ़ी वक्त लिया।'

'मुझे एक भी शब्द समझ नहीं आया।'

'तुमको याद है कि तुमने मुझसे एक बार क्या पूछा था?'

नहीं, उसको याद नहीं था, लेकिन जब उसने सामने वाली औरत के चेहरे पर शरारती मुस्कान देखी, तो वह समझ गई। सेक्स।

'जानती हो, जब उस विषय पर किताब की तलाश में तुम यहाँ आई तो मैंने यह फ़ैसला किया कि वैसी किताबों की एक सूची बना ली जाए। ज़्यादा किताबें थीं नहीं, और चूँकि ऐसे विषयों को लेकर हमें अपने युवाओं को शिक्षित करने की ज़रूरत थी, इसलिए मैंने कुछ किताबों का ऑर्डर दिया। कम से कम इसके कारण वे सेक्स के बारे में सीखने के गड़बड़ तरीक़ा तो नहीं अपनाएँगे - सीखने के लिए वे वेश्याओं के पास नहीं जाएँगे।'

लाइब्रेरियन ने कोने में पड़े किताबों के ढेर की तरफ़ इशारा किया, उन किताबों को भूरे रंग के काग़ज़ में लपेटकर छिपा कर रखा गया था।

'इनका कैटलॉग बनाने का समय मुझे अभी तक नहीं मिल पाया है, लेकिन मैंने एक उड़ती हुई नज़र उन किताबों पर डाली और जो मैंने पढ़ी थी और उससे डर गई।'

मारिया इस बात की कल्पना कर रही थी कि वह महिला उससे क्या कहने वाली थी : शर्मिंदा करने वाले आसन, परपीड़ावाद, इसी तरह की बातें। अच्छा यही था कि वह उससे कहे कि उसको काम पर जाना था (उसको यह याद नहीं आ रहा था कि उसने उससे क्या कहा था कि वह बैंक में काम करती थी या दुकान में – झूठ बोलने से ज़िंदगी बहुत मुश्किल हो जाती है, वह क्या कहती थी उस बात को हमेशा भूल जाती थी।)

उसने उस महिला का शुक्रिया अदा किया और जाने वाली ही थी कि उस महिला ने कहा : 'तुम भी डर जाओगी। मसलन क्या तुमको यह पता था कि योनि की झिल्लियों (क्लिटरिस) की हाल में खोज की गई है?'

खोज? हाल में? इसी सप्ताह किसी ने उसकी झिल्लियों को छुआ था, मानो वे हमेशा से वहीं थीं और उन हाथों को यह पता रहा हो कि वे कहाँ हैं और वे अच्छी तरह से उनके बारे में जानते हों, वह भी पूरे अंधेरे में।

'इसको आधिकारिक रूप से 1559 में स्वीकृति मिली, जब एक डॉक्टर रिल्डो कोलंबो ने *द रे एनाटोमिका* नामक एक किताब प्रकाशित की। ईस्वी सन् के पंद्रह सौ साल तक इसको आधिकारिक रूप से नज़रअंदाज़ किया गया था। कोलंबो ने अपनी किताब में उसको 'बहुत उपयोगी चीज़' लिखा था। यक़ीन करोगी?'

दोनों हँसने लगीं।

'दो साल के बाद 1561 में एक और डॉक्टर गैब्रियेलो फ़लोपियो ने यह कहा कि इसकी खोज उसने की थी। ज़रा सोचो! दो पुरुष – दोनों इटली के थे – जो ऐसी बातों के बारे में जानते थे – दोनों में इस बात को लेकर बहस हो रही थी कि किसने आधिकारिक रूप से योनि की झिल्ली (क्लिटरिस) को किताबों के इतिहास में जोड़ा!'

बातचीत बहुत दिलचस्प हो रही थी, लेकिन मारिया इन बातों के बारे में सोचना नहीं चाहती थी, एक तो यह बात भी थी कि ऐसी बातों से उसकी योनि गीली हो रही थी – उसको राल्फ़ के स्पर्श की याद आ रही थी, आँखों पर पट्टी बाँधना, उसके हाथ मारिया के शरीर के ऊपर टहल रहे थे। नहीं,

सेक्स को लेकर वह बेजान नहीं हो गई थी; उस आदमी ने उसको बचा लिया था। ज़िंदा रहना अच्छा लग रहा था।

लाइब्रेरियन उस विषय में बताए जा रही थी।

'इसकी "खोज" का यह मतलब नहीं था कि इसको कुछ ख़ास सम्मान हासिल हो गया हो।' ऐसा लग रहा था कि लाइब्रेरियन योनि और उसकी झिल्ली की विशेषज्ञ हो गई थी, या इस विज्ञान का नाम जो भी रहा हो। 'हम कुछ अफ़्रीकी जनजातियों के बारे में पढ़ते हैं कि उनमें बधिया कर दिया जाता है, वे अभी भी इस बात पर ज़ोर देते हैं कि सेक्स का आनंद लेने संबंधी स्त्री के अधिकार को हटा दिया जाए, यह सब कोई नई बात नहीं है। 19 वीं शताब्दी में यहाँ यूरोप में वे स्त्री की योनि को हटाने के लिए बाक़ायदा ऑपरेशन किया करते थे, वे यह मानते थे कि स्त्री को स्वायत्तता देने वाले इस छोटे से अंग के कारण हिस्टीरिया, पागलपन जैसी बीमारियाँ बढ़ सकती हैं, बदचलनी बढ़ सकती है और बाँझपन को भी बढ़ावा मिल सकता है।'

मारिया ने अलविदा कहने के लिए अपना हाथ आगे बढ़ाया, लेकिन लाइब्रेरियन में थकान के कोई निशान नहीं दिखाई दे रहे थे।

'सबसे बुरा यह कि मनोविश्लेषण के संस्थापक डॉक्टर फ़्रॉइड ने यह कहा कि सामान्य औरतों में स्त्रियों को चरम सुख योनि से नहीं उसकी झिल्ली से मिलता था। उसके जो ज़्यादा विश्वासी अनुयायी थे उन्होंने तो आगे बढ़कर यह भी कह डाला कि अगर किसी स्त्री को सेक्स से ख़ुशी योनि की झिल्ली से मिलती है तो यह उस स्त्री के बचपने का प्रतीक होता है, या उससे भी बुरा, द्विलैंगिकता का, यानी उस औरत को स्त्री और पुरुष दोनों के साथ संभोग में आनंद आता था।'

'और फिर भी हम सब यह जानते हैं कि योनि में महज लिंग घुसाने से चरम सुख की अनुभूति नहीं होती। पुरुष के साथ सेक्स करना तो अच्छी बात है, लेकिन सुख उस अंग के छोटे-से उस हिस्से में होता है, जिसकी खोज इटली वालों ने की।'

अनमनी मारिया को यह बात समझ आ गई कि उसके अंदर वही समस्या थी, जिसको फ़्रॉइड ने खोजा था : वह अभी भी बचपने के दौर में ही थी, उसका ओर्गैज़्म अभी योनि तक नहीं पहुँचा था। या फ़्रॉइड ग़लत था?

'और तुम जी-स्पॉट के बारे में क्या सोचती हो?'

'क्या तुमको पता है कि वह होता कहाँ है?'

दूसरी औरत झेंप गई और फिर उसने खाँसते हुए यह कहा :

'अंदर जाने के बाद पहली मंज़िल पर पीछे वाली खिड़की।'

ग़ज़ब! उसने योनि का वर्णन ऐसे किया था मानो वह कोई इमारत हो! शायद उसने किशोर उमर की लड़कियों की किताब में यह व्याख्या पढ़ी थी, उसमें लिखा था कि जब कोई सामने वाले दरवाज़े को खटखटा कर अंदर आ जाता है तो तुम पाओगी कि तुम्हारे अपने ही शरीर के अंदर एक पूरी दुनिया है। जब भी वह हस्तमैथुन करती है तो वह बजाय योनि झिल्ली के अपने जी-स्पॉट के ऊपर ध्यान लगाए रहती है, क्योंकि योनि झिल्ली के कारण वह खुद को कुछ असहज महसूस करती है, वह सुख दर्द के साथ मिला-जुला होता है, बल्कि उसके कारण परेशानी हो जाती है।

वह हमेशा सीधे पहली मंज़िल पर गई, पीछे की खिड़की पर!

यह देखते हुए कि लाइब्रेरियन का बातचीत बंद करने का कोई इरादा नहीं था, शायद इसलिए क्योंकि उसने मारिया में अपनी खोई हुई यौन भावना की संगिनी खोज ली थी, इसलिए उसने हाथ हिलाया और वहाँ से निकल गई, जो भी बकवास उसके दिमाग़ में आ गई थी वह उसी के ऊपर ध्यान लगाए रखना चाहती थी, क्योंकि यह दिन अलविदा, योनि झिल्ली, फिर से पाए गए कौमार्य या जी-स्पॉट के बारे में बात करने का नहीं था। उसके आसपास जो कुछ हो रहा था उसने उसी के ऊपर ध्यान लगाने की कोशिश की - घंटियों की आवाज़, कुत्तों के भौंकने की आवाज़, पटरी पर ट्राम के चलने की आवाज़, पदचाप, उसकी अपनी साँस लेने की आवाज़, जो कुछ भी दिखाई दे रहा था वह सब।

कोपाकबाना वापस जाने का उसका कोई इरादा नहीं लग रहा था, फिर भी उसको यह अपनी ज़िम्मेदारी जैसी लग रही थी आख़िर तक काम करते रहा जाए, हालाँकि इसका कारण उसको खुद समझ नहीं आ रहा था - क्योंकि उसने काफ़ी बचत कर ली थी। दोपहर का वक्त वह कुछ ख़रीदारी करते हुए बिता सकती थी, बैंक मैनेजर से बातचीत कर सकती थी, जो उसका ग्राहक था, लेकिन जिसने उससे यह वादा किया था कि वह उसकी बचत के प्रबंधन में उसकी मदद करेगा, कहीं बैठकर कॉफ़ी पी सकती थी, जो सूटकेस उसके कपड़े में नहीं आ रहे थे उनको फेंक सकती थी। यह अजीब बात थी,

किसी कारण से वह उदास महसूस कर रही थी; क्योंकि उसके वापस जाने में अभी दो सप्ताह का समय बाक़ी था, और उसको यह समय बिताना था, शहर को दूसरी निगाह से देखना था और वहाँ जिन चीज़ों का अनुभव हो उसके ऊपर गर्व महसूस करना।

वह उस चौराहे पर पहुँची जहाँ वह पहले सैकड़ों बार जा चुकी थी; आप वहाँ से झील को देख सकते थे और पानी का फ़व्वारा भी, दूर पटरी पर, सार्वजनिक बगीचे के बीचों-बीच, सुंदर फूलों वाली घड़ी, जो शहर के एक प्रतीकों में था... और फिर घड़ी उसको झूठ नहीं बोलने देगी, क्योंकि...

अचानक, समय और दुनिया ठहर गई।

वह कहानी क्या थी, जो वह सुबह के समय से अपने आपको कह रही थी, हाल में ही वापस पाए कौमार्य के बारे में?

दुनिया जैसे जम गई थी, वह पल कभी ख़त्म नहीं होगा, ज़िंदगी की किसी ज़रूरी और गंभीर चीज़ से उसका आमना-सामना हुआ था, वह इस बात को कभी नहीं भूल सकती थी, वह उसको रात के सपने की तरह भूल नहीं सकती थी, उन सपनों के बारे में वह हमेशा यही सोचती थी कि वह उनको लिख लेगी, लेकिन वह कभी नहीं लिख पाई...

'किसी भी चीज़ के बारे में मत सोचो! दुनिया थम गई है। क्या चल रहा है?'

बहुत हुआ!

चिड़िया, चिड़िया के बारे में बहुत सुंदर कहानी उसने अभी ही लिखी थी - क्या वह राल्फ़ हार्ट के बारे में थी।

नहीं, यह उसी के बारे में था!

पूरी तरह से रुक जाओ!

सुबह के 11:11 बजे थे, वह समय में जम गई थी। वह अपने शरीर के अंदर परदेसी हो गई थी, वह अपने फिर से पाए कौमार्य की पुनः खोज कर रही थी, लेकिन उसका पुनर्जन्म इतना क्षणभंगुर था कि अगर वह वहाँ रह जाती तो वह सदा के लिए खो जाती। शायद उसको स्वर्ग जैसा अनुभव हुआ था, लेकिन अब उसका रोमांच समाप्त होने वाला था। वह अब दो सप्ताह, दस दिन या एक सप्ताह तक और इंतज़ार नहीं कर सकती थी -

अब उसको जाने की ज़रूरत थी, लेकिन जब वह खड़ी होकर फूलों वाली घड़ी को निहार रही थी, उस समय पर्यटक उसकी तसवीरें ले रहे थे, चारों तरफ़ बच्चे खेल रहे थे, तभी उसको यह बात समझ आ गई कि वह उदास क्यों है।

और इसका कारण यह था : वह वापस नहीं जाना चाहती थी।

वह जिस कारण से वापस नहीं जाना चाहती थी वह कारण राल्फ़ हार्ट नहीं था, ना स्विट्ज़रलैंड या रोमांच। असली कारण इतना आसान नहीं हो सकता था : धन।

धन! काग़ज़ का एक ख़ास टुकड़ा, तरह-तरह के रंगों से सजा हुआ, जिसके बारे में सब जानते थे कि उसकी अपनी एक क़ीमत थी - और वह इस बात में यक़ीन करती थी, सब इस बात में यक़ीन करते थे - लेकिन जब आप काग़ज़ के उस टुकड़े को लेकर एक बहुत सम्मानित, बेहद गोपनीय स्विस बैंक में लेकर जाइएँगे और कहेंगे : 'क्या मैं अपनी ज़िंदगी के कुछ घंटे ख़रीद सकता हूँ?'

'नहीं मैडम, हम बेचते नहीं हैं, केवल ख़रीदते हैं।'

ब्रेक लगने की आवाज़ ज़ोर से आई तो मारिया अपनी तंद्रा से जगी, एक गाड़ी चलाने वाला चिल्ला रहा था, और एक बुज़ुर्ग ने अंग्रेज़ी में उससे पीछे हट जाने के लिए कहा - पैदल यात्रियों वाली बत्ती लाल थी।

'लेकिन यह कोई ऐसी खोज नहीं थी, जो धरती को हिलाकर रख दे। जो मैं महसूस कर रहा हूँ वही सबको महसूस करना चाहिए। उनको इस बात के बारे में पता चलना चाहिए।'

लेकिन उनको कुछ पता नहीं था। उसने अपने आसपास देखा। लोग चले जा रहे थे, सिर झुकाए तेज़ी से काम पर जा रहे थे, या स्कूल, या किसी रोज़गार कार्यालय, रु द बर्न, अपने आप से कहते हुए : 'मैं कुछ देर और इंतज़ार कर सकता हूँ। मेरा अपना एक सपना है, लेकिन आज उसको सच करने का समय नहीं है, इसके अलावा मुझे कमाई करने की ज़रूरत भी नहीं है।' ज़ाहिर है, सभी उसके पेशे के बारे में ग़लत ही बोलते थे, लेकिन इस काम में भी तो सभी पेशों की तरह समय ही तो बेचना होता था। ऐसे काम करना जो वह करना नहीं चाहती थी, बाक़ी लोगों की तरह ही। ख़तरनाक लोगों का सामना करना, बाक़ी लोगों की तरह ही। अपना मूल्यवान शरीर

तथा अपनी मूल्यवान रूह उस भविष्य के नाम पर सौंप देना जो कभी नहीं आई। यह कहना कि उसके पास काफ़ी नहीं था, उसी तरह से जिस तरह से सभी लोग कहते थे। इस बात के लिए इंतज़ार करना कि वह थोड़ी कमाई और कर ले, अपने सपनों को पूरा करने को टालते जाना; वह इस समय बहुत अधिक व्यस्त थी, उसके सामने बहुत बड़ा अवसर था, उसके विश्वस्त ग्राहक थे जो उसका इंतज़ार करते थे, जो एक बार के तीन सौ पचास फ़्रैंक से लेकर एक हज़ार फ़्रैंक तक का भुगतान कर सकते थे।

और अपनी ज़िंदगी में पहली बार, इसके बावजूद कि वह जितना कमा रही थी उससे बहुत कुछ ख़रीद सकती थी - क्या पता वह एक साल और काम कर पाए - उसने काफ़ी सोच-समझ कर यह फ़ैसला किया कि वह अपने सामने से एक मौक़े को गुज़र जाने देगी।

मारिया सड़क पर बत्ती की रोशनी के रंग बदलने का इंतज़ार करने लगी, उसने सड़क को पार किया और उस फूलों वाली घड़ी के सामने जाकर रुक गई; उसने राल्फ़ के बारे में सोचा, उसने एक बार फिर से उसकी ख़्वाहिश भारी आँखों को याद किया जो उस रात उसकी आँखों में थी, जिस रात उसने अपने कपड़े का ऊपरी आधा हिस्सा नीचे गिरा दिया था, यह महसूस किया जैसे उसके हाथ मारिया के वक्षों को छू रहे हों, सेक्स को याद किया, उसके चेहरे को, और वह अंदर से गीली हो गई; और जब वह दूर पानी के विस्तार को देख रही थी, तो अपने शरीर के किसी हिस्से को बिना छुए ही उसका ओर्गैज़्म हो गया, सभी के सामने।

किसी ने ध्यान भी नहीं दिया; सब बहुत व्यस्त थे।

उसके साथ काम करने वाली लड़कियों में न्याह अकेली ऐसी लड़की थी, जिसके साथ उसका रिश्ता ऐसा था, जिसको वह दोस्ती कह सकती थी, वह जैसे ही आई न्याह ने उसको बुला लिया। वह पूरब के एक आदमी के साथ बैठी थी, और दोनों ही हँसने लगे।

'यह देखिए,' उसने मारिया से कहा। 'देखो यह मेरे साथ क्या करना चाहता है!'

पूरब के उस आदमी ने उसकी तरफ़ जानी-पहचानी नज़र से देखा, वह अभी भी मुस्करा रहा था, उसने एक डिब्बे का ढक्कन खोला जो सिगार बॉक्स जैसा दिखाई दे रहा था। मिलान दूर से नज़र बनाए हुए था कि कहीं उसमें सीरिंज या ड्रग्स नहीं हो। वह नहीं था उसमें कुछ ऐसा था, जिसके बारे में वह भी नहीं जानता था कि क्या किया जाए, लेकिन वह कोई ख़ास चीज़ नहीं थी।

'यह पिछली शताब्दी की किसी चीज़ जैसी लग रही है!' मारिया ने कहा।

'यह है,' पूरब के उस भद्र आदमी ने कुछ गुस्से में कहा। 'यह सौ साल से अधिक पुरानी है और बहुत क़ीमती है।'

मारिया ने देखा कि कई सारे वाल्व थे, एक हैंडल, बिजली का सर्किट, धातु के छोटे-छोटे टुकड़े और बैटरियाँ। वह किसी प्राचीन रेडियो का अंदरूनी हिस्सा लग रहा था, जिससे दो तार बाहर निकल रहे थे, जिसके सिरे पर शीशे की दो छड़ें थीं, अँगुलियों जितनी मोटी। वह निश्चित रूप से देखने में ऐसा नहीं लग रहा था कि बहुत क़ीमती हो।

'यह कैसे काम करता है?'

न्याह को मारिया का सवाल अच्छा नहीं लगा। वैसे तो उसको मारिया के ऊपर भरोसा था, लोग एक पल से अगले पल में बदल जाते हैं, हो सकता है कि उसकी निगाह उसके ग्राहक पर हो।

'यह पहले ही बता चुका है। यह वायलेट छड़ है।'

और फिर पूरब के उस आदमी की ओर मुड़ते हुए उसने कहा कि अब उनको जाना चाहिए, क्योंकि उसने उसका आमंत्रण स्वीकार करने का फ़ैसला कर लिया था। हालाँकि वह आदमी इस बात से ख़ुश था उसके उस खिलौने ने इतनी दिलचस्पी पैदा कर दी।

'1900 के आसपास जब बैटरी पहली बार बाज़ार में आई तो परंपरागत चिकित्सा ने इस बात को देखने के लिए बिजली के साथ प्रयोग शुरू कर दिया कि उससे पागलपन या हिस्टीरिया का इलाज हो सकता था या नहीं। उसका उपयोग दाग़-धब्बों को मिटाने के लिए भी किया जाने लगा। ये दोनों सिरे देख रही हो? इनको यहाँ लगाया जाता था,' उसने अपने माथे की तरफ़ इशारा करते हुए कहा, 'और बैटरी उसी तरह की विद्युत ऊर्जा को बनाती थी, जिसको आप स्विट्ज़रलैंड में तब देखते हैं जब हवा बहुत सूखी होती है।'

स्थिर विद्युत ऐसी चीज़ थी जो ब्राज़ील में कभी नहीं हुई थी, लेकिन स्विट्ज़रलैंड में यह बहुत आम बात थी। मारिया को इसके बारे में एक एक दिन तब पता चला जब उसने टैक्सी का दरवाज़ा खोला; उसको एक आवाज़ सुनाई दी और बिजली का झटका लगा। उसको लगा कि कार में कोई गड़बड़ी थी और उसने इस बात की शिकायत की, उसने कहा कि वह किराया नहीं चुकाएगी, तब ड्राइवर ने उसका मज़ाक़ उड़ाते हुए कहा कि वह बेवक़ूफ है। वह सही था; गड़बड़ी कार में नहीं थी, सूखी हवा के कारण ऐसा हो रहा था, बिजली के कई और झटके लगने के बाद वह किसी भी ऐसी चीज़ को छूने से डरने लगी जो धातु की होती थी, तब जाकर उसको सुपरमार्केट में एक ब्रेसलेट मिला जिसको पहनने से शरीर में जमा विद्युत ऊर्जा बाहर निकल जाती थी।

वह उस आदमी की तरफ़ मुड़ी :

'लेकिन यह सच में बड़ी ख़तरनाक बात है।'

न्याह मारिया की बातों से और भी चिढ़ती जा रही थी। अपनी एकमात्र दोस्त के साथ भविष्य में किसी तरह के झगड़े को टालने के लिए उसने उस आदमी के कंधे पर हाथ डाल दिया, जिससे इस बात में कोई संदेह ही नहीं रह गया कि वह आदमी किसका था।

'सब इसके ऊपर निर्भर करता है आप रहते कहाँ हैं,' वह आदमी ज़ोर-ज़ोर से हँसते हुए बोला।

उसने छोटे-से हैंडल को घुमा दिया और दोनों छड़ें बैंगनी रंग की हो गईं। फिर उसने उसको दोनों महिलाओं से सटा दिया; एक आवाज़ आई, लेकिन बिजली का झटका खुजली जैसा था ना कि ऐसा जिससे दर्द हो।

मिलान वहाँ आ गया।

'कृपया इसका इस्तेमाल यहाँ नहीं करें।'

उस आदमी ने उन छड़ों को वापस बॉक्स में रख दिया। न्याह ने उस पल का फ़ायदा उठाया और उस आदमी को होटल चलने के लिए कहा। वह आदमी कुछ निराश हो गया, क्योंकि उस नए आदमी की दिलचस्पी उस औरत से अधिक अपने मशीन में थी जो उसको होटल वापस चलने के लिए कह रही थी। उसने अपनी जैकेट पहन ली और बॉक्स को यह कहते हुए चमड़े के ब्रीफ़केस में रख लिया : 'उन लोगों ने इसको फिर से बनाना शुरू कर दिया है; जो लोग ख़ास तरह की ख़ुशी की तलाश में होते हैं वैसे लोगों के बीच यह बहुत लोकप्रिय हो गया था। लेकिन तुमको यह चिकित्सा संबंधी दुर्लभ सामग्री के संग्रह में, संग्रहालयों में तथा पुरानी चीज़ों की दुकान में मिलेगा।'

मिलान और मारिया वहाँ खड़े रहे, उनको यह समझ नहीं आ रहा था कि क्या कहें।

'क्या तुमने पहले ऐसा कुछ देखा था?'

'ऐसा तो नहीं। यह शायद बहुत महँगा है, लेकिन वह आदमी तेल कंपनी में आला अधिकारी था... लेकिन मैंने जो देखा था वह आधुनिक क़िस्म का था।'

'वे उसके साथ करते क्या हैं?'

'उस आदमी ने उन छड़ों को अपने शरीर पर रख लिया और फिर उस महिला से कहा कि वह हैंडल को घुमा दे। उसको अपने शरीर में बिजली का झटका महसूस हुआ।'

'क्या यह अपने आप ऐसा नहीं कर सकता था?'

'आप सेक्स से जुड़ी ज़्यादातर गतिविधियाँ अपने आप कर सकते हैं, लेकिन अगर उन्होंने इस बात में यक़ीन करना बंद कर दिया कि दूसरे

आदमी के साथ ज़्यादा मज़ा आता है तो मेरे बार का तो दिवाला निकल जाएगा और मुझे किराने की दुकान में काम ढूँढ़ना पड़ेगा। बहरहाल, तुम्हारे ख़ास ग्राहक ने कहा था कि वह आज रात यहाँ आएगा, इसलिए ध्यान रखना कि किसी और का प्रस्ताव मत लेना।'

'ओह, मैं ध्यान रखूँगी। मैं बाय-बाय कहने आई थी। मैं जा रही हूँ।' मिलान ने किसी तरह की प्रतिक्रिया नहीं दी।

'क्या वह पेंटर है?'

'नहीं, यह कोपाकबाना है। हर चीज़ की एक सीमा होती है और आज सुबह मैं अपनी सीमा पर पहुँच गई, जब मैं झील के पास फूलों वाली घड़ी को देख रही थी।'

'और वह सीमा क्या है?'

'ब्राज़ील के अंदरूनी हिस्से में खेत की क़ीमत। मैं जानती हूँ कि मैं एक साल और काम करके जितना कमा सकती हूँ उससे ज़्यादा कमाई कर सकती थी - आख़िरकार, इससे क्या फ़र्क़ पड़ेगा?

'अच्छा मुझे पता है कि इससे क्या अंतर पड़ेगा; मैं इस जाल में हमेशा के लिए उलझ जाऊँगी, जैसे कि तुम उलझ गई या ग्राहक, व्यवसायी, हवाई परिचारक, प्रतिभा खोजी, रिकॉर्ड कंपनी के एक्जीक्यूटिव, बहुत-से पुरुष जिनको मैं जानती थी, जिनको मैंने अपना समय बेचा था और जिसको वे मुझे वापस नहीं बेच सकते थे। अगर मैं यहाँ एक दिन भी और रुक गई, तो मैं एक साल रुक जाऊँगी, मैं कभी जा ही नहीं पाऊँगी।'

मिलान ने धीरे-धीरे सिर हिलाया, मानो मारिया ने जो कुछ भी कहा था वह उसको समझ गया हो और उससे सहमत भी हो, लेकिन उसने कुछ भी नहीं कहा, उसको इस बात का डर था कि यह संक्रमण यहाँ काम करने वाली बाक़ी लड़कियों में भी नहीं फैल जाए। वह एक अच्छा आदमी था, और वैसे उसने शुभकामना तो नहीं दी, लेकिन उसने मारिया को यह समझाने की कोशिश भी नहीं की कि वह ग़लत थी। मारिया ने उसका शुक्रिया अदा किया और उससे पीने के लिए कुछ माँगा - एक गिलास शैम्पेन, वह एक बार और फ्रूट जूस कॉकटेल नहीं पी सकती थी। अब वह पी सकती थी, क्योंकि अब उसको काम नहीं करना था। मिलान ने उससे कहा कि अगर उसको कभी किसी चीज़ की ज़रूरत हो तो वह उसको फ़ोन कर सकती है; उसने कहा कि उसका हमेशा स्वागत है।

उसने ड्रिंक्स के लिए भुगतान करने की बात की, लेकिन मिलान ने उससे कहा कि यह उसकी तरफ़ से था। उसने हामी भरी : आख़िरकार उसने इस घर के लिए एक ड्रिंक से बहुत अधिक कुछ दिया था।

मारिया की डायरी से, जब वह घर आ गई थी :

मुझे ठीक से याद नहीं कब लेकिन हाल में एक इतवार को मैंने चर्च के मास में जाने का फ़ैसला किया। कुछ समय के बाद मुझे यह समझ आया कि मैं ग़लत चर्च में आ गई थी - वह प्रोटेस्टेंट चर्च था।

मैं जाने ही वाली थी, लेकिन पादरी ने उपदेश देना शुरू कर दिया था, और मुझे लगा कि उस समय उठ जाना अशिष्टता कहलाएगी, और मुझे इससे सच में शुभकामना मिली, क्योंकि उस दिन मैंने जो कुछ सुना वह सुनने के लिए मैं बहुत बेताब थी।

उसने कुछ इस तरह से कहा :

'दुनिया की सभी भाषाओं में एक ही मुहावरा है : "जो आँखें नहीं देख पातीं, दिल उसका अफ़सोस नहीं मनाता।" लेकिन मुझे ऐसा लगता है कि इसमें ज़रा-सी भी सच्चाई नहीं है। वे जितनी दूरी पर होते हैं, हृदय के पास वही भावनाएँ होती हैं, जिनको हम दबाना और भूल जाना चाहते हैं। अगर हम परदेस में होते हैं, हम अपने वतन की छोटी से छोटी स्मृतियों को सहेज कर रखना चाहते हैं। अगर हम उस आदमी से दूर रहते हैं, जिसको हम बहुत प्यार करते हैं तो हमारे पास से जो भी गुज़रता है हमें उसी आदमी की याद आती है। सभी धर्मों के उपदेश और धार्मिक ग्रंथ प्रवास में ही लिखे गए, ईश्वर को समझने की खोज में, उस विश्वास के साथ जो सभी लोगों को प्रभावित कर देता है, धरती पर भटकने वाली तीर्थयात्रा के रूप में। हमारे पुरखे नहीं जानते, जैसे कि हम नहीं जानते, देवता जो हमारी ज़िंदगी से आशा करते हैं - और किताब हमारी शंका

में लिखे गए, चित्र बनाए गए, क्योंकि हम इस बात को भूलना नहीं चाहते कि हम कौन हैं - ना ही हम भूल सकते हैं।'

जब उनका उपदेश ख़त्म हुआ, तो मैं उनके पास गया और शुक्रिया अदा किया : मैंने यह कहा कि मैं अजनबी धरती पर अजनबी इंसान हूँ, और मैंने उनका इस बात के लिए शुक्रिया अदा किया कि उन्होंने मुझे इस बात की याद दिला दी जिनको आँखें नहीं देख सकतीं, दिल उनका मातम मनाता है। और दिल इस बात से बहुत दुखी है कि आज मैं जा रही हूँ।

उसने सूटकेस उठाए और उनको बिस्तर पर रख दिया; वे हमेशा से उसके पास थे, उस दिन के इंतज़ार में जब सभी कुछ समाप्त हो जाएगा। उसने यह कल्पना कर रखी थी कि वह उनको तोहफ़ों, नए कपड़ों, बर्फ़ की तसवीरों तथा यूरोप की महान राजधानियों, उन ख़ुशहाल दिनों की याद से भर देगी जब वह दुनिया के सबसे सुरक्षित और सबसे उदार शहर में रह रही थी। यह बात सही थी कि उसके पास कुछ नए कपड़े आ गए थे, कुछ तसवीरें भी जो उस दिन की थी जब जेनेवा में बर्फ़बारी हुई थी, लेकिन इसके अलावा कुछ भी ऐसा नहीं था जैसी कि उसने कल्पना की थी। वह ख़ूब सारी कमाई के सपने के साथ जेनेवा में आई थी, ज़िंदगी के बारे में सीखने और अपने आपको पहचानने के सपने के साथ, अपने माता-पिता के लिए खेती की ज़मीन ख़रीदने के सपने के साथ, पति की तलाश करने, और अपने परिवार को उस स्थान पर लेकर आना जहाँ वह रहती थी। वह बहुत सारे धन के साथ लौट रही थी, जिसे एक न एक सपने को तो पूरा कर ही सकती थी, बिना पहाड़ पर एक बार भी गए और उससे भी बुरी बात यह कि वह अभी भी अपने लिए एक अजनबी ही थी। वह ख़ुश थी; वह जान रही थी कि समय अब ठहरने वाला था।

बहुत कम लोग ऐसा कर पाते हैं।

उसने बस चार रोमांचक कार्य किए – एक कैबरे में डान्सर बन गई, फ़्रेंच सीखी, वेश्या के रूप में काम किया और प्रेम में पड़कर निराश हुई। कितने लोग ऐसे हैं, जो यह कह सकते हैं कि एक साल में उन्होंने इतना कुछ रोमांचक किया? वह ख़ुश थी, बावजूद उदासी के और उस उदासी का नाम : वह वेश्यावृत्ति नहीं थी, या स्विट्ज़रलैंड या धन – वह राल्फ़ हार्ट था। वैसे इस बात को उसने अपने लिए कभी भी नहीं माना था, लेकिन अंदर ही अंदर वह उससे शादी करना चाहती थी, वह आदमी उसके लिए इस समय

चर्च में इंतज़ार कर रहा था, उसको अपने दोस्तों से मिलवाने ले जाने के लिए तैयार था, अपनी पेंटिंग्स से, अपने संसार से।

उसने उससे नहीं मिलने और एयरपोर्ट के पास किसी होटल में एक कमरा लेने के बारे में सोचा, कारण यह था कि फ़्लाइट अगली सुबह जल्दी जाती थी; क्योंकि अब अगर उसने राल्फ़ के साथ एक भी पल बिताया तो उसके कारण भविष्य में उसको एक साल तक पीड़ा उठानी होगी, वह जो कुछ भी कह सकता था जो उसने नहीं कहा, उसके हाथों की याद, उसकी आवाज़, उसका प्यार भरा सहयोग, और उसकी कहानियाँ।

उसने एक सूटकेस खोला। उस इलेक्ट्रिक ट्रेन का एक डिब्बा निकाला जो राल्फ़ ने उसको तब दिया था, जब वह पहली बार उसके घर गई थी। कुछ मिनट के लिए तो वह उसको देखती रही, फिर कूड़ेदान में फेंक दिया; वह ब्राज़ील जाने के लायक़ नहीं था, और यह उस बच्चे के किसी काम नहीं आया जो हमेशा से यह चाहता था कि यह उसके पास रहे।

नहीं, अगर वह चर्च नहीं गई तो हो सकता है कि वह कल के लिए कोई बात करे, और अगर उसने ईमानदारी से उसको यह बता दिया कि वह जाने वाली थी तो वह उससे मिन्नतें करने लगता कि वह रुक जाए और उससे उस समय वे सारे वादे करेगा, जिससे कि वह उसको उस पल खो नहीं दे, वह खुलकर उस प्यार की घोषणा करने लगेगा, जो उसने तब दिखाया था, जब दोनों ने साथ-साथ वक्त बिताया था। लेकिन उनका रिश्ता आज़ादी पर आधारित था, वह रिश्ता किसी और आधार पर बन ही नहीं सकता था - शायद यही एक कारण था कि दोनों एक दूसरे को प्यार करते थे, क्योंकि वे जानते थे कि दोनों को एक दूसरे की ज़रूरत नहीं थी। पुरुष से जब कोई औरत यह कहती है कि 'मुझे तुम्हारी ज़रूरत है' तो वह डर जाता है, और मारिया अपने साथ राल्फ़ हार्ट की छवि को ले जाना चाहती थी जो बुरी तरह प्यार में था, जो छवि सिर्फ़ उसकी अपनी थी और जो उसके लिए कुछ भी करने के लिए तैयार था।

उसके पास अभी भी इस बात का फ़ैसला करने का समय था कि वह उससे मिलने जाए या नहीं; उस समय उसको व्यावहारिक मसलों पर ध्यान देने की ज़रूरत थी। उसने उन चीज़ों को ध्यान से देखा जिनको उसने पैक नहीं किया था और उसको यह समझ नहीं आ रहा था कि उन वस्तुओं का क्या करे। उसने यही तय किया कि वह उन वस्तुओं के बारे में तभी

फ़ैसला करेगी जब मकान मालिक आकर अपार्टमेंट में सभी वस्तुओं को देख लेगा, उसे रसोईघर के तमाम उपयोगी उपकरण, पुरानी वस्तुओं के बाज़ार में ख़रीदी गईं तसवीरें, तौलिए और चादर मिलेंगे। वह उनमें से कोई सामान ब्राज़ील नहीं ले जा सकती थी, जबकि उसके माता-पिता को उन चीज़ों की ज़रूरत स्विस भिखारियों से ज़्यादा थी; उसने जो जोखिम उठाए थे वे उसकी याद दिलाते रहेंगे।

वह अपार्टमेंट से निकली और बैंक गई। बैंक में जाकर उसने सभी जमा-पूँजी निकालने की बात की। बैंक का मैनेजर पहले उसके साथ सो भी चुका था, उसने उससे कहा कि यह कोई अच्छा विचार नहीं है, क्योंकि उसके फ्रैंक़ों पर उसको ब्याज मिलता रहेगा और ब्याज की रक़म उसको ब्राज़ील में भी मिल जाएगी। लेकिन अगर उसके साथ धोखाधड़ी हो गई तो इसका मतलब यह होता कि महीनों का काम किसी के काम नहीं आता है। मारिया एक पल के लिए झिझकी, हमेशा के लिए सोचने लगी और उसको लगा कि वह सच में उसकी मदद करने की कोशिश कर रहा था। हालाँकि एक पल के लिए सोचने के बाद वह इस नतीजे पर पहुँची कि यहाँ धन निकालने का मतलब था कि कुछ और राशि हो जाए ताकि उस धन से उसको माता-पिता के लिए घर, खेत, कुछ जानवर ख़रीदे जा सकें और काफ़ी सारा काम किया जा सके।

उसने एक-एक पाई निकाल ली, इसी बात को ध्यान में रखकर वह एक छोटा-सा बैग लेकर आई थी और उसको एक बेल्ट से अपने कपड़ों के नीचे बाँध लिया।

वह ट्रैवल एजेंसी गई, यह दुआ करती रही कि उसके अंदर वह साहस बरकरार रहे कि वह अपने फ़ैसले पर क़ायम रह सके। जब उसने कहा कि वह एक अलग फ़्लाइट से जाना चाहती है तो उसको यह बताया गया कि अगर उसने कल की फ़्लाइट ली तो उसको पेरिस में फ़्लाइट बदलनी पड़ेगी। इससे कोई फ़र्क़ नहीं पड़ता था - इससे पहले कि वह अपने इरादे को लेकर फिर से विचार करे वह उस जगह से बहुत दूर निकल जाना चाहती थी।

वह टहलते हुए एक पुल पर गई और वहाँ से उसने आइसक्रीम ख़रीद ली, जबकि मौसम एक बार फिर से ठंडा होने लगा था, और उसने एक आख़िरी निगाह जेनेवा पर डाली। सब उसको अलग लग रहा था, ऐसा लग रहा था जैसे वह अभी आई ही हो और उसको संग्रहालय, ऐतिहासिक

स्मारकों, फ़ैशनेबल बार और रेस्तराँ जाने की ज़रूरत थी। कितनी अजीब बात है कि जब आप किसी शहर में रहते हैं आप हमेशा उसको जान पाने को टालते रहते हैं और अक्सर होता यही है कि आप उसको जान ही नहीं पाते।

उसने सोचा कि वह घर जा रही थी और इस बात से वह ख़ुश हो जाएगी, लेकिन वह ख़ुश नहीं थी। उसने सोचा कि उसको उदासी महसूस होगी क्योंकि वह उस शहर को छोड़कर जा रही थी, जिसने उसके साथ इतना अच्छा बर्ताव किया था, लेकिन उसको उदासी महसूस नहीं हो रही थी। अब वह एक ही चीज़ कर सकती थी कि कुछ आँसू बहा सकती थी, अपने आप डर महसूस करते हुए, एक बुद्धिमान युवा महिला जो कुछ भी कर सकती थी, लेकिन जो अक्सर ग़लत फ़ैसले किया करती थी।

उसको ऐसा लग रहा था कि क्या पता इस बार फ़ैसला सही हो।

जब वह अंदर गई तो चर्च पूरी तरह से ख़ाली था और उस ख़ामोशी में वह चर्च के शानदार रंगीन शीशे वाली खिड़कियों को देखे जा रही थी, पिछली रात के तूफ़ान में धुल जाने के बाद वह दिन की रोशनी में बाहर से चमक रहा था। उसके सामने एक ख़ाली सलीब थी; उसका सामना यातना के औज़ार से नहीं हुआ था, मरते हुए इंसान के ख़ून सने शरीर से, लेकिन पुनर्जीवित हो जाने के प्रतीक से, जिसमें यातना के उपकरण का कोई मतलब नहीं रह गया था, इसके आतंक, इसके महत्त्व का। उसको उस रात की चाबुक याद आई जब बादल गरज रहे थे, बिजली कड़क रही थी; यह वही बात थी। 'हे ईश्वर, मैं यह क्या कह रही हूँ?'

वह भी ख़ुश थी कि पीड़ा में डूबे संतों की छवि को उसने नहीं देखा था, ख़ून में नहाए, घाव दिखाई दे रहे हों - यह एक ऐसी जगह है, जहाँ लोग किसी ऐसी चीज़ की उपासना के लिए आते हैं, जिसको वे समझ नहीं सकते। वह एक पात्र के पास खड़ी थी, जिसमें जीसस का शरीर रखा था जिनमें उसकी आस्था अभी भी थी, हालाँकि लंबे समय से उसने उनके बारे में सोचा भी नहीं था।

घुटनों के बल झुककर उसने जीसस और सभी संतों से यह वादा किया कि उस दिन जो भी हुआ हो वह अपना मन नहीं बदलेगी और हर हाल में चली जाएगी। उसने यह वादा इसलिए किया, क्योंकि वह प्रेम के जाल को बहुत अच्छी तरह से जानती थी और यह भी जानती थी कि कितनी आसानी से वह स्त्री के दिमाग़ को बदल सकता था।

उसके ठीक बाद उसको अपने कंधे पर एक हाथ की छुअन महसूस हुई और उसने अपना सिर उधर कर दिया, जिससे कि उसका सिर उस हाथ पर टिक जाए।

'कैसी हो?'

'मैं ठीक हूँ,' उसने ऐसी आवाज़ में कहा जिसमें चिंता का ज़रा-सा भी अंश नहीं था।

'मैं ठीक हूँ। आओ चलो कॉफ़ी पी लेते हैं।'

वे हाथ में हाथ डाले चर्च से ऐसे निकले मानो दो प्रेमी लंबे समय के बाद मिल रहे हों। उन्होंने सार्वजनिक रूप से एक दूसरे को चूम लिया और कुछ लोगों ने उनके ऊपर हैरानी भरी निगाह डाली; लेकिन उनके कारण जिस तरह की असुविधा हो रही थी और अपने इस तरह के सनसनीखेज़ बर्ताव से वे जिस तरह से ख़्वाहिशों को बढ़ावा दे रहे थे उससे दोनों मुस्कराए जा रहे थे, क्योंकि वे इस बात को जानते थे कि असल में वे लोग भी अंदर से ऐसा ही करना चाह रहे थे। इसीलिए उनको अधिक शर्मनाक लग रहा था।

वे एक कैफ़े में गए जो दूसरे कैफ़े की तरह ही था, लेकिन उस दोपहर वह अलग लग रहा था, क्योंकि वे उस दिन वहाँ साथ-साथ गए थे और एक दूसरे से प्यार करते थे। उन्होंने जेनेवा के बारे में बात की, फ़्रेंच भाषा की मुश्किलों के बारे में, रंगीन काँच वाली खिड़कियों के बारे में, सिगरेट पीने की बुराइयों के बारे में - दोनों सिगरेट पीते थे और उसको छोड़ने का उनका ज़रा भी इरादा नहीं था।

मारिया ने ज़ोर देकर कहा कि कॉफ़ी का भुगतान वही करेगी और वह मान गया। दोनों प्रदर्शनी में गए और मारिया को दुनिया के बारे में पता चला : कलाकारों के बारे में, उन अमीरों के बारे में जो जितने अमीर थे उससे भी अधिक अमीर लग रहे थे, ऐसे करोड़पति जो ग़रीब लग रहे थे, वे लोग जो ऐसी बातों के बारे में चर्चा कर रहे थे, जिसके बारे में मारिया ने सुना भी नहीं था। सबको वह अच्छी लगी और उन्होंने उसके फ़्रेंच ज्ञान की तारीफ़ की; उन लोगों ने उससे कार्निवाल, फुटबॉल, ब्राज़ील के संगीत के बारे में बात की। वे अच्छे लोग थे, विनम्र, दयालु, आकर्षक।

जब वे गए, तो राल्फ़ बोला कि वह उस रात उससे मिलने के लिए क्लब में आएगा। उसने कहा कि वह नहीं आए, वह उस रात काम पर नहीं जा रही थी और वह उसके साथ रात के भोजन के लिए बाहर जाना चाहती थी।

राल्फ़ ने हामी भरी और उन्होंने अलविदा कहा, यह तय हुआ कि दोनों कोलोनि के छोटे-से चौक पर उस सुंदर रेस्तराँ में डिनर के लिए जाने के पहले राल्फ़ के घर में मिलेंगे, वे उस रेस्तराँ के सामने से अक्सर टैक्सी में गुज़रते थे और जहाँ वह अक्सर रुकना चाहती थी, लेकिन उसने कभी कहा नहीं।

फिर मारिया को अपने एक दोस्त की याद आई और उसने यह फ़ैसला किया कि वह लाइब्रेरी जाकर उसको बताएगी कि वह अब वापस नहीं आएगी।

वह ऐसे ट्रैफ़िक में फँस गई जो ख़त्म होने का नाम ही नहीं ले रहा था, जब तक कि कुर्द नागरिकों का प्रदर्शन समाप्त नहीं हो गया और कारें फिर से आराम से आने जाने लगी। अब हालाँकि वह अपने समय की मालकिन स्वयं थी और इस बात से उसको कोई फ़र्क़ नहीं पड़ता था।

जब तक वह लाइब्रेरी पहुँची, लाइब्रेरी बंद होने का समय आ गया था।

'अगर मैं बहुत निजी हो रही हूँ तो मुझे माफ़ कर देना, लेकिन मेरा कोई और है नहीं, किसी और स्त्री से मेरी दोस्ती नहीं है, जिससे कि मैं कुछ बातों के बारे में बात कर सकूँ,' मारिया जैसे ही अंदर आई तो लाइब्रेरियन ने कहा।

उसकी कोई महिला मित्र नहीं थी? एक ही स्थान पर पूरी उम्र बिताने के बाद और काम के दौरान तरह तरह के लोगों से मिलने के बावजूद कोई ऐसी नहीं थी, जिससे वह बात कर सके? मारिया को उसकी जैसी कोई मिल गई थी या कहें कि सभी लोगों की तरह।

'मैं यह सोच रही थी कि योनि झिल्ली (क्लिटरिस) के बारे में मैंने क्या पढ़ा था...'

क्या उसने कभी किसी और बात के बारे में नहीं सोचा था!

'कोई बात नहीं है, ऐसे तो मुझे अपने पति के साथ सेक्स करने में मज़ा आता है, लेकिन संभोग के दौरान ओर्गैज्म पर पहुँच पाना मेरे लिए हमेशा से बहुत मुश्किल होता था। क्या तुमको यह बात सामान्य लगती है?'

'क्या तुमको यह बात सामान्य लगती है कि कुर्द नागरिक रोज़ प्रदर्शन कर रहे हैं? कि प्रेम में डूबी स्त्री अपने प्रेमी से भाग रही है? कि लोग प्रेम के सपने नहीं खेती के सपने देखते हैं? जो पुरुष और स्त्री अपने समय को

बेचते तो हैं, लेकिन कभी उसको वापस ख़रीद नहीं सकते? और फिर भी, यह सब होता है, इसलिए इस बात से असल में कोई फ़र्क़ नहीं पड़ता है कि मैं किस बात में विश्वास रखती हूँ, किस बात में नहीं; सब कुछ सामान्य बात है। ऐसी हर बात जो प्रकृति के ख़िलाफ़ जाती है, हमारी सबसे अंदरूनी ख़्वाहिशों के ख़िलाफ़, हमारी आँखों में सब सामान्य बात है, जबकि ईश्वर की निगाह में वह पथ से भटकना ही हो। हम अपनी आग को पाना चाहते हैं, इसको बनाने में जाने कितना समय लग जाता है, और फिर तमाम कोशिशों के बाद हम बहुत बुरे तरीक़े से जी पाते हैं।'

उसने अपने सामने खड़ी उस औरत को देखा और पहली बार उसने उसका नाम पूछा (वह केवल उसका उपनाम जानती थी)। उसका नाम हिडी था, उसकी शादी तीस साल पहले हुई थी – और इन तीस सालों में कभी भी उसने अपने आपसे यह नहीं पूछा था कि पति के साथ संभोग के दौरान ओर्गैज्म का ना होना सामान्य बात थी या नहीं।

'मुझे नहीं पता कि मुझे इस तरह की चीज़ें पढ़नी चाहिए या नहीं! इसके बारे में ना जानना ही अच्छा होता शायद, इस बात में यक़ीन करते हुए कि एक भरोसेमंद पति है, एक अपार्टमेंट है, जिससे झील दिखाई देती है, तीन बच्चे हैं और एक सरकारी नौकरी है, कोई औरत यही सब तो आशा करती है। लेकिन अब जब से तुम आई हो, और जब से मैंने पहली किताब पढ़ी है, मैं यही सोचती रहती हूँ कि मेरी ज़िंदगी क्या हो गई। क्या सभी के साथ ऐसा ही होता है?'

'मैं तुमको इस बात का भरोसा दिलाती हूँ कि अब ऐसा ही होता है,' और उस औरत के सामने खड़ी होकर जो उससे सलाह माँग रही थी मारिया अपने आपको बहुत होशियार समझ रही थी।

'क्या तुम चाहती हो कि मैं विस्तार से बताऊँ?' मारिया ने सिर हिला दिया।

'वैसे तो इन बातों को समझने के लिहाज से तुम्हारी उम्र बहुत कम है, इसी वजह से मैं तुम्हारे साथ अपनी ज़िंदगी की कुछ बातों को साझा करना चाहती हूँ, जिससे तुम वही ग़लतियाँ ना करो जिस तरह की ग़लतियाँ मैंने की।'

'लेकिन ऐसा क्यों है कि मेरे पति ने योनि की झिल्लियों के बारे में कभी ध्यान नहीं दिया? उसको ऐसा लगता था कि ओर्गैज्म योनि के अंदर

करने से होता है और मेरे लिए सच में यह बहुत मुश्किल होता था कि वह जो सोचता था कि मुझे महसूस होता होगा कि मैं उसी तरह से जताऊँ। मुझे सुख तो महसूस होता था, लेकिन वह सुख बहुत अलग तरह का सुख होता था। वह तब होता था जब योनि के ऊपरी हिस्से पर घर्षण होता था... समझ गई ना कि मैं कहना क्या चाह रही हूँ?'

'हाँ समझ गई।'

'और अब मुझे समझ आया कि क्यों। यह वहाँ नहीं होता,' उसने अपनी मेज़ पर एक किताब की तरफ़ इशारा किया, जिसका शीर्षक मारिया देख नहीं पाई। बहुत-सी नसों के सिरे होते हैं, जो योनि की झिल्लियों और जी-स्पॉट से जुड़े होते हैं और जो ओर्गैज्म के लिए ज़रूरी होते हैं। लेकिन पुरुषों को ऐसा लगता है कि अंदर घुसाना ही सब कुछ होता है। क्या तुमको पता है कि जी-स्पॉट का क्या मतलब होता है?'

'हाँ, हम लोगों ने इसके बारे में उस दिन बात की तो थी,' मारिया ने किसी मासूम लड़की की तरह जवाब दिया। 'अंदर जाने पर पहली मंज़िल पर, पीछे की खिड़की।'

'सही कहा!' और लाइब्रेरियन की आँखें चमकने लगी। 'ज़रा पूछकर देखना कि तुम्हारे कितने पुरुष मित्रों को इसके बारे में पता है। किसी को नहीं पता होगा! यह बेतुकी बात है, लेकिन जिस तरह से एक इतालवी ने योनि झिल्ली की खोज की थी, उसी तरह जी-स्पॉट की खोज 20 वीं शताब्दी में हुई! जल्दी ही यह सुर्ख़ियों में होगी और फिर कोई भी इसको कभी नज़रअंदाज़ नहीं कर पाएगा! तुमको कुछ इल्म है कि हम कितने क्रांतिकारी समय में जी रहे हैं?'

मारिया ने अपनी घड़ी को देखा, और हिडी को समझ आ गया कि उसको जल्दी-जल्दी बात करनी होगी, जिससे कि इस सुंदर युवा स्त्री को यह सिखाया जा सके कि सभी स्त्रियों को इस बात का हक़ है कि ख़ुश और संतुष्ट रहें, जिससे कि अगली पीढ़ी को विज्ञान की असाधारण खोजों का लाभ मिल सके।

'डॉक्टर फ्रॉइड इसलिए सहमत नहीं थे, क्योंकि वे स्त्री नहीं थे और चूँकि उनको ओर्गैज्म अपने लिंग से मिलता था; इसलिए उनको ऐसा लगता था कि स्त्रियों को भी अपनी योनि में सुख की अनुभूति होती होगी। हम लोगों

को मूल बात पर जाने की ज़रूरत है कि हमें हमेशा से योनि झिल्ली और जी-स्पॉट से सुख हासिल होता रहा है! बहुत कम स्त्रियाँ होती हैं, जिनको सेक्स संबंध बनाने से संतुष्टि मिलती है, इसलिए अगर आपको वह सुख नहीं मिल पा रहा है, जो आपको मिलना चाहिए तो मैं आपको कुछ सुझाती हूँ : अपना आसन बदल लीजिए। अपने प्रेमी को नीचे लिटाकर और उसके ऊपर रहने से तुम्हारी योनि झिल्ली उसके शरीर से अधिक ज़ोर से टकराएगी - और तुमको ना कि उसको - वह उत्तेजना मिल जाती है, जो तुमको चाहिए होती है। या बल्कि जिस तरह की उत्तेजना तुमको मिलनी चाहिए!'

इस बीच मारिया, ऐसे जता रही थी मानो वह उस बातचीत को सुन ही नहीं रही हो। वह अकेली नहीं थी! उसको सेक्स से जुड़ी कोई समस्या नहीं थी, यह शरीर विज्ञान से जुड़ी बात है! उसका मन कर रहा था कि लाइब्रेरियन को चूम ले, मानो उसकी छाती से कोई बड़ा पत्थर हट गया हो। उसके जवान रहते अगर यह संभव हो गया होता तो कितना अच्छा रहा होता! कितना अच्छा दिन बीत रहा था! हिडी ने शरारती निगाह डाली।

'उनको हो सकता है कि इस बारे में पता नहीं हो, लेकिन हम स्त्रियों की योनि झिल्ली भी पुरुषों की तरह उत्तेजित हो जाती है!'

'उनको' से शायद उसका मतलब पुरुषों से था। चूँकि बातचीत बहुत अंतरंग चल रही थी, इसलिए मारिया ने साहस करके एक सवाल पूछ लिया :

'तुम्हारा कभी किसी से कोई संबंध रहा है?'

लाइब्रेरियन अचंभे में आ गई। उसकी आँख लाल हो गई, लग रहा था जैसे शरमा रही थी, अब यह गुस्से के कारण था या शर्म के कारण यह बता पाना असंभव था। कुछ देर के बाद, हालाँकि सच कहने या अभिनय करने के बीच की दीवार ढह गई।

उसने बात बदल दी।

'अब वापस उत्तेजित होने के विषय में बात करते हैं, तो हमारी योनि झिल्ली में वह क्या चीज़ है, जो सख़्त हो जाती है?'

'हाँ! यह तो मैं तभी से जानती हूँ, जब मैं छोटी थी।'

हिडी को निराशा हुई। शायद उसने कभी इस बात पर ध्यान नहीं दिया था। बहरहाल, उसने बताना जारी रखा :

'वैसे भी अगर तुम उसके आसपास अँगुलियों को मलोगी, बिना उसके असली सिरे को छुए, तो तुमको और भी अधिक सुख हासिल होगा। इसलिए इस बात का ध्यान रखना! जो पुरुष स्त्री के शरीर की इज़्ज़त करते हैं, वे तत्काल सिरे को छू देते हैं, इस बात को वे नहीं समझते हैं कि यह कई बार तकलीफ़ देने वाला भी होता है, है कि नहीं? इसलिए पहली या दूसरी बार के बाद सब कुछ अपने वश में कर लेना चाहिए : ऊपर चढ़ जाओ, इस बात को समझते हुए कि कब और कहाँ दबाव को बनाना चाहिए, और मौक़े के हिसाब से उसकी लय को घटाते-बढ़ाते रहना चाहिए। मैं जो किताब पढ़ रही हूँ, उसके हिसाब से इसके बारे में खुलकर बात करना भी अच्छी बात है।'

'क्या तुमने कभी अपने पति से खुलकर बात की है?'

एक बार फिर, हिडी ने इस सीधे पूछे गए सवाल को टाल दिया, बस इतना कहा कि तब हालात अलग थे। इस समय उसकी दिलचस्पी उस बारे में साझा करने में थी, जो किताब में पढ़ी थी।

'अपनी योनि झिल्ली को घड़ी की सुई की तरह से समझ लो और अपने साथी से कहो कि वह उसको एक से ग्यारह के बीच आगे-पीछे घुमाता रहे, समझी?' हाँ, वह अच्छी तरह से समझ रही थी वह औरत किस बारे में बात कर रही थी और वह उससे पूरी तरह से सहमत नहीं थी, लेकिन वह किताब सच्चाई से बहुत दूर नहीं थी। जैसे ही हिडी ने 'घड़ी' शब्द का जिक्र किया तो मारिया ने अपनी घड़ी की ओर देखा और यह बताया कि वह असल में उसको अलविदा कहने के लिए आई थी, उसकी नौकरी अब समाप्त होने वाली थी। वह औरत ऐसा लग रहा था जैसे मारिया को सुन ही नहीं रही हो।

'क्या तुम योनि झिल्ली के बारे में इस किताब को ले जाना चाहती हो?'

'नहीं शुक्रिया। इस समय मेरे पास सोचने को काफ़ी कुछ है।'

'और तुम कोई और किताब भी नहीं ले जाना चाहती हो?'

'नहीं। मैं अपने देश वापस जा रही हूँ, लेकिन मैं तुम्हारा शुक्रिया अदा करना चाहती हूँ कि तुमने मेरे साथ हमेशा इतनी इज़्ज़त और समझदारी के साथ बर्ताव किया। शायद हम फिर कभी मिलें।'

दोनों ने हाथ मिलाया और एक दूसरे की खुशहाली की दुआ की।

हिडी ने उस लड़की के जाने का इंतज़ार किया, उसके बाद उसने अपनी मेज़ थपथपाई। उसको मौक़े का फ़ायदा उठाकर कुछ ऐसी बातें भी साझा करनी चाहिए थीं, जिस तरह से सब कुछ चल रहा था, अब शायद सारी बातें उसके साथ क़ब्र तक जाएँ? जब उस लड़की ने उससे पूछा था कि क्या कभी उसने अपने पति के साथ धोखा किया था, तो उसने इस बात का जवाब क्यों नहीं दिया, अब चूँकि वह एक ऐसी दुनिया की खोज कर रही थी, जिसमें स्त्रियाँ इस बात को स्वीकार करने लगी थीं कि ओर्गैज्म हासिल करना कितना मुश्किल है?

'अच्छा, इससे फ़र्क़ नहीं पड़ता। दुनिया में सब कुछ सेक्स ही तो नहीं होता।'

नहीं, यह दुनिया की सबसे ज़रूरी चीज़ नहीं थी, लेकिन यह बात मायने तो रखती ही थी। उसने आसपास देखा; उसके आसपास जो हज़ारों किताबें थीं उनमें से अधिकतर प्रेम कहानियाँ थीं। सभी कहानियाँ एक सी ही थीं : कोई किसी से मिलता है, प्यार होता है, उनको खो देता है और फिर से पा लेता है। रूह की बात रूह से होती है, दूर-दूर की जगहें, रोमांच, पीड़ा, चिंता, लेकिन कोई शायद ही ऐसा कहता था : 'सुनिए सर, लेकिन स्त्री के शरीर की बेहतर समझ की कोशिश क्यों करते आप?' किताबों में इस बारे में खुल कर बातें क्यों नहीं की जातीं?

शायद लोगों की इसमें दिलचस्पी नहीं थी। पुरुष हमेशा नएपन की तलाश में रहते थे; वे अभी भी आदिमानव शिकारी की तरह ही थे, मानव जाति की प्रजनन क्षमता का सम्मान करते हुए। और स्त्रियों का क्या? उसके अपने निजी अनुभव में, अपने साथी के साथ बेहतर ओर्गैज्म की इच्छा शुरुआती कुछ सालों में ही रहती थी; फिर धीरे-धीरे ओर्गैज्म की आवृत्ति ख़त्म होती जाती थी, लेकिन इसके बारे में कोई बात नहीं करती थीं, क्योंकि

हर औरत को ऐसा लगता था कि यह उसकी अपनी ही समस्या थी। और इसलिए वे झूठ बोलने लगती थीं, ऐसे जताती थीं कि हर रात अपने पति के संभोग की ख़्वाहिश उनको दमघोंटू लगती है। और इस झूठ के कारण वे दूसरी स्त्रियों को चिंता में डाल देती थीं। वे दूसरी चीज़ों के बारे में सोचने लगती थीं : बच्चों के बारे में, खाना पकाने के बारे में, समय-सारिणी, घर का कामकाज, घर के ख़र्च के बारे में, उनके पतियों के प्रेम संबंधों के बारे में - जिनको वे सहन करती रहती थीं - जब वे विदेश में छुट्टियाँ मनाने जाती थीं तो उनको अपनी चिंता से ज़्यादा अपने बच्चों की चिंता रहती थी, उनकी मिलीभगत के बारे में या प्रेम के बारे में भी, लेकिन सेक्स के बारे में बिलकुल नहीं।

उसको ब्राज़ील की उस युवती के साथ अधिक खुलेपन से बर्ताव करना चाहिए था, जो उसको मासूम लगती थी, उसको बेटी जैसी लगती थी, जो अभी भी इस दुनिया को पूरी तरह से समझ नहीं पाई थी। दूर देश की रहने वाली, अपने घर से बहुत दूर रहती थी, उबाऊ काम को पूरी मेहनत के साथ करती थी, उस आदमी का इंतज़ार कर रही थी, जो उससे शादी कर ले, जिसके साथ उसको झूठ-मूठ का ओर्गैज्म हो, सुरक्षा हासिल करे, इस रहस्यमय मानवजाति को आगे बढ़ाने में अपना योगदान दे, फिर ओर्गैज्म, योनि झिल्ली या जी-स्पॉट (जिसकी खोज 20 वीं शताब्दी में ही जाकर हुई!) जैसी चीज़ों को भूल जाए। एक अच्छी पत्नी, अच्छी माँ के रूप में इस बात का ध्यान रखे कि घर में किसी तरह की कमी नहीं रह जाए, कभी-कभार गुप्त रूप से हस्तमैथुन करे, किसी ऐसे आदमी के बारे में सोचे जो सड़क पर जब उसके सामने से गुज़र रहा था तो उसको चाहत भारी नज़रों से देख रहा था। दिखावा करती रहे - दुनिया को दिखावों की इतनी चिंता क्यों रहती है?

इसी वजह से उसने उसके इस सवाल का जवाब नहीं दिया : 'क्या तुम्हारा कभी किसी से कोई संबंध बना था?'

इस तरह की बातें आपके साथ क़ब्र तक जाती हैं, उसने सोचा। उसका पति उसके जीवन में आने वाला अकेला आदमी था, हालाँकि सेक्स तो अब जैसे किसी और जमाने की बात हो गई थी। वह बहुत अच्छा साथी था, ईमानदार, उदार और खुशमिजाज, इसके लिए वह काफ़ी मेहनत करता था कि उसके परिवार के लोग और उसके साथ काम करने वाले लोग ख़ुश रहें। वह एक ऐसा आदर्श पुरुष था, जिसके बारे में सभी औरतें सपना देखती

हैं, और इसी वजह से जब वह यह सोचती थी कि किस तरह उसने एक दिन किसी और पुरुष के साथ की ख़्वाहिश की थी तो उसको बहुत बुरा महसूस होता था।

उसको याद आया कि उनकी मुलाक़ात कैसे हुई थी। वह एक छोटे-से पहाड़ी शहर दावोस से लौट रही थी कि हिम स्खलन के कारण ट्रेनों की आवाजाही कुछ घंटे के लिए रुक गई। उसने घर फ़ोन कर दिया, जिससे कि किसी को चिंता नहीं हो, कुछ पत्रिकाएँ ख़रीद लीं और स्टेशन पर बैठकर लंबे समय तक इंतज़ार करने के लिए तैयार हो गई।

तब उसका ध्यान अपने बगल में बैठे एक पुरुष की तरफ़ गया, वह पिट्ठू थैला और स्लीपिंग बैग लिए हुए था। उसके बाल सफ़ेद हो रहे थे और चेहरा धूप से जल गया था, और उस स्टेशन पर वह अकेला आदमी था जिसको ट्रेन के ना होने के कारण किसी तरह की चिंता नहीं हो रही थी; इसके विपरीत, वह मुस्कराते हुए अपने आसपास किसी ऐसे आदमी को देख रहा था जिससे बातचीत की जा सके। हिडी ने पढ़ने के लिए एक पत्रिका खोल ली, लेकिन देखिए ना ज़िंदगी के रहस्य कितने प्यारे होते हैं, उसकी आँखें उस आदमी से जा टकराई और वह चाहकर भी अपनी आँखों को उसकी आँखों से जल्दी हटा नहीं पाई और जिससे कि उसको अपने पास आने से रोका जा सके।

इससे पहले कि वह विनम्रता से यह कह पाता कि वह एक ज़रूरी लेख पढ़ रही थी, वह बातचीत करने लगा। उसने हिडी से कहा कि वह एक लेखक था और वह दावोस में एक मीटिंग से वापस लौट रहा था और ट्रेन में देरी का मतलब यह था कि घर जाने की उसकी फ़्लाइट छूट जाएगी। उनके जेनेवा पहुँचने पर क्या वह होटल ढूँढ़ने में उसकी मदद कर पाएगी?

हिडी उसको देख रही थी : कोई इस बात के बावजूद ख़ुश कैसे हो सकता था कि उसका प्लेन छूट गया था और जब तक सब ठीक हो जाए तब तक उसको एक असुविधाजनक ट्रेन स्टेशन पर बैठना पड़ रहा था?

वह आदमी हिडी से ऐसे बात करने लगा मानो दोनों पुराने दोस्त हों। उसने हिडी को अपनी यात्राओं के बारे में बताना शुरू कर दिया, साहित्य के रहस्य के बारे में और वह तब बहुत डर गई जब उसने उसको उन औरतों के बारे में बताना शुरू कर दिया, जिनको वह जानता था और जिनको उसने

अपने जीवन में प्यार किया था। हिडी हाँ-हूँ करते हुए उसको सुने जा रही थी। बीच-बीच में वह इस बात के लिए माफ़ी भी माँग लेता था कि वह बहुत ज़्यादा बकबक कर रहा था और हिडी से कहता कि वह भी अपने बारे में कुछ बताए, लेकिन जवाब में हिडी बस इतना कहती : 'अरे मैं एक आम इंसान हूँ, कोई ऐसी ख़ास बात नहीं है।'

अचानक हिडी यह उम्मीद करने लगी कि ट्रेन कभी आए ही नहीं, वह बातचीत इतनी रोमांचक थी जैसी उसने बस किताबों में ही पढ़ी थी। और चूँकि वह उस आदमी से फिर कभी नहीं मिल पाएगी, इस कारण से वह हिम्मत जुटाकर उससे ऐसे सवाल पूछने लगी, जिनमें उसकी दिलचस्पी थी। उसकी शादी का बुरा दौर चल रहा था, उसका पति उससे बहुत अधिक समय माँगता था और हिडी यह जानना चाहती थी कि उसको ख़ुश रखने के लिए उसको क्या करना चाहिए। उस आदमी ने उसको कुछ दिलचस्प वाक़ये सुनाए, उसको एक कहानी सुनाई, लेकिन उसके पति के बारे में बातें करते हुए वह बहुत सहज दिखाई नहीं दे रहा था।

'तुम एक दिलचस्प औरत हो,' वह बोला, सालों से उसको ऐसा किसी ने नहीं कहा था।

हिडी को कुछ समझ नहीं आ रहा था कि क्या कहा जाए; हिडी की शर्म को महसूस करते हुए वह आदमी तत्काल रेगिस्तानों, पहाड़ों, खोए हुए शहरों, घूँघट वाली स्त्रियों या ऐसी स्त्रियों के बारे में बात करने लगा, जिनके शरीर के बीच का हिस्सा खुला रहता था, योद्धाओं के बारे में, लुटेरों के बारे में और बुद्धिमान इंसानों के बारे में बात करने लगा।

ट्रेन आ गई। ट्रेन में वे अलग-बगल बैठ गए और वह स्त्री नहीं रह गई थी जो विवाहिता थी और एक ऐसे घर में रहती थी, जिसका रुख़ झील की दिशा में था और जिसको तीन बच्चों को पालना था, वह एक ऐसी मुसाफ़िर बन गई थी, जो रोमांचक यात्रा पर जेनेवा पहली बार आ रही थी। उसने पहाड़ों और नदियों को देखा और उसको इस बात से ख़ुशी महसूस हुई कि वह एक ऐसे आदमी के बगल में बैठी थी, जो उसके साथ हमबिस्तर होना चाहता था (क्योंकि ऐसा हर पुरुष सोचता था) और जो उसको प्रभावित करने की पूरी कोशिश कर रहा था। वह सोच रही थी कि ना जाने कितने पुरुषों ने उसके लिए ऐसा महसूस किया होगा, लेकिन उनमें से किसी को भी उसने ज़रा-सा भी बढ़ावा नहीं दिया; लेकिन उस सुबह दुनिया बदल चुकी

थी, अचानक से वह 38 साल की एक किशोरी बन गई थी, वह चकित थी कि एक आदमी उसको पटाने की कोशिश कर रहा है; दुनिया में इससे अच्छा कुछ और महसूस नहीं हो सकता था।

अपने जीवन में समय के पहले आए उस बुढ़ापे में, जब उसको ऐसा लगने लगा था कि वह जो चाह सकती थी इसके पास वह सब कुछ था कि यह आदमी रेलवे स्टेशन पर अचानक प्रकट हुआ और बिना उससे अनुमति लिए उसकी ज़िंदगी में प्रवेश कर गया। वे जेनेवा में उतरे और हिडी ने उसको एक होटल दिखाया (उसने कहा था कि उसको एक सस्ता होटल चाहिए था, क्योंकि उसको उस समय तक निकल जाना चाहिए था, लेकिन उसके पास इतने फ़्रैंक नहीं बच गए थे कि असाधारण रूप से महँगे स्विट्ज़रलैंड में एक और रात बिता सके); उसने हिडी से कहा कि वह उसके कमरे तक उसके साथ चले, जिससे कि वह देख ले कि होटल सही था या नहीं। हिडी जानती थी उसको क्या उम्मीद करनी चाहिए, ख़ैर उसने उसके प्रस्ताव को स्वीकार कर लिया। उन्होंने दरवाज़ा बंद कर लिया और एक दूसरे को बेतहाशा चूमने लगे, उस आदमी ने उसके कपड़े फाड़ दिए, वह आदमी औरत के शरीर के बारे में कितनी अच्छी तरह से जानता था, क्योंकि उसने बहुत-सी स्त्रियों की पीड़ा और हताशा को देखा था।

वे पूरी दोपहर संभोग करते रहे और जब शाम ढलने लगी तो आकर्षण कम होने लगा, और उसने जो कहा उसको वह नहीं कहना चाहिए था : 'मुझे घर जाना चाहिए, मेरा पति मेरा इंतज़ार कर रहा होगा।'

उसने एक सिगरेट जलाई और दोनों कुछ देर तक ख़ामोशी से पड़े रहे, और दोनों में से किसी ने भी 'अलविदा' नहीं कहा। हिडी उठी और बिना पीछे देखे वहाँ से निकल गई, वह जानती थी कि दोनों में से कोई जो कुछ भी कहे, किसी भी बात का कोई मतलब नहीं रह गया था।

वह उससे फिर कभी नहीं मिलेगी, लेकिन अपनी मायूसी के बीच कुछ घंटों तक वह एक वफ़ादार पत्नी नहीं रह गई थी, घरेलू स्त्री, प्यार करने वाली माँ, एक आदर्श सरकारी सेवक और एक अच्छी दोस्त, जो सिर्फ़ स्त्री के रूप से बदल गई थी।

कुछ दिनों तक उसका पति उससे यह कहता रहा कि वह कुछ अलग लग रही थी या तो बहुत ख़ुश लग रही थी या बहुत उदास, उसको यह समझ नहीं आ रहा था कि क्या। एक सप्ताह के बाद सब कुछ पहले जैसा हो गया।

'कितने शर्म की बात है कि मैंने यह बात उस लड़की से बताई नहीं,' उसने सोचा। 'उसने इस बात को समझा भी नहीं होगा, वह अभी उसी ऐसे संसार में रहती है, जिसमें लोग वफ़ादार होते हैं और सदा प्यार की कसमें खाते हैं।'

मारिया की डायरी से :

मुझे नहीं पता कि उस रात जब उसने दरवाज़ा खोला तो उसको यह देखकर कैसा महसूस हुआ, जब उसने मुझे दरवाज़े पर दो सूटकेसों के साथ देखा।

'चिंता मत करो,' मैंने कहा। 'मैं अंदर नहीं आ रही। क्या हम रात के खाने के लिए चल सकते हैं?'

उसने कुछ भी नहीं कहा, बस सामान उठाने में मेरी मदद करने लगा। और फिर बिना हालचाल पूछे या यह कहे बगैर कि 'तुमको देखकर कितना अच्छा लग रहा है,' सीधे मुझे बाँहों में भर लिया और मुझे चूमने लगा और मेरे शरीर को छूने लगा, मेरे स्तनों को, मेरी कमर को, मानो वह इस पल का इंतज़ार लंबे समय से कर रहा हो और अब वह इस बात से डरा हुआ था कि वह पल अब कभी नहीं आएगा।

उसने मेरी जैकेट और ड्रेस को खींच दिया और मुझे नंगा कर दिया, और फिर हॉल में बिना किसी तैयारी के, अच्छा बुरा कहने में समय गँवाए बिना, सामने के दरवाज़े के नीचे से ठंडी हवा अंदर आ रही थी, हम लोगों ने पहली बार संभोग किया। मैंने सोचा कि शायद मुझे उससे रुकने के लिए कहना चाहिए, जिससे कि हम लोग कुछ और सहज हो जाएँ, जिससे कि हम लोगों कामुकता के विराट संसार में कुछ देर तक गोते लगाते रह सकें, लेकिन दूसरी तरफ़ मैं यह भी चाहती थी कि वह मेरे अंदर आ जाए, क्योंकि वह एक ऐसा आदमी था, जो कभी उसके अधिकार में नहीं था और फिर कभी उसका होगा भी नहीं। इसीलिए मैं उसको पूरे जोश के साथ प्यार कर सकती थी और कम से कम एक रात के लिए उसको पा सकती थी, जो

मैंने पहले कभी नहीं किया था और ना ही आगे कभी करूँगी। इससे पहले कि मैं उत्तेजित हो पाती या तैयार हो पाती वह मेरे अंदर था, लेकिन मुझे दर्द से कोई परेशानी नहीं हो रही थी; उल्टे मुझे इस तरह से सब कुछ अच्छा लग रहा था, क्योंकि ज़ाहिर है वह इस बात को समझ गया था कि मैं उसकी थी और उसको मुझसे अनुमति लेने की कोई ज़रूरत नहीं थी। मैं वहाँ इसलिए नहीं गई थी कि मैं उसको कुछ सिखाना चाहती थी या यह साबित करना चाहती थी कि मैं दूसरी औरतों से अधिक संवेदनशील हूँ या अधिक जोशीली हूँ, मैं वहाँ हाँ कहने के लिए ही आई थी कि आ जाओ, कि मैं भी इसी के इंतज़ार में थी, कि मैं इस बात से ख़ुश थी कि वह उन क़ायदों को बिलकुल नहीं मानती थी, जो हम लोगों ने अपने बीच के लिए बनाए थे और अब वह इस बात की माँग कर रहा था कि हम लोगों को अपने स्वभाव के अनुसार ही चलना चाहिए, स्त्री और पुरुष के रूप में।

हम लोग एक परंपरागत आसन में थे - मैं उसके नीचे, मेरे पैर फैले हुए थे, और वह मेरे ऊपर झुका आगे पीछे कर रहा था, जबकि मैं उसको देख रही थी, कुछ भी जताने की कोई ख़्वाहिश नहीं थी या सीत्कार भरने की या कुछ और करने की, बस मैं अपनी आँखों को खोले रखना चाहती थी, जिससे कि एक-एक पल को याद रख सकूँ, उसके चेहरे के बदलावों को देख सकूँ, किस तरह उसके हाथ मेरे बालों को पकड़ रहे थे, वह किस तरह से मुझे काट रहा था, मुझे चूम रहा था। ना कोई शुरुआती बातचीत, ना सहलाना, ना कोई तैयारी, ना कोई अदा, बस वह मेरे अंदर था और मैं उसकी रूह के अंदर।

वह आगे-पीछे कर रहा था, कभी तेज़ी के साथ कभी धीमे-धीमे, बीच-बीच में रुककर वह मुझे भी देख लेता था, लेकिन उसने यह नहीं पूछा कि मुझे मज़ा आ रहा था या नहीं, क्योंकि वह जानता था कि उस समय केवल हमारी रूहें इसी तरह से बातचीत कर सकती थीं। उसकी रफ़्तार और तेज़ हो गई थी और मुझे यह समझ आ गया था ग्यारह मिनट अब

ख़त्म होने को थे, और मैं यह चाहती थी वह हमेशा-हमेशा चलता रहे, क्योंकि अच्छा लग रहा था, हे भगवान सच में अच्छा लग रहा था - ना कोई अधिकार करना ना अधिकार में आने की कामना। और इस दौरान हमारी आँखें खुली हुई थीं, तब तक जब मुझे यह समझ आया कि हम दोनों एक दूसरे को साफ़-साफ़ देख नहीं पा रहे थे और हम एक ऐसी दिशा में बढ़ रहे थे, जिसमें मैं बहुत बढ़िया माँ थी, अपने आप में पूरी कायनात, प्रेमिका, प्राचीन काल की वैसी पवित्र वेश्या, जिसकी कहानी उसने मुझे अँगीठी के सामने बैठकर सुनाई थी, जब दोनों वहाँ बैठकर वाइन पीने में लगे थे। मैं समझ गया था कि उसका स्खलन होने वाला था, उसकी रफ़्तार तेज़ हो गई थी, और फिर वह चिल्लाया - उसने सीत्कार नहीं भरी, उसने अपने दाँत नहीं पीसे, बल्कि वह चिल्लाया। वह चिल्लाने लगा। वह किसी जानवर की तरह चिंघाड़ उठा। मेरे दिमाग़ में एक विचार कौंधा कि कहीं पड़ोसी पुलिस को नहीं बुला लें, लेकिन इस बात से कोई फ़र्क़ नहीं पड़ता था, और मुझे बहुत सुख महसूस हो रहा था, क्योंकि यह शुरू से ही ऐसा ही था, जब पहली बार स्त्री-पुरुष ने संभोग किया था : वे चिल्लाए थे।

उसके बाद उसका शरीर मेरे शरीर के ऊपर गिर गया, मुझे नहीं पता कि हम लोग वैसी अवस्था में कितनी देर तक बने रहे, एक दूसरे की बाँहों में; मैं उसके बालों को सहला रही थी, जिस तरह से पहले मैंने बस एक बार किया था, उस रात जब हम रात के अंधेरे में होटल के कमरे में बंद हो गए थे; मुझे यह महसूस हो रहा था कि उसके दिल की धड़कन धीरे-धीरे सामान्य होती जा रही थी; उसके हाथ बहुत नजाकत के साथ मेरी बाँहों पर ऊपर नीचे हो रहे थे, जिसके कारण मेरे शरीर के सारे बाल खड़े हो गए थे।

उसने मेरे शरीर से अपना वज़न हटाया और लुढ़क कर बगल में आ गया, मेरे हाथ थाम लिए और छत को घूरते हुए लेटे थे और उससे लटके झूमर को जिसके तीन बल्ब जल रहे थे।

'गुड ईवनिंग,' मैंने कहा।

उसने मुझे अपनी तरफ़ खींच लिया और मेरा सिर उसकी छाती से टिका हुआ था। बहुत देर तक मुझे सहलाते रहने के बाद उसने भी 'गुड ईवनिंग' कहा।

'पड़ोसियों ने सब कुछ सुन लिया होगा,' मैंने कहा, क्योंकि मुझे यह समझ नहीं आ रहा था कि अब क्या कहा जाए, क्योंकि ऐसे में 'आई लव यू' कहने का कोई मतलब नहीं था; क्योंकि इस बात को वह पहले से जानता था और मैं भी जानती थी।

'दरवाज़े के नीचे से बहुत तेज़ हवा आ रही है,' वह बोला, जबकि वह कह सकता था : 'अच्छी बात है!'

'आइए रसोई में चलते हैं।'

हम उठे और मैंने यह देखा कि उसने अपना पैंट तक नहीं खोला था, वह उसी तरह से कपड़ों में था, जिस तरह वह मुझे मिला था, बस उसका शिश्न बाहर दिखाई दे रहा था। मैंने अपने खुले कंधे पर अपनी जैकेट डाल दी। वह रसोई में गया : उसने मेरे लिए कॉफ़ी बनाई; उसने दो सिगरेटें पी और मैंने एक। मेज़ पर बैठकर उसने अपनी आँखों से मेरा 'शुक्रिया' अदा किया और जवाब में मैंने भी 'शुक्रिया' अदा कर दिया, लेकिन हमारे मुँह बंद ही रहे।

आख़िरकार उसने हिम्मत जुटाकर सूटकेस के बारे में पूछा।

'कल दोपहर मैं वापस ब्राज़ील जा रही हूँ।'

एक स्त्री इस बात को जानती है कि कब कोई पुरुष उसके लिए मायने रखता है। क्या पुरुषों को इस तरह की बात समझ में आती है? या मुझे यह कहना चाहिए : 'मैं तुमसे प्यार करती हूँ,' 'मैं यहाँ तुम्हारे साथ रहना चाहती हूँ,' 'मुझे रुक जाने के लिए कहो।'

'मत जाओ,' हाँ, वह समझ गया था कि उसको मुझसे यह बात कहनी चाहिए।

'मुझे जाना है। मुझे एक वादा पूरा करना है।'

क्योंकि अगर मैंने यह नहीं कहा होता कि यह सब सदा-सदा के लिए रहने वाला था। और यह नहीं था; यह उस लड़की के सपने का हिस्सा था, जो दूर देश के अंदरूनी इलाक़े में रहता था, जो बड़े शहर में जाती है (वैसे कोई उतना बड़ा भी नहीं), वहाँ हर तरह की परेशानियाँ उठाती है, लेकिन उस आदमी को पा लेती है, जो उसको प्यार करता है। इसलिए मैं जिस मुश्किल दौर से गुज़री थी यह उसका सुखद अंत था और मैं जब भी यूरोप में बिताए अपने जीवन को याद करूँगी तो मुझे यह सुखद कहानी याद आएगी, जिसमें एक आदमी मुझसे बुरी तरह प्यार करता था, और जो हमेशा मेरा रहेगा, क्योंकि मैंने उसकी रूह तक का सफ़र किया था।

आह! राल्फ़ तुमको इस बात का इल्म भी नहीं है कि मैं उससे कितना प्यार करती हूँ। मुझे ऐसा लगता है शायद कि जब हमारे सपनों का पुरुष हमें दिखाई देता है तो उससे हमें पहली नज़र में ही प्यार हो जाता है, फिर भी उस समय तर्क हो सकता है कि कुछ और ही कह रहा था, और हो सकता है कि हम अपनी प्रवृत्ति से लड़ते, यह उम्मीद करते कि हम नहीं जीत पाएँगे, जब तक कि वह बिंदु नहीं आ जाता, जब हम अपनी भावनाओं से हार मान लेते हैं। यह उस रात हुआ था, जब मैं पार्क में नंगे पैर टहल रही थी, ठंड लग रही थी और दर्द भी हो रहा था, लेकिन मुझे यह पता था कि तुम मुझे कितना प्यार करते थे।

हाँ, मैं तुमको बहुत प्यार करती हूँ, इस तरह से मैंने कभी किसी और पुरुष को प्यार नहीं किया था और इसी कारण से मैं यहाँ से जा रही हूँ, क्योंकि अगर मैं यहाँ रह गई तो या सपना सच्चाई में बदल जाएगा, अधिकार करने की ख़्वाहिश होने लगेगी, यह मन करने लगेगा कि तुम्हारी ज़िंदगी मेरी हो जाए... कहने का मतलब यह है कि इन कारणों से प्रेम गुलामी में बदल जाएगा। सबसे अच्छा यह है कि यह एक सपने की तरह ही रह जाए। हम लोगों को इस मामले में सावधान रहना

चाहिए कि हम इस देश से क्या ले जा सकते हैं या अपने जीवन से।

'तुम्हारा ओर्गैज्म नहीं हुआ,' उसने बात को बदलने के ख़याल से कहा; वह सावधानी बरत रहा था, इसलिए उसने इस बात पर ज़ोर नहीं दिया। उसको इस बात का डर था कि कहीं मुझे खो नहीं दे और वह यह सोच रहा था कि मेरे मन को बदलने के लिए अभी पूरी रात पड़ी थी।

'नहीं, मेरा हुआ तो नहीं, लेकिन मुझे बहुत ज़्यादा अच्छा लगा।'

'लेकिन अगर तुमको भी ओर्गैज्म हुआ होता तो और भी अच्छा होता।'

'तुमको ख़ुश करने के लिए मैं नाटक कर सकती थी, लेकिन तुम्हारे साथ ऐसा करना अच्छा नहीं लगता। राल्फ़ हार्ट तुम दुनिया में सुंदरता के सबसे अच्छे उदाहरण हो। तुमने मेरा साथ दिया और मेरी मदद की, अब मुझे अपना साथ देने दो और मदद करने दो, दोनों तरफ़ से किसी तरह का अपमान भाव नहीं हो। हाँ ओर्गैज्म हुआ होता तो और अच्छा लगता। लेकिन मुझे ठंडा फ़र्श, तुम्हारा गर्म शरीर और जिस ताक़त से तुम मेरे अंदर आए थे, मुझे सब अच्छा लगा।'

'आज मैं लाइब्रेरी की किताबें लौटाने गई थी और लाइब्रेरियन ने यह पूछा कि क्या मैं अपने प्रेमी से सेक्स के बारे में बात करती हूँ। मेरा तो यह कहने का मन था : कौन-सा प्रेमी? तुम्हारा मतलब किस तरह के सेक्स से है? लेकिन उससे नहीं पूछा, मेरे साथ उसका बर्ताव हमेशा से बहुत प्यार भरा रहा है।'

'जब से मैं जेनेवा आई हूँ, तब से वास्तव में मेरे सेक्स में मेरे दो ही साथी रहे : एक वह जिसने मेरे अंदर के बुरे को जगा दिया था, क्योंकि मैंने उसको ऐसा करने दिया और उससे इसके लिए मिन्नतें भी की। दूसरे तुम जिसने मुझे एक बार फिर से इस दुनिया का हिस्सा समझा। मैं इस लायक़ हो जाना चाहती थी कि तुमको यह सिखा सकूँ कि मेरे शरीर को कहाँ

छूना चाहिए, कितना दबाव देना चाहिए, और कितनी देर तक, और मैं यह जानती हूँ कि तुम इसको अपनी आलोचना के रूप में नहीं देखोगे, बल्कि हमारी रूहों के बीच संवाद का ही एक जरिया मानोगे। प्रेम की कला तुम्हारी पेंटिंग जैसी होती है, इसके लिए तकनीक, धैर्य तथा सबसे बढ़कर दो लोगों द्वारा अभ्यास की ज़रूरत होती है। इसके लिए निर्भीकता और उससे आगे बढ़कर सोचने का साहस होना चाहिए, जिसको लोग पारंपरिक रूप से "प्रेम करना" कहते आए हैं।'

मेरे अंदर का शिक्षक वापस आ गया था और मैं यही नहीं चाहती थी, लेकिन राल्फ़ यह जानता था कि किस तरह से हालात को क़ाबू में किया जाए। मुझसे सहमत होने के बजाय उसने आधे घंटे के अंदर उसने तीसरी सिगरेट जलाई और बोला :

'पहली बात तो यह है कि तुम आज रात यहीं रुक रही हो।'

यह कोई आग्रह नहीं था, एक तरह से आदेश था।

'दूसरी बात यह कि हम लोग फिर से संभोग करने वाले हैं, लेकिन इस बार चिंता कम और अधिक ख़्वाहिश के साथ। और आख़िरकार, मैं यह चाहता हूँ कि तुम पुरुषों को कुछ बेहतर तरीक़े से समझ सको।'

पुरुषों को बेहतर तरीक़े से समझना? मैं हर रात पुरुषों के साथ ही तो बिताती हूँ, गोरे, काले, एशियाई, यहूदी, मुसलमान, कैथोलिक, बौद्ध। क्या राल्फ़ इस बारे में नहीं जानता?

मैं हल्का महसूस कर रही थी; मुझे इतनी खुशी हो रही थी कि वह बातचीत एक अच्छी चर्चा में बदल गई थी। एक समय तो ऐसा आया कि मैं सोचने लगी कि ईश्वर से माफ़ी माँगकर अपने वादे को तोड़ दूँ। लेकिन वास्तविकता लौट आई, मुझे इस बात की याद दिलाती हुई कि मैं अपने सपने को बरकरार रखूँ और भाग्य के जाल में नहीं उलझूँ।

'हाँ पुरुषों को बेहतर ढंग से समझो,' मेरे चेहरे पर संदेह को भाँपते हुए राल्फ़ ने एक बार फिर से कहा। 'तुमने स्त्रियों की सेक्सुअलिटी की बात की, तुम्हारे शरीर को किस तरह समझूँ, धैर्य के साथ करूँ, सब कुछ को समय दूँ। मानता हूँ, लेकिन तुमको यह बात सूझी कि हम अलग हैं, कम से कम समय के मामले में? तुमको इस बात के लिए भगवान से शिकायत करनी चाहिए।'

'जब हम मिले तो मैंने तुमसे कहा कि मुझे सेक्स के बारे में सिखाओ, क्योंकि मेरे अंदर से सेक्स की सारी इच्छा मर चुकी थी। पता है क्यों? क्योंकि एक निश्चित समय के बाद सेक्स के हर रिश्ते में मुझे ऊब होने लगती थी, उससे हताशा होती थी, क्योंकि मुझे यह बात समझ आ गई कि जिन महिलाओं को मैं प्यार करता था, उन्हें वैसा ही सुख हर बार पहुँचाना कितना मुश्किल है, जितना सुख वे मुझे पहुँचाया करती हैं।'

जब उसने 'जिन महिलाओं को मैं प्यार करता था' कहा तो मुझे अच्छा नहीं लगा। लेकिन मैंने उसकी अनदेखी की और एक सिगरेट सुलगा ली।

'मेरे अंदर यह पूछने की हिम्मत नहीं थी : मुझे अपना जिस्म दिखा दो। लेकिन जब मैं तुमसे मिला तो मैंने तुम्हारी रोशनी देख ली और उसी समय मुझे तुमसे प्यार हो गया, और मुझे लगा कि ज़िंदगी के इस दौर में अगर मैं अपने साथ और उस औरत के साथ ईमानदार रहूँ, तो मेरे लिए खोने जैसा कुछ नहीं होगा।'

मुझे सिगरेट का स्वाद अच्छा लग रहा था, और मेरा मन कर रहा था कि वह मुझे पीने के लिए थोड़ी वाइन दे दे, लेकिन मैं अपनी बातचीत का सिरा तोड़ना नहीं चाहती थी।

'आख़िर पुरुष केवल सेक्स के बारे में ही क्यों सोचते हैं? बजाय वैसा करने के जैसा तुमने मेरे साथ किया और यह पता किया कि मुझे कैसा महसूस हो रहा था?'

'किसने यह कहा कि हम केवल सेक्स के बारे में ही सोचते हैं? उल्टे हम अपनी ज़िंदगी के कई साल अपने आपको

यह समझाने की कोशिश में बिताते हैं, सेक्स असल में हमारे लिए ज़रूरी होता है। हम वेश्याओं या कुँवारी लड़कियों से प्रेम के बारे में सीखते हैं; जो भी सुनने वाला मिलता है उसको हम कहानियाँ सुनाते हैं; जब हम बूढ़े हो जाते हैं तो हम कम उम्र की प्रेमिकाओं के साथ चलते हैं, दूसरों को बस यह साबित करने के लिए हम असल में स्त्रियों के लायक़ हैं।'

'लेकिन एक बात बताऊँ? यह बात सही नहीं है। हम कुछ नहीं समझते हैं। हमको ऐसा लगता है कि सेक्स और स्खलन एक ही चीज़ का नाम है, और जैसा कि तुमने अभी खुद कहा वे ऐसे नहीं होते हैं। हम इसलिए नहीं सीख पाते हैं, क्योंकि हमारे अंदर यह हिम्मत नहीं होती है कि हम जाकर औरत से कहें : मुझे अपना शरीर दिखाओ। हम इसलिए नहीं सीख पाते हैं, क्योंकि स्त्रियों में यह कहने की हिम्मत नहीं होती है कि मुझे यह पसंद है। हमारे अंदर अपने आपको बचाए रखने की जो आदिम प्रवृत्ति है वह है, बस यही बात है। यह बात बेतुकी लग सकती है, लेकिन क्या तुम यह जानते हो कि किसी आदमी के सेक्स से भी ज़्यादा ज़रूरी क्या होता है?'

मैंने सोचा कि धन या ताक़त, लेकिन मैंने कहा कुछ भी नहीं।

'खेल। क्योंकि एक पुरुष दूसरे पुरुष के शरीर को समझ सकता है। हम इस बात को समझ सकते हैं कि खेल दो ऐसे शरीरों के बीच का संवाद होता है जो एक दूसरे को समझते हैं।'

'पागल हो तुम।'

'शायद। इस बात का कुछ तो मतलब लगता है। क्या तुमने कभी रुककर उस आदमी की भावनाओं के बारे में सोचा, जिसके साथ तुम हमबिस्तर हुईं?'

'हाँ, मैंने सोचा। वे सभी असुरक्षित थे। सभी डरे हुए थे।'

'डरे हुए होने से भी ज़्यादा वे दयनीय हो गए थे। उनको सच में यह समझ नहीं आता था कि वे कर क्या रहे हैं, वे बड़े दयनीय लगते थे। उनको सच में यह बात समझ नहीं आ रही

थी कि वे कर क्या रहे थे, वे बस यही जानते थे जो समाज, दोस्तों तथा औरत के द्वारा ही उनको यह बताया गया होता है कि उनके लिए क्या मायने रखता था। सेक्स, सेक्स, सेक्स ज़िंदगी का आधार यही है, विज्ञापनों की चीख़-पुकार, दूसरे लोगों का शोर, फ़िल्में, किताबें। कोई नहीं जानता कि दोनों उस तरह की बातें क्यों कर रहे थे। चूँकि हमारी स्वाभाविक बुद्धि हम सभी लोगों से अधिक मजबूत होती है, सभी इस बात को जानते हैं कि करना क्या है। बस हो गई बात।'

बहुत हुआ। मैंने उसको सेक्स को लेकर सबक़ देने की कोशिश इसलिए कि ताकि खुद अपने आपको बचा सकूँ, अब वह वही काम कर रहा था, और हमारे शब्द चाहे जितने भी बुद्धिमानी भरे रहे हों, कारण यह है कि हम लोग हमेशा से दूसरे को प्रभावित करना चाहते हैं – यह बात हमारे रिश्ते के लिए इतनी बकवास और इतनी बेतुकी थी! मैंने उसको अपनी तरफ़ खींचा, वह भी इसके बावजूद कि उसने क्या कहा था और मैं अपने बारे में क्या सोचता था, क्योंकि ज़िंदगी ने मुझे बहुत कुछ सिखाया था। शुरू-शुरू में सब प्यार और समर्पण था। फिर साँप प्रकट हुआ और ईव से बोला : तुमने जो समर्पित किया है उसको खो दोगी। यही सब मेरे साथ हुआ था – जब मैं स्कूल में थी तभी मुझे स्वर्ग निकाला दे दिया गया था, मैं कोई ऐसा जरिया तलाश करने की कोशिश कर रही थी कि साँप को यह कह सकूँ कि साँप ग़लत था, कि बातों को अपने आप तक रखने से जीना अधिक मायने रखता था। लेकिन साँप सही था और मैं ग़लत।

मैं नीचे झुक गई और उसके कपड़े उतारने लगी, और मैंने उसका शिश्न देखा, वह सोया हुआ था और कोई जवाब नहीं दे रहा था। वह इस बात से कोई ख़ास परेशान नहीं लग रहा था, मैंने उसके पैर के बीच के हिस्से को चूम लिया, मैं उसके पैरों को घूर रही थी। धीरे-धीरे उसका शिश्न सख़्त हो रहा था, और मैं उसको छूने लगी और उसको मुँह में डाल

लिया – बिना किसी जल्दबाजी के जिससे कि उसको ऐसा ना लगे कि 'सही बात, अब काम करने के लिए तैयार हो जाएँ!' मैं उसको इतने आराम से चूम रही थी किसी ऐसी लड़की की तरह जिसको बदले में कुछ नहीं चाहिए; और शायद इसी वजह से मुझे वह मिल गया था, जो मुझे चाहिए था। मैंने यह देखा कि वह उत्तेजित होता जा रहा था, और वह मेरे चूचुक को छू रहा था, अपनी अँगुलियों को उसके आसपास गोल-गोल घुमा रहा था उसी तरह से जिस तरह से उस रात के अंधेरे में वह घुमा रहा था, वह चाहता था कि मैं उसको अपने पैरों के बीच ले लूँ या अपने मुँह में या जिस तरह से भी वह चाहता था कि मुझे अपने वश में रखे।

उसने मेरी जैकेट नहीं उतारी; वह चेहरा आगे की तरफ़ करके लेटा हुआ था, मेरे शरीर का ऊपरी हिस्सा मेज़ के ऊपर झुका हुआ था और मेरे पैर अभी भी ज़मीन पर थे। वह इस बार मेरे अंदर धीरे-धीरे घुसा और बिना किसी जल्दबाजी के, अब उसको इस बात का डर नहीं था कि वह मुझे खो देगा, क्योंकि उसको भी यह बात समझ में आ गई थी कि यह एक सपना था और यह कि वह हमेशा सपना बना रहेगा, और वह कभी सच नहीं हो पाएगा।

साथ ही साथ मैं उसको अपने अंदर महसूस कर रही थी, अपने स्तनों पर मुझे उसका हाथ महसूस हो रहा था, अपने नितंबों पर, मुझे ऐसे छू रहा था जिस तरह से कोई स्त्री ही समझ सकती थी कि किस तरह। तब मुझे यह बात समझ आई कि हम एक दूसरे के लिए बने थे, क्योंकि वह स्त्री बन सकता था और मैं जैसा कि वह अभी था, और मैं पुरुष बन सकती थी, जैसी कि हमने बात की दो खोई हुई रूहों को खोजने का संयुक्त अभियान चलाया, दो खोए हुए टुकड़ों की तलाश का, इस ब्रह्मांड को पूरा करने के लिए जिनकी ज़रूरत थी। जब वह मेरे अंदर प्रवेश कर रहा था और मुझे छू रहा था तो मुझे ऐसा लगा जैसे वह यह मेरे साथ ही नहीं, बल्कि पूरे ब्रह्मांड के साथ कर रहा था। हमारे पास समय था, नजाकत थी और आपसी

समझ-बूझ। हाँ दो सूटकेस लेकर आना अच्छी बात थी, जाने की तैयारी के साथ, और तत्काल ज़मीन पर पटक दिया गया और भय भरी जल्दबाजी के साथ संभोग किया गया, लेकिन यह जानना अच्छी बात थी कि वह रात कभी ख़त्म नहीं होगी, और वहाँ रसोई की मेज़ पर ओर्गैज्म अपने आप में कोई लक्ष्य नहीं था, बल्कि वह उस मुठभेड़ की शुरुआत थी।

मेरे अंदर उसका हिलना बंद हो गया था, जबकि उसकी अँगुलियाँ तेज़ी से हरकत कर रही थीं और मुझे एक साथ एक, दो, तीन बार ओर्गैज्म हो गया। मेरा मन हो रहा था कि उसको परे धकेल दूँ, क्योंकि सुख का दर्द इतना गहरा था कि उसके कारण दर्द हो रहा था, लेकिन मैंने अपने आपको रोक लिया; मैंने यह मान लिया कि यह सब इसी तरह था कि मैं एक, दो या उससे भी अधिक ओर्गैज्म को सहन कर सकती थी...

...और अचानक, मेरे अंदर एक तरह की रोशनी की किरण फूटी। मैं अपने आप में नहीं रह गई थी, बल्कि एक ऐसी इंसान हो गई थी, जो उस सबसे बहुत बेहतर थी, जो कुछ भी मैं जानती थी। जब उसके हाथ मुझे चौथे ओर्गैज्म की दिशा में ले जा रहे थे, मैं एक ऐसी जगह में घुसी जहाँ सब कुछ शांत लग रहा था, और पाँचवीं बार जब ओर्गैज्म हुआ तो ऐसा हुआ जैसे मैं ईश्वर को जानती हूँ। फिर मुझे महसूस हुआ कि वह फिर से मेरे अंदर फिर से घुस रहा था, हालाँकि उसका हाथ अभी भी नहीं रुका था, और मैंने कहा 'हे भगवान,' और उसके बाद जो भी आया मैंने उसके सामने समर्पण कर दिया, स्वर्ग या नरक।

वह स्वर्ग था। यह धरती थी, पहाड़, शेर, नदियाँ जो झीलों में मिल जाती थीं, झीलें जो समुद्र बन जाती थीं। वह तेज़ी से किए जा रहा था, और दर्द में सुख का भाव मिला हुआ था, और मैं कह सकती थी : 'अब मैं और नहीं सह सकती,' लेकिन वह अनुचित होता, क्योंकि तब तक वह और मैं एक इंसान बन चुके थे।

मैंने उसको तब तक करने दिया जब तक कि वह करना चाहता था; उसकी अँगुलियाँ मेरे नितंबों को छेड़ रही थीं, और मैं रसोई की मेज़ पर सिर झुकाए हुए थी, यह सोचती हुई कि दुनिया में संभोग करने की इससे बेहतर जगह हो ही नहीं सकती थी। एक बार फिर मेज़ की चरमराहट के साथ उसकी साँसें तेज़ी से चल रही थीं, उसके नाख़ून मुझे चुभ रहे थे, मेरा सेक्स उसके सेक्स के सामने सख़्ती से टिका हुआ था, त्वचा, त्वचा के सामने, हड्डी हड्डी के सामने, और मुझे एक बार फिर से ओर्गैज़्म होने वाला था, और उसका भी, और इसमें से कुछ भी नहीं, सही में कुछ भी झूठ नहीं था।

'और करो!'

वह जानता था कि वह क्या कह रहा था, और मैं जानती थी कि यही वह पल था; मुझे अपना पूरा शरीर मुलायम लग रहा था, मैं मैं नहीं रह गई थी - अब मैं सुन नहीं रही थी, ना देख रही थी या ना किसी चीज़ का स्वाद ले रही थी - मैं बस महसूस कर रही थी।

'आ जाओ!'

और वह जिस पल आया मैं भी उसी पल आ गई। यह ग्यारह मिनट नहीं था, यह अनंत काल के लिए था, ऐसा था जैसे हम दोनों अपने-अपने शरीरों को छोड़ चुके थे और समझदारी तथा दोस्ती की ख़ुशी के साथ स्वर्ग के बाग में टहल रहे थे। मैं औरत और मर्द थी, वह मर्द और औरत था। मुझे नहीं पता कि यह कितनी देर चला, लेकिन हर चीज़ ख़ामोश लग रही थी, जैसे प्रार्थना में मानो इस ब्रह्मांड और जीवन का कोई मतलब नहीं रह गया था, क्योंकि उसका रूपांतरण किसी पवित्र, अनाम, समयातीत में हो गया था।

लेकिन समय लौट कर आया, मुझे उसकी चिल्लाहट सुनाई दी और मैं उसी के साथ चिल्ला रही थी, मेज़ के पाए फ़र्श पर बज रहे थे, और हम दोनों में से किसी को यह नहीं सुझाई दिया कि बाहर दुनिया क्या सोच रही होगी।

और अचानक वह मेरे अंदर से बाहर निकल गया और हँसने लगा; मुझे अपनी योनि सिकुड़ती हुई महसूस हुई, और मैं भी उसकी तरफ़ देखकर हँसने लगी और हम दोनों एक दूसरे के आलिंगन में आ गए और मानो अपने पूरे जीवन में हम लोगों ने पहली बार संभोग किया हो।

'मुझे ख़ुशी दो,' वह बोला।

मैंने उसको ख़ुशी दी, बिना इस बात को जाने कि मैं कर क्या रही थी। मैंने उससे भी वही करने के लिए कहा, और उसने वही किया, यह कहते हुए, 'इस स्त्री का भाग्य अच्छा हो, जिसने बहुत प्यार किया।' ये शब्द बहुत सुंदर थे, और हम एक बार फिर से आलिंगनबद्ध होकर वहाँ बने रहे, इस बात को समझ नहीं पा रहे थे कि कैसे ग्यारह मिनट एक स्त्री और पुरुष को इतनी दूर तक लेकर आ सकते थे।

दोनों में से कोई नहीं थका था। हम मेहमानख़ाने में गए, उसने रिकॉर्ड चला दिया और ठीक वही किया, जिसकी मुझे उम्मीद थी : उसने आग जलाई और मेरे लिए वाइन ढाली। उसके बाद वह किताब खोलकर पढ़ने लगा :

जन्म लेने का समय, और मरने का समय;
पौधे लगाने का समय, और जो लगाया गया हो
उसको तोड़ने का समय;
मरने का समय, घाव के भरने का समय;
टूट जाने का समय, और बनाने का समय;
रोने का समय, हँसने का समय;
उदासी का समय, नृत्य करने का समय;
पत्थर फेंकने का समय, और उन पत्थरों को समेटने का समय;
गले लगाने का समय, आलिंगन से दूर रहने का समय;
पाने का समय, खोने का समय;
रखने का समय, दूर हटाने का समय;
उधेड़ने का समय, सीने का समय;

चुप रहने का समय, बोलने का समय;
प्यार करने का समय, नफ़रत करने का समय;
युद्ध का समय, शांति का समय।

यह सब विदाई जैसा लग रहा था, लेकिन अपनी ज़िंदगी में मैंने जितनी विदाई देखी थी उसमें यह सबसे प्यारी विदाई थी।

मैंने उसको गले से लगाया और उसने मुझे गले से लगाया, और हम अँगीठी के पास कालीन पर लेट गए। मैं अभी भी विपुलता के भाव से भरी हुई थी, मानो मैं हमेशा से बुद्धिमान, ख़ुश और संतुष्ट स्त्री थी।

'तुमको एक वेश्या से इतना प्यार क्यों हो गया?'

'उस समय मैं खुद भी इस बात को नहीं समझा। लेकिन उसके बाद से मैं इस बारे में सोचता रहा, यह जानते हुए कि तुम्हारा शरीर कभी सिर्फ़ मेरा ही नहीं होगा, इसलिए मुझे तुम्हारी रूह को जीतने के ऊपर ध्यान लगाना था।'

'क्या तुमको ईर्ष्या नहीं होती थी?'

"तुम वसंत से नहीं कह सकती : 'अभी आओ और जब तक संभव हो तब तक रहो।' तुम बस यही कह सकती हो : 'आओ और मुझे उम्मीद की दुआ दो और जब तक हो सके तब तक रहो।'"

शब्द हवाओं में खो गए थे। लेकिन मुझे उनको सुनने की ज़रूरत थी और मुझे उनको कहने की ज़रूरत थी। मुझे नींद आ गई, हालाँकि मुझे यह पता नहीं चला कि नींद कब आ गई। मैंने सपना देखा, किसी अवस्था या किसी व्यक्ति का नहीं, बल्कि इत्र से भरी हवा का।

जब मारिया की आँखें खुलीं तो खिड़की की झिर्रियों से सूरज की किरणें अंदर आ रही थीं।

'मैंने इस आदमी के साथ दो बार संभोग किया,' उसने अपने बगल में सोए हुए आदमी को देखते हुए सोचा। 'और ऐसा लग रहा था, जैसे हम हमेशा से साथ-साथ थे और वह हमेशा से मेरी ज़िंदगी, मेरी रूह, मेरे शरीर, मेरी रोशनी, मेरी तकलीफ़ को जानता था।'

वह उठकर रसोई में गई और कॉफ़ी बनाने लगी। और तब उसकी नज़र हॉल में पड़े दोनों सूटकेसों पर पड़ी और उसको सब कुछ याद आ गया : उसका वादा, वह प्रार्थना जो उसने चर्च में की थी, उसकी ज़िंदगी, वह सपना जो सच होने के लिए ज़ोर मार रहा था और अपना आकर्षण खो रहा था, आदर्श पुरुष, वह प्यार जिसमें शरीर और आत्मा मिलकर के एक हो गए थे, जिसमें सुख और ओर्गैज्म अलग-अलग चीज़ें थीं।

वह रुक सकती थी; उसके पास खोने को कुछ नहीं था, सिवाय भ्रम के। उसको कविता याद आई : रोने का समय, हँसने का समय।

लेकिन इस कविता की एक और पंक्ति थी : 'गले लगने का समय, और गले लगने से बचने का समय।' उसने कॉफ़ी बना ली, दरवाज़ा बंद किया और टैक्सी के लिए फ़ोन कर दिया। उसने अपनी उस संकल्प शक्ति को याद किया, जो उसको यहाँ तक ले आई थी और जो उसकी उस ऊर्जा का स्रोत थी और उसकी 'रोशनी' की, जिसने उसको जाने का सही-सही समय बता दिया था, जो उसको सुरक्षित बनाए हुए थी और उस रात की स्मृति को सदा के लिए धरोहर बनाने वाला था। उसने कपड़े पहने, अपने सूटकेस को उठाया और चल पड़ी, थोड़ी उम्मीद यह भी थी उसको कि वह उठेगा और उसको रुक जाने के लिए कहेगा।

लेकिन वह नहीं जगा। जब वह बाहर टैक्सी का इंतज़ार कर रही थी, तो सामने से एक बंजारा गुज़रा, फूलों का गुलदस्ता उठाए।

'क्या एक ख़रीदना चाहेंगी?'

मारिया ने ख़रीद लिया; यह इस बात का संकेत था कि पतझड़ आ चुका है और गर्मी पीछे रह गई है। जेनेवा में पटरियों पर और पार्क में कैफ़े के टेबल निकालकर रखे जाने में अभी काफ़ी समय बाक़ी था, जब लोग सड़कों पर धूप का आनंद उठाते हुए टहलते। इस बात से कोई फ़र्क़ नहीं पड़ता था; वह इसलिए जा रही थी, क्योंकि उसने जाना चुना था और अफ़सोस जताने का कोई कारण नहीं था।

वह एयरपोर्ट पहुँची, कॉफ़ी का एक और प्याला पिया और पेरिस जाने वाली अपनी फ़्लाइट का इंतज़ार करने लगी जो चार घंटे के बाद थी, सारा समय वह यही सोच रही थी कि वह किसी भी पल आ जाएगा, क्योंकि सोने से पहले उसने राल्फ़ से बताया था कि उसकी फ़्लाइट का समय क्या था। फ़िल्मों में ऐसा अक्सर होता था : जब लड़की फ़्लाइट में चढ़ने वाली होती थी कि ऐन उसी वक्त आदमी दौड़ता हुआ उसके पास आ जाता था, उसको अपनी बाँहों में लेकर चूम लेता और उसको अपनी दुनिया में ले आता, हवाई जहाज के कर्मचारी मुस्कराते हुए यह देखते रहते थे। पर्दे पर 'द एंड' लिखा हुआ आ जाता था और दर्शकों को यह बात समझ में आ जाती कि अब से वे हमेशा के लिए ख़ुशी-ख़ुशी रहेंगे।

'फ़िल्में आपको यह नहीं बताती हैं कि इसके बाद क्या होने वाला है,' उसने अपने आपको सांत्त्वना देने की कोशिश करते हुए कहा। शादी, खाना पकाना, बच्चे, कभी-कभार सेक्स, पति की प्रेमिका का पहला सबूत मिलना, उससे पूछने का फ़ैसला करना, अब और नहीं करने का उसका वादा, किसी और प्रेमिका की दूसरी चिट्ठी का मिलना, एक बार और आमना-सामना और इस बार छोड़ देने की धमकी, इस बार आदमी कम ज़ोरदार तरीक़े से प्रतिक्रिया दिखाता और उसको बस इतना कहता कि वह उससे प्यार करता है। फिर तीसरी प्रेमिका की चिट्ठी मिलती और वह कुछ नहीं कहने का फ़ैसला करती, ऐसे जताती मानो उसको कुछ पता ही नहीं हो, क्योंकि हो सकता था कि वह उसको कह देता कि वह अब उसको प्यार नहीं करता था और चाहे तो जा सकती थी।

किसी फ़िल्म में ऐसा कभी नहीं दिखाया जाता है। जहाँ से वास्तविक दुनिया शुरू होती है; फ़िल्म उसके पहले ही ख़त्म हो जाती है। सबसे अच्छा यही होता है कि इस बारे में अधिक सोचा नहीं जाए।

उसने एक, दो, तीन पत्रिकाएँ पढ़ीं। अंत में, उन्होंने फ़्लाइट की घोषणा की, फ़्लाइट का इंतज़ार जो उसको अनंत काल तक का लग रहा था उसका अंत हुआ और वह जहाज में सवार हो गई। वह अभी भी उस प्रसिद्ध दृश्य की कल्पना कर रही थी, जिसमें जब वह अपना सीट बेल्ट बाँध रही थी कि उसको अपने कंधे पर एक हाथ महसूस हुआ, जब वह पीछे मुड़ी तो वह उसको देखकर मुस्करा रहा था।

कुछ भी नहीं हुआ।

जेनेवा से पेरिस के बीच की उस कम अवधि की फ़्लाइट में उसको नींद आ गई। उसके पास यह सोचने का समय नहीं कि वह घरवालों को क्या बताएगी, वह कौन-सी कहानी बनाएगी, लेकिन उसके माँ-पापा अपनी बेटी को वापस देखकर ख़ुश हो जाएँगे और अपनी खेती-बाड़ी के कारण और इस कारण कि उनका बुढ़ापा अब चैन से कटने वाला था।

जहाज के उतरने के समय जो झटका लगा उसी से उसकी नींद खुल गई। वह देर तक चक्कर काटती रही और फिर फ़्लाइट अटेंडेंट ने आकर बताया कि उसको अपना टर्मिनल बदलना था, ब्राज़ील की फ़्लाइट टर्मिनल-एफ़ से थी और वह टर्मिनल-सी पर थी। लेकिन चिंता की कोई बात नहीं थी; कोई देरी नहीं हुई थी और उसके पास अभी भी बहुत समय था, और उसको यह समझ नहीं आ रहा था कि जाए तो जाए कहाँ, हवाई अड्डे के कर्मचारियों ने उसकी मदद की।

जब जहाज में यात्रियों के सवार होने के लिए ऊपर सीढ़ी लगा दी गई तो उसने सोचा कि एक दिन पेरिस में बिताने में मज़ा आएगा, वह कुछ तसवीरें ले लेगी और लोगों को यह बता पाएगी कि वह वहाँ गई थी। उसको सोचने के लिए समय चाहिए था, अपने साथ अकेले रहने की ज़रूरत थी, पिछली रात की यादों को अपने अंदर गहरे छुपा लेने की ज़रूरत थी, जिससे कि जब भी उसको अपनी ज़िंदगी को महसूस करने की ज़रूरत पड़े तो वह उनका उपयोग कर सके। हाँ, एक दिन पेरिस में रहने का इरादा बहुत अच्छा था; उसने फ़्लाइट अटेंडेंट से यह पूछा कि अगर वह उस दिन नहीं जाना चाहे तो ब्राज़ील की अगली फ़्लाइट कितने बजे थी।

फ़्लाइट अटेंडेंट ने उससे अपना टिकट दिखाने के लिए कहा और देखकर उसको बताया कि दुर्भाग्य से इस टिकट में बीच में रुकने की सुविधा नहीं दी गई थी। मारिया ने यह कहते हुए अपने आपको दिलासा दिया कि इतने सुंदर शहर में अकेले रहने से उसको निराशा ही होगी। वह अभी भी अपने धीरज, अपने संकल्प को पकड़े रख पाने में सफल रह पाई थी, ख़ूबसूरत नज़ारा देखकर किसी की याद में पड़कर वह उसको बर्बाद नहीं करना चाहती थी।

वह हवाई जहाज से उतरकर सुरक्षा जाँच से गुज़री; उसका सामान अगले जहाज में चला जाने वाला था, जिससे कि उसको किसी तरह की परेशानी नहीं हो। दरवाज़े खुले, सवार यात्री उतरने लगे और जो भी उनका इंतज़ार कर रहे थे उनके गले लगने लगे, पत्नी, माँ, बच्चे। मारिया ने ऐसे जताया जैसे इन बातों पर उसका ध्यान ही नहीं गया हो, दूसरी तरफ़ वह अपने अकेलेपन के बारे में भी सोच रही थी, सिवाय इसके कि इस बार उसके पास एक रहस्य था, एक सपना, जिससे उसका अकेलापन उतना कड़वा नहीं होने वाला था और ज़िंदगी आसान हो जाएगी।

'हम लोग हमेशा पेरिस जाएँगे।'

वह आवाज़ ना तो किसी टैक्सी ड्राइवर की थी ना किसी टूरिस्ट गाइड की। जब उसने यह आवाज़ सुनी तो उसके पैर काँपने लगे।

'हम लोग हमेशा पेरिस जाएँगे?'

'यह मेरी एक प्रिय फ़िल्म का उद्धरण है। क्या तुम एफ़िल टावर देखना चाहती हो?'

अरे हाँ, वह देखेगी, उसको देखना बहुत अच्छा लगेगा, राल्फ़ के हाथों के गुलाब के फूलों का गुलदस्ता था और उसकी आँखें रोशनी से भरपूर थीं, वह रोशनी जो उसने पहले दिन ही देख ली थी, जब वह उसकी पेंटिंग बना रहा था, जबकि बाहर इतनी ठंड थी कि उसको वहाँ बैठकर अजीब लग रहा था।

'तुम यहाँ मेरे आने के पहले ही कैसे आ गए?' उसने अपनी हैरानी को छुपाते हुए पूछा; जवाब में उसकी कोई दिलचस्पी नहीं थी, लेकिन उसको थोड़ी खुली जगह चाहिए थी।

'मैंने तुमको जेनेवा के हवाई अड्डे पर पत्रिका पढ़ते हुए देखा था। मैं वहाँ आ सकता था, लेकिन मैं भी अपनी तरह का रोमांटिक हूँ, इसलिए मैंने सोचा कि अगली फ़्लाइट से पेरिस जाना ही ठीक रहेगा, क़रीब 3 घंटे से हवाई अड्डे पर भटक रहा था, उस स्क्रीन को बार-बार देखे जा रहा था, जिसके ऊपर विमान के आगमन की सूचना रहती थी, कुछ फूल ख़रीदे, वे अल्फाज कहे जो *कासाब्लांका* फ़िल्म में रिक ने अपनी प्रेमिका से कहे थे और तुम्हारे चेहरे पर हैरानी का भाव देख रहा था। और पूरी तरह से इस बात से निश्चित था कि तुम भी इस बात का इंतज़ार कर रही होगी और दुनिया का सारा संकल्प, सारी इच्छाशक्ति मिलकर प्रेम को खेल का नियम बदलने के लिहाज से नाकाफ़ी थी। तुमको नहीं लगता है कि फ़िल्म के लोगों की तरह रोमांटिक बन पाना बहुत आसान होता है?'

उसको कुछ भी पता नहीं था कि यह आसान था या मुश्किल और वह सच में ईमानदारी से इसकी परवाह भी नहीं करती थी, जबकि वह इस आदमी से अभी मिली ही थी, जबकि अभी कुछ देर पहले ही उन दोनों ने संभोग किया था, जबकि उसने अभी पिछली शाम ही उसको अपने दोस्तों से मिलवाया था, जबकि वह उस नाइटक्लब में नियमित रूप से जाता था जहाँ वह काम करती थी, जबकि उसने दो बार शादी की थी। उसका परिचय कोई इतना शानदार नहीं था। दूसरी तरफ़ उसके पास अब इतना धन था कि वह खेत ख़रीद सकती थी, उसके सामने अभी पूरी जवानी पड़ी थी, जीवन का ढेर सारा अनुभव था और उसकी रूह पूरी तरह से आज़ाद थी। बहरहाल, जैसा कि हर बार होता था कि जब भाग्य उसको चुन रहा था तो उसने एक बार फिर से सोचा कि वह ख़तरा उठाएगी।

उसने राल्फ़ को चूम लिया, उस बात से बेपरवाह कि शब्दों के बाद क्या होता है। सिनेमा के पर्दे पर 'द एंड' लिखा आ जाता है।

लेकिन अगर किसी दिन किसी ने उसकी कहानी सुनाने का फ़ैसला किया तो वह उससे कहेगी कि वह उस कहानी को उसी तरह से शुरू करे जिस तरह से परियों की कथाएँ शुरू होती हैं :

एक समय की बात है...

उपसंहार

सभी लोगों की तरह - इस मामले में भी इस तरह से सामान्य बनाने का कोई पछतावा नहीं है - सेक्स की पवित्र प्रकृति की खोज में मुझे लंबा समय क्यों लगा। मैं जब युवा था उस दौर में बहुत आज़ादी होती थी, बड़ी-बड़ी खोजें हुई और बहुत से अतिचार हुए, जिसके बाद संकीर्णता तथा दमन का दौर आया - जिसकी क़ीमत बहुत चरम क़िस्म की घटनाओं के रूप में चुकानी पड़ी और जिसके नतीजे बहुत सख़्त हुए।

अतियों के दौर में (1970 का दशक) लेखक अर्विंग वैलेस ने अमेरिका में सेंसरशिप पर एक किताब लिखी थी, जिसमें उन्होंने क़ानून की उन चतुराइयों के बारे में लिखा, जो सेक्स को लेकर लिखी गई किताब : *द सेवन मिनट्स* के प्रकाशन को रोकने को लेकर थी।

वैलेस के उपन्यास में किताब के विषय के कारण सेंसरशिप को लेकर चर्चा छिड़ गई, लेकिन उसमें सेक्स के बारे में कोई चर्चा नहीं थी, बस उसके बारे में संकेत किया गया था। मैं सोचा करता था कि जिस किताब को प्रतिबंधित किया गया था वह किताब किस तरह की रही होगी; शायद मुझे स्वयं वैसी एक किताब लिखनी चाहिए।

हालाँकि अपने उपन्यास में वैलेस ने उस अस्तित्वहीन पुस्तक के बहुत संदर्भ दिए थे और जिसके कारण मैंने जिस काम की कल्पना की थी वह सीमित हो गई, जिसके कारण उसने इसको असंभव बना दिया। इसके कारण मेरे पास बस किताब का शीर्षक था (यद्यपि मुझे ऐसा महसूस होता था, वैलेस ने समय का अनुमान बहुत संकीर्णता से किया था, इसलिए मैंने उसको बढ़ाने

का फ़ैसला किया) और यह आइडिया कि यह कितना ज़रूरी था कि सेक्स के विषय को गंभीरता से लिया जाए - जैसा कि पहले कई लेखकों ने लिया था।

1997 में इटली के मान्तुआ में एक व्याख्यान देने के बाद मैं वापस अपने होटल में गया तो मैंने यह पाया कि रिसेप्शन पर कोई मेरे लिए पांडुलिपि छोड़ गया था। आमतौर पर मैं इस तरह की अयाचित पांडुलिपियाँ नहीं पढ़ता, लेकिन इस बार मैंने पढ़ लिया - जो ब्राज़ील की एक वेश्या की सच्ची कहानी थी, उसकी शादी, क़ानून के साथ उसके पचड़े और उसके बहुत से रोमांचों की कथा थी। 2000 में जब मैं ज़्यूरिक से गुज़र रहा था मेरी मुलाक़ात उस वेश्या के साथ हुई - जिसको पेशेवर संसार में सोनिया के नाम से जाना जाता था - और उससे मैंने बताया कि जब मैंने पढ़ा तो मुझे कितना अच्छा लगा। मैंने उसको यह सुझाव दिया कि वह इस किताब को ब्राज़ील के प्रकाशक को भेज दे, जिसने बाद में उस किताब को प्रकाशित नहीं करने का फ़ैसला किया।

सोनिया उस समय इटली में रहती थी, लेकिन ट्रेन में चढ़कर मुझसे मिलने के लिए ज़्यूरिक आई थी। उसने हम लोगों को स्थानीय लाल बत्ती इलाक़े लैंगस्ट्रेस में आमंत्रित किया - मुझे, एक दोस्त और *ब्लिक* अख़बार की एक महिला पत्रकार को, जिसने कुछ समय पहले ही मेरा इंटरव्यू किया था। मुझे यह नहीं पता था कि मारिया ने पहले ही अपने सहयोगियों को हमारी यात्रा के बारे में बता दिया था और मुझे बहुत हैरानी हुई जब मुझे कई किताबों पर हस्ताक्षर करने पड़े, जो कई भाषाओं में अनूदित थीं।

इस बिंदु पर मैंने भी सेक्स के बारे में लिखने के बारे में फ़ैसला किया, लेकिन मेरे पास ना कोई विषय था ना कोई किरदार; पारंपरिक रूप में पवित्रता की तलाश को लेकर मैं कुछ सोच रहा था, लेकिन लैंगस्ट्रेस की उस यात्रा के बाद मुझे कुछ समझ आया : सेक्स की पवित्रता को लेकर लिखने के लिए यह ज़रूरी था कि यह जाना जाए कि इसको इतना अपवित्र क्यों समझा जाता है।

स्विस पत्रिका *ल्यूस्त्री* के एक पत्रकार के साथ बातचीत में मैंने लैंग्स्ट्रेस में अचानक किताबों पर हस्ताक्षर देने की उस घटना के बारे में बताया था और उसने इसके बारे में एक लंबा लेख लिखा था। जिसका नतीजा यह हुआ कि जेनेवा में किताब पर हस्ताक्षर के एक कार्यक्रम में कई वेश्याएँ मेरी किताब की प्रतियाँ लेकर आ गईं, जिनके ऊपर मैंने हस्ताक्षर कर रखे थे।

मैं उनमें से एक से बहुत अधिक प्रभावित हुआ और उसके बाद अपने एजेंट और दोस्त मोनिका एंट्चूंस के साथ हम कॉफ़ी पीने के लिए गए जो रात के खाने में बदल गया और उसके बाद आने वाले दिनों में हमारी कई मुलाक़ातें हुईं। जिसके बाद *इलेवन मिनट्स* को जोड़ने वाले सूत्र मिले।

मैं अपने स्विस प्रकाशक अन्ना वॉन प्लांता का शुक्रिया अदा करना चाहता हूँ, जिन्होंने मुझे उस देश में वेश्याओं की क़ानूनी स्थिति के बारे में ज़रूरी तथ्य बताए। मैं ज़्यूरिक की निम्नलिखित महिलाओं का भी शुक्रिया अदा करना चाहता हूँ : सोनिया, जिससे पहली बार मैं मान्तुआ में मिला था (जो यह जानती थी कि एक दिन कोई न कोई तुम्हारी किताब प्रकाशित करेगा!) मार्था, ऐंटेनोरा तथा इसाबेला का शुक्रिया अदा करना चाहता हूँ। और जेनेवा में : एमी, लूसिया, ऐन्ड्रेई, वनेसा, पैट्रिक, थेरेस तथा अन्ना क्रिस्टीना का शुक्रिया अदा करना चाहता हूँ।

ऐंटोनेला जारा का भी बहुत शुक्रिया, जिन्होंने मुझे अपनी किताब *साइंस ऑफ़ पैशन* के कुछ अनुच्छेदों के इस्तेमाल की इज़ाज़त दी, जिसके कुछ अंशों का उपयोग मैंने मारिया की डायरी में किया।

अंत में, मैं मारिया (असली नाम नहीं) का शुक्रिया अदा करना चाहता हूँ, जो अब लौसाने में अपने पति व दो प्यारी बेटियों के साथ रहती है, और जिसने मोनिका और मेरे साथ अनेक मुलाक़ातों में अपनी कहानी सुनाई, जिस पर यह किताब आधारित है।

— पाओलो कोएलो

लेखक के बारे में

पाओलो कोएलो का जन्म ब्राज़ील के रिओ डि जेनेरो शहर में 1947 में हुआ था। उन्हें हमारे समय के सबसे प्रभावशाली लेखकों में गिना जाता है। उनकी किताबों की 32 करोड़ से अधिक प्रतियाँ दुनिया के 170 देशों में बिक चुकी हैं और 88 भाषाओं में उनका अनुवाद भी हो चुका है।

उनमें प्रारंभ से ही लेखन का अद्भुत कौशल था और इसे पहचानते हुए उन्होंने *द ॲल्केमिस्ट* प्रकाशित की, जो *न्यू यॉर्क टाइम्स* की बेस्टसेलर सूची में लगातार 427 सप्ताह तक रहने के कारण अंतरराष्ट्रीय बेस्टसेलिंग की एक अद्भुत घटना बन गई है।

उन्हें अनेक प्रतिष्ठित अंतरराष्ट्रीय पुरस्कारों से सम्मानित किया जा चुका है। इनमें हैंस क्रिश्चियन एंडरसन अवॉर्ड, ग्रिनज़ेन कैवोर बुक अवॉर्ड और शेवालिए द लॉद्र नैसियोनाल द ला लेज़ियों दोनेर विशेष रूप से उल्लेखनीय हैं। वे 2002 से ब्राज़ीलियन अकेडमी ऑफ़ लेटर्स के सदस्य हैं और 2007 से यूनाइटेड नेशन्स के शांतिदूत के तौर पर काम कर रहे हैं। 2003 में उनका नाम गिनीज़ बुक ऑफ़ वर्ल्ड रिकॉर्ड्स में शामिल किया गया था, जब उन्होंने एक ही शीर्षक (द ॲल्केमिस्ट) के अनेक अनुवादों पर हस्ताक्षर किए थे। यह एक ही बार में किसी लेखक द्वारा सर्वाधिक हस्ताक्षर का रिकॉर्ड था। कुछ वर्षों बाद, 2009 में उन्होंने इसी किताब के लिए सबसे अधिक अनुवादित लेखक होने का नया गिनीज़ वर्ल्ड रिकॉर्ड स्थापित किया।

अनुवाक के बारे में

प्रभात रंजन लेखक, अनुवादक और संपादक हैं। 25 से अधिक पुस्तकों के अनुवाद कर चुके हैं। उनकी पुस्तक 'कोठागोई' विशेष चर्चित रही है और इसके लिए उनको जयपुर लिटरेचर फेस्टिवल में द्वारका प्रसाद अग्रवाल युवा लेखक पुरस्कार मिला था। वे चर्चित साहित्यिक ब्लॉग 'जानकीपुल' के मॉडरेटर हैं और इसके लिए उनको एबीपी न्यूज़ सर्वश्रेष्ठ ब्लॉगर सम्मान भी मिल चुका है। फ़िलहाल दिल्ली विश्वविद्यालय के एक कॉलेज में अध्यापन करते हैं।